KNAUR

Über den Autor:
Renato Pozzi lebt mit Frau und drei Kindern in München. Der Gardasee und insbesondere Salò sind ihm in den letzten Jahren zur zweiten Heimat geworden. Mit seinem Roman »Tod im Olivenfass« gewann er den großen Gardasee-Krimi-Wettbewerb, der in Zusammenarbeit mit der Münchner Abendzeitung ausgetragen wurde.

PROLOG

Dieser Tag würde nicht wie jeder andere sein. Nur wusste Antonio Marveggio das noch nicht. Städter würden sein Leben als eintönig bezeichnen, und er würde dem nicht widersprechen. Sein Leben war in der Tat wundervoll eintönig. Die Landschaft des westlichen Gardasees war vielfältig genug. Antonio Marveggios Welt war der ruhende Kontrast in einem farbenfrohen Gemälde, das die Natur mit dem Gold der Klippen, dem Grün der Wälder und dem Blau des Sees gemalt hatte. Jeden Morgen um fünf Uhr dreißig mühte er sich aus dem Bett, wie schon sein Vater, Großvater und Urgroßvater. Nach seiner Katzenwäsche setzte er sich feierlich an seinen klapprigen Küchentisch, schnitt eine Scheibe Bauernbrot ab, belegte sie mit dicken Scheiben der Salami, die er jeden ersten Samstag im Monat beim alten Sebastiano unten im Ort kaufte, und kaute langsam darauf herum, während er überlegte, was der Tag so bringen würde. Und da der Tag selten etwas Neues brachte, musste Antonio Marveggio nicht lange nachdenken. Zufrieden wischte er das Messer am Tischtuch ab und schob es in seinen Gürtel. Dann schnappte er sich die Schöpfkelle und machte sich daran, den Tag zu beginnen.

Der erste Weg führte ihn durch seinen Vorgarten über den mit alten Findlingen gepflasterten Pfad zur alten Scheune. Die morgendliche Sonne stand noch tief, sodass er nur schemenhaft die füllige Gestalt erkannte, die ihm aus der Ferne einen Gruß zuwarf. Es war die Witwe Gisella. Ihre tiefe Stimme war unverkennbar. Wie jeden Morgen war sie auf dem Weg zum Ort, um ihre Eier zum

Markt zu bringen. Nur freitags gönnte sie sich eine Pause vor Antonios Gartentür, um ihm zehn ihrer Eier zu überlassen und einen kleinen Plausch zu halten. Seitdem der Herrgott es für richtig befunden hatte, Antonios liebe Frau Gaia im letzten Jahr zu sich zu holen, legte Gisella immer noch ein Stück Kuchen für ihn hinzu, damit er nicht nur Salami aß. Heute war aber Mittwoch, und so warf der alte Marveggio ihr ein knappes *buon giorno* zurück und machte sich daran, den rostigen Riegel der alten Scheunentür beiseitezuschieben. Er wunderte sich darüber, dass der Riegel nur halb abgesenkt war. Dabei achtete er streng darauf, dass stets alles ordentlich verschlossen war. Langsam öffnete er die knarrende Scheunentür, während er noch darüber grübelte, ob dies die ersten Anzeichen von Altersvergesslichkeit waren, die meinten, üble Streiche mit ihm spielen zu müssen. Als sich seine Augen an das dämmrige Licht gewöhnt hatten, wurde ihm klar, dass dies kein Tag wie jeder andere war. Die Schöpfkelle glitt ihm aus der Hand und fiel mit einem lauten Scheppern auf die Steinstufe.

Der Tote steckte kopfüber in dem vorderen Olivenfass. Fast hätte man meinen können, er wollte nur die Oliven zählen und zöge gleich wieder quicklebendig den Kopf heraus, wenn da nicht die schlaffen Arme und zusammengesunkenen Beine gewesen wären. Antonio Marveggio hatte schon viele Tote gesehen. Auf dem Land pflegte man ein eher pragmatisches Verhältnis zum Tod. Man lebte mit der Familie und starb auch in ihren Armen. Nur eben nicht so. Nicht in einem Olivenfass, nicht in seiner Scheune. Er brauchte eine Weile, um sich zu entscheiden, was ihn mehr ärgerte – dass der Tote ausgerechnet mit dem Kopf in dem Fass mit seinen köstlichsten, marinierten Oliven steckte, oder dass er zudem noch die Frechheit besaß, dies ohne Hose zu tun. Der leblose Körper war lediglich mit einem blauen Flanellhemd und einer Unterhose bekleidet, seine Beine waren nackt. Er trug weder Socken noch Schuhe und eben vor allem keine Hose. Nun hätte Antonio über die fehlende Hose vielleicht noch hinwegsehen können, aber in vierunddreißig Jahren hatte nie jemand aus dem Dorf ein einziges Haar in seinen eingelegten Oliven gefunden. Es war also eindeutig, was der größere Frevel war.

Nachdem diese Frage geklärt war, verließ Antonio kopfschüttelnd die Scheune und stapfte über den alten Steinweg zurück zu seinem Häuschen, um Commissario Andreotti anzurufen.

Commissario Andreotti war der Leiter der Mordkommission von Salò. Er war zudem auch Leiter des Einbruchsdezernats, des Raubdezernats und des Betrugsdezernats. Im Grunde war Andreotti als Chef der Carabinieri für alles verantwortlich, was nicht in den Bereich der Polizia Municipale, der örtlichen Verkehrspolizei, fiel. Nun wurden in Salò, dem kleinen Provinzstädtchen am westlichen Gardasee, und den umliegenden Dörfern nicht gerade viele Verbrechen begangen, sodass er trotz seiner Aufgabenfülle nicht wirklich ausgelastet war – wenn man von den kleineren Betrügereien und Diebstählen an Touristen absah und von dem gelegentlichen Ärger, der sich ergab, wenn ein Salòer mal wieder zu viel des heimischen Weins getrunken hatte, von dem die Leute vom westlichen Gardasee sagten, dass er der beste Wein Italiens, wenn nicht der ganzen Welt sei. Aber das sagte wahrscheinlich jeder von seinem Wein. Das Aufkommen an Verbrechen in Salò war jedenfalls nichts im Vergleich zu Commissario Andreottis Jahren in Rom. Aber Rom war ein anderes Leben gewesen, und in den acht Jahren, die er bereits in Salò seinen Dienst tat, hatte es nur drei Todesfälle gegeben, die wiederum alle auf zu viel des besagten köstlichen Weins zurückzuführen waren.

Und ebendiese Ursache vermutete Commissario Andreotti auch hier, als er Antonio Marveggios Anruf in seiner Amtsstube entgegennahm und dieser in knappen Worten von dem morgendlichen Fund oben in den Bergen von Salò berichtete. Dass Antonio den Commissario bereits so früh im Polizeirevier erreichte, lag schlichtweg daran, dass es Andreotti seit einem halben Jahr auch als Schlafstätte diente. Über die Umstände, die dazu geführt hatten, schwieg er lieber, auch wenn sie in Salò allseits bekannt waren.

Der Commissario hatte nicht die geringste Lust, wegen eines toten Trunkenbolds in Hektik zu verfallen. Schließlich hatte er sich gerade mal wieder rasieren wollen. Aber da es ohnehin niemanden gab, den die grauen Bartstoppeln stören würden, und er den alten Marveggio und vor allem dessen Grappa schätzte, vertagte er die Rasur und schwang sich in den alten Dienst-Fiat der Carabinieri.

Eine halbe Stunde später beobachtete Antonio Marveggio aufmerksam, wie der Commissario durch die Scheune schritt und die Szene musterte. Gelegentlich blieb Letzterer stehen, nahm einen Zug von seiner Zigarette und blies ein paar Ringe in die Luft. Schließlich deutete er mit seinem Kopf Richtung Fass. »Was ist da drin?«

»Ich denke, der Kopf des Toten. Hoffe ich jedenfalls«, antwortete Antonio eilfertig und schüttelte sich bei dem Gedanken an die Alternative.

»Ich meine normalerweise.«

»Oliven aus der letzten Herbsternte. Nicht die für das Öl, sondern zum Genießen.«

Der Commissario nickte langsam. »Ich habe gehört, die Ernte im letzten Jahr war mittelprächtig?«

»Sie war jedenfalls nicht so gut, dass man sich kopfüber hineinstürzt«, antwortete Antonio Marveggio. Der Commissario nickte erneut, griff kurzerhand ins Fass und fingerte eine Olive heraus, um sie anschließend gegen das Licht zu halten und aufmerksam zu inspizieren. Dann warf er sie zurück ins Fass. »So schlecht, dass sie einem im Halse stecken bleiben, sind sie auch nicht«, stellte er fest.

Erneut beugte sich der Commissario über den Toten und rümpfte die Nase. »Kein Weingeruch«, sagte er halblaut.

»Sag ich doch. Oliven.«

»Und Holzlack«, ergänzte der Commissario.

»Da ist kein Chemiezeugs drin. Das Fass ist von meinem Urgroßvater Abondio!«

»Nicht das Fass, der Tote«, grunzte Andreotti und richtete sich wieder auf. »Der Tote riecht nach Holzlack.«

»Und er hat keine Hose an«, gab Antonio Marveggio zu bedenken.

»Was du nicht sagst.«

Antonio zögerte, doch dann brach endlich aus ihm heraus, was ihn schon die ganze Zeit beschäftigte. »Der hat hier doch keinen Schweinkram getrieben, Commissario?«

»Mit deinen Oliven? Wohl kaum. Außerdem hat er seine Unterhose noch an.«

Antonio musste Andreotti beipflichten, schließlich war der Commissario der Experte in solchen Sachen.

Plötzlich hatte Antonio Marveggio eine Eingebung. »Vielleicht wollte jemand seine Hose stehlen?«

»Menschen werden normalerweise nicht wegen einer Hose getötet.«

Auch das leuchtete Antonio ein, selbst wenn er der Ansicht war, dass Leute normalerweise überhaupt nicht ermordet werden sollten, zumindest nicht in Salò am Gardasee und vor allem nicht in seiner Scheune.

Antonio Marveggio runzelte die Stirn, als der Commissario den Toten am Hemdkragen packte und kurz entschlossen dessen Kopf aus dem Fass zog. »Sollten Sie nicht warten, bis da jemand aus dem Labor kommt und Spuren oder so was sucht?«

»Bist du der Commissario oder ich?«

Der alte Antonio zuckte mit den Schultern. »Ich mein ja nur. So machen die das immer im Fernsehen.«

»Wir sind hier nicht im Fernsehen«, nuschelte Commissario Andreotti und inspizierte das Gesicht des Toten. Dann drehte er es zu Antonio. »Kennst du den?«

Andreotti versuchte angestrengt, unter dem herabtriefenden Öl, den Gewürzen und Olivenresten einen bekannten Gesichtszug auszumachen, und schüttelte schließlich den Kopf.

»Irgendeine Ahnung, wieso der hier ist?«, hakte der Commissario nach.

»Ich hatte eigentlich gedacht, dass Sie das rauskriegen, Signor Commissario.«

Andreotti grunzte und widmete sich wieder der Leiche, bis er etwas im Nacken entdeckte. »Du kannst aufatmen, Antonio. An deinen Oliven ist er nicht gestorben.«

Daran hatte Antonio zwar keinen Moment gezweifelt, dennoch fiel ihm das Atmen tatsächlich ein wenig leichter. »Sieht aus, als wäre er erstochen worden«, fügte der Commissario hinzu. Unwillkürlich umklammerte Antonio Marveggio den Griff des Brotmessers in seinem Gürtel.

»Nein, nicht mit so was. Mit etwas Kleinerem.« Antonio Marveggio ließ das Messer los. Andreotti steckte den Kopf des Toten zurück in das Fass und rieb sich die Hände an der Hose trocken.

»Wieso tun Sie den denn zurück, Commissario?«

Der Commissario richtete sich auf. »Na, wegen der Spurensicherung. Das muss alles bleiben wie vorher.« Der alte Marveggio verstand. Zwar war ihm die Tatsache, dass bald noch mehr Leute in seiner Scheune herumspringen würden, nicht ganz geheuer, aber letztendlich würden sie die Leiche mitnehmen und seine Tage würden wieder sein wie zuvor – ruhig und ohne Überraschungen. Er befand, dass es Zeit war, den Commissario auf einen Grappa einzuladen.

Commissario Andreotti hingegen war weniger zuversichtlich, was die nächsten Tage anging, denn ihm dämmerte, dass die ruhige Zeit für ihn nun erst einmal vorbei sein würde.

1

Ihr Körper war wunderschön. Die elegant geschwungenen Kurven mit der perfekten Taille waren ein Versprechen an Sinnlichkeit. Man konnte der Versuchung nicht widerstehen, sie zu berühren, über sie zu streichen. Dennoch war die Zeit auch an ihr nicht spurlos vorübergegangen. Aber was konnte man anderes erwarten von einer fast dreihundert Jahre alten Violine? Sophia ließ ihre Finger über den Korpus des alten Instruments gleiten. Die Resonanz war hervorragend. Um den Körper zu richten, hatte sie nicht allzu viel arbeiten müssen: Sie hatte die Unebenheiten ausgebessert, den alten Lack abgeschliffen und dann behutsam in mehreren Schichten neuen aufgetragen. Dennoch, der Gesamtzustand des Instruments war erbärmlich, und sie würde einiges an Fertigkeit aufbringen müssen, um ihm wieder zu seinem wahren Klang zu verhelfen. Wer wusste schon, was das arme Ding erlebt hatte, welche Hände verzogener, talentloser Sprösslinge und schlechter Straßenmusiker es misshandelt hatten, bis es beim Trödler gelandet war und auf seine letzte Bestimmung gewartet hatte. Eine alte Fidel hatte der Verkäufer auf dem Flohmarkt das Instrument genannt. Als gelernte Geigenbauerin hatte Sophia jedoch sofort erkannt, dass es sich um ein sehr kostbares Stück handeln musste, keine Stradivari oder Guarneri, aber in der gleichen Tradition gebaut, vermutlich von einem unbekannten Schüler.

Sophia nahm die Violine auf und hielt sie gegen das Licht. Fachmännisch musterte sie den Verlauf des Holzes, die geschmeidige Oberfläche. Es war der Steg, der ihr Sorgen machte. Während der Korpus für die Resonanz, den vollen Klang sorgte, war der Steg verantwortlich für die Feinheit der Töne.

Sophia hatte das Unvermeidliche immer wieder aufgeschoben. Aber jetzt war sie in Salò. Jetzt hatte sie Zeit. Der Steg war zwar alt, aber von deutlich minderer Qualität, als das Instrument es verdiente. Vermutlich hatte die Violine in ihren jungen Jahren einen Unfall erlitten. Womöglich hatte ein verzogener Schüler seinen Frust über den erzwungenen Geigenunterricht an ihr ausgelassen, sodass sie mit einem anderen Steg versehen worden war. Dieser war nicht nur minderwertiger, sondern auch viel zu klobig für den filigranen Körper. Sophia seufzte. Sie würde den Steg ersetzen müssen durch einen, der eine perfekte Harmonie mit dem Korpus bildete und die Geige wieder singen ließ. Nur so würde es der Violine wieder gut gehen. Sophia küsste das Instrument und bat es stellvertretend für seine Misshandler um Vergebung. Es würde den besten Steg bekommen. Ein Meisterstück, das sie selbst bauen würde. Es war Zeit für einen Neuanfang.

Mit einem Schlag flog die Zimmertür auf, ein Windstoß erfasste die Skizzen auf dem Tisch und fegte sie auf den Boden. Beinahe hätte Sophia das kostbare Stück fallen lassen. »Sophia!«, schrie eine schrille Stimme. »Sophia, Dio mio! Du bist angekommen!« Sophia musste sich nicht umdrehen, um zu wissen, wer in das kleine Zimmer gestürmt war. Diese alles übertönende Stimme gehörte unverkennbar Tante Marta, der Besitzerin des kleinen Gasthauses. Sophia hatte kaum die Violine auf dem Tisch abgelegt, als sie schon herumgewirbelt wurde und in Martas Umarmung versank. Nach einer gefühlten Ewigkeit wurde Sophia erlöst, und Tante Martas kräftige Oberarme hielten sie fest, während ihre freundlichen Augen sie musterten. »Sophia. Du hast dich aber verändert. So erwachsen. Wie alt warst du, als ihr fortgegangen seid? Dreizehn? Ja, zarte dreizehn Jahre. Schau dich an. Du bist wunderschön geworden!«

Das war maßlos übertrieben, fand Sophia. Sie selbst hätte sich gerade mal als passabel beschrieben. Zwar hatte Sophia die braunen italienischen Augen und schwarzen Haare ihrer Mutter geerbt, doch leider auch das etwas breitere Kinn ihres Vaters. Aber Marta hatte schon immer übertrieben. Sie war wirklich ganz die Alte geblieben. Nur ein paar graue Haare und Falten um die Augen und Mundwinkel waren hinzugekommen, Lachfalten jedoch, die sie noch gutmütiger wirken ließen.

»Es ist eine Schande. Alberto ist so ein Holzkopf.« Dass Marta ihren Mann in jedem zweiten Satz einen Holzkopf nannte, hatte sich offenbar ebenfalls nicht geändert. »›Alberto‹, sage ich. ›Du musst dich um Sophia kümmern, während ich in Mailand bin.‹ Sage ich. Und was macht der Holzkopf? Lässt dich allein hier verkümmern. Eine Schande, dass ich nicht hier war, als du angekommen bist.«

Sophia schüttelte lachend den Kopf. »Mach dir keine Sorgen. Onkel Alberto hat mir alles gezeigt. Ich wollte mich nur ein wenig erholen nach der Reise.« Tante Marta ließ das aber nicht gelten. »Um sich zu erholen, muss man etwas essen. Schau dich doch an. Du hast nichts auf den Rippen.« Auch das sah Sophia anders. War sie doch gerade bemüht, endlich wieder ein paar Pfunde zu verlieren, was unter Martas Fittichen schwierig werden würde. Das war wahrscheinlich der einzige Nachteil an Sophias Plan, sich in dem bescheidenen Gasthaus von Onkel Alberto und Tante Marta einzuquartieren. Ansonsten war es die perfekte Wahl. Hier stiegen nie ausländische Touristen ab. Die meisten Gäste kamen aus Rom oder Mailand, um ein paar erholsame Tage zu genießen. Die Zimmer waren zwar klein und bescheiden, die Gastfreundschaft der Beltramis hingegen legendär.

»Du musst etwas essen.« Tante Marta ließ nicht locker, und bevor Sophia noch einmal widersprechen konnte, wurde sie auch schon aus dem Zimmer geschoben. Wenig später tischte Tante Marta freudestrahlend ihr köstliches Risotto all'Amarone auf. Der Duft des Amarone-Weins aus Valpolicella ließ bei Sophia sofort

Bilder ihrer Jugend auftauchen – die ausgelassenen Familienfeste, Tante Marta, wie sie jedem eifrig immer wieder den Teller auffüllte, und Großonkel Ernesto, der angeheitert seine Gitarre hervorholte und alte Lieder zum Besten gab, während die Familie begeistert klatschte und mitsang. Es tat gut, nach all den Jahren endlich wieder zu Hause zu sein, und Sophia ließ genüsslich den gedünsteten Reis auf der Zunge zergehen. Tante Marta selbst nahm ihr gegenüber auf einem der alten Holzstühle Platz und beobachtete mit Argusaugen jeden Bissen, den Sophia aß. Nach der Hälfte war Sophia so satt wie lange nicht, seitdem sie aus Italien fort war. Das Risotto war nicht nur köstlich, sondern auch mächtig. Kurz war sie versucht, den Rest stehen zu lassen, spürte jedoch den Blick ihrer Tante und zwang sich doch lieber, alles aufzuessen.

Als sie nach dem letzten Bissen erschöpft die Gabel auf den Teller legte, war das jenes Signal, auf das Tante Marta gewartet hatte. Sie winkte Onkel Alberto herbei, der bis dahin schweigend im Rahmen der Küchentür gelehnt hatte. Onkel Alberto war das komplette Gegenteil von Marta, hager und einen Kopf kleiner als sie. Die ganze Zeit hatte er nur dagestanden und die beiden beobachtet. Nun gab er sich einen Ruck, schlurfte mit einer riesigen Flasche Rotwein heran und bedachte die beiden Frauen mit einem ordentlichen Schluck, bevor er sich selbst ein Glas genehmigte. Demonstrativ stellte er die Rotweinflasche auf den Tisch, zwinkerte Sophia zu und begab sich wieder mit seinem Glas an seinen Stammplatz an der Küchentür.

Marta prostete Sophia zu, gönnte sich einen ausgiebigen Schluck und begann, Sophia mit unzähligen Fragen zu löchern. Sophia wiederum versuchte, fünfzehn lange Jahre ihres Lebens so gut wie möglich in wenige Minuten zusammenzufassen. Tante Marta war eine dankbare Zuhörerin. Sie seufzte mitfühlend, als Sophia von den ersten Wochen in Deutschland berichtete, wie schwierig es gewesen war, sich in der neuen Welt zurechtzufinden. Ihre Miene hellte sich auf, als Sophia von ihren Freundinnen erzählte, und verdüsterte sich wieder, als Sophia auf die Zeit nach dem Tod ihrer Mutter, Martas Schwester, zu sprechen kam. Sie war drei Monate, nachdem sie nach Deutschland gekommen waren, verstorben. Es war die Entscheidung von Sophias deutschem Vater gewesen, seine Salòer Ehefrau in Oldenburg beizusetzen, die zum Bruch zwischen ihm und der Familie seiner Frau geführt hatte. Deshalb waren Sophia und er nie wieder nach Salò gekommen. Bis heute. Betrübt schüttelte Marta darüber den Kopf. Erst als Sophia schilderte, dass sie Geigenbauerin geworden war, leuchteten Martas Augen wieder auf.

»Hast du gehört, Alberto?«, rief Tante Marta. »Unsere Sophia ist Geigenbauerin geworden.« Onkel Alberto hatte gehört, wie man seinem stummen Nicken entnehmen konnte. »Da wird sich der alte Giuseppe aber freuen. Hast du ihn schon besucht?«

Giuseppe war nicht nur der bekannteste Geigenbauer der ganzen Gegend. Er war auch ein enger Freund der Familie. Auf irgendwelchen Wegen war er auch verwandt mit ihnen, aber in Salò war jeder mit jedem über drei Ecken verwandt. Da Sophias Großvater viel zu früh gestorben war, hatte Giuseppe diese Rolle übernommen, obwohl sein Sohn Luigi gerade mal zwei Jahre älter als Sophia war. Giuseppe war für Salòer Verhältnisse recht spät mit vierzig Jahren Vater geworden, und Sophia hatte in ihm nie wirklich den Vater von Luigi, sondern immer einen Großvater gesehen. Giuseppe war es schließlich, der sie für die Geigenbaukunst gewonnen hatte. Stundenlang hatte sie ihn dabei beobachtet, wie er das Holz bearbeitete, Unebenheiten schliff und behutsam den perfekten Klang kreierte. Halblaut hatte er ihr jeden Arbeitsschritt erklärt, während sie ihm mit den Beinen baumelnd auf der alten Werkbank lauschte. Fasziniert hatte sie die Geschichten von den legendären Geigenbauern Salòs aufgesogen und wie sie es verstanden, den Klang ihrer Kunst in die Welt zu tragen. Im Grunde war sie nicht nur wegen Salò zurückgekehrt, sondern vor allem auch wegen Giuseppe. Natürlich gab es auch in Deutschland hervorragende Geigenbauer, und Sophia hatte bei Christopher Michmann gelernt, einem der renommiertesten Instrumentenbauer Deutschlands. Dennoch sagte ihr Herz, dass Giuseppe ihr noch einiges vermitteln konnte. Niemand beherrschte die alten Techniken so gut wie die Baumeister der alten italienischen Schule.

Sophia zögerte, aber dann entschloss sie sich, Marta einzuweihen. Schließlich waren sie eine Familie, selbst nach all den Jahren. »Ich wollte Giuseppe fragen, ob ich bei ihm als Geigenbauerin anfangen kann.«

Tante Marta jauchzte auf. »Hast du das gehört, Alberto? Das wird den alten Giuseppe aber freuen.« Dann beugte sie sich verschwörerisch zu Sophia und fuhr mit gesenkter Stimme fort: »Unter uns gesagt, Giuseppe ist immer noch gut. Aber er wird langsam alt. Luigi arbeitet jetzt bei ihm und übernimmt bald seine Werkstatt. Die haben so viele Aufträge, da wird er dich sofort nehmen.«

Sophia hob das Weinglas, und Tante Marta tat es ihr gleich. »Auf die Geigenbauer Salòs«, sagte Sophia strahlend.

»Auf die Geigenbauerin, meinst du wohl«, erwiderte Tante Marta zwinkernd. Sophia leerte ihr Glas. Tante Marta schenkte ihr nach. Es war schön, wieder zu Hause zu sein.

2

Der Grappa des alten Antonio war zwar wie erwartet hervorragend, aber auf leeren Magen nur eine mäßig gute Idee gewesen. Eine bessere Idee hingegen war es, über den Fall nachzudenken, und so hatte sich Andreotti nach seiner Rückkehr ins Kommissariat auf seinen alten Lederstuhl niedergelassen, die Beine auf den Tisch gelegt und sich die Dinge durch den Kopf gehen lassen. Als er rund eine Stunde später wieder aufgewacht war, hatte er zwar noch keine neuen Erkenntnisse zu dem Fall gewonnen, aber was wollte man schließlich nach so kurzer Zeit erwarten? Sein Kopf hingegen war nun wieder ein wenig klarer und verlangte nach einer Zigarette. Er zog die oberste Schublade auf, fischte eine *Messis Summa* aus der halb leeren Packung mit dem goldenen Rand und zündete sie genüsslich an. Dieses Rauchverbot mochte vielleicht gut für die Gesundheit sein, aber definitiv schlecht für seinen Gemütszustand und sein Gehirn. Als das Nikotin seine Wirkung tat, begann er sich allmählich wieder wie ein kompletter Mensch zu fühlen. Commissario Andreotti nahm seinen dritten Zug, als ihn Schritte auf dem Gang aufhorchen ließen. Hastig drückte er den Glimmstängel in der Schublade aus und warf sie zu. Mit wilden Handbewegungen versuchte er, den Qualm wegzufächern, als bereits die Tür aufflog und Viola Ricci in das Büro marschierte. Sie trug noch immer den weißen Schutzanzug mit der schwarzen Aufschrift *Polizia Scientifica*. Knapp nickte sie Commissario Andreotti zu, befreite ihre langen braunen Haare von der Kunststoffhaube und begann, sich umständlich aus dem Overall der Spurensicherung zu pellen. Viola Ricci als Mitarbeiterin der Spurensicherung zu bezeichnen, wäre ein wenig übertrieben, sie als einfache Polizistin zu bezeichnen hingegen untertrieben gewesen. Im vergangenen

Jahr hatte sie einen zweiwöchigen Lehrgang in Forensik an der Accademia di Polizia absolviert, und seitdem fiel die Spurensicherung in ihren Bereich, wenn man sie mal brauchte.

»Dieser Overall nervt«, stellte sie fest. Dem konnte Commissario Andreotti nur zustimmen. Er beobachtete verstohlen, wie sie sich mit dem Schutzanzug abmühte, aber er verkniff sich ein Kompliment zu ihrer Figur. Nicht, dass sie dies nicht verdient hätte. Ganz im Gegenteil.

Aber Viola Ricci hielt nicht viel von Komplimenten, jedenfalls nicht, wenn sie von ihm kamen. Nichtsdestotrotz setzte Andreotti sein charmantestes Lächeln auf, aber auch damit konnte er bei ihr nicht punkten. Viola Ricci warf den Overall über den Haken und wollte sich gerade an ihren Schreibtisch setzen, als sie mitten in der Bewegung erstarrte. Sie reckte die Nase empor und sog prüfend die Luft ein. Im nächsten Augenblick sprang sie mit einem Satz zu seinem Schreibtisch, riss die oberste Schublade auf, griff nach der Zigarettenpackung und hielt sie triumphierend in die Höhe. »Du hast wieder im Büro geraucht.«

»Nur eine halbe Zigarette.«

»Das ist eine halbe zu viel. Deine *Morte Securite* bringen dir irgendwann den Tod.«

»Sie heißen *Messis Summa* – beste Ernte. Außerdem ist der Tod immer sicher. Mit Zigaretten oder ohne.«

»Die Kündigung aber auch, wenn dich der Chef im Büro beim Rauchen erwischt.«

»Das ist nicht nur ein Büro, schließlich wohne ich auch hier.«

»Du schläfst hier, das heißt noch lange nicht, dass du hier wohnst. Übrigens ein weiterer Kündigungsgrund.« Ohne ein weiteres Wort riss sie das Fenster auf und schleuderte die Zigarettenpackung in hohem Bogen auf die Straße.

Nachdem diese Angelegenheit geklärt war, kehrte Viola mit zufriedener Miene an ihren Schreibtisch zurück.

»Bist du schon bei Padre Muratori gewesen?« Andreotti musste verneinen. Und er wusste nicht, was ihn mehr ärgerte: dass ihn der Pfarrer des örtlichen Doms mit seinen Banalitäten behelligte oder dass Viola sein Versäumnis bemerkt hatte.

»Ich war beschäftigt.«

»Das habe ich Padre Muratori gestern auch gesagt, als er wieder angerufen hat. Es war übrigens das vierte Mal in zwei Tagen. Du solltest dir wirklich mal sein Problem mit der Kirchenbank anschauen.« Das sollte er allerdings, und sei es auch nur, um sich mit Padre Muratori gut zu stellen. Eins nämlich hatte Andreotti schnell in Salò gelernt: In einer Kleinstadt gehört man als Commissario nicht nur zur Prominenz, man muss mit ihr auch auf gutem Fuß stehen, und der Dompfarrer gehört unbestritten dazu.

Andreotti lenkte das Gespräch wieder auf Violas Erkenntnisse, und diese begann auch sofort, die spärlichen Ergebnisse ihrer Tatortuntersuchung zusammenzufassen, während er missmutig nach einer Zigarette schmachtete. Der Täter hatte keinerlei Fußabdrücke im Stroh hinterlassen, und wenn draußen auf dem sandigen Boden welche gewesen waren, so hatte der morgendliche Wind sie fortgeweht. Mit den Fingerabdrücken verhielt es sich nicht anders. Weder das alte Holz des Fasses noch der rostige Riegel boten eine geeignete Oberfläche, wenn der Täter nicht sogar Handschuhe getragen hatte.

Viola berichtete ferner, dass der örtliche Arzt, Dottore Sinotti, in der Nähe einen Hausbesuch gehabt hatte, sodass er gleich vorbeigekommen war und die Leiche bereits angeschaut hatte.

Seiner Einschätzung nach sei der Tod in der letzten Nacht zwischen zweiundzwanzig Uhr und Mitternacht eingetreten. Nachdem Viola ihren Bericht beendet hatte, schürzte Andreotti missmutig die Lippen. Sein Gespür hatte ihn nicht getrogen, hatte es leider noch nie. Dies würde ein kniffliger Fall werden, und die ruhigen Tage waren erst einmal vorbei.

»Selbstmord kann es nicht gewesen sein?«, fragte er mit einem letzten Funken Hoffnung. Viola machte sie mit einem vorwurfsvollen Blick zunichte. Commissario Andreotti lehnte sich in seinem alten Ledersessel zurück, schloss die Augen und bemühte sich, das Bild der Scheune heraufzubeschwören. Das Stroh erschien, das alte Fass mit den rostigen Stahlringen, schließlich der Tote, wie er kopfüber im Fass steckte mit den zusammengesunkenen Beinen.

»Keine Hose gefunden?«, fragte Andreotti halblaut.

»Keine Hose«, antwortete Viola. Andreotti sah den Kopf des Toten vor sich, die ausdruckslosen Augen, und da war er wieder, dieser Geruch. Zweifelsohne Lack, nicht stechend, aber doch prägnant. Er öffnete die Augen. »Hast du Fotos gemacht?«

Viola hielt die teure Spiegelreflexkamera in die Höhe.

»Hast du auch Bilder von seinen Handflächen und Fingern?«

»Ich war da nicht zur Olivendegustation. Soll ich sie dir zuschicken?« Als Viola seinen Gesichtsausdruck sah, winkte sie ab. »Der Internetzugang an deinem Handy geht also noch immer nicht. Du solltest dir mal ein neues zulegen.«

Da hatte sie zwar nicht unrecht, doch stand ein neues Handy ganz weit unten auf Andreottis Prioritätenliste. Als Erstes brauchte er ein neues Schlafsofa. Die Rückenschmerzen am Morgen waren inzwischen unerträglich. Nachdem wenige Minuten später der Drucker seine Arbeit getan hatte, warf ihm Viola die Ausdrucke auf den Tisch und machte sich daran, ihm dennoch die Bilder per E-Mail zu senden. Andreotti setzte sich seine Lesebrille auf und studierte die Aufnahmen. Trotz der mäßigen Qualität des alten Druckers waren die Details gut zu erkennen. Selbst die Rillen der Finger waren auszumachen. Irgendetwas stimmte jedoch nicht, sagte ihm sein Gefühl. Es war das zweite Mal an diesem Tag, dass es sich mit unguten Vorahnungen bei ihm meldete, und dennoch wollte es sich im

Moment noch nicht mit seinem Verstand verbinden. Commissario Andreotti kam nicht darauf, was es war, das ihn störte. Kurz entschlossen steckte er die Lesebrille ein und stand auf. Er musste nachdenken, und das konnte er am besten bei einer Zigarette.

3

»È idiota.« Das dunkelrot angelaufene Gesicht des alten Geigenbaumeisters Giuseppe Maggio bebte bei jedem Wort, und seine Stimme überschlug sich förmlich. Das Wiedersehen mit ihm hatte sich Sophia wahrlich anders vorgestellt. Bis jetzt war sie von allen herzlich empfangen worden. Als sie damals fortgezogen waren nach Deutschland, hatte der alte Geigenbauer sie zum Abschied umarmt und sich verstohlen die Tränen aus den Augen gewischt. Sie hatte mit vielem gerechnet, aber nicht mit einem Wutanfall. Vielleicht hätte sie sich öfters melden sollen, aber sie war ein Teenager gewesen, und für die Entscheidung ihres Vaters konnte er kaum sie verantwortlich machen. Sollte er nicht vielmehr stolz auf sie sein? Schließlich war er es gewesen, der sie für den Geigenbau begeistert hatte und dessen Vorbild sie gefolgt war. Aber Giuseppe Maggio schien da anderer Meinung zu sein. Als sie zur Tür hereinspaziert war, war über sein erstauntes Gesicht ein freudiges Lächeln gehuscht, so wie sie es von früher kannte. Giuseppe war nie sonderlich gut darin gewesen, seine Zuneigung zu zeigen. Er ließ sie einen eher unterschwellig spüren, wenn er sich Zeit nahm und vor allem, wenn er über seine Geigen plauderte. Dennoch hatte Sophia gemerkt, dass er erfreut war, sie nach so langer Zeit wiederzusehen. Doch das änderte sich schlagartig, als sie Giuseppe ihr Anliegen unterbreitete, bei ihm arbeiten zu wollen. Seine Stirn hatte sich in Falten gelegt, und ein Gewitter war schneller aufgezogen als in einer heißen Sommernacht am Gardasee.

»Was für ein unglaublicher Unsinn«, schrie er sich weiter in Rage. Giuseppe Maggios Wutausbrüche waren zwar legendär, und auch Sophia hatte als Kind einige Anfälle miterlebt. Sie hatten sich jedoch nie gegen Personen gerichtet, die ihm nahestanden, sondern allenfalls gegen schlechte Geigenbaumeister, die ein wertvolles Instrument mit ihrer Stümperei verschandelt hatten. Wenn er also Sophias Arbeit nicht schätzte, war das eine Sache, aber Giuseppe Maggio hatte die Fotos ihrer Arbeit, die sie ihm mitgebracht hatte, nicht einmal angesehen. »È idiota. E no sono un idiota. No, finito«, rief er ein letztes Mal. Aber so leicht gab Sophia nicht auf. »Perché no?«, fragte sie. »Bin ich zu gut für dich?« Sophia erschrak selbst über ihre Dreistigkeit und spürte doch ein wenig Genugtuung, als sie das verdatterte Gesicht des alten Geigenbaumeisters sah.

Giuseppe Maggio wollte eben zu einer weiteren Tirade ansetzen, da ertönte eine Stimme aus dem Hinterzimmer. »Ist das etwa, wer ich denke, dass es ist?« Gleich darauf erschien ein junger Mann, der den alten Geigenbaumeister um fast einen Kopf überragte und in dessen Gesicht noch immer die Züge des Jungen von damals zu erkennen waren. Nur sein Blick war entschlossener, wirkte reifer. Sein schmales Kinn und die leicht geschwungene Nase machten ihn zu einem jüngeren Ebenbild Giuseppes. Keine Frage, er war es. »Luigi!«, rief Sophia, und bevor der alte Geigenbaumeister noch etwas sagen konnte, hatte sich Luigi an ihm vorbeigeschoben. Er umarmte Sophia herzlich, hob sie dann hoch und wirbelte sie einmal im Kreis. Ihr war schwindelig, als er sie wieder absetzte. »Ich hab mich gewundert, was hier für ein Lärm ist.« Dabei warf er seinem Vater einen kurzen Blick zu. »Und dann dachte ich mir, diese Stimme kennst du doch. Bist du es wirklich?«

»Wer soll ich sonst sein?«, fragte Sophia lachend, teils aus Freude, teils aus Erleichterung, doch noch im Hause Maggio willkommen zu sein.

»Du siehst noch genauso schön aus wie früher.«

»Du spinnst, Luigi.«

Der junge Geigenbaumeister hob den Finger.

»No, no, no. Es ist, wie ich es sage. Genauso schön.«

»Na ja, du bist halt noch der gleiche Charmeur wie früher. Nur deutlich größer.«

»Ich hatte schon gehört, dass du nach Salò kommen würdest«, wechselte Luigi das Thema, ohne die missmutige Miene des Alten zu beachten. »Aber was treibt dich nach so langer Zeit wieder hierher?«

»Sagen wir, die Sehnsucht? Ich bin einfach heimgekehrt.«

»Für immer?«

»Wenn ich Arbeit finde, dann ja.« Sophia schob die Fotos, die sie die ganze Zeit in den Händen gehalten hatte, über den Ladentisch und schaute Luigi erwartungsvoll an. Luigi betrachtete die Fotos. Es waren Bilder, die den Zustand einer Bratsche des Geigenbauers Giacomo Rivolta aus dem Jahr 1830 zeigten, bevor und nachdem Sophia sie vor einem Jahr restauriert hatte. Nicht nur ihr damaliger Chef fand, dass es ihre beste Arbeit war. Luigi blickte von einem Foto zum anderen und dann zu seinem Vater, der einen verstohlenen Seitenblick hinüberwarf. »Kein Wunder, dass du so getobt hast, Papa. Es ist wirklich eine Schande, in welchem Zustand die Bratsche war. Manche Leute haben einfach kein Verständnis für die Kostbarkeit eines solchen Instruments.« Luigi nahm das Nachher-Bild hoch und betrachtete es genauer. »Deine Arbeit?« Sophia nickte.

»Buono, wirklich erstklassig. Sieh mal, Papa, unsere kleine Sophia ist eine richtige Geigenbauerin geworden, und was für eine. Ein Glück für die Bratsche, dass das Schicksal sie in so geschickte Hände wie deine gelegt hat.«

Der alte Geigenbaumeister grunzte etwas Unverständliches, aber Luigi nahm keine Notiz davon. »Wir könnten noch jemanden gebrauchen. Derzeit haben wir eine gute Auftragslage, und eines der Cellos könnte Sophia bearbeiten. Nicht wahr, Papa?« Giuseppe wollte gerade etwas entgegnen, als die Glocke der Ladentür ging. In der Vitrine erschien das Spiegelbild einer Frau. Ihr Gesicht war hinter einer übergroßen Sonnenbrille verborgen, und sie trug eines jener sündhaft teuren weißen Sommerkleider der reichen Großstädterinnen, die in Salò ihr Wochenenddomizil hatten.

»Signora Orsini, es ist eine Freude, Sie zu sehen«, begrüßte der Alte sie mit gekünstelter Höflichkeit. »Das Instrument Ihrer Tochter ist seit gestern fertig.« Der Alte schloss ein Türchen unter der Ladentheke auf und holte einen mit Nappaleder verkleideten Geigenkasten hervor. Mit einem routinierten Griff ließ er die Verschlüsse aufschnappen, öffnete den Deckel und drehte den Kasten, sodass sich der Kundin die ganze Pracht des Instruments offenbarte. Das Gesicht hinter der Sonnenbrille blieb unverändert. »Und der Klang ist wie früher?«, fragte Signora Orsini knapp.

»Selbstverständlich. Die Violine singt wieder wie eine Nachtigall.« Giuseppes Lippen kräuselten sich. Sophia kannte diese Eigenart von früher und wusste, dass Giuseppe gerade alle Mühe hatte, seine Empörung zu unterdrücken.

Signora Orsini nickte knapp. »Sie haben diesmal lange gebraucht.«

Der Geigenbaumeister rieb sich verlegen die Hände. »Es musste ja einiges getan werden.«

»Wollen Sie damit sagen, dass meine Tochter nicht mit einem Instrument umgehen kann?«

»Gott bewahre!« Giuseppe warf dramatisch die Hände in die Höhe. »Aber nicht doch. Ihre Tochter ist ein Talent, wie es kaum ein zweites gibt in Salò. Ach, was sage ich, in ganz Norditalien.«

Sophia musste sich auf die Zunge beißen. Giuseppe war noch nie gut im Lügen gewesen. Auch Luigi schmunzelte und zwinkerte Sophia zu. »Wir haben derzeit nur viel zu tun«, beeilte sich der alte Geigenbaumeister zu erklären. Signora Orsini strich unbeeindruckt mit der Hand über die Saiten. »Wenn das so ist, sollte ich die Violine meiner Tochter in Zukunft lieber zu Alfonso Concetti in Brescia bringen.« Der alte Geigenbaumeister sog hörbar die Luft ein. Sophia konnte sich noch gut an die Rivalität zwischen den Geigenbauern Salòs und denen der Provinzhauptstadt Brescia erinnern. Die italienische Geigenbaukunst war Ende des sechzehnten Jahrhunderts von Gasparo genau hier in Salò begründet worden. Achtzig Jahre später hatten sich jedoch viele Werkstätten in den schnell wachsenden Ort Brescia verlagert. Seitdem sprach alle Welt von der Brescianischen Schule, was in den Augen der Salòer Geigenbaufamilien ein Frevel war, eine Ignoranz ihrer Geschichte. Allein die Andeutung, ein Streichinstrument in Brescia anfertigen oder restaurieren zu lassen, war somit die übelste Drohung, die man in Gegenwart eines Salòer Geigenbaumeisters wie Giuseppe ausstoßen konnte. »Dio mio! Doch nicht zu einem Brescianer!«, rief er aus.

»Er soll sehr gut sein, und er hat mehr Zeit, sagen meine Freundinnen«, fuhr Signora Orsini ungerührt fort. »Außerdem soll ein Gutachter aus Verona in der Stadt sein. Den könnte ich ebenfalls beauftragen.« Signora Orsini weidete sich regelrecht an Giuseppes Leiden.

»Wir haben ja inzwischen unseren Betrieb vergrößert«, sprang Luigi seinem Vater bei. »Gerade hat eine neue Geigenbaumeisterin bei uns angefangen, die beste ihres Fachs.« Hinter Signora Orsinis Sonnenbrille tauchte eine konsternierte Augenbraue auf. »Etwa die da?«

»Natürlich nur für Standardinstrumente«, beeilte sich der Alte zu versichern. »Die guten Stücke, wie die Ihres Sohnes und Ihrer Tochter, liegen weiterhin in den männlichen Händen der Familie Maggio höchstpersönlich. Schließlich liegen Ihre Instrumente uns am Herzen. Mehr noch. Sie sind ein Teil unserer Familie.« Über Signora Orsinis Mundwinkel huschte ein zufriedenes Zucken, dann ließ sie den Geigenkasten zuschnappen. »Wollen Sie sie nicht ausprobieren?«, fragte der alte Geigenbaumeister besorgt.

»Das wird meine Tochter mit ihrer Geigenlehrerin heute Nachmittag tun. Und wenn sie nicht zufrieden ist, sehen wir uns morgen wieder.«

»Es wäre mir eine Freude«, versicherte der alte Giuseppe. »Ich meine natürlich, es wäre eine Schande, wenn Ihre Tochter nicht zufrieden wäre. Wobei es mir persönlich immer eine Freude ist, Sie zu sehen, Signora.« Signora Orsini ließ ungerührt zwei Einhundert-Euro-Scheine auf den Tresen fallen. Dann schnappte sie sich den Geigenkasten, machte auf dem Absatz kehrt und verließ grußlos den Laden.

»Was für eine Zicke«, entfuhr es Sophia, als die Ladentür zufiel.

»Sie ist eine Kundin, keine Zicke«, wies Giuseppe sie zurecht, ohne Sophia eines Blickes zu würdigen. »Jetzt, da du ja hier offenbar arbeitest, solltest du das beherzigen.«

»Sie ist beides«, sagte Luigi lachend. »Signora Orsini hat in eine Industriellenfamilie aus Mailand eingeheiratet. Die haben sich unten einen Anlegeplatz für ihre Jacht gemietet, und nun meinen sie, der ganze Gardasee gehöre ihnen. Wie alle Neureichen.«

»Geld kauft kein Talent«, antwortete Sophia.

»Papas Worte.« Luigi lachte. Der Alte grummelte zustimmend, während er sich daranmachte, die Glasfläche der Ladentheke mit einem Ledertuch zu bearbeiten. »Dann würde ich sagen, du fängst morgen an«, fasste Luigi zusammen. »Schließlich wollen wir ja nicht, dass Signora Orsini hört, dass du doch nicht hier arbeitest. So was spricht sich hier schnell herum.« Er warf dabei seinem Vater einen amüsierten Blick zu. »Ich könnte dir gleich ein Cello geben. Wir haben zwei zur Bearbeitung.«

»Gib ihr das gute Cello«, grunzte Giuseppe bereits etwas milder. »Wenn sie Talent hat, wollen wir es nicht vergeuden.« Doch als er Sophias Lächeln sah, verfinsterte sich sein Blick wieder. Mit einer übertriebenen Handbewegung warf er den Lappen in die Ecke.

»Eine Frau als Geigenbauerin. Sono un idota«, hörte Sophia ihn noch sagen, dann war er hinter dem schweren Stoffvorhang verschwunden. War das wirklich noch derselbe Giuseppe, bei dem sie als kleines Mädchen Werkstattluft geschnuppert hatte?

4

Sophias T-Shirt war schweißnass, als sie eine halbe Stunde später mit dem alten Mountainbike auf die Lungolago Di Salò rollte, die Uferpromenade Salòs am Gardasee. Keuchend stieg sie ab. Es war nett von Tante Marta gewesen, ihr das Fahrrad ihres Cousins Marco zu leihen, der inzwischen in Mailand lebte. Aber Sophia hatte seit fast zwei Jahren keinen Sport mehr getrieben, wenn man von den zwei Probewochen im Fitnessstudio in Oldenburg absah, und sie spürte jeden Meter der Strecke in den Beinen. Zielsicher steuerte Sophia eines der kleinen Cafés der Uferpromenade an. Nach wenigen Minuten brachte ihr die junge Bedienung, wahrscheinlich die Tochter des Besitzers, einen duftenden Espresso, zusammen mit einem Glas Wasser, das Sophia gierig zuerst austrank.

Im Café nebenan fand sich gerade lautstark eine größere Touristengruppe ein. Sophia fiel ein dürrer Mann auf, der mit flinken Schritten herbeigeeilt kam. Seine viel zu weiten, fleckigen Hosen bildeten einen absurden Kontrast zu dem akkurat gebügelten weißen Hemd mit Stehkragen und schwarzer Fliege. Er baute sich vor den Touristen auf, klemmte sich eine alte Geige unters Kinn, die eher die Bezeichnung Fidel verdient hätte, und stimmte eines jener Schmachtlieder an, von denen Straßenmusiker im Allgemeinen glaubten, dass Touristen sie hören wollten. Dabei setzte er eine dramatisch leidende Miene auf, die wohl so etwas wie Hingabe darstellen sollte. Er war gar nicht untalentiert, fand Sophia. Seine Finger flogen über die Saiten, und er entlockte dem alten Instrument einen Klang, den man dem Stück Holz gar nicht zugetraut hätte. Dabei war Sophia wohl die Einzige, die sein Können wahrnahm. Die Touristen hingegen ignorierten seine Kunst geflissentlich und kümmerten sich um das, was Touristen so machten: Selfies aufnehmen und den prachtvollen Ausblick auf den Gardasee sowie die heimischen Leckereien genießen.

Wäre Giuseppe Zeuge des Geigenspiels gewesen, so hätte er sich wahrscheinlich minutenlang darüber ausgelassen, was dem Musiker einfalle, seine Kunst auf solch einem schäbigen Stück Holz preiszugeben. Aber da er nun mal nicht hier war, konnte der Straßenmusiker unbehelligt seinem Geschäft nachgehen. Giuseppe war noch immer so starrsinnig wie früher, und auch seine unterwürfige Art gegen zahlungsbereite Kundinnen hatte er beibehalten. Seine Launen hatte er damals jedoch nie an Sophia ausgelassen. Sie war immer sein Sonnenschein gewesen. *Nonno* hatte sie ihn genannt, Opa. Nonnos hörten aber wohl auf, Nonnos zu sein, wenn man aufhörte, ein Kind zu sein.

Vielleicht hatte sie auch den Geigenbauer in ihm unterschätzt. Die Ehre der Geigenbauer war eine ganz besondere Sache, und noch spezieller war es um die des alten Giuseppe bestellt. Schließlich war er ein direkter Nachfahre jenes Urvaters des italienischen Geigenbaus, Gasparo da Salò, auf den die Salòer so stolz waren. Die Kunst des Geigenbaus wurde seit jeher von Vater zu Sohn weitergereicht, und wenn mal kein Sohn vorhanden war, wurde kurzerhand ein Schüler adoptiert. Hauptsache, der Geigenbau blieb in der Familie. Weswegen Giuseppe streng genommen auch kein echter Nachfahre des großen Gasparo war, sondern seines Schülers und Adoptivsohns Maggio, dessen Vornamen Giuseppes Familie seit Generationen als Nachnamen trug. Sophia hatte offenbar schlichtweg das Pech, mit dem falschen Geschlecht geboren worden zu sein. Zwar hatte Giuseppe ihr Talent als Kind schon früh erkannt und gefördert, aber einen Jungen hatte er nicht aus ihr machen können. In seinen Augen würde sie wohl nie ein wahrer Geigenbauer sein. Tradition war halt Tradition.

»Scusi!« Sophia schaute überrascht auf und blickte in ein freundliches rundes Gesicht, das zu einem etwa vierzigjährigen Mann gehörte. »Können Sie mir sagen, wo das Museo ist?« Der Mann breitete einen alten Stadtplan auf dem Tisch aus. Da Sophia das Museum, in das sie gefühlt jedes Jahr einen Schulausflug hatten machen müssen, noch aus ihrer Kindheit kannte, konnte sie ihm schnell den Weg zeigen. Dankbar verabschiedete er sich und verschwand in die Richtung, in die sie ihn geschickt hatte. Zufrieden blickte Sophia dem Mann hinterher. Es tat gut, dass selbst Italiener sie für eine von hier hielten. Inzwischen begann ihr Magen, sich zu beschweren, zu Recht nach der anstrengenden Fahrradfahrt, wie Sophia zugeben musste, weswegen sie kurz entschlossen noch eine Mascarponecremetorte bei der jungen Bedienung bestellte. Der Geiger hatte sein Spiel beendet und nahm dankbar ein paar Münzen von einem Touristenpaar an, bevor er sich dem nächsten Tisch widmete und zu den ersten Takten von *O sole mio* ansetzte. Sophia schmunzelte. Das durfte nicht im Repertoire eines Straßengeigers fehlen.

Wenigstens war Luigi glücklich gewesen, sie zu sehen. Oft hatten sie zusammen auf der Mauer vor dem kleinen Haus der Maggios gesessen, über das Leben geredet und was es ihnen wohl bringen würde. Für Luigi stand fest, dass er in den Betrieb seines Vaters einsteigen und der berühmteste Geigenbauer Italiens werden würde. Sophia hingegen wusste, dass ihre Zukunft nicht so klar vorgezeichnet war. Ihr Vater war als junger Mann aus Liebe zu ihrer italienischen Mutter an den Gardasee gezogen. Sophia war hier aufgewachsen. Aber eines Tages hatte er ein lukratives Arbeitsangebot aus Oldenburg bekommen. Wochenlang hatte sie ihre Eltern nachts darüber diskutieren hören. Dann war die Entscheidung gefallen. Die letzte Begegnung mit Luigi war ihr noch so gut in Erinnerung, als wäre es gestern gewesen. Ihre Umarmung, sein trauriges Lächeln und der Moment, in dem sie plötzlich begriff, dass sie ein wenig in ihn verschossen war. Wenige Tage später hatte sie sich in einer ihr unbekannten, verregneten Stadt wiedergefunden. Oft hatte sie sich gefragt, ob Luigis Träume in Erfüllung gegangen waren. Noch war er vielleicht nicht der berühmteste Geigenbauer Italiens geworden, aber zumindest konnte er seine Passion leben.

Sophia schob das letzte Stück der köstlichen Torte in den Mund und bedauerte, dass der Genuss zu Ende ging. Sie widerstand der Verlockung, ein zweites Stück zu bestellen, und bevor sie doch noch schwach wurde, rief sie der jungen Bedienung zu, dass sie zahlen wollte.

Die junge Bedienung war schneller da, als es in Cafés üblich war. Sophia langte gedankenverloren nach ihrem Portemonnaie auf dem Tisch und griff ins Leere. Überrascht blickte sie auf. Sie war sich sicher, dass sie die Geldbörse auf den Tisch gelegt hatte. Womöglich war sie ihr heruntergefallen. Doch auch unter dem Tisch war nichts. Das freundliche Lächeln der Bedienung wich einem ungeduldigen Gesichtsausdruck. Vielleicht hatte sie es doch wieder in den Rucksack gesteckt. Hastig riss Sophia den Reißverschluss auf und schüttete kurzerhand den Inhalt auf den Tisch. Nichts. Zudem fehlte auch ihr Handy, das sie auf den Tisch gelegt hatte. Das konnte kein Zufall sein. Die junge Bedienung begann, mit dem Stift an ihrem Hosenbein zu trommeln. Da fiel er Sophia wieder ein: Der Mann, der nach dem Weg gefragt hatte! Sophia hätte sich ohrfeigen können. Seine Frage nach dem Museum, der Stadtplan, den er auf den Tisch gelegt hatte, nur um zusammen mit dem Plan das Portemonnaie einzustecken. Von wegen, sie war eine von hier. Sophia war auf den bekanntesten Taschendiebtrick am ganzen Gardasee hereingefallen, und der Kerl hatte sofort erkannt, dass sie ein leichtes Opfer war.

»Der Mann vorhin hat mein Portemonnaie gestohlen«, presste Sophia beschämt heraus. Die junge Bedienung starrte sie an.

Dann rief sie laut: »Mamma!« *Mamma* kam sofort herbeigestürmt, eine untersetzte Frau, die ihre mangelnde Körpergröße durch ein überschäumendes Temperament wettmachte. Und dieses Temperament lebte sie nun an Sophia aus, nachdem ihre Tochter sie über die Situation aufgeklärt hatte. Sophia schloss die Augen und ließ die zweite Abreibung des Tages über sich ergehen.

5

Commissario Andreotti machte sich auf, um endlich die Sache mit Padre Muratori hinter sich zu bringen. Zuvor musste er jedoch unter Leute. Zwar war er nicht der gesellige Typ, aber er liebte es, Menschen zu beobachten. Vielleicht lag das an seinem Beruf. Außerdem half es ihm beim Entspannen und Nachdenken. Zu seiner Überraschung hatte er die Zigarettenpackung, die Viola aus dem Fenster geworfen hatte, auf der Straße gefunden, und so machte er sich zufrieden dorthin auf, wo sich um diese Tageszeit viele Menschen in Salò befanden.

Die Uferpromenade war bereits gut besucht, unter die Einheimischen mischten sich zunehmend Touristen. Andreotti schlenderte an den Cafés und den kleinen Ständen vorbei, man winkte ihm zu, und er grüßte zurück. Schließlich kannte man ihn hier. Enrico, der den Touristen eifrig seinen Wein anbot, hielt Andreotti ein Glas entgegen. Er lehnte lachend ab. Die Bäuerin Charlotta, die ihre selbst angebauten Früchte anpries, warf dem Commissario mit einem breiten Lachen einen Apfel zu. Andreotti fing ihn auf, biss hinein und rollte übertrieben genüsslich mit den Augen. In Rom war zwar die Bezahlung besser gewesen, aber hier war Andreotti so etwas wie eine Lokalprominenz. Vielleicht war es doch nicht das Schlechteste, dass er in Salò gelandet war. Zu Beginn waren die Leute ihm gegenüber zwar skeptisch gewesen, hatten ihn aber mit den Jahren ins Herz geschlossen. Den Spitznamen *il metropolitano,* der Großstädter, verwendete hier schon lange niemand mehr. Er war einfach *il commissario.*

Nach einigen Metern drang plötzlich ein lautes Gezeter an Andreottis Ohr. Bevor er unauffällig kehrtmachen konnte, hatte ihn bereits die Café-Besitzerin Margherita entdeckt und winkte ihn wild fuchtelnd herbei. Andreotti seufzte, nahm einen letzten Bissen des Apfels und machte sich dann auf ins Unvermeidliche. Vor der tobenden Margherita saß eine unglücklich dreinblickende junge Frau, die vergeblich versuchte, zu Wort zu kommen. Sie schien Italienerin zu sein, keine Touristin, aber auch keine von hier. Andreotti setzte sein Dienstgesicht auf. »Was ist los, Margherita?«

»Das, was immer los ist. Wieder eine Touristin, die bestohlen wurde und jetzt nicht zahlen kann.«

»Ich bin keine Touristin«, versuchte sich die Frau zu verteidigen.

»Umso schlimmer! Dann müssten Sie etwas mehr Grips im Kopf haben.«

»Aber ich bin doch die Bestohlene.«

»Und ich habe den Schaden«, schnaubte Margherita in Richtung Andreotti. »Commissario! Mindestens dreimal am Tag das Gleiche! Von all dem Geld, was die Leute nicht bezahlen konnten, hätte ich mir schon längst eine Casa am See kaufen können!«

Margherita übertrieb maßlos, aber Andreotti konnte sie verstehen. Die meisten bestohlenen Touristen konnten sich bei Mitreisenden etwas Geld leihen, aber zu viele zogen weiter, ohne zu bezahlen. Das war zwar keine so schlimme finanzielle Katastrophe, wie es Margherita gerade darstellte, aber dennoch ärgerlich. Hier brauchte es indes weniger einen Commissario als vielmehr einen Streitschlichter, was in Salò jedoch das Gleiche war.

»Sie sind also beklaut worden«, konstatierte Andreotti.

»Ja. Ein Mann hat seinen Stadtplan auf den Tisch gelegt, und danach war mein Portemonnaie samt Handy weg«, erklärte die junge Frau aufgeregt. »Ich kann eine genaue Beschreibung abgeben.«

»Das wird nicht nötig sein«, unterbrach Andreotti sie. Er wusste bereits, dass es sich der Masche nach bei dem Mann um Fredo handeln musste, einen ortsbekannten Taschendieb.

»Sie sagten, Sie sind keine Touristin, Signora …?«, fragte er routiniert.

»Sophia Lange«, ergänzte die junge Frau.

»Sie sind Deutsche?«

»Mein Vater. Meine Mutter stammt von hier. Ich wohne seit gestern wieder in Salò, oben bei den Beltramis in der Via dei Mulini.«

Er wandte sich erneut Margherita zu, die ihn erwartungsvoll anschaute. »Hast du gehört, Margherita? Signora Lange lebt hier. Sie wird gleich nach Hause gehen, Geld holen und dich bezahlen. Nicht wahr, Signora Lange?« Die junge Frau nickte eifrig. »Und wenn nicht, dann verhafte ich Sie«, drohte Andreotti halb im Scherz mit erhobenem Zeigefinger.

»Das wird nicht nötig sein«, versicherte Sophia Lange eifrig.

»Siehst du, Margherita, wenn man die Leute ausreden lässt, klärt sich vieles ganz einfach.« Margherita murmelte ein Stoßgebet und scheuchte ihre Tochter ins Café. Das liebte Andreotti an Salò. Die meisten Fälle waren schnell zu klären. Die Sache war damit erledigt.

Sophia sah das jedoch anders. Sie konnte nicht fassen, dass dieser Polizist einfach gehen wollte.

»Haben Sie nicht vor, den Dieb zu fangen?«, rief sie dem Commissario nach.

»Nein, das habe ich nicht.«

»Aber Sie sind doch Commissario«, ließ Sophia nicht locker.

»Richtig, und als guter Commissario weiß man, wann sich ein Einsatz lohnt und wann nicht. Ihr Portemonnaie hat der Dieb längst geplündert und weggeworfen.«

Sophia spürte, wie die Wut in ihr aufstieg. »Mir geht es nicht um die paar Euro. Das Portemonnaie hat mir meine Mutter geschenkt.«

»Bitten Sie Ihre Mama, Ihnen ein neues zu kaufen«, antwortete der Commissario unwillig.

»Meine Mama ist tot.«

»Das ist bedauerlich. Ein Erinnerungsstück also.«

Sophia nickte erleichtert. Offenbar verstand er endlich. Der Commissario streckte seine Brust heraus und legte feierlich seine Hand darauf. »Signora Lange, Erinnerungen trägt man im Herzen und nicht in der Handtasche.«

»Wo ich meine Erinnerungen trage, kann Ihnen doch egal sein«, fauchte Sophia.

»Ist es mir auch.« Damit legte er zum Abschied zwei Finger an die Stirn, grüßte militärisch und setzte seinen Weg fort.

Wahrscheinlich hatte dieser Commissario recht. Solche Taschendiebstähle waren eher alltäglich. Und einem alten Portemonnaie wegen einer sentimentalen Erinnerung nachzulaufen, war nicht Sache eines Commissarios. Es gab gute Tage und schlechte Tage, und dann gab es Tage wie heute, die holpriger waren als eine Dorfstraße im verlassenen Geisterdorf Campo di Brenzone. Sophia musste sich damit abfinden, dass das Portemonnaie ihrer Mutter fort war.

6

Commissario Andreotti beschloss, seinen Weg zu Padre Muratori fortzusetzen. Er blickte sich noch mal zu dieser seltsam störrischen Frau um. Sie tat ihm schon leid, andererseits musste er Prioritäten setzen. Schließlich hatte er nicht nur beim Padre gut Wetter zu machen, sondern auch einen Mordfall zu klären. Und plötzlich vollbrachte Andreottis Gehirn eine Meisterleistung, zu der er sich selbst gratulierte. Erinnerungen tauchten auf, der Tote, die Scheune, der Geruch, Sophia Lange … all das formte sich zu einer spontanen Eingebung. Er stoppte, wandte sich um und ließ sich einen Moment später auf den Stuhl gegenüber von Sophia Lange fallen. Sie sah ihn überrascht an.

»Wollen Sie doch den Taschendieb fangen?«

Andreotti winkte ab. »Es gibt Wichtigeres.«

»Wie zum Beispiel?«

»Ihr Geruch. Wonach riechen Sie?«

Sophia Lange errötete. »Ich wüsste nicht, was Sie das angeht.«

»Ich bin Commissario, mich geht alles etwas an.«

»Nur Trickdiebe offenbar nicht.« Die junge Frau zuckte mit den Schultern. »Aber gut. Fleur de St. Tropez. Kostet fünfzehn Euro. Ihre Freundin wird sich freuen.«

»Nicht dieser Fusel, sondern das andere.«

»Na, Sie sind ja charmant.«

Andreotti ignorierte ihre Bemerkung. »Ich meine diesen anderen Geruch an Ihnen. Sie riechen wie ein Handwerker.«

»Ich habe heute Morgen geduscht.«

»Lack! Das ist es! Sie riechen nach Holzlack.«

»Ach, das. Das ist Geigenlack. Ich bin Geigenbauerin.«

»Dann bauen Sie also Geigen?«, fragte Andreotti.

»Nein, Zäune!«

Andreotti biss sich auf die Lippe. Diese Antwort hatte er verdient. Er musste es anders angehen.

»Darf ich Sophia sagen? Signora Lange klingt so förmlich.«

»Von mir aus. Und wie darf ich Sie nennen? *Il commissario* klingt auch recht förmlich.«

Andreotti zögerte. »So nennen mich die Leute hier nun mal.« Als er merkte, dass sich ihr Gesichtsausdruck wieder merklich abkühlte, schob er hastig hinterher: »Manche sagen auch Andreotti.«

»Haben Sie keinen Vornamen?«

»Doch, aber den verwendet niemand. Wenn Sie mich mit meinem Vornamen ansprechen würden, wüsste ich nicht, wer gemeint ist.«

Die junge Frau blickte ihn verwundert an. »Niemand nennt Sie beim Vornamen? Ist das nicht traurig?«

»Traurig ist, dass ich keinen Espresso habe«, entgegnete Commissario Andreotti so laut, dass die junge Bedienung ihn nicht überhören konnte. »Reden wir lieber über den Lack«, fuhr er dann fort. »Wird er nur von Geigenbauern verwendet?«

»Das weiß ich nicht, ich glaube aber schon.« Plötzlich hielt Sophia Lange inne, dann verengten sich ihre Augen, und ihr Gesicht nahm jenen Ausdruck an, der aus Andreottis Erfahrung bei Frauen nichts Gutes verhieß. Betont entspannt lehnte sich Sophia zurück und musterte ihn. »Wieso wollen Sie das eigentlich wissen?«

»Mein Sohn will eine Geige haben.«

Sophia brach in lautes Gelächter aus. »Etwas Dämlicheres ist Ihnen nicht eingefallen? Haben Sie überhaupt einen Sohn, Commissario?« Andreotti fühlte sich ertappt. Absolute Ehrlichkeit schien ihm jetzt der einzige Rettungsanker zu sein. »Also gut. Es geht um einen Mordfall. Wir haben heute Morgen eine Leiche gefunden. Und die roch nach solch einem Lack.« In dem Augenblick, in dem er es ausgesprochen hatte, wusste Andreotti, dass er verloren hatte. Sophia beugte sich vor und lächelte dünn.

»Verstehe ich das richtig? Sie wollen, dass ich Ihnen bei einem Mordfall helfe, wollen mir aber nicht helfen, mein Portemonnaie zu finden?«

»›Bei einem Mordfall helfen‹ ist vielleicht ein wenig übertrieben.«

»Dann schlagen Sie doch bei Wikipedia nach.«

»Das werde ich auch tun. Darauf können Sie sich verlassen.«

Sophia nickte amüsiert.

»Außerdem kann man *Ihr* Portemonnaie nicht mit *meinem* Mordfall vergleichen«, versuchte Andreotti, die Situation zu retten.

»Kann man nicht«, stimmte sie ihm zu. »Sie haben recht. *Ihr* Mordfall, *mein* Portemonnaie.«

Andreotti schnaubte. »Was ist Ihnen lieber? Etwa *unser* Mordfall, *unser* Portemonnaie?«

Die junge Frau lächelte ihn überlegen an. »Sie haben es erfasst, Signor Commissario.« Andreotti stieß einen lauten Seufzer aus. Sophia streckte ihm ihre Hand entgegen. »D'accordo?« Andreotti zögerte, dann schlug er ein. Ihre Hand verlor sich fast in seiner, und er musste sich zurückhalten, nicht doch etwas fester zuzudrücken, als es höflich gewesen wäre. »D'accordo«, hörte er sich sagen.

Schnell ließ er ihre Hand wieder los und fingerte eine Zigarette aus der Packung. »Dann machen Sie mal einen alten Commissario ein wenig schlau, was Geigenlack angeht.« Und Sophia Lange begann zu erzählen, von der jahrhundertealten Kunst, den richtigen Geigenlack herzustellen. Sie berichtete darüber, wie jede Geigenbauerfamilie ihre Lackrezeptur hütete und nur mündlich von Generation zu Generation weitergab. Sie dozierte über die Beschaffenheit des Lacks und dass er nicht nur dem Schutz des Holzes diente, sondern maßgeblich zum Klang und Resonanzverhalten des Instruments beitrug. Andreotti hatte inzwischen seinen Espresso bekommen und sich bereits seine dritte Zigarette angezündet, als Sophia endlich ihre Ausführungen beendete. Nachdenklich stieß er den Rauch aus. Jetzt wusste er zwar, woraus Lack besteht, doch da er nicht vorhatte, Geigen zu bauen, half ihm das nicht wirklich weiter.

»Wenn jeder Lack eine einzigartige Mischung ist, dann hieße das doch, dass sie unterschiedlich riechen müssten«, fasste Andreotti zusammen.

»Ja und nein.« Sophia Lange schien sein ungeduldiges Fingertrommeln zu bemerken, jedenfalls fuhr sie eilig fort: »Die Hauptbestandteile wie Schellack und Harz sind nahezu in jedem Lack zu finden, und die machen den Duft aus.«

»Der Tote war also Geigenbauer«, überlegte der Commissario laut. »Und davon gibt es nicht so viele.«

»Oder er war ein Geigenspieler und hatte auf einer frisch überholten Geige gespielt«, warf Sophia ein. Auch dies ließ mehrere Möglichkeiten offen.

Plötzlich fielen Andreotti die Hände des Toten wieder ein. »Kann man einen Geigenbauer an den Händen erkennen?«, fragte er aufs Geratewohl.

Sophia Lange dachte einen Moment nach, bevor sie antwortete. »Man könnte zumindest sagen, ob jemand *kein* Geigenbauer ist. Geigenbauer haben raue Hände, wegen der Arbeit mit Holzfeile und Schmirgelpapier.«

»So wie Ihre?«

»Danke für das Kompliment. Aber ja, so wie meine.« Und jetzt verstand Andreotti, was ihn die ganze Zeit an den Händen der Leiche gestört hatte.

»Werden Geigen aus Olivenholz hergestellt?«, fragte er, einer Eingebung folgend.

»Eher der Wirbel oder die Knöpfe. Das Resonanzverhalten ist nicht gut genug, um es für den Korpus zu verwenden.« Andreotti drückte die Zigarette im Aschenbecher aus. »Was machen wir jetzt?«, fragte Sophia Lange, und Andreotti entging nicht die freudige Aufregung in ihrer Stimme.

»Wieso wir?«

»Schon vergessen? *Unser* Mordfall«, entgegnete sie.

»Haben Sie sonst nichts zu tun?«

»Außer Geigen bauen nicht.«

»Ich dagegen *habe* etwas zu tun. Ich muss dringend zu Padre Muratori.«

»Beichten?«

»So viel Zeit hat Padre Muratori nicht.«

»Wenn es also nicht darum geht, Ihr Seelenheil zu retten, sollten wir uns doch besser um den Mordfall kümmern.«

Andreotti begann zu ahnen, dass er diese Sophia Lange nicht so leicht loswerden würde. »Also gut. Padre Muratori kann noch ein wenig warten. Kommen Sie mit.«

Sophia war bereits aufgesprungen, bevor Andreotti die Münzen für den Espresso auf den Tisch gelegt hatte. »Wohin gehen wir? Zum Kommissariat? Zum Tatort?«

»Weder noch. Als Erstes beschaffen wir Ihnen Ihr Portemonnaie wieder.«

»Jetzt schon?«, fragte Sophia überrascht.

»Vielleicht werde ich Sie dann schneller wieder los.«

»Das glauben auch nur Sie.«

Dem Commissario dämmerte, dass ihm dieser Tag gleich ein zweites, riesiges Problem eingebrockt hatte. Was belastender war, der Mordfall oder diese seltsame Frau, würde sich noch zeigen. Aber er hatte bereits eine Ahnung.

7

Es sei gleich um die Ecke, hatte Andreotti gesagt, weswegen Sophia ihr Fahrrad an der Promenade zurückgelassen hatte – ein Fehler, wie sich allmählich herausgestellt hatte. Denn eine halbe Stunde später hetzte Sophia dem Commissario noch immer hinterher. Vom Gardasee führte jeder Weg bergauf. Aber Andreotti machte nicht mal eine kurze Verschnaufpause, wenn er sich eine weitere Zigarette anzündete. Es war ein Wunder, wie er überhaupt mit seiner Raucherlunge eine solche Kondition aufbringen konnte. Wortkarg hatte er Sophia unbeirrt durch die verwinkelten Gassen geführt, und davon gab es in Salò viele. Sie waren die engen Treppen zwischen den romantischen Häuschen hochgestiegen, hatten Abzweigung nach Abzweigung genommen und zahlreiche kleine Plätze überquert. Gepflegte Hausfassaden, an denen der Wein emporrankte, wechselten sich ab mit Häusern, die zwar durchaus einen Anstrich vertragen konnten, aber dennoch einen ursprünglichen Charme ausstrahlten.

Sophia hatte die Orientierung verloren. Das Salò, das sie kannte, hatte nur aus den Straßenzügen ihrer Kindheit bestanden, und in diesem Viertel war sie nie zuvor gewesen. Allmählich veränderte sich das Straßenbild. Zunehmend modernere Wohnungsbauten mischten sich zwischen die alten Häuser. Andreotti beschleunigte weiter. Zielstrebig hielt er auf die nächste Abbiegung zu. Sophia blieb stehen und schnaufte durch. Lange würde sie das nicht mehr durchhalten. Ein Kind rief ihr etwas zu. Sophia hielt inne und blickte auf. Ein Mädchen im Vorschulalter winkte ihr von einem Balkon aus dem modernen Wohnungsbau zu. Modern war hier allerdings relativ, denn die Gebäude hier hatten unverkennbar einige Jahre hinter sich. Aber die Fassaden zierte frische

Farbe, und die niedlichen hölzernen Balustraden verliehen dem sonst eher schlichten Gebäude den gewissen italienischen Charme. Sophia winkte müde zurück.

Als Sophia weitergehen wollte, war die Straße leer. Sie war einen Moment zu lange abgelenkt gewesen. Der Commissario war verschwunden. Lediglich das Echo sich entfernender Schritte hallte in der Gasse wider. Sophia rief seinen Namen. Eine streunende Katze antwortete ihr mit einem Miauen, bevor sie hinter dem nächsten Gartenzaun verschwand. Sophia lief schneller und blieb an der nächsten Weggabelung stehen. Sie lauschte, doch die Schritte waren verstummt. Erneut rief sie Andreottis Namen in die leere Gasse. In der Ferne startete ein Moped, das zügig verschwand. Ansonsten Stille. Sophia fluchte. Hatte sie dieser Commissario doch tatsächlich abgehängt. Sie musste sich entscheiden, also nahm sie auf gut Glück die rechte Gasse. Nichts. Sophia lief weiter, bog, ohne groß nachzudenken, in eine weitere Gasse ein. Blieb stehen, rief erneut, horchte wieder. Plötzlich vernahm sie etwas. Wieder Schritte, diesmal näher. Sophia rannte los, ohne zu wissen, ob sie den Schritten folgte oder deren Echo. Kurzerhand folgte sie einer weiteren Abzweigung und lief Andreotti direkt in die Arme.

»Wo bleiben Sie denn, Signora?«

»Die Frage ist, wohin Sie so plötzlich verschwunden sind«, keuchte Sophia.

»Na, zu Fredo. Ich habe schließlich nicht den ganzen Tag Zeit.« Damit wandte sich Andreotti um und klopfte energisch an eine hölzerne Tür. Die Tür gehörte zu einem niedlichen kleinen Haus. Grüner Wein zierte die rechte Hauswand, und neben dem Eingang lud eine kleine Holzbank zum Verweilen ein. Man hätte vermutet, dass hier eine alte Dame oder eine kleine Familie lebte, jedoch kein Taschendieb. Andererseits hatte Sophia sich noch nie gefragt, wie ein Taschendieb wohnte. Machte man so was hauptberuflich oder eher als Nebenerwerb zur Aufbesserung der Urlaubskasse?

Andreotti pochte erneut gegen die Tür. Vielleicht lebten Taschendiebe wie jeder andere, hatten Familie, waren verheiratet, wie ganz normale Leute auch.

Zumindest Sophias letzte Frage wurde wenige Sekunden später beantwortet, denn gerade, als Andreotti erneut die Hand hob, öffnete sich zaghaft die Tür, und das nicht unattraktive Gesicht einer zierlichen Frau mittleren Alters erschien. Andreotti deutete eine kleine Verbeugung an.

»Scusi, Ilona, aber ich möchte mit deinem Mann sprechen.« Die Augen der Frau verzogen sich zu Schlitzen, dann ließ sie die Tür ohne ein weiteres Wort wieder ins Schloss fallen. Es folgte ein gedämpfter Wortwechsel, dem die Worte *Carabinieri, Stupido* und eine Folge italienischer Flüche zu entnehmen waren. Schließlich wurde die Tür wieder geöffnet. Diesmal von einem Mann. Er war noch etwas kleiner, als er auf der Promenade gewirkt hatte. Sein Lächeln war verschwunden. Stattdessen zuckte sein rechter Mundwinkel, an dem noch etwas Tomatensoße klebte. Es bestand kein Zweifel. Es war der Mann mit dem Stadtplan. Sein Blick wanderte vom Kommissar zu Sophia, seine Augen weiteten sich.

»Fredo, Fredo, Fredo«, schüttelte Andreotti den Kopf.

»Wie kann ich Ihnen helfen, Commissario?«, fragte der Mann gespielt ahnungslos.

»Das Portemonnaie«, forderte Andreotti mit ausgestreckter Hand.

Fredo schien noch einen weiteren Zentimeter zu schrumpfen und machte einen kläglichen Versuch, sich herauszuwinden. »Ich weiß nicht, was Sie meinen.«

Statt zu antworten, stieß der Commissario die Tür mit seinem Fuß weit auf und trat ein. Schnell schlüpfte Sophia hinter Andreotti her in die Stube und blieb überrascht stehen. Statt finsterer Spießgesellen, die um einen Tisch geschart Schnaps tranken und Karten spielten, blickten sie rund ein Dutzend erstaunter Kindergesichter an. Zwei identisch gekleidete vierjährige Jungen, ein etwa zehnjähriges Mädchen, das gerade dabei war, ein kleines Mädchen auf seinem Schoß zu füttern, drei größere Kinder, die mitten im Streit um einen Löffel innegehalten hatten, ein Kleinkind, das auf dem Boden krabbelte, und ein weiterer Säugling auf dem Arm von Fredos Frau, der sein Gesicht an ihrer Schulter verbarg – der ganze Raum schien nur so von Kindern zu wimmeln, und alle hatten unverkennbar Fredos Knopfaugen.

»Sind das alles Ihre Kinder?«, fragte Sophia erstaunt.

»Natürlich sind das alles meine Kinder, wessen sonst?«

»Wollen Sie mir etwas unterstellen?«, zischte Ilona. Der Commissario hob abwehrend die Hand und bedachte Ilona mit einem finsteren Blick.

»Fredo ist sehr produktiv, nicht wahr, Fredo?«

Der Commissario grinste, dann verfinsterte sich sein Gesicht schlagartig wieder. »Das Portemonnaie!«, donnerte er.

Fredos Mundwinkel begannen wieder, nervös zu zucken. »Ich kann es Ihnen nicht geben, Commissario. Ich habe es nicht.« Andreottis Gesichtsausdruck wurde noch dunkler, und Fredo wich einen Schritt zurück. »Und selbst wenn ich es hätte, könnte ich es Ihnen nicht geben«, schob er hastig nach und blickte sich Hilfe suchend um.

»Und wieso nicht?«

»Weil Sie mir sofort unterstellen würden, dass ich es gestohlen hätte.«

»Was natürlich ein völlig absurder Verdacht wäre.«

»Eben«, pflichtete Fredo bei. »Es könnte ja sein, dass ich es nur gefunden habe, aber das würden Sie mir ja nicht glauben.«

»Da hast du allerdings recht.«

»Sehen Sie?« Fredo streckte hilflos die Hände aus. »Ich kann Ihnen das Portemonnaie also gar nicht geben. Sonst würden Sie den Vater dieser armen Kinder sofort ins Gefängnis werfen.« Das war natürlich maßlos übertrieben. Wegen eines Taschendiebstahls wurde man weder in Deutschland noch in Italien eingesperrt. Allenfalls eine Geldstrafe würde sich dieser Fredo einhandeln. Bei dem Wort *Gefängnis* änderte sich die Stimmung in dem kleinen Haus jedoch schlagartig. Ilona stieß einen Schrei aus. »Bitte nehmen Sie mir meinen Fredo nicht fort«, flehte sie und presste ihr Baby noch enger an sich. Einer der Zwillinge schluchzte auf, gefolgt von seinem Zwillingsbruder. Auch das kleine Mädchen auf dem Schoß fiel mit ein, und binnen weniger Sekunden erklang ein Konzert, wie es ein Orchester mit grauenvoll verstimmten Geigen nicht hätte zustande bringen können. Ohrenbetäubendes Jaulen vermischte sich mit einem markerschütternden, mehrstimmigen Kreischen, das von stakkatoartigen Schluchzern begleitet wurde. Ob dieses Theater nun einstudiert oder echt war, Sophia befand, dass es ein Ende haben musste, wenn sie morgen noch in der Lage sein wollte, die feinen Klangnuancen einer zu stimmenden Violine auszumachen. »Euer Vater kommt nicht ins Gefängnis«, rief Sophia.

Schlagartig war Ruhe. »Und er bekommt auch keine Geldstrafe?«, hakte Ilona nach einigen Sekunden nach.

»Auch keine Geldstrafe«, versicherte Sophia. »Ich werde von einer Anzeige absehen.« Fredo ergriff mit beiden Händen ihre rechte Hand und begann, sie eifrig zu schütteln. »Sie haben ein gutes Herz. Wer gut zu meiner Familie ist, zu dem bin ich auch gut. Wann immer Sie mal in Not sind, bin ich für Sie da. Darauf haben Sie mein Fredo-Familienehrenwort.« Sophia bezweifelte zwar, dass sie jemals die Hilfe eines stadtbekannten Taschendiebs bräuchte, war aber froh, dass das Geschrei ein Ende hatte.

»Das Portemonnaie. Jetzt!«, unterbrach der Commissario das Händeschütteln. Eifrig nickte Fredo und verschwand in einem

Nebenraum, um eine Minute später mit einem schwarzen Stück Leder in der Hand wiederaufzutauchen – Sophias Geldbörse.

»Ich brauche wohl nicht anzunehmen, dass da noch Geld drin ist«, zischte der Commissario.

Fredo warf in gespielter Unschuld die Hände in die Luft. »Ich habe es draußen zufällig liegen sehen. Reingeschaut habe ich nicht.« Stumm nahm ihm Sophia die Geldbörse aus der Hand und machte sich erst gar nicht die Mühe, nachzuschauen. Auf die paar Euro konnte sie gut und gerne verzichten. Viel wichtiger war ihr Handy. Aber sie ahnte bereits die Antwort auf ihre Frage danach. »Das Handy …«, sagte Fredo gedehnt.

»Die Wahrheit«, fuhr Andreotti ihn an.

»Die Wahrheit ist, dass ich es verkauft habe.«

»An wen?«

»Commissario, woher soll ich das wissen? Ich merke mir meine Kunden nicht. Das ist in meinem Geschäft nicht gut.«

»Und was ist mit dem Geld, das du dafür bekommen hast?«, fragte Sophia mit einem letzten Funken Hoffnung. Fredo deutete schweigend auf die Makkaroni auf dem Esstisch. »Die Kinder. Sie wissen ja.«

»Bis Ende nächsten Monats ist das Geld bei Signora Lange. Zweihundertfünfzig Euro«, gab sich Andreotti unbeeindruckt.

»Commissario! So viel habe ich dafür gar nicht bekommen.«

»Das ist mir egal. Ende des Monats – zweihundertfünfzig Euro.«

»Si, Commissario.« Fredo nickte ergeben. »Wie Sie es wünschen, Commissario.«

Doch Sophia hatte ihre Zweifel, dass sie das Geld jemals sehen würde. Eigentlich hatten sie bereits mehr erreicht, als sie gehofft hatte. Sie hatte das Erbstück ihrer Mutter wieder. Mehr konnte sie nicht erwarten, und so hastete sie wenige Minuten später wieder durch das Labyrinth der engen Gassen dem Commissario hinterher, der sie zielstrebig Richtung Zentrum führte. Das Weinen der Kinder klang ihr noch immer in den Ohren. »Ich glaube, es war richtig, dass wir die Sache nicht weiter verfolgt haben. Schließlich hat der arme Mann zehn Kinder zu ernähren«, sagte Sophia, mehr um sich selbst zu überzeugen, als um ein Gespräch mit dem Commissario zu führen.

»Dreizehn, um genau zu sein«, korrigierte Andreotti sie. »Der gute Fredo ist nämlich nicht gerade der Treueste. Aber er kümmert sich um alle seine Kinder. Und so arm ist er auch wieder nicht. Das Haus gehört nämlich ihm. Damit besitzt er mehr als ich.« Der Commissario lachte trocken auf, als er Sophias Überraschung bemerkte. »Das lernt man schnell, wenn man bei der Polizei ist. Als Polizist stehen Sie meist einige Gehaltsstufen unter Ihren Mandanten. Verbrechen lohnt sich. Ehrlichkeit nicht.«

Sophia fragte sich einen Moment lang, wie es der Commissario mit der Ehrlichkeit hielt, wenn sie sich nicht lohnte, verwarf aber den Gedanken. Vor ihrem geistigen Auge erschienen wieder das kleine Häuschen, die beschauliche Bank, der rankende Wein an der Hauswand und die Schar Kinder. Sie ärgerte sich über sich selbst. »Vielleicht hätte ich ihn doch anzeigen sollen.«

»Wo denken Sie hin? Haben Sie das Geschrei vergessen?«

»Wie könnte ich das vergessen? Mir klingeln immer noch die Ohren.«

»Eben, und abgesehen davon hätte ich die Anzeige ohnehin in den Papierkorb geworfen. Ich habe Wichtigeres zu tun, als mich um solch einen Kleinkram zu kümmern. Außerdem haben Sie etwas bekommen, was viel wertvoller als Ihr Handy ist.«

»Und das wäre?«

»Das Fredo-Familienehrenwort. Vielleicht werden Sie's noch brauchen.«

Das war nun wahrlich kein großer Trost.

8

Der Rückweg war weitaus weniger beschwerlich, und Sophia fiel es leichter, mit Andreotti Schritt zu halten. Dennoch war er nicht sonderlich gesprächig. So trottete sie schweigend neben ihm her und versuchte, sich die Straßen einzuprägen. Schließlich war dieser kleine Ort ihre neue Heimat, und da sollte sie schon mehr kennen als nur den beschaulichen Stadtkern. Andreotti führte sie die Via Castello entlang über die Piazza Carmine mit der riesigen Agave, die in der Mitte des Kreisverkehrs thronte, und bog in die Via Gerolami Fantoni ein. Als Sophia hinter dem alten Steintor in der engen Gasse die drei Wagen mit der Aufschrift *Polizia* sah, atmete sie erleichtert auf. Den Eingang zur Polizeistation zierte eine lateinische Inschrift *Deo Patriae sibi caeteris deinceps laetus specta* – Schaue mit Freude auf Gott und dieses Land, musste es heißen, wenn Sophias Lateinkenntnisse sie nicht trogen. Das alles wirkte eher wie ein Museum denn eine Polizeistation.

Dieser Eindruck bestätigte sich, als sie Andreottis Büro betraten. »Das ist also Ihr Arbeitsplatz«, stellte Sophia fest und deutete auf den alten hölzernen Schreibtisch, auf dem sich ein Berg Akten neben ungespültem Geschirr stapelte. Der Commissario knurrte zustimmend und beeilte sich, die gröbste Unordnung zu beseitigen, bis ein wenig der zerkratzten Arbeitsfläche zutage kam. Die Amtsstube war kleiner, als Sophia sie sich vorgestellt hatte. Noch enger wirkte sie durch das alte klapprige Sofa, auf dem eine Decke und ein Kissen lagen.

»Und Sie arbeiten hier ganz allein?«, fragte Sophia, um das Gespräch fortzusetzen.

»Tut er nicht.« Eine junge Frau stand im Türrahmen, einen Laptop unter dem Arm.

»Willst du uns nicht miteinander bekannt machen, Andreotti?«

Der Commissario tat es, wenngleich widerstrebend. »Das ist Viola Ricci. Unser junger, aufstrebender Star der Carabinieri in Salò.«

Sophia wusste nicht, ob Andreottis Kompliment ernst gemeint war. Man wusste bei ihm ohnehin nie wirklich, woran man war. Der Commissario stellte Sophia als »die Deutsche« vor, was Viola Ricci mit einem kurzen Stirnrunzeln zur Kenntnis nahm. Dann nahm sie an dem kleinen makellosen Schreibtisch in der Ecke Platz. »Und wie können wir deiner Signora Lange helfen?«, fragte sie, während sie in ihrem Aktenordner blätterte.

»Ihr Portemonnaie ist gestohlen worden.«

Viola blickte auf. »Ein Taschendiebstahl? Und deswegen machst du eine Besucherführung im Kommissariat? Oder zeigst du ihr eher deine Wohnung?«

»Erstens ist auch ein Taschendiebstahl ein Delikt, das uns angeht, und zweitens versteht Frau Lange jedes Wort, das du sagst. Sie ist nämlich Halbitalienerin.« Viola Ricci wurde rot und widmete sich hastig wieder ihrem Aktenordner. »Außerdem habe ich ihr den Hinweis zu verdanken, dass der Geruch am Tatort von Geigenlack stammt. Der Tote von heute Morgen muss also mit Geigenbau zu tun haben«, triumphierte Andreotti.

»Und zwar mit einem Geigenbauer aus Verona«, ergänzte Viola Ricci unbeeindruckt. »Dort hatte Alessandro Ferregina seine Werkstatt, so heißt unser Mordopfer nämlich.«

Andreottis Lächeln erstarb. »Und das weißt du bitte woher?«

Die junge Polizistin hielt einen Computerausdruck hoch, den sie gerade im Begriff war, abzuheften. »Von den Carabinieri aus Verona. Kam vorhin per E-Mail. Sein Sohn hat ihn heute früh als vermisst gemeldet.«

»Und die Beschreibung passt?«

»Lies doch selbst.« Viola wedelte mit dem Ausdruck, bis Andreotti aufstand und ihn ihr aus der Hand riss. »Alessandro Ferregina. Beruf Geigenbauer und -gutachter. Zuletzt gesehen gestern um 16 Uhr«, las er halblaut vor. »Größe 1,72 – könnte passen. Alter 54.«

»Und auch die Unterhose stimmt«, ergänzte Viola Ricci. »Die Ehefrau hat sie genau beschrieben. Dunkelrote Boxershorts mit Palmen.«

»Welche Ehefrau weiß denn, mit welcher Unterhose der Gatte das Haus verlässt?«, wunderte sich Andreotti.

»Liebende Frauen wissen das«, sagte Sophia, und ihr entging nicht, wie sich Viola Ricci mühsam ein Grinsen verkniff.

»Nun gut. Wir kennen also den Toten«, grunzte Andreotti. »Zum Glück ein Veroneser und keiner von hier.«

Dem Commissario mochte ein Mordopfer aus Verona nicht sonderlich bedeutend erscheinen, aber Sophia fand die Sache spannend. Sie war nach Salò gekommen, um die Vergangenheit hinter sich zu lassen, ein neues Leben anzufangen, und dieses neue Leben bot ihr als Erstes einen Kriminalfall. Nicht dass Sophia eine Leidenschaft für das Düstere gehabt hätte, jedoch liebte sie das Geheimnisvolle. Jede Geige, die zu ihr kam, barg ihre Geheimnisse, und sie zu entschlüsseln, Schicht für Schicht freizulegen, was das Instrument verbarg, das war es, was den Reiz ihrer Arbeit ausmachte. Und diesmal führte die Geige sogar zu einem Mordfall, wenn Sophias Vermutung stimmte. »Und was machen wir als Nächstes?«, wollte Sophia wissen. »Noch mal den Tatort anschauen?«

»Sie machen gar nichts.« Andreottis Antwort kam wie eine kalte Dusche. »Sie haben Ihr Portemonnaie zurück, und ich weiß, wer der Tote ist. Damit ist unsere Zusammenarbeit beendet.«

Sophia glaubte, sich verhört zu haben. »Aber ich kann Ihnen doch noch helfen«, versuchte sie es erneut.

»Signora Lange, Sie sind weder eine Miss Marple noch eine Meisterdetektivin. Tun Sie das, was Sie am besten können. Bauen

Sie Geigen.« Sophia wollte zu einem weiteren Protest ansetzen, aber ehe sie sichs versah, hatte Andreotti sie bereits aus dem Büro geschoben, nicht ohne sie daran zu erinnern, ihre Schuld bei Margherita zu begleichen.

»Was für ein Arschloch«, entfuhr es Sophia. Spontan wollte sie gleich wieder ins Büro des Commissario stürmen. Aber sie hatte in der Vergangenheit bitter lernen müssen, dass es selten klug war, einem ersten Impuls zu folgen. Sophia besann sich, lief wutentbrannt die Treppen hinunter, vorbei an einem jungen Carabiniere, der ihr verdutzt hinterherstarrte.

Manchmal fragte sie sich, ob sie ein Schild auf der Stirn trug, auf dem stand: »Nutze meine Gutmütigkeit aus und wirf mich dann weg.« Nie wieder, hatte sie sich geschworen. In Salò sollte alles anders werden. Und jetzt das.

Auf der Via Gerolamo Fantoni blieb Sophia ratlos stehen. Erst der kalte Empfang von Giuseppe, dann der Diebstahl und nun diese Abfuhr. Sie wollte gerade den Weg zur Promenade einschlagen, als ihr plötzlich etwas direkt vor die Füße flog. Es war eine Zigarettenschachtel. Oben schloss sich ein Fenster. Sophia hob die Packung auf, zerdrückte sie und warf sie in den nächsten Papierkorb. »Arschloch!«, rief sie ein zweites Mal. Eine alte Frau blickte verwundert auf und verschwand kopfschüttelnd mit ihren Einkaufstaschen hinter der nächsten Ecke. In Salò würde alles anders werden. Und das würde sich Sophia bestimmt nicht von diesem Andreotti verderben lassen. Sie machte sich auf, ihr Fahrrad zu holen. Schließlich wartete zu Hause noch ihre Derazey auf sie, und dann ab morgen die Arbeit in Giuseppes Werkstatt. Mit jedem Schritt wuchs ihre Entschlossenheit.

9

Wenn du Frauen immer so abservierst, ist es kein Wunder, dass du alleine auf dem Sofa schläfst«, kommentierte Viola süffisant.

»Sie war nicht zum Flirten hier, sondern wegen ihres gestohlenen Portemonnaies. Fall gelöst, Problem erledigt. Und nur, um weibliche Solidarität zu zeigen, musstest du nicht wieder meine Zigaretten aus dem Fenster werfen.«

»Du hättest dir gleich wieder eine angezündet.«

»Hätte ich nicht.«

»Hättest du doch. Und zwar spätestens dann, wenn ich dir erzählt hätte, dass wir noch einen Toten in Salò haben.«

Andreotti schloss die Augen und ließ sich auf seinen Sessel fallen. Viola kannte ihn inzwischen wirklich zu gut. »Wir haben also noch einen Mordfall?«

»Es war kein Mord«, hörte er Viola sagen. Andreotti öffnete die Augen.

»Ein Unfall?«

»Suizid.«

Das klang schon besser. Zwei Morde in so kurzer Zeit wären doch ein wenig viel für Salò gewesen. »Bist du sicher?«

»Das wären wir, wenn einer von uns beiden sich die Leiche angeschaut hätte. Ich musste mich aber um die Informationen aus Verona kümmern, während du unterwegs warst, um Taschendiebe zu fangen, anstatt dich um wichtigere Dinge zu kümmern. Padre Muratori zum Beispiel.«

Andreotti beschloss, Violas Bemerkung zu ignorieren. »Dann wollen wir mal«, sagte er stattdessen und stemmte sich aus dem Schreibtischstuhl.

10

Wenig später wurde Sophia das zweite Mal fast von Marta erdrückt. »Ich wusste es. Ich wusste es«, jubelte sie. Marta freute sich fast mehr als Sophia. »Selbstverständlich hat Giuseppe dich eingestellt. Er ist ein kluger Mann.«

Dass sie die Stelle in der Werkstatt im Grunde nur Luigi zu verdanken hatte, erwähnte Sophia nicht. »Luigi ist noch genauso nett wie früher«, sagte sie stattdessen.

Marta ließ sich an einem der Tische in der leeren Gaststube nieder und machte eine einladende Handbewegung. Sophia setzte sich zu ihr. Was gab es Besseres als einen Plausch bei Marta, vor allem nach der Erfahrung mit dem Commissario. Erst jetzt spürte Sophia, wie sehr ihre Beine schmerzten.

»Luigi ist ein guter Junge«, stimmte Marta ihr zu. »Nur Glück bei Frauen hat er nicht. Aber vielleicht ändert sich das ja.« Sophia entging der Unterton nicht. Das war typisch Marta. Seit jeher versuchte sie, die Leute zu verkuppeln. Sie schien auf ein unerschöpfliches Reservoir an alleinstehenden Männern und Frauen Zugriff zu haben. Marta rühmte sich, mindestens acht Ehen gestiftet zu haben und somit die indirekte Geburtshelferin von vierzehn Kindern zu sein. Dass drei der Ehen inzwischen wieder geschieden worden waren, ließ sie gern unerwähnt.

»Mir ist heute mein Portemonnaie gestohlen worden«, sagte Sophia, und tatsächlich gelang es ihr, Martas Neugierde auf ein anderes Thema zu lenken, das Marta jedoch mindestens genauso interessierte. Was gab es schließlich Besseres als einen Kriminalfall? Sofort war das Thema Luigi für eine Weile vergessen, und Marta sog begierig alle Informationen auf, als handele es sich bei dem einfachen Diebstahl um den größten Kriminalfall der Geschichte. So berichtete ihr Sophia von der Begegnung mit dem Commissario, bei dessen Erwähnung Marta das Gesicht verzog, dem Marsch durch die Stadt und endete mit dem erfolgreichen Wiederbeschaffen ihres Portemonnaies bei Fredo. Die Sache mit dem Handy verschwieg Sophia ebenso wie den Mordfall. Dennoch beschäftigte sie noch etwas, zumal ihr Martas Gesichtsausdruck nicht entgangen war, als Andreottis Name fiel.

»Dieser Commissario ist übrigens ein komischer Kauz«, sagte sie möglichst beiläufig und versuchte, sich ihre Verärgerung über Andreotti nicht anmerken zu lassen.

»Er ist keiner von hier«, stellte Marta unumwunden fest.

»Ich bin doch auch nicht von hier«, gab Sophia zu bedenken.

»Kindchen, deine Mutter war Salòerin, du bist Salòerin. Aber Andreotti nicht«, antwortete Marta, als ob das alles sagen würde. »Er lebt zwar seit acht Jahren hier, spricht inzwischen unser Italienisch oder versucht es zumindest, aber vor allem hat er nicht den Anstand eines Salòers.«

»Und was ist der Anstand eines Salòers?«, fragte Sophia eine Frage, die sie besser nicht hätte stellen sollen, denn so kam Marta gleich wieder auf ihr Lieblingsthema zu sprechen. »Geh mal mit Luigi aus, dann weißt du es.« Es war wirklich höchste Zeit, sich um die Derazey zu kümmern.

Natürlich ließ sich Marta nicht davon abbringen, Sophia ein selbst gemachtes Tiramisu mit aufs Zimmer zu geben, und so stand die verlockende Süßspeise auf dem Nachttisch und kitzelte Sophia verführerisch in der Nase, während sie sich der Geige widmete.

Den Hals hatte Sophia schnell vom Korpus der Geige gelöst. Zwar war er definitiv nicht für eine Derazey gemacht, aber gleichwohl nicht von minderwertiger Qualität. Für ein anderes Instrument würde man ihn wiederverwenden können. Sie wickelte ihn in ein Tuch ein und legte ihn in die Schublade ihres Nachttischs.

Nachdenklich drehte Sophia den Korpus in der Hand. Einen neuen Hals zu fertigen, bedeutete einiges an Arbeit. Besser wäre es, einen anderen Hals mit passendem Wirbelkasten aufzutreiben, auch wenn dies ein paar Wochen oder gar Monate dauern konnte. Vielleicht sollte sie die Derazey mal in die Werkstatt mitnehmen, wenn sich Giuseppes Gemüt beruhigt hatte.

»Hast du dein Tiramisu gegessen?«, rief Marta aus der Gaststube, sodass es die ganze Nachbarschaft mitkriegte. Sophia sprang auf. Heute würde sie mit der Derazey nicht vorankommen. Müdigkeit war der Feind der Perfektion. »Ich bin gerade dabei!«, rief Sophia zurück und setzte sich auf das Bett an den Nachttisch. Ein Tiramisu war ein wundervoller Ausklang für diesen turbulenten Tag.

11

Die Maggios waren seit jeher Frühaufsteher, und so waren Vater und Sohn bereits bei der Arbeit, als Sophia die Werkstatt betrat. Sie musste sich eingestehen, dass sie ein wenig nervös war, und das als erfahrene Geigenbauerin. Zwar sollte sie laut Giuseppe ohnehin nur einfachere Arbeiten ausführen, und das allenfalls drei- bis viermal die Woche. Doch in der ruhmreichen Traditionswerkstatt unter dem kritischen Auge des Altmeisters Giuseppe zu arbeiten, forderte ihr einigen Respekt ab. Andererseits kannte er sie seit ihrer Kindheit, und sie war noch immer ein Teil der Familie, versuchte sie sich zu beruhigen, was jedoch nicht wirklich gelang.

»Dann wollen wir dir mal deinen Arbeitsplatz zeigen«, begrüßte Luigi sie und führte sie in den hinteren Werkstattbereich. Giuseppe saß an einer Werkbank, vertieft in seine Arbeit an den Saiten einer Violine, und murmelte ein »Guten Morgen«. Grelles Neonlicht leuchtete drei weitere Arbeitstische aus. Einer davon war übersät mit Holzspänen und Instrumententeilen, die anderen beiden Arbeitstische schienen unbenutzt zu sein. Die Werkstatt war noch genauso, wie Sophia sie aus ihrer Kindheit in Erinnerung hatte. Nur dass früher an den beiden anderen Arbeitstischen noch ein Angestellter und ein Lehrling gearbeitet hatten. Und natürlich, dass Luigi inzwischen erwachsen war. Ansonsten war ihr alles so vertraut, als wäre sie nie fort gewesen. Selbst die alte Werkbank, auf der sie als Kind immer gesessen hatte, um Giuseppe bei der Arbeit zu beobachten, stand noch an der Wand.

Luigi nahm eine Bratsche aus dem Instrumentenregal und legte sie auf einen der beiden freien Arbeitstische. »Papa möchte, dass du neben ihm sitzt.« Vertrauen ist gut, Kontrolle besser, das war schon immer die Devise des alten Geigenbauers gewesen. Und Sophia konnte sich bereits vorstellen, wie er jeden ihrer Handgriffe kritisch beäugen würde. Andererseits wusste sie auch, dass dies seine Art war, Wertschätzung zu zeigen. Er würde sich niemals einem Schüler widmen, in dem er kein Talent sah. Im Grunde konnte ihr nichts Besseres passieren, wenn es auch anstrengend sein würde. Kein Geigenbauer war so gut wie die aus der traditionellen Schule der Maggios, und genau das war der Grund gewesen, wieso sie hier hatte arbeiten wollen. Sophia ließ sich auf dem Rollhocker an ihrem Arbeitsplatz nieder, holte ihre Holzschatulle aus dem Rucksack und breitete sorgsam ihr Werkzeug aus. Schließlich nahm sie ehrfürchtig die Bratsche in die Hand. Ihr eigener Arbeitsplatz in der Werkstatt eines der Nachfahren des großen Gasparo da Salò unter den Augen des Meisters Giuseppe, mehr konnte man sich als Geigenbauerin nicht wünschen.

12

Das zweimotorige Boot der Guardia Costiera erwartete sie an der Promenade. Kaum waren Andreotti und Viola an Bord gestiegen, startete der Bootsführer den Motor. Andreotti nahm vorn neben ihm Platz, setzte seine Sonnenbrille auf und ließ sich den Wind durch die Haare fahren. Als junger Polizist hatte er amerikanische Polizeiserien geliebt, besonders Miami Vice, wenn die Fahnder in ihren Speedbooten über das Wasser preschten, auf der Jagd nach den großen Gangsterbossen. Das Boot der Guardia Costiera war zwar bei Weitem nicht so schnell, das Gefühl aber ähnlich. Gelegentlich bot das Leben doch noch kleine Momente, die zu genießen sich lohnte. Viola hingegen hatte sich zum Heck des kleinen Bootes begeben und unterhielt sich angeregt mit einem Kollegen – selbstverständlich über Berufliches, was sonst. Nach fünfzehn Minuten Fahrt waren sie am Ziel. Ein weiteres Boot der Guardia Costiera lag in einer kleinen Bucht vor Anker. Auf dessen Deck lag unschwer zu erkennen ein Toter. Eine junge Beamtin nahm sie in Empfang. Andreotti hatte schon mal mit ihr zu tun gehabt. Was kein Wunder war, schließlich kannte hier jeder jeden. Nur ihren Namen hatte er vergessen. Silvia irgendwas meinte er sich zu erinnern, vermied es aber lieber, sie mit ihrem Namen anzusprechen. Sie war eine Bekannte von Viola, waren wohl zusammen auf der Polizeiakademie gewesen, soweit Andreotti sich erinnern konnte. Sie war auch vom gleichen Schlag wie Viola. Wahrscheinlich spülte die Akademie jetzt nur noch diese neue diensteifrige Generation Carabinieri heraus.

»Ein Touristenpaar war auf Bootstour, und der Ehemann hat ihn hier treiben sehen«, begann die Beamtin.

»Na, da hat er ja zu Hause was zu erzählen«, versuchte Andreotti, der Polizistin ein Lächeln abzuringen, was aber misslang.

»Wir haben ihn aus dem Wasser gezogen. Ich tippe auf Selbstmord«, fuhr sie fort. Auch hier hatten manche Menschen zu viel vom Leben, wenn es auch deutlich seltener vorkam als in Rom. Andreotti hockte sich hin und machte sich daran, die Taschen der Leiche zu untersuchen. Der Mann trug einen edlen Nadelstreifenanzug, elegant, aber nichts sonderlich Teures, eher solides Mittelmaß. Andreotti tastete den Kragen ab. Nichts. Dann schlug er das Jackett auf. Direkt unterhalb der Innentasche fand er, was er gesucht hatte. Ein weißes Label war im Futter eingenäht, darauf der Name Francesco Morretti. Ein örtlicher Herrenausstatter. Andreotti richtete sich wieder auf.

»Wissen wir, wer er war?« Die Beamtin der Wasserschutzpolizei wusste es. Der Tote war so umsichtig gewesen, seine Brieftasche samt Ausweis bei sich zu führen. »Alberto Bianchi. 53 Jahre alt. Lebte in San Felice del Benaco«, berichtete Silvia, oder wie immer sie hieß, in professionellem Tonfall und winkte mit einem Portemonnaie. Natürlich einer von hier und kein Tourist. Touristen brachten sich nur selten um, dafür fuhr man nicht in den Urlaub.

»Wir haben bereits eine Datenabfrage per Handy gemacht. Seit vierundzwanzig Jahren verheiratet. Geschäftsmann, handelte mit Immobilien. Wohnhaft seit rund vier Jahren in San Felice del Benaco, zuvor in Milano.«

»Das steht alles im Polizeicomputer?«, wunderte sich Andreotti.

»Nein, aber auf der Webseite seines Unternehmens.«

Andreotti seufzte. Verheiratet und einer von hier. Das bedeutete, er musste einen Angehörigenbesuch absolvieren, was eindeutig zu den Schattenseiten seines Jobs gehörte. Für seinen Geschmack gab es in letzter Zeit deutlich zu viele Tote in Salò.

Andreotti schaute zu dem Berg hinauf. »Von da oben muss er sich ins Wasser gestürzt haben«, überlegte er laut. Der Klassiker.

Mutige Menschen erhängten sich oder schossen sich den Schädel weg, Weicheier sprangen ins Wasser. Wobei man nicht vergessen darf: Bei einem Sprung aus über fünfzig Metern Höhe ist Wasser hart wie Beton. Beim Aufprall zerschmettern die Knochen und die inneren Organe platzen. »Mord können wir ausschließen?«

»Mit hoher Wahrscheinlichkeit«, schaltete sich nun Viola ein, die sich über den Toten gebeugt und sein Hemd hochgezogen hatte. »Keine offensichtlichen Hämatome. Die hätten sich inzwischen zeigen müssen.« Sie drückte mit aller Kraft auf den Brustkorb der Leiche. Wasser floss aus dem Mund des Toten. »Wasser in den Lungen«, fuhr sie fort. »Muss noch ein paar Sekunden gelebt haben, als er im See lag. Gebrochene Beine. Absolut typisch.«

»Beide Beine gebrochen?«, vergewisserte sich Andreotti. Viola nickte. Sie hatte recht. Es war absolut typisch. Bei einem versehentlichen Sturz oder einem mutwilligen Stoß rudert das Opfer panisch mit den Armen. Das hilft zwar nicht, schließlich wird man nicht plötzlich zum Vogel, aber der Körper verlagert sich, und das Opfer prallt unkontrolliert auf das Wasser, weswegen meist nur ein Bein gebrochen ist, dazu die Rippen oder das Becken. Selbstmörder hingegen versuchen nicht, plötzlich zu Vögeln zu werden, wusste Andreotti. Deswegen schlagen sie meist mit beiden Beinen gleichzeitig auf, was zu gleichmäßigen Brüchen führt, während die wenigen ganz Mutigen, die dem Tod mit dem Kopf voran entgegenspringen, einen Genickbruch davontragen.

Andreotti blickte wieder nach oben zur Klippe. »Wir sollten uns oben auch mal umschauen«, hörte er Viola sagen. Natürlich sollten sie das. Nur brauchte er sich nicht sagen zu lassen, wie er seine Ermittlungen zu führen hatte.

»Wir müssen da hoch«, rief Andreotti dem Bootsführer knapp zu.

»Mit dem Boot?«

»Wenn Ihr Boot fliegen kann.«

Der begriffsstutzige Bootsführer schluckte sichtbar. »Ich bringe Sie weiter vorne an eine seichte Stelle. Dort gibt es einen Fußweg, der nach oben führt.«

Der Anstieg war mühsamer, als es von unten aussah. Andreotti marschierte voran, gefolgt von Viola. So konnte er das Tempo diktieren. Bereits nach wenigen Minuten liefen Andreotti die Schweißperlen herunter; eine Zigarette würde er sich lieber erst oben gönnen. Auf dem Hochplateau angekommen, musste Andreotti erst mal Luft holen. »Da vorne ist ja sein Wagen!«, rief Viola. Andreotti hob energisch die Hand. »Ruhe«, schnaufte er und richtete sich wieder auf. »Ich muss mich konzentrieren.« Und das konnte er am wenigsten, wenn man auf ihn einredete.

Es handelte sich um einen schwarzen Mercedes, der am Straßenrand geparkt war. Die Blätter auf der Motorhaube ließen vermuten, dass der Wagen bereits einige Zeit dort gestanden hatte. Andere Besucher waren nicht zu sehen. Das würde sich jedoch bald ändern.

Das Plateau bot einen hervorragenden Blick auf den See. Ein beliebter Aussichtspunkt für Besucher. Einer, der nicht in den Touristenführern stand, aber dennoch bei Kennern beliebt war. Fußspuren zeichneten sich vage im sandigen Boden direkt an der Klippe ab, als sei dort jemand auf und ab gegangen. In wenigen Stunden würde der leichte Wind sie fortgeweht haben. »Hier hat er gestanden«, konstatierte Viola – überflüssigerweise, wie Andreotti fand. Er ging derweil zum Wagen. Die Türen waren verschlossen. Das war nicht ungewöhnlich. Ein Reflex, wenn man aussteigt, selbst wenn man vorhat, anschließend sein Leben zu beenden.

»Er muss eine Weile hier gestanden haben«, fuhr Viola fort. »Vielleicht hat er gezögert.«

Das tun Selbstmörder meistens. Sie denken noch mal über ihr Leben nach, ehe sie den unwiderruflich letzten Schritt gehen. Andreotti spähte in den Wagen. Das Innere war sauber. Ein Brillenetui lag auf dem Beifahrersitz. Wahrscheinlich eine Sonnenbrille.

»Es war mindestens eine weitere Person hier oben«, stellte Viola fest.

»Mindestens ein Dutzend«, murmelte Andreotti. Und das war noch stark untertrieben. Schließlich war das ein beliebter Aussichtspunkt. Andreotti untersuchte den Boden um den Mercedes. Es waren nur Fußabdrücke an der Fahrerseite zu sehen. Der Tote war also allein hierhergekommen. Unweit des Mercedes entdeckte Andreotti weitere Reifenspuren. Einige schienen von Mountainbikes zu sein. Die Abdrücke wirkten frischer. Offenbar ein paar morgendliche Ausflügler, die hier einen kurzen Stopp gemacht hatten. Sich bei dem parkenden Mercedes nichts gedacht hatten und dann weitergeradelt waren. Von hier oben hätte man den Toten auch nur mit einem geübten Auge ausmachen können.

»Er hat Oliven gegessen!«, rief Viola.

»Der Tote?«, fragte Andreotti mäßig interessiert.

»Nein. Der andere.«

»Welcher andere?«

»Der mit dem Toten hier war.«

Andreotti drehte sich um und musterte Viola, die rund zehn Meter von der Stelle, wo das Opfer sich in den See gestürzt hatte, den Boden absuchte. Sie nahm etwas auf und hielt es triumphierend in die Höhe. »Olivenkerne!«

»Findet man an jeder zweiten Ecke hier«, gab Andreotti zurück.

»Hier stand jemand, der Oliven gegessen hat«, ließ Viola nicht locker. »Es war ein Mann. Schuhgröße 43. Normale Straßenschuhe.«

»Und ich kann dir auch sagen, wie er hierhergekommen ist«, entgegnete Andreotti. »Entweder mit dem Fahrrad, dem Motorrad oder einem der vielen Autos, deren Spuren hier zu finden sind.«

»Aber ist es nicht auffällig, dass hier wenige Meter vom Opfer entfernt jemand stand und Oliven gegessen hat?«

»Ort und Zeit sind die wichtigen Faktoren. Der Ort passt, aber wir wissen nicht, um wie viel Uhr die Person dort Oliven essend rumstand.«

»Das ist dennoch auffällig«, beharrte Viola.

»Genauso auffällig wie der Zigarettenstummel hier«, entgegnete Andreotti, bückte sich, hob die Kippe auf und ging zu Viola. Kritisch nahm sie das Beweisstück in ihre Hand, die in einem medizinischen Handschuh steckte, und hielt es gegen das Licht. »MS«, murmelte sie. »Die gleiche Marke, die du auch rauchst.«

»Es ist meine Marke, weil es meine Zigarette war. Bin ich jetzt auch verdächtig?«, grinste Andreotti.

Viola stopfte den Zigarettenstummel verärgert in einen Plastikbeutel. »Wenigstens verschmutzen wir jetzt nicht die Umwelt.«

»Du wirst hier Hunderte solcher Spuren finden, Viola. Wenn man etwas finden will, findet man auch etwas. Nur ob das zum Fall passt, ist eine andere Sache. Setz mal die Forensikerbrille ab und deinen Ermittlerinstinkt ein.«

»Was sagt denn *dein* Ermittlerinstinkt, Andreotti?«

»Es war Selbstmord. Wir haben hier Hunderte Spuren, aber dort, wo der Tote stand, sind nur seine Fußspuren. Keine anderen, keine Olivenkerne, Zigarettenstummel oder sonst noch etwas. Der stand da, zehn Minuten, von mir aus auch eine halbe Stunde, und ist dann gesprungen.«

»*Mein* Ermittlerinstinkt sagt mir aber, dass es kein Selbstmord war, sondern dass jemand nachgeholfen hat.«

»Das ist nicht dein Ermittlerinstinkt, der dir das sagt, sondern deine Sensationsgier. Ich kenne das von anderen jungen Kollegen von früher. Ihr seid so erpicht auf den Jahrhundertfall, dass ihr überall einen Mord seht.«

Es gab hier nichts mehr zu tun. Andreotti und Viola stiegen schweigend hinab zur Anlegestelle. Erst als sie zurück auf dem Boot waren, meldete sich Viola wieder zu Wort.

»Wir sollten zum Porto di San Felice übersetzen. Von dort sind es nur zehn Minuten zu Fuß nach San Felice del Benaco, zum Haus der Bianchis«, schlug sie vor. Der Bootsführer startete den Motor.

»Also nach Porto di San Felice, aber das Reden überlässt du mir«, stellte Andreotti klar. »Du bist vielleicht Expertin für Spurensicherung, aber für solche sensiblen Gespräche braucht man Fingerspitzengefühl.«

Viola zuckte gleichgültig mit den Schultern.

»Also nach Porto di San Felice«, rief Andreotti dem Bootsführer zu.

Der Bootsführer drückte den Gashebel durch, und das Boot beschleunigte.

13

Signora Bianchi hatte ihr Gesicht in einem riesigen Taschentuch vergraben, aus dem unaufhörliches Schluchzen drang. Es war bereits ihr fünfter Weinkrampf. Um Violas Blicken auszuweichen, die ihm vorzuhalten schienen, dass er mit seinem Fingerspitzengefühl nicht weit gekommen sei, schaute sich Andreotti lieber in dem Raum um. Den Bianchis schien es nicht schlecht zu gehen. Das Haus bot einen direkten Blick auf den Gardasee und war bestimmt kein Schnäppchen gewesen. Wie bei Reichen üblich, war das Wohnzimmer überdimensioniert, etwa zehnmal größer als das Kommissariat, und mit wertvoll aussehenden Statuen und Kunstwerken dekoriert. Fotos auf dem Kaminsims zeigten Szenen aus glücklicheren Tagen. Die Bianchis beim Segeln, irgendwo an einem Berg, bei einem Konzert mit Freunden. Auch einige ältere Bilder waren dabei. Jedoch keine Fotos mit Kindern. Signora Bianchi zeigte sich auf ihnen durchweg als eine sehr stilbewusste Frau. Schlichte Eleganz, sagte man. So wie das gesamte Haus und alles im Leben der Bianchis. Bisher jedenfalls.

»Sie haben also Ihren Mann gestern Vormittag das letzte Mal gesehen«, setzte Andreotti erneut an. »Wirkte er in letzter Zeit deprimiert?« Signora Bianchi schnäuzte leise ihre Nase, was Andreotti als Zustimmung interpretierte. Dann tauchte ihr Gesicht wieder aus dem Taschentuch auf.

»Mein Mann hatte geschäftliche Probleme«, sagte sie schließlich. »Nicht, dass er sich beklagt hätte.«

Andreotti nickte verständnisvoll. »Selbstverständlich nicht. Aber als liebende Ehefrau spürt man so was. «

»Richtig. Wir waren schließlich vierundzwanzig Jahre verheiratet. Da weiß man, was los ist, ohne zu reden.«

»Hatte Ihr Mann eine Geliebte?«, fragte Viola und zuckte zusammen, als sie Andreottis verstohlenen Tritt spürte. Die Witwe Bianchi riss die Augen auf und umklammerte das Taschentuch fester.

»Vergessen Sie es. Das sind Routinefragen«, versuchte Viola, die Situation zu retten.

»Der Tod meines Mannes ist für Sie Routine?« Ihre Stimme zitterte wieder bedrohlich. Andreotti musste das Thema wechseln, dringend. »Was macht Ihr Mann, dass Sie sich all das hier leisten können?«

»Immobilien und andere Geschäfte.« Andreotti notierte das Gesagte, obwohl die Information nicht neu war, sondern nur das bestätigte, was die Kollegen von der Küstenwacht bereits im Internet herausgefunden hatten. »Und Ihr Mann ging gestern wie jeden Tag in seine Firma?«

»Gestern früh nicht. Ich habe zufällig mitgehört, wie mein Mann mit seinem Bankberater telefonierte. Er wollte sich mit ihm treffen.« Andreotti zückte seinen Stift. »Ich habe ja keine Ahnung von seinen Geschäften.« *Bank – keine Ahnung,* notierte Andreotti. »Nicht, dass Sie glauben, ich hätte meinen Mann heimlich belauscht.«

»Natürlich nicht.« Natürlich doch. Nach Andreottis Ansicht belauschte jede Frau ihren Mann. Er nickte ihr aufmunternd zu, fortzufahren.

»Danach wollte er noch zu einem Treffen in einem Hotel in Salò.«

»War er öfters bei solchen Treffen in Salò?«

»Eher in Brescia. Da war er mindestens einmal im Monat.« *Geliebte in Brescia?,* kritzelte Andreotti in seinen Notizblock. »Dort ist sein Geigenbauer.« *Geigenbauer,* schrieb Andreotti.

Dann stutzte er. »Was haben Sie gesagt?«

»Mein Mann sammelte Geigen, und in Brescia war sein Geigenbauer, der die Instrumente meines Mannes pflegte und reparierte.«

»Ihr Mann sammelte also Geigen«, wiederholte Andreotti nachdenklich und strich das Wort *Geliebte* durch.

»Hieß der Geigenbauer Ihres Mannes zufällig Alessandro Fergina?«

»Nein. Der hieß anders. Aber der Name will mir nicht einfallen.«

»Das ist nicht weiter schlimm«, beruhigte Andreotti sie und gab ihr Zeit, noch einmal gehörig in ihr Taschentuch zu schnaufen.

»Was für Geigen sammelte Ihr Mann denn?«, fuhr Andreotti schließlich fort.

»Vornehmlich welche aus der Gegend hier. Achtzehntes Jahrhundert, aber auch manche jüngeren Modelle aus dem neunzehnten Jahrhundert.«

»Lag das Interesse Ihres Mannes nur im Sammeln, oder musizierte er auch?«

»Alberto war Geschäftsmann, aber er spielte auch leidenschaftlich gern. Seine Sammlung verbindet den Verstand mit dem Herzen, hat Signor Locatelli mal gesagt.«

Den Namen hatte Andreotti schon mal gehört. Er zückte wieder den Stift. »Wer ist Signor Locatelli?«

»Signor Locatelli ist der Bankberater meines Mannes.«

Richtig. Ubaldo Locatelli. Der neue Bankchef. Das heißt – so neu auch wieder nicht. Wenn sich Andreotti recht erinnerte, war er bereits seit sechs Jahren in Salò.

»Und was genau hat Signor Locatelli mit Geigen zu tun?«

»Mein Mann hat seine Sammlung bei Signor Locatelli eingelagert.«

Das schien Andreotti ungewöhnlich. Er kannte sich zwar mit alten Geigen nicht aus, aber Sammler wollten ihre Schätze doch eigentlich um sich haben. Sein Partner bei der Mordkommission in Rom hatte kleine Elefanten gesammelt. Das ganze Büro war überflutet gewesen mit den Dingern.

Andreotti hätte sich gewünscht, dass sein Partner die in einer Bank gelagert hätte. Was aber hatte Bianchi dazu bewogen, die Geigen in der Bank aufbewahren zu lassen? Sicherheit? Für Sicherheit hätte jemand wie Bianchi auch zu Hause sorgen können.

»Wenn wir alles verlieren, liegt unser Wohl in dem Klang der Geigen, hat Alberto immer gesagt«, fuhr Signora Bianchi fort. Ihr Blick wanderte hinüber zu dem gerahmten Hochzeitsfoto auf dem Kaminsims, und Andreotti schwante nichts Gutes. »Er war so ein weiser Mann. Eine so kluge Seele.« Er wollte noch etwas sagen, aber da war es bereits zu spät. Signora Bianchis Stimme brach, und schon vergrub sie wieder ihr Gesicht in dem riesigen, bestickten Taschentuch. Andreotti überlegte, ob er diesen Weinkrampf noch abwarten sollte, beschloss aber, dass er genug gehört hatte. Er gab Viola ein Zeichen, empfahl sich mit ein paar Floskeln und Hinweisen auf weitere Ermittlungen und drückte erneut sein Beileid aus. Als die große Eingangstür hinter ihnen zugefallen war, atmete er erleichtert durch.

»Hätten wir nicht lieber morgen kommen sollen, wenn Signora Bianchi weniger aufgelöst gewesen wäre?«, fragte Viola.

»Untersuchst du deinen Tatort nur bei schönem Wetter?«, schnaubte Andreotti. »Wenn Menschen emotional aufgelöst sind, kann man am ehesten etwas rausbekommen, auch wenn es wehtut. Der Schmerz ist ohnehin schon da. Später, wenn sie sich gesammelt haben, wieder klar denken können, sind ihre Antworten durchdachter, weniger offen. Dann sind mögliche Spuren verwischt, wie ihr Forensiker sagen würdet.« Dennoch verabscheute Andreotti die Gespräche mit Hinterbliebenen. Es war wie eine Operation ohne Narkose.

»Ein Mordopfer, das Geigengutachter ist, und ein weiterer Toter, der Geigen liebt. Glaubst du noch immer an Selbstmord?«, hakte Viola nach.

»Das ist keine Frage des Glaubens«, zischte Andreotti.

Viola kannte ihn offenbar gut genug, um sich einen weiteren Kommentar zu verkneifen. Jedenfalls schwieg sie, und das war Andreotti ganz recht so, denn er musste nachdenken. Und er musste sich eingestehen, dass Viola vielleicht gar nicht so unrecht hatte. Ein ermordeter Geigengutachter und ein toter Geigensammler binnen vierundzwanzig Stunden waren schon ein ziemlicher Zufall. Und Zufälle gab es in seinem Job eher selten.

Zwei Tote, die sich kannten, und zudem die Geigen. In ihm formte sich ein unguter Gedanke. Er würde ein Gespräch führen müssen, das ihm überhaupt nicht behagte.

In Rom hatte er mit vielen sprechen müssen – mit Mafia-Bossen, Regierungsbeamten, bestechlichen Kollegen und überehrgeizigen Emporkömmlingen. Diese wären ihm gerade zigmal lieber gewesen als das, was ihm bevorstand.

14

Ich brauche Ihre Hilfe«, presste Andreotti bereits das zweite Mal hervor. Aber Sophia Lange tat weiter so, als sei sie in ihre Arbeit vertieft. Gleichmäßig schabte sie mit einem Werkzeug, das wie eine gebogene Feile aussah, über eine Violine. Vielleicht war es auch eine Bratsche. Andreotti hatte diese Instrumente nie auseinanderhalten können.

»Können Sie bitte lauter sprechen?«, fragte Sophia Lange, ohne aufzuschauen. Das konnte Andreotti durchaus. Nur, was er jetzt gesagt hätte, wäre alles andere als konstruktiv gewesen.

Nachdem die Küstenwache ihn und Viola an der Promenade abgesetzt hatte, hatte er sich direkt zur Werkstatt des alten Giuseppe aufgemacht. Alte Geigen waren es, die den Mord und den Suizid von Bianchi verbanden. Das lag auf der Hand, und Andreotti wusste, dass es nicht genügen würde, wenn er nur mit Bianchis Bankberater sprechen würde. Andreotti arbeitete zwar lieber allein, andererseits wusste er, wann es besser war, einen Experten hinzuzuziehen, oder in diesem Fall eine Expertin. Nur dass es ausgerechnet diese Sophia Lange sein musste, machte die Sache nicht gerade leicht.

Natürlich hätte er auch den alten Giuseppe oder dessen Sohn um Mithilfe fragen können, aber sein Instinkt sagte ihm, dass er vorsichtig sein musste. Andreotti brauchte jemand Unvoreingenommenen, jemanden, der sich beim Geigenbau auskannte, jedoch nicht von hier war. Er brauchte Sophia Lange.

Folglich hatte er die Zähne zusammengebissen und das Unvermeidbare in Angriff genommen. Giuseppe war alles andere als begeistert gewesen, dass seine Mitarbeiterin gestört wurde, hatte ihn aber dann mit einem mürrischen Kommentar in die hinteren Werkstatträume geführt, wo Sophia Lange mit seltsamen Werkzeugen konzentriert ein Instrument bearbeitete. Keines Blickes hatte sie ihn in den letzten zehn Minuten gewürdigt. Andreotti würde es für immer ein Rätsel bleiben, wieso Frauen so empfindlich sein mussten. Er stieß einen unüberhörbaren Seufzer aus, dann brachte er es über sich. »Ich brauche Ihre Hilfe«, wiederholte er nun lauter. »Genauer gesagt, die italienische Polizei benötigt Ihre Hilfe.«

Offenbar waren das die Worte, die sie hatte hören wollen. Jedenfalls legte sie mit stoischer Ruhe die Feile beiseite und strich mit der Hand über das Holz. Sie hielt es immer noch nicht für nötig, ihn anzuschauen, aber wenigstens redete sie. »Die Violine ist die Königin der Instrumente.« Sie nahm ein Stück Schmirgelpapier in die Hand und begann, eine Stelle zu bearbeiten, mit der sie noch nicht zufrieden zu sein schien. »Die Menschen gehen in ein Konzert, genießen die Musik und bejubeln den Geigenspieler oder die Geigenspielerin.« Sie legte das Schmirgelpapier zur Seite und prüfte erneut die Stelle. »Ein wahrer Künstler holt aus jedem Instrument das Beste heraus. Sein Können wird aber begrenzt durch die Fähigkeit des Instruments. Sein wahres künstlerisches Potenzial kann er nur vollends entfalten, wenn das Instrument perfekt zu ihm passt, wenn Instrument und Musiker sich in völliger Harmonie befinden.« Endlich legte sie das Schmirgelpapier beiseite. »Wissen Sie, Andreotti, woher die Harmonie eines Instruments stammt?« Andreotti wusste es nicht.

»Es muss das richtige Holz sein«, fuhr Sophia Lange fort. »Nehmen Sie dieses Instrument hier. Der Boden ist aus Ahorn, die Decke aus Fichte gefertigt. Der Ahorn sorgt für Stabilität. Fichte wiederum vereint eine große Dichte bei geringem Gewicht. Das sorgt für eine bessere Resonanz. Unterschiedliche Hölzer mit unterschiedlichen Eigenschaften ermöglichen erst das perfekte Spiel.« Andreotti verstand zwar nicht, worauf Sophia Lange hinauswollte, aber er beschloss, vorerst zuzuhören und das Gespräch in einem günstigen Augenblick auf sein Thema zu lenken. »Nicht nur Musiker sind Künstler, sondern auch wir Geigenbauer. Wir kreieren aus einigen Stücken Holz und Lack wundervolle Schöpfungen. Jedes Instrument ist einzigartig, hat seine eigene Seele. Diese Schöpfung ist es, die es den Musikern ermöglicht, ihre Kunst zu leben.«

Endlich schaute sie ihn an, und Andreotti zuckte zusammen. In ihrem Blick lag eine Reife, die er der jungen Frau gar nicht zugetraut hätte.

»Erstklassige Musiker respektieren unsere Arbeit. Sie sind sich dessen bewusst, dass ihr Erfolg von unserer Arbeit abhängt. Musiker und Geigenbauer gehen eine Symbiose ein. Jeder arbeitet eigenständig, hat seine Unabhängigkeit, und dennoch respektieren wir einander und schaffen gemeinsam Großes. Es ist eine wahrhaft symbiotische Beziehung. Hochkarätige Musiker lassen ihr Instrument nur von einem besonderen Geigenbauer pflegen. Die Stars der Szene fliegen ihren Geigenbauer sogar extra vor einem Konzert ein, wenn das Instrument ihn braucht. Sie vertrauen ihrem Geigenbauer blind. Sie benutzen ihn nicht, schicken ihn nicht einfach fort.«

Allmählich ahnte Andreotti, was Sophia Lange ihm sagen wollte. »Sie hatten wohl mal eine solche symbiotische Beziehung zu einem erstklassigen Musiker?«, tippte er.

»Das tut nichts zur Sache«, entgegnete sie knapp. Aber das kurze Aufblitzen in ihren Augen sagte ihm, dass er einen Treffer gelandet hatte. Dennoch hatte er das Gefühl, dass es nicht das war, worauf sie hinauswollte. Also ließ er sie weiterreden.

»Es gibt Starmusiker, die hoch fliegen, denen aber ihr Ego im Wege steht. Irgendwann überwerfen sie sich mit ihrem Geigenbauer, tauschen ihn aus, als wäre er ein beliebiger Handwerker. Das verändert jedoch ihr Spiel. Sie verlieren ihre Klasse. Die Musikwelt fragt sich, was los ist. Kritiker schreiben über schöpferische Krisen, mutmaßen über private Probleme. Dabei passt das Instrument nicht mehr zu ihrer Art zu spielen. Die Harmonie ist verloren gegangen.«

Sophia Lange klemmte sich die Geige unter das Kinn, ergriff einen Geigenbogen, schloss die Augen und setzte zum Spielen an. Die Melodie kam Andreotti bekannt vor. Klassische Musik war nicht seine Welt, aber irgendwo hatte er das Stück schon mal gehört. Er hätte nie gedacht, dass sie eine so gute Geigenspielerin war. Andererseits, wenn sie Geigen baute, musste sie sie auch spielen können.

»Wundervoll«, entfuhr es Andreotti.

»Nein. Nicht wundervoll. In den hohen Frequenzen ist sie noch zu heiser.« Andreotti war nichts aufgefallen. Jede Geige quietschte schließlich, wenn man sie zu hoch spielte. Sophia Lange stellte das Instrument behutsam in einen Ständer. »Sie sind eine Diva, Andreotti, ein Einzelgänger. Sie glauben, Sie sind der Star Ihres Lebens. Dabei bleiben Sie hinter Ihren Möglichkeiten zurück, weil Sie nicht bereit sind, eine Symbiose einzugehen. Wahre Größe erreicht man, wenn man bereit ist zu vertrauen.« Diese Ernsthaftigkeit in ihr war gar nicht so unattraktiv. »Verstehen Sie, was ich meine?«

Andreotti verstand. »Sie würden sich also wünschen, dass wir ein Team sind.«

»Das ist kein Wunsch. Das ist meine Bedingung.«

»Ich konnte es noch nie ausstehen, wenn mir jemand reinredet und an meinem Fall rumbastelt«, versuchte Andreotti zu erklären.

»Das sagen arrogante Musiker auch, wenn man ihnen zum Erfolg verhelfen will.«

Andreotti seufzte resigniert. »Nun gut. Ich brauche einen Geigenbauer.«

»Eine Geigenbauerin, meinen Sie wohl.«

Andreotti rollte mit den Augen. »Ja, ich brauche eine Geigenbauerin.«

Ihm entging Sophia Langes triumphierendes Lächeln nicht. »Dann erklären Sie mir mal, Commissario, wie Ihnen Ihre Geigenbauerin helfen kann.«

15

Giuseppe war klug genug gewesen, dem Commissario keine Szene zu machen, als er Sophia aus der Werkstatt entführte. »Du brauchst Heimat«, hatte er stattdessen vor sich hin gemurmelt. »Und Heimat sind die Menschen, mit denen du dich umgibst.« Sophia war sich nicht sicher, ob Giuseppe sich damit auf sich und seinen Sohn oder den Commissario bezog. Wobei sie kaum glaubte, dass jemand wie Andreotti dafür sorgen konnte, dass sie sich hier eines Tages zu Hause fühlen würde.

Auch Luigi hatte ein langes Gesicht gezogen. Wobei es ihn eher zu wurmen schien, dass der Commissario nicht ihn zu dem Fall hinzugezogen hatte. Andreotti störte sich nicht daran. Er haderte schon genug damit, dass er überhaupt Externe in seinen Fall einband, und da war ihm diese biedere Deutsche zigmal lieber als ein Luigi Maggio, der zwar ein netter Kerl war, aber auch ein gewisses Ego hatte. Dafür hatte Andreotti ein Gespür. Die Deutsche war umgänglicher, und die Zusammenarbeit mit ihr war geklärt. *Symbiose,* hörte er ihre Stimme und blickte zum Beifahrersitz. Sophia saß stumm da und schaute gleichmütig aus dem Fenster. Eine Symbiose, die vielleicht nicht zu unterschätzen war, wenn er jetzt schon Sophias Stimme in seinem Kopf hörte.

Das Klingeln jedoch war nicht in seinem Kopf. Es kam eindeutig von seinem Handy, das neben dem Fahrersitz vibrierte. Violas Name leuchtete auf dem Display auf. Wenn sie ihn anrief, musste es wichtig sein. Also griff er sich das Handy und drückte die grüne Taste.

Viola kam sofort auf den Punkt und erklärte, dass sie in fünfzehn Minuten einen Termin hätten. Sie hatte den Sohn des ermordeten Gutachters Ferregina in Verona auftreiben können und ein persönliches Treffen mit ihm vereinbart. Andreotti bremste ab, riss das Steuer herum und lenkte den Wagen Richtung Polizeistation.

»Er kommt extra aus Verona nach Salò?«, wunderte sich Andreotti, als er die Tür zu seinem Büro aufstieß.

»Wo denkst du hin? Wir machen eine Videokonferenz«, erklärte Viola und deutete auf ihren Computerbildschirm, wo bereits die neuartige Software auf die Verbindung zum Kommissariat in Mailand wartete.

»Und wir haben einen weiteren Gast, wie ich sehe.«

»Du siehst richtig«, entgegnete Andreotti, sparte sich aber weitere Erklärungen.

Kurz darauf saßen Andreotti, Viola und Sophia um Violas Computer. Auch wenn das heute so alles schneller ging, mochte Andreotti diese moderne Art der Kommunikation nicht, weswegen er die Sache möglichst kurz hielt. Ihm war es lieber, wenn die Menschen, mit denen er sprach, in Fleisch und Blut anwesend waren, außer natürlich, sie waren so mitgenommen wie Bianchis Witwe. Zudem hatte der Sohn nicht wirklich viel mitzuteilen, und da er gefasst war und nicht in Weinkrämpfe ausbrach, verlief die Befragung auch deutlich geordneter und vor allem schneller.

Nach seinen Aussagen war Alessandro Ferregina ein Einzelgänger gewesen und ein Spezialist auf seinem Gebiet. Er war Geigenbauer, hatte sich aber in den letzten Jahren nahezu ausschließlich auf Gutachten und die Wartung einiger weniger erlesener Stücke spezialisiert. Feinde habe er nicht gehabt und Freunde auch nicht. Er sei in der Fachwelt anerkannt gewesen und habe sich seinen Ruf hart erarbeitet.

Über die Hintergründe der Reise konnte der Sohn auch nicht mehr berichten, als sie ohnehin schon wussten. Es sei ein Auftrag gewesen für einen Sammler aus Salò. Der Kontakt war über Empfehlung eines anderen Sammlers zustande gekommen, dessen

Namen der Sohn wiederum nicht wusste. Sein Vater habe eine Sammlung in Salò in Augenschein nehmen sollen. Immerhin konnte er sich an den Namen des Hotels erinnern, in dem sein Vater in Salò abgestiegen war. Andreotti notierte ihn, obwohl er das Haus nur allzu gut kannte. Der Sohn selbst hatte ein Alibi, da er mit seiner Freundin ein Konzert besucht hatte. Um seine Aussage zu unterstreichen, präsentierte er zwei abgerissene Konzertkarten. Nun konnte er die überallher haben, und eine Freundin war nicht gerade die vertrauensvollste Person, wenn es um ein Alibi ging. Andererseits sah Andreotti keinen Grund, wieso Ferregina junior sich das alles ausdenken sollte. Andreotti drückte ein weiteres Mal sein Beileid aus und beendete das Gespräch.

»Was hältst du davon?«, fragte er Viola Ricci.

»Würde mich nicht wundern, wenn es sich bei dem Verkäufer aus Salò um Bianchi handelte«, antwortete Viola. »Vielleicht hat der Gutachter den Wert niedriger eingeschätzt, als er es sich erhofft hatte, und Bianchi ist daraufhin ausgerastet.«

»Und hat den Gutachter dann abgestochen, um ihm die Hose zu stehlen?«, stöhnte Andreotti. »Anschließend überkam ihn das schlechte Gewissen und folglich hat er sich in den See gestürzt?« Das war typisch für die Absolventen von der Polizeiakademie: viel Theorie, aber zu wenig Ahnung vom echten Leben.

»Außer er wurde gestoßen und es war kein Selbstmord«, gab Viola zu bedenken.

»Das, liebe Viola, ist die große Frage.«

»Vielleicht sollten wir den See absuchen«, schlug Sophia Lange vor.

»Und das, liebe Sophia Lange …«, sagte Andreotti und zeigte mit beiden Zeigefingern auf sie, »… ist genau die Antwort, die ich nicht hören wollte.«

»Taucher«, fügte Viola Ricci hinzu, als ob das alles erklären würde. »Bei einem Selbstmord bekommen wir keine Taucher genehmigt, um den See absuchen zu lassen. Vor allem nicht, weil wir die aus Sirmione anfordern müssten.«

»So weit ist Sirmione doch nicht«, wunderte sich Sophia.

»Sagen wir, der Commissario erfreut sich bei dem dortigen Polizeichef aus gewissen Gründen, auf die wir hier nicht näher eingehen wollen, nicht gerade großer Beliebtheit.«

»Deswegen keine Taucher, sondern lieber ein Besuch bei Bianchis Bank«, entschied Andreotti und stand auf. Vielleicht würden sie dort mehr erfahren.

16

Wahrscheinlich war es mit der Polizeiarbeit ähnlich wie mit dem Geigenbau. Die spannenden Momente waren rar gesät, Routine bestimmte den Alltag. Jedenfalls war die Befragung des Sohns des Verstorbenen nicht gerade sonderlich interessant gewesen, fand Sophia. Umso mehr erhoffte sie sich mehr von dem Gespräch in der Bank. Vorfreude erfüllte sie, als Andreotti den Fiat an der Piazza Vittorio Emanuelle II. parkte, und sie war guter Dinge, was man von Andreotti nicht sagen konnte.

Die Bank war in einem schmucken Gebäude mit klassizistischen Säulen untergebracht und wirkte von außen, wie man sich ein Geldhaus vom Ende des neunzehnten Jahrhunderts vorstellte. Das Interieur hingegen war mit seinen billigen Holzvertäfelungen ein abschreckendes Beispiel für die Innenarchitektur der Siebzigerjahre. Am Bankschalter hatte Andreotti nicht einmal seinen Ausweis zücken müssen. Ohne Umschweife hatte sie eine eifrige Bankmitarbeiterin ins Büro Direktor Locatelli geführt, der sie bereits erwartete. Er entsprach nicht im Entferntesten dem Bild, das Sophia von einem Bankdirektor hatte.

Weder war er grauhaarig, noch spannte sich eine Anzugweste über einen Bauchansatz. Signor Locatelli war allenfalls Anfang vierzig, seine Bewegungen wirkten jugendlich, und seine Augen umspielte ein Lächeln, besonders, wenn er sich an Sophia wandte, was er auffällig oft tat.

Offenbar waren sich Locatelli und Andreotti schon einmal begegnet, was Sophia nicht überraschte, schließlich war Salò ein kleines Städtchen. So erkundigten sie sich nach ihrem jeweiligen Befinden. Locatelli berichtete von seiner Erkältung und tupfte sich wie zum Beweis seine gerötete Nase, was Andreotti mit seinen Rückenproblemen konterte. Anschließend tauschten sich die beiden Männer über Belanglosigkeiten und den neuesten Kleinstadttratsch aus, und Sophias Vorfreude wich gediegener Langeweile. Sie fragte sich allmählich, was sich Andreotti davon versprach, dass sie mitgekommen war. Der Commissario hatte sie auf der kurzen Fahrt zur Bank über den Stand des Falls auf das Laufende gebracht, was im Grunde nicht viel war. Ein ermordeter Geigenbauer, was sie ja bereits wusste, und ein toter Geigensammler, was ihr wiederum neu war. Wobei es sich hier aber laut Andreotti um Selbstmord handelte. Welche Geigen der bedauernswerte Sammler namens Bianchi gesammelt hatte, hatte Andreotti natürlich nicht erfragt, und ob sie überhaupt im Zusammenhang mit dem Mord des Geigenbauers standen, war auch fraglich. Aber der Commissario würde das Gespräch führen, und Sophia beschloss, die Dinge einfach auf sich zukommen zu lassen.

Endlich hatte das Geplänkel ein Ende, Locatelli ließ von seiner Sekretärin Espresso servieren, und Andreotti kam auf das Wesentliche zu sprechen.

»Eigentlich dürfte ich Ihnen ja keine Auskünfte geben. Wegen des Datenschutzes und so weiter«, gab Locatelli zu bedenken. »Andererseits weiß ich, dass Sie in wenigen Tagen ohnehin die richterliche Verfügung beibringen würden, lieber Commissario. Und da Signora Bianchi die wahrscheinliche Erbin ist und sie mir vorhin telefonisch zugesagt hat, dass ich Sie vollumfänglich unterstützen soll, sehe ich keinen Grund, Ihnen nicht zu helfen.«

Andreotti warf zwei Würfel Zucker in seinen Espresso und verrührte sie langsam. »Das weiß ich sehr zu schätzen.«

Locatelli nickte zustimmend. »Gut, dass Sie Ihre neue Kollegin gleich mitgebracht haben.«

»Sie ist nur vorübergehend meine Kollegin. Ich habe sie als Expertin hinzugezogen. Sie ist Geigenbauerin.«

Locatelli lächelte verstehend. »Das ergibt Sinn. Violinen und Bratschen waren die große Leidenschaft von Signor Bianchi, und seine Sammlung war beachtlich.«

»Deswegen sind wir hier. Schließlich waren Sie der Letzte, der Signor Bianchi lebend gesehen hat.«

»Madre Maria«, bekreuzigte sich Locatelli, was so gar nicht zu seinem sonst so weltlichen, jugendlichen Erscheinungsbild passte. »Sie glauben doch nicht, dass sein Besuch bei mir ihn in den Selbstmord getrieben hat?«

»Das hängt davon ab, worüber Sie mit ihm gesprochen haben.«

Der Bankdirektor wirkte noch betroffener. »Wir haben über nichts Besonderes geredet. Halt über seine finanzielle Situation.«

»Die nicht sonderlich gut war, laut Signora Bianchi«, resümierte Andreotti.

Locatelli tupfte sich nachdenklich die Nase. »Die letzten Jahre waren für alle schwierig. Manch einer hat sich gut geschlagen, manch einer hat sich verhoben. Signor Bianchi ist nicht der einzige Stammkunde, der in Schwierigkeiten geraten ist.«

Der Bankdirektor begann, weitschweifig über Bianchis Geschäfte zu berichten. Während der Commissario aufmerksam zuhörte und sich Notizen machte, fragte sich Sophia erneut, wieso sie überhaupt mitgekommen war. Andererseits war es eine Gelegenheit, auch mal das Büro eines Bankdirektors von innen zu sehen. Sie hatte nie so viel Geld gehabt, dass sich der Leiter einer Bank mit ihr abgegeben hätte. Wobei sie auch nicht wirklich etwas verpasst hatte. Der Stil der Siebzigerjahre war auch hier konsequent fortgeführt worden. Allenfalls die drei silbernen Flachbildschirme wirkten moderner, zumindest deutlich neuer als das, was im Kommissariat rumstand.

Der Schreibtisch war eindeutig aufgeräumter als der des Commissario. Hier herrschte Effizienz und Zweckmäßigkeit. Lediglich ein kleines, alt anmutendes Holzkästchen, das mit zwei goldenen

Buchstaben U. L. verziert war, wohl die Initialen Locatellis, und ein gerahmtes Foto gaben dem Büro eine persönliche Note. Von dem Foto lächelte eine junge Frau, offenbar Signora Locatelli.

Locatelli hatte sich inzwischen zu Bianchis Villa im Wert von drei Millionen Euro und seinen Immobiliengeschäften vorgearbeitet und erzählte, wie entscheidend erstklassige Kontakte in der Branche seien. Sophia fielen die Immobilienprospekte auf, die auf einer kleinen Aktenablage lagen. Seeblick und Wertentwicklung wurden angepriesen.

»Wie kommt es eigentlich, dass jemand wie Bianchi Ihr Kunde ist?«, fragte Andreotti geradeheraus. »Schließlich ist Ihre Bank nicht die größte.«

Falls Signor Locatelli diese Bemerkung ärgerte, so ließ er es sich nicht anmerken. Stattdessen lächelte er überlegen. »Wir sind klein, aber fein, und verfügen über einen erlesenen Kundenkreis. Ich erinnere mich noch gut, wie ich Signor Bianchi zum ersten Mal in unseren Räumlichkeiten begrüßt habe.« Der Bankdirektor schilderte, wie Bianchi vor einigen Jahren bei ihm in der Bank erschienen war, mit einem Geigenkasten unter dem Arm, um das Instrument als Sicherheit für ein Darlehen anzubieten. Der Bankdirektor berichtete weiter, wie er erst gezögert habe und schließlich nach einigen Erkundigungen über Bianchi zugestimmt hatte.

»Dann ist Signor Bianchi also über eine Empfehlung zu Ihnen gekommen?«, hörte Sophia Andreotti fragen.

»Selbstverständlich. Wie fast alle unsere Kunden. Signor Esposito hat den Kontakt vermittelt.«

»Esposito … ist das nicht dieser …«

»… der Industrielle aus Venedig«, half Locatelli aus. »Roberto Esposito. Er hat das Grundstück oben nördlich von Salò und lebt dort in den Sommermonaten mit seiner Freundin, Anna Sacharowa.«

Schlagartig war Sophia wieder hellwach. »*Die* Anna Sacharowa ist seine Freundin?« Das war wirklich beeindruckend. Sacharowa war trotz ihres jungen Alters bereits eine Legende.

»Allerdings«, bestätigte Locatelli. »Genau die Anna Sacharowa. Sie und Roberto Esposito sind bereits seit einem Jahr ein Paar.«

»Darf man erfahren, wer Anna Sacharowa ist?«, mischte sich Andreotti wieder ein. »Doch nicht etwa wirklich diese weltberühmte Geigerin?«

»Anna Sacharowa, die berühmte Geigerin. Der Star am Klassikhimmel. Ihre Konzerte sind schon Monate vorher ausverkauft«, erklärte Sophia.

»Ach so, die«, winkte Andreotti ab. »Die kennt ja jeder.«

»Eben«, pflichtete Locatelli bei. »Und ihr Freund, also Roberto Esposito, hat sich im Laufe der Jahre eine beachtliche Sammlung an Streichinstrumenten zugelegt.«

»Und dann die passende Geigerin«, ergänzte Andreotti.

»So könnte man das auch sehen.« Signor Locatelli schmunzelte. »Aber Salò hat auch etwas davon. Esposito haben wir es zu verdanken, dass die große Anna Sacharowa nächste Woche bei unserem Geigenfestival ein Konzert gibt.« Wie zum Beweis holte der Bankdirektor ein kleines Programmheft aus der Schreibtischschublade und übergab es Andreotti, der es an Sophia weiterreichte. *Anna Sacharowa* stand dort mit großen Buchstaben, und darunter *La Rinascita – Die Wiedergeburt.* Das war in der Tat ein Gewinn für die kleine Stadt. Das Geigenfestival war über die Region hinaus bekannt. Dennoch fiel es in den letzten Jahren immer schwerer, berühmte Persönlichkeiten zu verpflichten. Starmusiker waren inzwischen unbezahlbar. Eine Berühmtheit wie Anna Sacharowa war für Salò eine wahre Sensation. Sophia wunderte sich, wieso sie darüber nichts gelesen hatte. Andererseits waren ihre letzten Wochen so turbulent gewesen, dass manches ihrer Aufmerksamkeit entgangen war.

»Ist Signor Espositos Sammlung hier auch eingelagert?«, fragte Sophia hoffnungsvoll und ignorierte Andreottis missmutigen Blick. Signor Locatelli schüttelte bedauernd den Kopf. »Dies geschieht nur, wenn wir Instrumente als Sicherheit für ein Darlehen annehmen, was bei Signor Esposito nicht der Fall ist.«

»Jedoch bei Alberto Bianchi?«, fragte Sophia und kam sich reichlich dämlich vor, das Offensichtliche zu fragen, aber Locatelli schien die Frage nichts auszumachen.

»Genauso ist es, Signora. Das erste Stück, das er brachte, war eine Giuseppe Dollenz von 1862. Ein wundervoll geschwungener Hals. Der Boden mit der typischen Quermaserung.«

»Ich sehe, Sie kennen sich gut mit Streichinstrumenten aus«, stellte Sophia fest.

»Nicht doch«, wehrte der Bankdirektor mit gespielter Bescheidenheit ab. »Ich würde mich eher als interessierten Laien bezeichnen.«

»Bianchi«, ermahnte Andreotti ungeduldig.

»Ja, richtig. Bianchi.« Der Bankdirektor schürzte nachdenklich die Lippen. »Er brachte also die Dollenz und wollte sie als Sicherheit für ein Darlehen in Höhe von fünfzigtausend Euro hinterlegen.«

Andreotti stieß einen Pfiff aus. »Fünfzigtausend? Für eine alte Geige?«

»Das ist sogar noch günstig«, sagte Sophia. »Eine Dollenz kann gut erhalten schnell das Doppelte am Markt kosten. Es hängt natürlich auch davon ab, ob alle Teile original sind, wie das Klangverhalten ist …« Sophia verstummte, als sie Andreottis Gesichtsausdruck bemerkte, und machte eine Handbewegung, dass Andreotti fortfahren könne.

»Zu gütig«, hauchte er kaum hörbar, bevor er sich wieder an den Bankdirektor wandte. »Und weil Sie sich ein wenig mit Geigen auskennen, wussten Sie um den Wert?«

»Ich wusste um den Wert, weil Bianchi das Gutachten eines bekannten Geigenbauers mitbrachte. Das ist bei solchen Geschäften üblich. Mir selbst fehlt es an Erfahrung. Frau Lange wird Ihnen erzählen, wie schwierig es ist, den wahren Wert eines alten Streichinstruments zu ermitteln.«

»Ich bin mir sicher, dass sie das im Anschluss tun wird«, entgegnete Andreotti trocken. »Aber was wollte Bianchi mit dem Geld?«

»Ein weiteres Instrument kaufen. Ihm war eine Gagliano für dreißigtausend Euro angeboten worden. Ein Schnäppchen.«

»Sicher, ein absolutes Schnäppchen«, murmelte Andreotti.

»Bianchi hatte selbst noch Geld aus einem Immobiliendeal, und den Rest haben wir, also die Bank, ihm geliehen.«

»Er war also ein leidenschaftlicher Sammler.«

»Sammler …«, wiederholte der Bankdirektor gedehnt, als müsse er erst über das Wort nachdenken. »Meiner Meinung nach gibt es keine Sammler. Das sind alles Investoren. Man braucht nur das Gespür für den Markt und Kontakte, dann kann man schnell Margen von zweihundert Prozent und mehr machen.«

»Beinahe so lukrativ wie Drogenhandel«, fasste Andreotti zusammen.

»So kann man das auch sehen.« Der Bankdirektor schmunzelte. »Jedenfalls kann es genauso süchtig machen.«

»Und Bianchi war süchtig.«

»Das vermag ich nicht zu beurteilen. Aber er kannte sich gut genug aus, um den einen oder anderen Treffer zu landen.«

»Nur irgendwann ist etwas schiefgegangen«, mutmaßte Sophia.

»Aber nicht bei seinen Geigengeschäften. Er hat sich mit einem Immobilienprojekt verhoben. Er hat mit seinem Unternehmen in ein Ferienwohnungsprojekt bei Limone investiert. Dann kam die Krise, die Käufer blieben weg. Er musste ein paarmal umschulden, aber das Wasser stand ihm dann doch bis zum Hals.«

»Na, gestern Nacht stand es ihm sogar noch höher«, murmelte Andreotti.

Der Bankdirektor überging Andreottis Bemerkung und fuhr mit seinen Ausführungen fort. »Signor Bianchi wollte seine Sammlung veräußern, um sich zu entschulden, und er hatte wohl einen Interessenten gefunden.«

»Ich dachte, die Geigen dienten als Sicherheit. Wie kann er sie dann einfach verkaufen?«, wunderte sich Andreotti.

»Nun, wir haben die Streichinstrumente zu ihrem damaligen Wert beliehen. Heute würden die am Markt viel mehr erzielen. Unsere Bank ist aber nicht im Geigenhandel tätig. Bianchi hatte mir von einem Käufer erzählt, der einen Preis für die Sammlung zahlen wollte, der weit über dem Darlehen lag. Das hätte ihn gerettet. Das Darlehen wäre abbezahlt gewesen, und auch einen nicht unerheblichen Teil seiner Verbindlichkeiten aus seinen Immobiliengeschäften hätte er begleichen können. Wieso hätten wir ihm da Steine in den Weg legen sollen? Das wäre eine schöne Win-win-Situation gewesen.« Sophia musste zugeben, dass der Bankdirektor recht hatte, auch wenn sich alles in ihr sträubte, kostbare Geigen als Investition auf einer Stufe mit Immobilien zu sehen. Zudem konnte von einer Win-win-Situation kaum mehr die Rede sein.

Bianchi jedenfalls schien verloren zu haben.

Andreotti machte sich eifrig Notizen. »Wie viel war denn Bianchis Sammlung wert?«

Der Bankdirektor beugte sich vor und vollführte ein paar Mausklicks. »Bianchi hat derzeit acht Instrumente als Sicherheit hinterlegt«, sagte er schließlich. »Verschiedenster Baujahre und Stile, mit einer Gesamtdarlehenssumme von sechshunderttausend Euro. Und das ist nur der damalige Nennwert. Heute dürften sie rund eineinhalb Millionen Euro erzielen. Aber wie gesagt, ich bin kein Fachmann.«

»Eineinhalb Millionen Euro«, wiederholte Andreotti und ließ den Stift sinken. Auch Sophia musste sich eingestehen, dass sie überrascht war. Sicher, sie hatte täglich mit kostbaren Instrumenten zu tun und kannte deren Wert, aber sie hatte sie nie als Sammlung oder gar Investition betrachtet. Es war wohl ihre Künstlerseele, die sie daran hinderte. Und diese Künstlerseele brannte nun darauf, die Instrumente einmal in den Händen zu spüren.

»Und woher wissen Sie, dass die Instrumente diesen Wert haben? Das hängt doch bestimmt von der Beschaffenheit der Instrumente ab. Verstehen Sie mich nicht falsch, aber Sie selbst sind ja kein Experte.«

»Der Bankdirektor schmunzelte. Nun, ein wenig verstehe ich von Instrumenten schon, aber dafür gibt es natürlich freie Gutachter.«

»Die Sie als Bank bestellen.«

»Das eher nicht. Aber es ist in der Branche üblich, dass Geigenbauer die Gutachten erstellen. Schließlich kennen Sie sich da am besten aus. Bei Bianchi war es Russo aus Brescia. Der hatte auch seine Instrumente gepflegt.«

»Wie praktisch.«

Andreotti machte sich eine weitere Notiz.

»Würden Sie uns die Instrumente einmal zeigen?«, fragte sie spontan.

Locatelli räusperte sich verlegen. »Das würde ich gerne. Aber sie sind nicht hier.«

»Wieso nicht?«, fragte Andreotti.

»Weil Signor Bianchi sie hat. Die komplette Sammlung hat er gestern Nachmittag mitgenommen. Er konnte sie gar nicht alle auf einmal tragen. Zweimal musste er zu seinem Wagen gehen.«

»Was ist das denn für eine Sicherheit, wenn der Kunde einfach damit rausspaziert?«, platzte es aus Andreotti heraus.

»Es ist nicht unüblich, dass Instrumente, die als Sicherheit hinterlegt sind, von den Kunden entliehen werden«, erklärte Locatelli. »Manch einer will seinem Besuch bei einer Party damit imponieren, vielleicht selbst mal damit spielen, und außerdem müssen solche guten Stücke auch regelmäßig zum Geigenbauer zur Pflege. Schließlich verändert sich der Zustand eines Instruments mit der Zeit, egal, wie sorgsam man es einlagert.«

»Sicher. Allerdings hat Bianchis Witwe nicht erwähnt, dass ihr Mann die Instrumente nach Hause gebracht hat.« Andreotti machte sich eine weitere Notiz. »Und Sie haben so etwas wie einen Beleg, dass die Instrumente entnommen wurden?«, fragte er schließlich.

»Selbstverständlich.« Der Bankdirektor stand auf und ging hinüber zu dem mit Akten gefüllten Regal. Er ließ einen Ordner aufschnappen und reichte Andreotti ein Dokument. Andreotti studierte es eingehend, während Sophia ihm über die Schulter schaute. Fein säuberlich war dort jedes Instrument samt Baujahr und Wert aufgeführt sowie der Zeitpunkt der Entnahme dokumentiert. Am unteren Ende des Papiers ließ sich in der geschwungenen Unterschrift Bianchis Name erkennen, daneben eine weitere Unterschrift, die offenbar von Locatelli war.

Als der Bankdirektor den Ordner wieder schließen wollte, legte Andreotti seine Hand darauf.

»Und was ist das?«

»Die Inventurliste«, erklärte Locatelli verwundert. »Etwa alle zwölf Monate werden die Bestände zur Sicherheit von unserer Revision überprüft.«

»Die nehmen wir auch mit«, stellte Andreotti fest.

Der Bankdirektor zögerte kurz, zuckte mit den Achseln und reichte Andreotti das Dokument mit einem professionellen Lächeln. Doch plötzlich gefror sein Lächeln. Seine nächste Frage flüsterte er fast. »Sie sagen, Bianchi hatte die Instrumente nicht in seinem Haus?«

Andreotti schüttelte den Kopf.

»Das ist nicht gut. Gar nicht gut«, murmelte der Bankdirektor.

Gar nicht gut war noch untertrieben, fand Sophia. Das Verschwinden einer solch wertvollen Sammlung war eine Katastrophe. Zwar handelte es sich nicht um die wertvollsten Instrumente am Markt, aber doch um Raritäten, und der Bank konnte der Verlust auch nicht egal sein.

»Können Sie dafür Ärger bekommen?«, fragte sie.

Zu Sophias Überraschung glätteten sich die Sorgenfalten des Bankdirektors ein wenig. »Der Bankvorstand wird mich zwar nicht gerade zum Mitarbeiter des Monats machen, aber ich habe mich exakt an die üblichen Richtlinien der Bank gehalten. Abgesehen davon sind wir für solche Fälle versichert. Es wäre nicht das erste Mal, dass die Sicherheiten eines Schuldners nichts mehr wert sind. Schon so manche Immobilie, die als Bürgschaft diente, hat sich nach Jahren als völlig heruntergewirtschaftet herausgestellt.«

Nur verschwanden Immobilien nicht einfach.

Andreotti zückte wieder erwartungsvoll seinen Stift. »Können Sie uns den Namen des potenziellen Käufers nennen?« Der Bankdirektor verneinte. Enttäuscht ließ Andreotti den Stift wieder sinken. »Und den Namen des Gutachters vermutlich auch nicht.« Der Bankdirektor dachte angestrengt nach und verneinte erneut. »Ich kann mich nur daran erinnern, dass der Käufer einen Gutachter bestellt hatte, der extra aus Verona kommen sollte.«

»Der Gutachter hieß nicht zufällig Alessandro Ferregina?«, fragte Andreotti fast beiläufig.

»Richtig, so hieß er. Ferregina. Jetzt, wo Sie es sagen. Bianchi hat ihn erwähnt.«

Sophia blickte zu Andreotti, der ihr kaum merklich zunickte, bevor er sich eifrig weitere Notizen machte. »Habe ich etwas Falsches gesagt?«, fragte Locatelli, dem der Blickwechsel nicht entgangen war.

»Die Unterlagen nehme ich mit«, wechselte Andreotti das Thema. »In ein paar Tagen bekommen Sie sie wieder.« Damit steckte er die Papiere in die Innentasche seines Sakkos und stand auf. Andreotti war offenbar fertig. Mit zahlreichen Floskeln verabschiedete er sich und wünschte gute Besserung. Locatelli konnte im Gegenzug nicht genug betonen, dass für den Commissario immer ein Espresso bereitstünde und ebenso für Sophia. Andreotti wiederum versicherte, dass er das Angebot gerne annehmen werde, wovon Sophia überzeugt war.

17

Was halten Sie davon?«, fragte Andreotti, als sie endlich die Bank verlassen hatten und zu Andreottis Wagen gingen.

»Es ist mir eigentlich fremd, Instrumente wie Investitionen zu behandeln.« Sie bemerkte schnell, dass Andreotti etwas anderes erwartete. »Die Sammlung gehört nicht zur Oberklasse, aber sie ist schon beachtlich«, beeilte sie sich zu erklären. »Nehmen wir zum Beispiel die Geige von Gagliano. Das ist kein Geigenbauer, um dessen Instrumente sich die Starmusiker reißen. Unter Sammlern mittleren Kalibers gibt es für seine Arbeiten jedoch durchaus eine Nachfrage. Für meinen Geschmack fehlen Gaglianos Geigen die Klarheit in den hohen Tönen, aber im Falsetto sind sie sehr gut. Gerade das Falsetto erfordert einiges an Können. Wenn einem ein Instrument hier entgegenkommt, ist das für ambitionierte Hobbymusiker durchaus interessant.«

Der Commissario machte den Eindruck, als wolle er es so genau auch wieder nicht wissen.

»Ich habe schon oft davon gehört, dass wertvolle Geigen bei Banken als Sicherheiten für Darlehen hinterlegt werden«, brachte es Sophia auf den Punkt.

Andreotti nickte zufrieden. »Die Sammlung ist also tatsächlich wertvoll?«

»Wenn sie gut erhalten ist, durchaus. Laien kennen meist nur Stradivari oder allenfalls eine de Gesùs.« Andreottis Gesichtsausdruck verriet, dass ihm bereits der Letztgenannte nicht viel sagte. »Aber solche Stücke werden nur hochrangigen Musikern verkauft und kosten mehrere Millionen Euro.«

»Ich wusste gar nicht, dass man mit Fideln so viel Geld verdienen kann.«

»Die Starmusiker durchaus, aber die wenigsten bezahlen das Instrument. Das übernehmen meist Sponsoren wie Unternehmen oder reiche Mäzene. Die erwerben die Instrumente und überlassen sie als lebenslange Leihgabe den großen Stars der Szene oder Jungmusikern mit einem außerordentlichen Talent.«

»Der Markt für diese Instrumente ist also überschaubar.«

»Ganz richtig. Interessanter ist für Sammler wie Bianchi eher das mittlere Segment. Da kann man schon für zwanzigtausend Euro ein reizvolles Instrument erwerben. Geben Sie mir mal die Liste.« Andreotti kramte in seiner Sakkotasche und faltete das Papier auf. Sofort fand sie das Instrument, das sie vorhin schon entdeckt hatte. »Hier, die Derazey zum Beispiel. So eine habe ich selbst auch. Diese hier ist vor drei Jahren vom Geigenbauer Umberto Russo aus Brescia mit einem Wert von vierundzwanzigtausend Euro bewertet worden. So ähnlich wie meine.«

»Sie haben eine vierundzwanzigtausend Euro teure Geige zu Hause rumliegen?« Andreotti starrte sie entgeistert an.

»Nicht ganz. Sie war ziemlich beschädigt. Ich habe sie für hundert Euro bei einem Trödler erstanden. Ich musste sie monatelang wieder herrichten. Jetzt muss ich nur noch den Hals ersetzen. Aber wenn ich fertig bin, kommt sie klanglich ziemlich nah an eine vollständig erhaltene Derazey heran. Die könnte ich dann für rund fünfzehntausend Euro verkaufen.«

Andreotti stieß einen Pfiff aus. »Ich muss mich korrigieren. Die Margen sind deutlich besser als bei Kokain.«

»Nur braucht man für das Restaurieren von alten Meisterstücken vermutlich weitaus mehr Geschick. Und es ist weniger gefährlich.«

»Haben Sie unser Mordopfer und Bianchi vergessen?«

Sophia mochte Andreottis makabren Humor nicht. Ein flaues Gefühl überkam sie.

»Bianchi ist also Musikliebhaber und Immobilieninvestor«, überlegte Andreotti laut. »Und als ihn das Glück im Geschäft verließ, sollte ihn seine Leidenschaft zur Musik retten. Die alles entscheidende Frage ist nur, wo die Geigen sind.«

Darüber hatte Sophia auch schon die ganze Zeit nachgedacht. Das Entnahmedokument zeigte eindeutig, dass sie nicht mehr in der Bank waren. Wenn die Unterschrift denn echt war, wovon auszugehen war, sonst hätte Locatelli es nicht so einfach herausgegeben. »Vielleicht hat Bianchis Witwe sie?«, schlug Sophia vor. »Es kann ja sein, dass Bianchi die Sammlung zu Hause versteckt hat, damit seine Frau nach seinem Selbstmord finanziell abgesichert ist.«

»Einen Vorteil hätte sie davon, die Geigen zu unterschlagen. Aber sie wirkte mir zu aufrichtig. Es gehört schon viel dazu, ehrlich zu trauern und im selben Moment eiskalt zu lügen«, antwortete Andreotti. »Außer sie weiß es noch nicht und findet irgendwann in seinen Unterlagen einen Abschiedsbrief mit einem Hinweis darauf. Das kommt häufiger vor, als man denkt. Glück im Unglück für die Witwe, Pech für die Bank.«

»Oder sie sind ihm gestohlen worden«, überlegte Sophia weiter.

»Und daraufhin hat er sich umgebracht?« Andreotti verzog skeptisch das Gesicht. »Wer bestohlen wird, stürzt sich nicht gleich aus Verzweiflung in den See. So schlecht ist der Ruf der Carabinieri nun auch wieder nicht. Er hätte zumindest versucht, sie mit unserer Hilfe wiederzubeschaffen, um ihn vor dem finanziellen Ruin zu bewahren. Die Hoffnung stirbt zuletzt.«

»Wie bei meinem Handy.«

»Na, diese Hoffnung ist gestorben, Signora Lange.«

Andreotti öffnete die Wagentür und gab Sophia ein Zeichen, einzusteigen. Bevor er selbst einstieg, musterte er Sophia mit einem amüsierten Blick. »Ich komme noch immer nicht darüber hinweg, dass Sie aus einer Geige für hundert Euro fünfzehntausend Euro machen«, sagte er schließlich. »Sie verdienen nicht schlecht.«

»Na ja, wenn ich Monate daran arbeite, ist das eher ein miserabler Stundenlohn.«

»Allemal besser als meiner.«

»Jetzt übertreiben Sie aber, Andreotti. Und selbst wenn. Überarbeiten tun Sie sich nicht gerade, scheint mir.«

Sophia sah, wie sein Blick sich verfinsterte.

»Außerdem habe ich nicht vor, sie weiterzuverkaufen. Mir geht es um die Kunst, nicht um das Geld.«

Und tatsächlich entspannte sich Andreottis Gesichtsausdruck wieder ein wenig.

»Mit dieser Einstellung sind Sie wirklich eine Ausnahme. Wahrscheinlich noch seltener als so eine Stradivari.«

Sophia verkniff sich eine Bemerkung. Der Commissario und sie kamen wirklich aus verschiedenen Welten.

Nachdem Andreotti Sophia wieder in der Werkstatt abgesetzt hatte, nicht ohne sich das Versprechen abringen zu lassen, sie über den Fall auf dem Laufenden zu halten, machte er sich auf zum Kommissariat. Ein entspanntes Nickerchen auf dem Sofa hätte ihm jetzt gutgetan. Aber bestimmt konnte er vorher noch etwas tun, um den Fall schneller abzuschließen. Je schneller, umso besser, dann hätte er wieder seine Ruhe.

Andreotti brachte seinen Wagen am Bürgersteig der Via della Rocchetta zum Halten, zündete sich eine MS an und begann, nachdenklich in seinem Notizbuch zu blättern. Er überflog die Notizen, die er während des Gesprächs mit der Witwe Bianchi gemacht hatte, blätterte weiter zu den Einträgen aus dem Gespräch mit Ferreginas Sohn. Hotel *Grande Marino,* stand dort. Er würde mit den Hotelangestellten sprechen müssen, ob ihnen etwas Besonderes aufgefallen war. Gedankenverloren blätterte Andreotti ein Stück zurück. Padre Muratori. Verdammt. Den hatte er schon wieder vergessen. Das würde ihn zwar nicht bei seinem Fall weiterbringen, würde ihm jedoch weitere bissige Kommentare von Viola ersparen. Außerdem war Beziehungspflege wichtig.

Andreotti wog kurz ab, was wichtiger war. Dann warf er den Glimmstängel aus dem Fenster, ignorierte das darauf folgende Gezeter einer jungen Frau und schoss los.

18

Das Hotel *Grande Marino* befand sich in bester Lage, direkt an der Promenade. Nicht nur Touristen schätzten den Ausblick auf den See, sondern auch Geschäftsleute und wohl auch der Gutachter Ferregina. Das *Grande* im Hotelnamen war deutlich übertrieben. Einige wenige Zimmer, verteilt über drei Etagen, waren nicht wirklich grande, aber in Salò gehörte es zu den größeren Hotels. Wie die meisten Hotels in Salò befand sich auch das *Grande Marino* seit Generationen im Besitz einer Familie. Doch als Andreotti die elegant gestaltete kleine Lobby betrat, begrüßte ihn zu seiner Erleichterung anstelle der Inhaberin, Signora Marino, ein Mädchen. Sie war ein paar Jahre jünger als Viola, hatte die braunen Haare zu einem strengen Zopf zurückgebunden und war sichtlich darum bemüht, professionell zu wirken. Sie schien nicht von hier zu sein, sonst hätte sie ihn bestimmt erkannt.

»Andreotti, Commissario Andreotti«, stellte er sich also vor, zeigte seinen Dienstausweis und ließ sein bestes Lächeln blitzen.

»Signora Marino ist nicht da«, antwortete die junge Rezeptionistin sichtlich beeindruckt.

»Ich wollte auch nicht zur Chefin«, stellte Andreotti klar. Signora Marino konnte ihn auf den Tod nicht ausstehen, was auf Gegenseitigkeit beruhte.

Wobei sie ihm früher nicht unsympathisch gewesen war, aber dann war da die Sache mit ihrer Schwester gewesen. Andreotti überkam ein unguter Gedanke, doch ein Blick auf das Namensschild sagte ihm, dass die junge Rezeptionistin nicht Signora Marinos Nichte war. Lucia Brunetti hieß sie. Vermutlich eine der Bauerstöchter aus dem Umland, die sich etwas dazuverdiente.

»Ich wollte auch nicht zur Chefin. Vielmehr brauche ich Informationen zu einem Gast von Ihnen, der vorgestern hier abgestiegen ist. Alessandro Ferregina ist sein Name.« Anstatt nun eifrig ihren Computer zu konsultieren, wie es Andreotti erwartet hatte, verharrte das junge Ding regungslos. Sie war offenbar nicht die Hellste. »Wenn Sie in Ihren Computer schauen, hilft das bestimmt, Lucia.« Der Klang ihres Vornamens verfehlte seine Wirkung nicht. Jedenfalls reagierte sie.

»Ich muss erst Signora Marino anrufen und fragen, ob ich das darf.« Das war allerdings keine gute Idee. Signora Marino würde ihr jede Auskunft untersagen, und zwar nur, weil Andreotti es war, der die Informationen erfragte. Das hätte Papierkram und verschwendete Lebenszeit bedeutet, was Signora Marino durchaus bewusst gewesen wäre. Andreotti beugte sich verschwörerisch über den Tresen und schaute sich um, wie um sich zu versichern, dass ihnen niemand zuhörte.

»Es geht hier um Mord«, raunte er und machte dabei eine bedeutungsvolle Miene.

»Signor Ferregina ist ein Mörder?«

»Im Gegenteil. Er ist der Ermordete, und wir wollen doch beide nicht, dass ein Mörder frei herumläuft.« In Lucias Augen flackerte die Faszination auf, die er von vielen Frauen kannte, wenn sie den Hauch von Gefahr spürten.

»Sie wären mir eine große Hilfe dabei, einen Mörder zu fangen.«

Das Mädchen schlug die Augen nieder. Um seinen Worten zusätzlichen Nachdruck zu verleihen, wedelte Andreotti wie beiläufig noch mal mit seinem Dienstausweis. Schon flogen ihre Finger über die Tastatur. »Signor Ferregina hat bei uns am Montag eingecheckt«, flüsterte sie, als ginge es um ein großes Geheimnis. Ohne um Erlaubnis zu fragen, umrundete Andreotti den Tresen und blickte ihr über die Schulter. Auf dem Monitor erschien nicht nur der Name des Gastes, sondern auch sein Pass, der vom Hotel eingescannt worden war. Das Passfoto zeigte eindeutig den Geigenbauer, wenn auch etwas jünger und schlanker.

»Ich erinnere mich an ihn«, sagte Lucia nachdenklich, was Andreotti angesichts des kleinen Hotels für keine allzu schwere Übung hielt. Dennoch gab er einen anerkennenden Laut von sich. »Und der ist ermordet worden? Er war so nett.« Ein Standardspruch von Zeugen. Als ob »nett sein« einen unverwundbar machte. Andreotti wandte sich Lucia zu. Ihre Gesichter waren nur wenige Zentimeter voneinander entfernt. »Ist Ihnen etwas an ihm aufgefallen?«, fragte er mit sonorer Stimme. Lucia öffnete den Mund. Doch anstatt zu antworten, brach sie in fürchterliches Husten aus.

Andreotti wich zurück. »Rauch«, japste die junge Frau und brach in einen weiteren Hustenanfall aus. »Kalter Rauch. Allergisch.« Niemand war allergisch gegen kalten Rauch. Außerdem war seine letzte Zigarette mindestens eine halbe Stunde her. Seit diese jungen Leute alle vegan wurden und Sport machten, vertrugen die gar nichts mehr. Dennoch zog sich Andreotti wieder auf die andere Seite des Tresens zurück, und die junge Frau erholte sich überraschend schnell wieder.

»Ferregina«, sagte Andreotti nun ein wenig ungeduldiger. Mit hochrotem Kopf nickte die junge Frau. »Wie gesagt, er war sehr nett.«

»Sonst ist Ihnen nichts aufgefallen?«

Wieder bildeten sich kleine Falten auf ihrer Stirn. »Er hat um Oliven gebeten«, sagte sie langsam.

»Oliven?«

»Ja, er hat angerufen, und ich habe sie ihm auf das Zimmer gebracht.«

»Was für Oliven denn?«

»Wir haben hier eingelegte Oliven aus der Gegend.«

Andreotti nickte verstehend und versuchte, seine nächste Frage möglichst beiläufig zu stellen. »Vielleicht die vom alten Marveggio oben in den Bergen?«

Lucia begann wieder, angestrengt nachzudenken. Als sie damit fertig war, sagte sie schließlich: »Keine Ahnung, aber von einem Bauern hier in der Gegend sind sie.«

Andreotti versuchte es anders. »Hat Signor Ferregina vielleicht nach ganz bestimmten Oliven gefragt?«

Lucia nickte eifrig. »Ja, nach eingelegten Oliven.«

Andreotti sah ein, dass er so nicht weiterkam. Vielleicht hatte es auch nichts zu bedeuten. Schließlich war gerade hier in der Gegend nichts ungewöhnlich daran, Oliven zu essen, wenngleich ihm der Appetit danach vergangen war. »War er die ganze Zeit auf dem Zimmer?«, fragte Andreotti weiter, in der Hoffnung, doch noch etwas Brauchbares herauszubekommen.

»Am Montag ist er gegen zehn Uhr abends noch mal weggegangen. Ich habe mich gewundert. Wo geht man in Salò um diese Uhrzeit hin?« Das stimmte allerdings. Um diese Uhrzeit traf man in Salò niemanden mehr, außer den Tod. Was bei Ferregina der Fall gewesen war. Der Gutachter war also noch mit jemandem verabredet gewesen, wahrscheinlich mit Bianchi. »Hatte er etwas dabei?«

»Nein, nichts. Nicht so wie am Nachmittag.«

Andreotti wurde hellhörig. »Wie meinen Sie das?«

»Na, Signor Ferregina ist am Abend mit mehreren schwarzen Kästen in der Lobby aufgetaucht. Er konnte sie kaum alle tragen. Ein anderer Mann war dabei, der auch schwarze Kästen trug. Sie sind dann auf sein Zimmer gegangen. Ich habe mich schon gewundert, aber man fragt ja nicht nach. Diskretion ist wichtig, sagt Frau Marino immer.«

»Können das Geigenkästen gewesen sein?«

Das Gesicht der jungen Frau hellte sich auf. »Das ist es. Ich habe mich schon die ganze Zeit gewundert. Aber jetzt, wo Sie es sagen …

Ich habe das mal in einem Film gesehen.« Sie war wirklich nicht mit Intelligenz gesegnet. Andreotti fragte nach einer Beschreibung des anderen Mannes. Die Rezeptionistin bestätigte seine Vermutung. Ihren Ausführungen nach handelte es sich bei dem Mann, der nach einer Stunde wieder aus dem Hotel gestürmt war, zweifelsohne um Bianchi. Entweder hatte Bianchi es eilig, oder er war wütend – oder beides. Andreotti wagte einen Versuch und fragte nach. Er sei tatsächlich wütend gewesen, konnte Lucia sich erinnern. Das wisse sie ganz genau. Er habe sie an ihren Vater erinnert, wenn er wütend sei.

Im Grunde bestätigte das die Aussage des Bankdirektors. Ferregina und Bianchi hatten sich getroffen, und Bianchi hatte dem Gutachter geholfen, die Geigen in das Hotelzimmer zu bringen, damit dieser sie dort untersuchen konnte. Nur erklärte das nicht, wieso Bianchi wütend das Hotel verlassen hatte, und vor allem, wohin der Gutachter spätnachts noch gegangen war.

»Sonst haben Sie nichts bemerkt?«, fragte Andreotti.

»Nein, außer, dass er nicht wiedergekommen ist vor meinem Feierabend um Mitternacht.« Konnte er ja auch nicht mehr. Das Mädchen war eine jener Zeuginnen, denen man auf die Sprünge helfen musste. Andreotti setzte seinen ernsten Blick auf. »Ist Ihnen sonst wirklich nichts aufgefallen?« Das Mädchen begann, auf der Unterlippe zu kauen. »Der Anruf?«, antwortete sie fragend, als handelte es sich um eine Prüfung in der Schule. Andreotti unterdrückte ein Seufzen. Also doch. Als die Rezeptionistin merkte, dass dies eine gute Antwort war, beeilte sie sich zu erklären: »Da hat einer angerufen und nach Signor Ferregina gefragt.«

»Um wie viel Uhr? Wie hieß der Mann?« Die Rezeptionistin verstummte. Das waren offenbar zu viele Fragen auf einmal. Also versuchte es Andreotti anders.

»War das bevor oder nachdem der andere Mann gegangen war?«

»Danach«, kam es nach kurzem Überlegen.

»Was haben Sie gemacht, als der Anruf kam?«

»Ich war gerade dabei, die Gästeliste abzugleichen.« Plötzlich hellte sich Lucias Gesichtsausdruck auf. »Und das mache ich immer um acht Uhr. Also war es acht Uhr abends, als der Mann anrief.«

Andreotti gab ein zufriedenes Grunzen von sich. »Sie nehmen also den Telefonhörer ab. Was genau hat der Mann gesagt?«

»Unfreundlich war er. Er wolle Signor Ferregina sprechen, sagte er in einem Befehlston. Da habe ich ihn gleich verbunden.«

»Sonst nichts?«

»Sonst nichts.« Also hatte er keinen Namen genannt.

»War sonst noch etwas auffällig an dem Anruf?« Wieder dachte Lucia angestrengt nach.

»Er hat genuschelt und war heiser.«

»Um diese Jahreszeit?«

»Ich dachte, vom Rauchen, wie Sie.«

»Ich klinge nicht heiser, und vom Rauchen nuschelt man auch nicht.«

Andreotti überging Lucias dahingemurmelte Entschuldigung. »So, als ob er die Stimme verstellt hätte?«, fragte er weiter.

»Das könnte sein.«

Andreotti wies auf den Telefonapparat, vielleicht hatte er Glück. »Bestimmt wurde doch seine Nummer angezeigt.« Andreotti hatte kein Glück. Natürlich konnte sie sich nicht an eine Telefonnummer erinnern, und der Apparat speicherte nur die letzten zehn Anrufe. Es war auch nur ein Schuss ins Blaue gewesen. Jemand, der mit verstellter Stimme anrief, würde kaum vergessen, seine Nummer zu unterdrücken.

»Wo sind eigentlich seine Sachen?«, fiel es Andreotti ein.

»Na, im Abstellraum. Wo denn sonst?«

»In seinem Zimmer?«

»Er hatte ja nur zwei Tage gebucht. Und da er, ohne zu bezahlen, abgereist war, haben wir sein Gepäck in den Abstellraum gestellt.«

Andreotti ließ sich den Abstellraum zeigen, der sich praktischerweise direkt hinter der Rezeption befand. Lucia deutete auf einen kleinen schwarzen Reisekoffer und eine abgewetzte Aktentasche. Ohne weiter nachzufragen, machte sich Andreotti am Koffer zu schaffen und ließ die Schlösser aufschnappen. Schmutzige Unterwäsche und Hemden fielen heraus. Andreotti durchsuchte den Koffer flüchtig, fand jedoch nichts Auffälliges. Darum würde sich ohnehin später Viola kümmern. Notdürftig stopfte er die Sachen zurück und schloss den Koffer wieder. Als Nächstes nahm sich Andreotti die lederne Aktentasche vor. Doch darin befanden sich nur ein paar handschriftliche Aufzeichnungen.

Vielleicht konnte Viola mit ihrer Spurensicherung damit etwas anfangen. Andreotti schaute sich um. »Und die Geigenkästen?«

»Welche Geigenkästen?«

»Na, die Signor Ferregina und sein Helfer ins Hotel getragen haben.«

»Ach, die!« Als ob es hier in dem Hotel von Geigenkästen nur so wimmelte. »Die sind nicht mehr da.«

»Das sehe ich auch.«

»Die waren nicht mehr auf dem Zimmer. Vielleicht hat er sie ja mitgenommen.«

Womit sich Andreotti eine Inspektion des Zimmers sparen konnte. »Ich dachte, er hätte nichts dabeigehabt, als er gegangen ist?«

»Stimmt, hatte er auch nicht.«

Andreotti gab auf. Mehr Informationen würde er aus Lucia nicht rausholen können, und sie um ihre Telefonnummer zu bitten, würde auch zu nichts führen. Also drückte er ihr seine Visitenkarte mit dem üblichen Spruch in die Hand, dass sie sich melden solle, falls ihr etwas einfiele. »Ich kann ja mal Signora Marino fragen«, bot sie an.

»Das brauchen Sie nicht«, widersprach Andreotti eilig. »Am besten sagen Sie niemandem etwas. Geheime Ermittlungen.« Er legte seinen Finger auf die Lippen.

»Versprochen«, antwortete Lucia und legte ebenfalls ihren Finger auf die Lippen. Andreotti glaubte ihr nicht. Kaum zu Hause, würde sie ihren Freunden alles brühwarm erzählen. Das konnte ihm jedoch einerlei sein, solange sie der Marino gegenüber die Klappe hielt. Das Letzte, was er brauchte, war eine tobende Signora Marino auf dem Kommissariat.

Nachdem er das Hotel verlassen hatte, fingerte Andreotti sein Handy aus der Tasche und wählte Violas Nummer. In knappen Sätzen erklärte er ihr die Sache mit dem Koffer und bat sie, ihn zur Laboruntersuchung abzuholen. Ihren Protest ließ er an sich abprallen, schließlich war er als Nächstes im Auftrag der Kirche unterwegs. Da musste auch Viola mal Opfer bringen.

19

Die Abendandacht war gerade vorbei, und einige wenige Gläubige kamen Andreotti entgegen, als er den Dom betrat. Padre Muratori war geade damit fertig geworden, die Gesangsbücher zu ordnen, als er Andreotti entdeckte. »Commissario, haben Ihre Wege Sie doch noch zu mir geführt.« Ein warmes Lächeln erstrahlte auf dem vollen Gesicht des Geistlichen. Padre Muratori war äußerst beliebt in Salò. Vielleicht lag es daran, dass er vor Lebensfreude nur so sprühte. Seiner rundlichen Figur und den roten Äderchen um seine fröhlichen Augen konnte man ansehen, dass er die kulinarischen Genüsse des Gardasees durchaus zu schätzen wusste, und er war bekannt dafür, kein Dorffest auszulassen. Dies schadete der Würde seines Amtes keineswegs. Ganz im Gegenteil, die Gemeinde Salòs liebte ihn und sah ihn gern auf ihren Festen. Mit dem Glauben nahm er es nicht immer so genau, jedenfalls nicht so genau, wie es sich die Kirchenobersten wünschten. So kam es durchaus vor, dass er Geschiedene zum Abendmahl zuließ und das eine oder andere Bibelwort in seiner Predigt etwas freier auslegte. Natürlich war dies eines Tages auch seinen Vorgesetzten zu Ohren gekommen, und als diese beschlossen, den guten Padre zu versetzen, erhob sich unter den sonst so friedlichen Salòern ein Protest. Da die Kirche gerade mit anderen Skandalen beschäftigt war, entschied man sich, die Eigenwilligkeiten eines Padre im Sinne des Gemeindewohls zu akzeptieren, und so war wieder Ruhe in die Glaubenswelt Salòs eingekehrt.

»Mein Sohn«, sagte Padre Muratori. »Sie sehen aus, als hätten Sie Kummer.« Mit diesen Worten leitete er immer seine Gespräche ein, schließlich kamen die Menschen üblicherweise zu ihm, wenn sie Kummer hatten, es sei denn, sie wollten heiraten oder ihr Kind taufen lassen, was zwangsläufig früher oder später auch zu Kummer führte.

»Ich würde eher sagen, *Sie* haben Kummer. Schließlich haben Sie mich rufen lassen.«

»Das ist bereits zwei Tage her«, entgegnete der Padre, jedoch ohne die Spur eines Vorwurfs in seiner Stimme.

»Ich habe leider einen Mordfall.«

»Ich habe davon gehört. Oben beim alten Marveggio oder unten am See?«

»Das Erste war ein Mord, das Zweite ein Selbstmord.«

»Welch eine Sünde«, sagte Padre Muratori und bekreuzigte sich eilig. Wobei Andreotti nicht klar war, was nun aus Sicht des Padres die größere Sünde war. Andreotti verstand die Sache mit dem Glauben ohnehin nicht wirklich. Früher war er durchaus gläubig gewesen. Seine Mutter war eine gläubige Katholikin gewesen und hatte ihn im Geist der Religion aufgezogen. Als er dann aber später bei der organisierten Kriminalität zur Genüge beobachten konnte, wie sich Drogenhändler und Mörder bei der Beichte binnen Minuten ihr Gewissen reinwaschen ließen, war sein Glaube in sich zusammengefallen. Jedenfalls konnte er dem Konzept der Vergebung nicht mehr viel abgewinnen, wenn er die Taten bedachte, die er täglich in Rom zu ermitteln hatte.

Der Padre stellte zwei Abendmahlkelche auf den Altar, holte eine Flasche Wein hervor und goss großzügig ein. »Ein hervorragender Wein, den bekomme ich immer von einem Bauern aus der Gegend. Eignet sich nicht nur zum Abendmahl.« Der Padre lächelte und prostete Andreotti zu.

Der Padre hatte recht. Der Wein war wirklich vorzüglich. Andreotti nahm sich vor, den Padre künftig häufiger zu besuchen.

»Was hat es nun mit der Kirchenbank auf sich, Hochwürden? Man hat sie wohl kaum gestohlen.«

Der Padre lachte laut auf. »Das müsste schon ein sehr dummer Dieb sein und ein sehr starker dazu, Commissario. Es ist etwas weitaus Harmloseres.« Er deutete zur Kirchenbank. »Dort hat sich jemand zu schaffen gemacht.«

»Kirchenvandalismus in Salò?« Das war ungewöhnlich.

»Wenn es nur das wäre. Ich werde einfach nicht schlau aus der Sache. Aber schauen Sie selbst.«

Der Padre nahm seinen Kelch und schlurfte zur zweitvordersten Kirchenbank. Andreotti tat es ihm gleich und folgte ihm. »Vor sechs Tagen sah ich, wie sich ein Mann hier hinsetzte und betete. Nichts Ungewöhnliches. Zumal er augenscheinlich ein gläubiger Mensch war. Schließlich hatte er sich beim Betreten des Doms bekreuzigt. Ich war gerade dabei, alles für die Messe herzurichten. Deswegen schenkte ich ihm keine weitere Beachtung. Dann bemerkte ich aber, wie er sich bückte. Erst dachte ich, ihm sei übel. Gerade, als ich zu ihm gehen wollte, richtete er sich aber auf und ging, als sei nichts gewesen.«

Andreotti nahm einen weiteren Schluck und beschloss, den Padre in seinen Ausführungen nicht zu unterbrechen. Heute Abend hatte er ohnehin nichts weiter vor.

»Vielleicht ist ihm nur irgendwas runtergefallen, dachte ich. Jedenfalls hätte ich die Sache vergessen, wenn nicht vor drei Tagen die Witwe Bartoldi zur Andacht gekommen wäre. Sie kennen die Witwe Bartoldi?«

Andreotti kannte sie nicht. Jedenfalls war sie noch nie mit einem Anliegen auf dem Kommissariat erschienen.

»Die Witwe, die ihren Mann vor zwei Jahren verloren hat. Herzkrank war der Arme gewesen. Sechs Monate nach seinem Tod hatte sie sich einen Hund zugelegt, einen kleinen weißen Pudel. Herzallerliebst.« Padre Muratori liebte die Menschen und nahm sich Zeit für sie, so auch in seinen Ausführungen, aber Andreotti ließ ihn gewähren. »Der Pudel, Beppo heißt er, ist noch jung und kaum zu bändigen, aber das stört mich nicht. Schließlich macht er sie glücklich.« Andreotti räusperte sich, und der Padre verstand. »Ja, richtig. Die Kirchenbank. Jedenfalls kroch Beppo während der Andacht unter die Kirchenbank. Dann gab es plötzlich einen lauten Knall. Das arme Tier rannte davon. Die Witwe Bartoldi sprang auf, nicht minder erschrocken. Das kleine Fellknäuel versteckte sich in der hintersten Ecke der Kirche, die Witwe Bartoldi war ganz aufgeregt. Ich musste die Messe unterbrechen. Aber Gott wird es verzeihen. Nachdem Beppo und Signora Bartoldi wieder beruhigt waren, konnte ich die Messe fortführen. Am Ende schließlich, als alle gegangen waren, schaute ich mir die Kirchenbank genauer an – und sehen Sie, was ich gefunden habe!«

Der Padre beugte sich herunter und holte ein Holzbrett hervor. »Das war unter der Kirchenbank befestigt. Als Beppo sich dort verkrochen hatte, musste er es versehentlich gelöst haben. Wahrscheinlich war es schon vorher locker. Jedenfalls ist es dann während der Messe auf den Boden geknallt.«

Andreotti runzelte die Stirn. So was hatte er früher schon mal gesehen. Das Brett war etwa einen Arm lang, zwei Hände breit und einen halben Zentimeter dick. Er drückte dem Padre seinen Abendmahlkelch in die Hand, bückte sich und begann, die Unterseite der Kirchenbank zu untersuchen. Dort waren drei hochkantige Leisten montiert. Nicht sonderlich stabil; eher so, als habe jemand in Eile gearbeitet. Andreotti nahm das Brett und legte es auf die drei Leisten. Ein Fach entstand. Groß genug, um einen Aktenordner hineinzulegen, einen recht großen Ordner. Das war das Einzige, was anders war als früher, die Größe. Die Fächer, die er aus Rom kannte, waren kleiner.

»Wissen Sie, was das ist, Commissario?«

Das wusste er allerdings, und es behagte ihm gar nicht, so etwas hier zu sehen. Hier in Salò, wo es solche Dinge eigentlich nicht geben dürfte. Andreotti nickte langsam. »In Rom finden Sie so was in vielen Kirchen. Es sind Drogenverstecke. Der eine legt das

Geld rein, der andere kommt, nimmt das Geld raus und legt die Drogen hinein. Das geht schnell und unauffällig.«

»Maria, Muttergottes.« Der Padre legte erschrocken die Hände auf die Wangen. »Drogen? In meiner Kirche?«

»Haben Sie den Mann erkannt?«

Der Padre schüttelte bedauernd den Kopf. »Ich habe nicht so genau hingesehen. Ich habe ihn eher aus den Augenwinkeln gesehen. Außerdem bin ich kurzsichtig, und meine Brille …« Der Padre lächelte verlegen. »Die trage ich nicht so gerne, wissen Sie.«

Padres waren also auch nicht vor Eitelkeit gefeit, dachte Andreotti, aber sei es drum. So richtig wollte das nicht zusammenpassen. Es gab zwar in Salò auch Drogen. Aber die paar Dealer kannte Andreotti recht gut. Das Fach war viel zu groß für einen Drogenhandel, selbst wenn es sich in einer römischen Kirche befunden hätte.

Andreotti beugte sich wieder hinunter und ließ sein Feuerzeug aufflammen. Im Flackern des Lichts konnte er die Konstruktion genauer sehen. Sie war nicht wirklich neu. Das Holz an dem Fach war leicht abgeschabt. Es war also schon mehrere Male genutzt worden. Andreotti tippte darauf, dass sich das Fach dort ein paar Monate, allenfalls ein, zwei Jahre dort befand.

Andreotti stand wieder auf und nahm dem Padre den Abendmahlkelch aus der Hand. »Es war richtig, dass Sie mich gerufen haben.«

»Was soll ich jetzt machen?«, fragte der sichtlich besorgte Padre Muratori.

»Beobachten Sie einfach, ob sich jemand wieder auffällig verhält. Alles andere überlassen Sie mir.«

Der Padre nickte nachdenklich. »Das werde ich tun. Möge das Haus Gottes frei von Sünde sein.«

Dafür brauchte es weit mehr als einen aufmerksamen Padre Muratori. Andreotti nickte ihm aufmunternd zu und verabschiedete sich, nicht ohne zu versprechen, die Sache genaustens weiter zu verfolgen.

20

Als Sophia am nächsten Morgen die Werkstatt betrat, kam ihr ein bekanntes Gesicht entgegen.

Die Frau hatte sie offenbar nicht erkannt, denn sie stakste grußlos an ihr vorbei zu einem roten Maserati. »War das schon wieder die Orsini?«, fragte Sophia Luigi, als sie die hinteren Werkstatträume betrat.

Luigi verzog das Gesicht. »Allerdings. Sie ist eine jener Kundinnen, die meint, je öfter man vorbeikommt, umso schneller wird die Arbeit erledigt.«

»Auf solche Kunden kann man gerne verzichten«, seufzte Sophia.

»Im Gegenteil«, entgegnete Luigi. »Solche Kunden sind Geld wert.«

»Geld, Geld«, knurrte der Alte von seiner Werkbank. »Die Kunst lässt sich nicht in Geld aufwiegen.«

»Die Kunst nicht, aber die Materialkosten schon«, konterte Luigi. »Von irgendetwas müssen wir leben. Warum sonst warst du neulich so freundlich zu ihr?«

Das waren ungewohnte Worte von Luigi. Früher war er nicht so sehr auf Geld aus gewesen. Aber was wusste Sophia schon, was es bedeutete, eine Werkstatt zu führen? »Signora Orsini gibt alle sechs Monate die Bratsche ihrer Tochter in Zahlung, um eine noch wertigere zu kaufen. Nichts ist für ihre Tochter gut genug«, erklärte Luigi achselzuckend. »Eine gute Kundin mit wenig Ahnung.« Von denen gab es einige. Sie brachten das Geld, taten aber einem Geigenbauer in der Seele weh.

Giuseppe legte die Bratsche beiseite und wischte sich die Hände an einem Tuch ab. »Schon gut, schon gut«, gab er sich versöhnlich. »Wenn du nicht wärst, würden wir schon lange nicht mehr sein. Du hast zwar nicht das Talent deiner Vorfahren, aber zumindest hältst du den Laden zusammen.« Luigi schien die versteckte Kritik seines Vaters nichts auszumachen. Gleichmütig machte er sich daran, ein Instrument zu holen. Keine Frage, er war die ständige Krittelei seines Vaters schon gewohnt. Sophia würde sich an Luigi ein Beispiel nehmen müssen, und da sie nicht die geringste Lust hatte, sich vom alten Giuseppe etwas über das Warten der kostbaren Instrumente anzuhören, machte sie sich gleich an die Arbeit.

Den ganzen Tag widmete sich Sophia den Instrumenten, die Giuseppe ihr zuwies. Eine Geige war neu zu besaiten, eher eine einfachere Übung, bei einer Bratsche galt es, eine Kerbe am Hals auszubessern. Nichts, was den Klang beeinträchtigte, aber auch optisch sollte ein edles Instrument etwas hermachen. Vater und Sohn schwiegen die meiste Zeit, und bis auf einen gelegentlichen Kundenbesuch konnte sie sich voll und ganz auf ihre Arbeit konzentrieren.

Die Arbeit machte ihr Spaß, und Giuseppe schien sich allmählich dafür zu erwärmen, dass Sophia bei ihm arbeitete. Einmal hatte er sie sogar gelobt, wie sie die Saiten des Cellos aufzog. Es war mehr ein anerkennendes Brummen, aber offenbar taugte sie doch etwas in seinen Augen. Am besten konnte sie jedoch arbeiten, wenn Luigi zugegen war, was immer der Fall war, wenn er mit einem Instrument fertig war. Einmal hatte Luigi hinter ihr gestanden und beobachtet, wie sie neue Saiten aufzog. Schließlich hatte er ihr gezeigt, wie er es gelernt hatte. Erst war es umständlicher, aber dann ging es recht einfach von der Hand. Es fühlte sich vertraut an, dass Luigi ihr half. In seiner Nähe fühlte sie sich wohl.

Giuseppe nickte zufrieden und holte das nächste Instrument. Sophia erkannte sofort, dass es ein ganz besonderes Stück war. Die Schnecke war besonders dekorativ geschwungen, und die Färbung des Holzes zeugte davon, dass die Violine mehrere Jahrhunderte alt war. »Eine Amatus«, brummte der Alte, der ihre Blicke bemerkt hatte. »Ein wundervolles Exemplar. Wir werden sie einem Sammler verkaufen – wenn wir denn einen finden, der das Geld dafür hat. Luigi hat schon recht, wir müssen von etwas leben, auch wenn die Kunst unbezahlbar ist.« Giuseppe begab sich wieder an seinen Schreibtisch und öffnete behutsam den Deckel. Sorgsam begann er, das Innere zu inspizieren.

»Um die ganz besonderen Stücke kümmert sich Papa immer noch selbst«, erklärte Luigi mit einem wehmütigen Lächeln.

»Eines Tages wirst du das übernehmen«, sagte Sophia. Luigi war gut, und Giuseppe wurde nicht jünger. Er würde bald erkennen, dass es Zeit war, die wertvollen Arbeiten abzugeben. Erst an seinen Sohn und irgendwann bestimmt auch an Sophia.

Sophia stand auf und ging zum Regal, um sich ein anderes Instrument zu suchen. So spät am Nachmittag war es nicht mehr sinnvoll, eine langwierige Arbeit zu beginnen, weswegen sich Sophia für eine Violine eines unbekannten Geigenbauers entschied. Sophia schätzte, dass sie aus den Siebzigerjahren des letzten Jahrhunderts stammte, eher ein gewöhnliches Instrument, bei dem nur das Stimmholz zu richten war. Ideal für eine Nachmittagsarbeit.

Ein Stimmholz richtete Sophia normalerweise binnen weniger Minuten, aber in Gedanken schweifte sie immer wieder ab zum Gespräch mit Locatelli. Es war schon interessant gewesen, einer echten Zeugenbefragung beizuwohnen, zumal es ganz anders war, als sie es sich vorgestellt hatte. Andreotti hatte so eine einnehmende Art an sich, dass es mehr wie ein Plaudern unter Bekannten wirkte. Andererseits konnte er manchmal auch wieder ein richtiger Kotzbrocken sein. Als der Steg endlich fest stand, beschloss Sophia, Feierabend zu machen. Es war bereits spät, und das Stimmen der Violine konnte sie auch morgen noch erledigen.

Sophia legte das Instrument zurück auf das Regal und begann, das Werkzeug zu verstauen.

Falls Giuseppe etwas dagegen hatte, dass sie nach Hause ging, so ließ er sich jedenfalls nicht anmerken. Konzentriert suchte er mit einem Vergrößerungsglas ein Cello nach feinen Haarrissen ab.

Luigi hingegen schien ebenfalls mit seinem Tageswerk zum Ende gekommen zu sein, denn auch er war bereits dabei, seinen Arbeitsplatz zu räumen. Im Gegensatz zu ihr wirkte er aber noch voller Tatendrang. Fröhlich zwinkerte er ihr zu. »Wenn du magst, können wir noch etwas essen gehen. Wer arbeitet, hat auch eine gute Mahlzeit verdient. Was hältst du vom Caliguri an der Promenade?«

Sophia schüttelte den Kopf. »Das ist lieb von dir, Luigi. Ich habe aber gar keinen Hunger. Ehrlich gesagt, will ich einfach nur nach Hause.«

»Der Commissario hält dich ziemlich auf Trab«, stellte Luigi fest.

»Ein anderes Mal gerne, Luigi.«

»Wie du meinst«, sagte Luigi und machte sich daran, die Arbeitsplatte abzuwischen.

Sophia warf sich den Rucksack über und ließ die Werkstatt hinter sich. Luigi hatte recht, Andreotti hielt sie wirklich auf Trab. Es war aber nicht nur der Commissario. Auch die Arbeit hier war anstrengender als das, was sie sonst gewohnt war. Vielleicht lag es daran, dass Giuseppe ihre Arbeit immer wieder kritisch musterte. Es war nicht leicht, unter den kritischen Augen des Geigenbaumeisters zu arbeiten, und ein wenig kam sie sich vor wie zu Beginn ihrer Ausbildung. Sophia wollte wirklich einfach nur nach Hause.

Dort wartete Marta bereits mit einer dampfenden Lasagne auf sie. Schweigend verschlang Sophia die Nudeln, die noch köstlicher schmeckten als sonst, während Marta sie mit allerlei neuem Klatsch von Leuten versorgte, die Sophia nicht kannte, aber laut

Marta aus ihrer Kindheit kennen musste. Sophia begriff nur die Hälfte von dem, was Marta ihr berichtete, was auch nicht weiter schlimm war, da sie es ohnehin in den nächsten Tagen noch öfter hören würde. Immer wieder musste sie an die Geigen, Bianchi, das Foto des Mordopfers und natürlich an den Commissario denken.

»Commissario Andreotti.«

Ja, Andreotti.

»Kindchen. Hörst du überhaupt zu?«

Jetzt erst begriff Sophia, dass es Marta gewesen war, die über Andreotti gesprochen hatte.

»Scusi, Marta. Ich war in Gedanken.«

»Das habe ich gemerkt. Der Commissario hat angerufen und dir eine Nachricht hinterlassen.«

Mit einem Schlag war Sophia wieder hellwach. »Was hat er denn gesagt?«

»Nicht viel. Ich habe es mir aufgeschrieben.«

Umständlich kramte sie einen Zettel aus ihrem Kittel. »Morgen, 8:00 Uhr. Esposito besuchen.«

»Mehr nicht?«

»Mehr nicht.«

Das passte zu Andreotti. Sophia wusste nicht so recht, ob sie sich darüber ärgern sollte, dass er sie herumkommandierte, wie es ihm gefiel, oder sich darüber freuen, dass er sie überhaupt weiterhin dabeihaben wollte. Sophia entschied sich, sich zu freuen. Schließlich bedeutete das, dass der Commissario sie akzeptiert hatte. Nur ging aus seiner Nachricht nicht hervor, ob sie um acht Uhr zu ihm ins Kommissariat kommen sollte oder ob er sie abholen würde. Sophia hoffte jedoch darauf, dass in ihm vielleicht doch ein wenig gute italienische Erziehung steckte und Letzteres der Fall sein würde.

21

Viola war nicht gerade bester Laune, als sie zu früher Morgenstunde mit dem Koffer des Geigenbauers unter dem Arm im Kommissariat auftauchte. »Als Gentleman kann man dich wahrhaftig nicht bezeichnen«, sagte sie und ließ das Gepäckstück vor Andreottis Schreibtisch fallen.

»Sagst du nicht immer, ich solle nichts anfassen, von wegen Fingerabdrücken und so?«

Viola schnaubte. »Den Koffer hast du ganz sicher angefasst, als du im Hotel warst, oder ist der von selbst aufgesprungen? Ich muss nur die Fingerabdrücke vergleichen, die ich genommen habe. Dann werden wir ja sehen.« Das war schon mal eine gute Nachricht. Nicht die Sache mit den Fingerabdrücken, aber dass Viola direkt mit dem Koffer ins Labor gegangen war. Die schlechte Nachricht folgte jedoch sofort: Viola hatte nichts gefunden, was sie weiterbringen würde. Es war ein gewöhnlicher Koffer mit ebenso gewöhnlichen Reiseutensilien. Ob etwas entnommen worden war, konnte man durch Spurensicherung nicht feststellen.

»Außer dem Koffer hast du nichts angefasst?«, fragte Viola.

»Nein«, log der Commissario. Es war besser, wenn sie nichts von der Aktentasche wusste. Auf ein Donnerwetter von wegen Spuren und so hatte er nicht die geringste Lust. Er schielte nach seiner Zigarettenpackung.

»Du solltest besser wechseln«, sagte Viola, die offenbar seinen Blick bemerkt hatte. »Iss doch Oliven. Die sind gesünder.«

»Nicht für Ferregina«, entgegnete Andreotti. »Er hat die Dinger geliebt. Hat sich extra im Hotel welche aufs Zimmer bestellt, und was hat er jetzt davon?«

»Die Oliven waren wohl kaum schuld an seinem Tod, Andreotti.«

Waren sie wahrscheinlich nicht, dennoch war ihm der Appetit auf Oliven für die nächste Zeit vergangen.

In Alessandro Ferreginas letzten Stunden hatte es keine Auffälligkeiten gegeben. Bis zum Abend war alles völlig normal abgelaufen. Bianchi hatte den Gutachter getroffen, zusammen hatten sie dann die Instrumente in das Hotel gebracht. Nur dieser Anruf bereitete Andreotti Kopfzerbrechen. Wer wusste, dass der Gutachter in dem Hotel abgestiegen war? Jemand musste Ferregina auf den Fersen gewesen sein. Was wiederum hieß, dass dieser Jemand wissen musste, dass Ferregina sich mit Bianchi treffen wollte. Also doch etwas Persönliches, oder zumindest ein Insiderjob. Nur – wieso hatte der Anrufer seine Stimme verstellt? Lucia kam nicht von hier und würde kaum jemanden erkennen. Signora Marino hingegen schon. Die kannte wirklich jeden. Vielleicht hatte der Anrufer erwartet, dass Signora Marino abnehmen würde, und hatte befürchtet, erkannt zu werden. Als stattdessen sich die ihm unbekannte Lucia meldete, hatte er dennoch davon abgesehen, in seine normale Stimme zu wechseln. Der Anrufer musste also jemand aus Salò sein. Oder er war einfach nur besonders vorsichtig gewesen. Dieser Gedanke gefiel Andreotti noch weniger. Auch Ferreginas abendlicher Spaziergang war ein Rätsel, nicht nur, mit wem sich der Gutachter getroffen hatte, sondern vor allem, wie er im Olivenfass in der Scheune des alten Antonio gelandet war. Heißhunger auf die Oliven des alten Bauern wird es wohl kaum gewesen sein. Zu Fuß hätte er über eine Stunde in die Berge gebraucht. Falls er ein Taxi genommen hatte, würde sich dies leicht herauskriegen lassen.

Zwei Telefonate später konnte Andreotti auch dieses Szenario verwerfen. Keines der beiden Taxiunternehmen hatte in jener

Nacht eine Fahrt in die Berge unternommen. Vielleicht hatte Sophia Lange doch recht. Bianchi war über irgendetwas wütend, als er aus dem Hotel gestürmt war. Also hatte er den Gutachter unter einem Vorwand aus dem Hotel gelockt, ihn dann umgebracht und sich anschließend aus Verzweiflung in den Tod gestürzt. Das würde auch die verstellte Stimme am Telefon erklären. Bianchi wollte nicht erkannt werden. Nun war Bianchi zwar ein unbescholtener Geschäftsmann, soweit Andreotti das beurteilen konnte, doch das schloss einen Mord nicht aus. Noch fehlte indes das Motiv, es sei denn, Sophia Lange würde etwas herausfinden, was ihn darauf brachte. Andreottis Blick wanderte sehnsüchtig zur Zigarettenpackung, die verlockend auf seinem Schreibtisch lag.

»Sie gefällt dir.« Andreotti brauchte eine Sekunde, bis er verstand, von wem Viola redete.

»Du meinst Sophia Lange? Wie kommst du denn darauf?«

»Na, die Art, wie du mit ihr umgehst, und dass du sie überallhin mitnimmst.«

»Sie ist überhaupt nicht mein Typ.«

»Ich meine auch nicht so, sondern einfach als Mensch. Sie tut dir gut.« Was ihm guttat, lag vor ihm auf dem Schreibtisch. Andreotti stand auf und schnappte sich die Zigarettenpackung.

Violas Schmunzeln passte ihm gar nicht. Das war auch so eine Frauensache, sich für Seelenklempner für alle Männer der Welt zu halten.

»Ich war übrigens bei Padre Muratori«, wechselte Andreotti schnell das Thema.

»Und was wollte er?«

Andreotti überlegte kurz, dann winkte er ab. »Nichts Besonderes. Ein Schaden an der Kirchenbank. Er vermutet, dass sich da jemand zu schaffen gemacht hat. Ein Bagatelldelikt.« Er stand auf und warf sich sein Jackett über.

»Wenn es weiter nichts war, dann wollen wir mal die Fingerabdrücke am Koffer des Opfers abgleichen«, entgegnete Viola und wandte sich wieder dem Computer zu. »Willst du nicht noch auf die Ergebnisse warten?«

Nein, das wollte Andreotti beim besten Willen nicht. Er wusste auch so, was er zu hören bekommen würde, wenn Viola seine Abdrücke fände.

22

Tatsächlich steckte noch etwas gute italienische Erziehung in Andreotti, denn Punkt acht Uhr betrat er die Gaststube. Marta bot ihm einen Cappuccino an, aber der Commissario drängte Sophia zum Aufbruch. Kurze Zeit später steuerte er mit einer Hand den Polizei-Fiat die Bundesstraße entlang, welche die einzelnen Ortschaften des Gardasees verband, während er die andere Hand aus dem offenen Fenster baumeln ließ. Sophia versuchte, es sich auf dem Beifahrersitz so bequem zu machen, wie es Andreottis Fahrweise zuließ. Statt auf die Straße zu schauen, konzentrierte sie sich lieber auf die vereinzelten Häuser, die sich mit Zypressenhainen abwechselten. Vereinzelt gaben die Zypressen den Blick auf den See frei, dem die Morgensonne einen goldgelben Glanz verlieh. Um diese Tageszeit strahlte der See eine Ruhe aus, die einen wohltuenden Kontrast zu Andreottis Fahrweise bildete. Vereinzelt blitzten in der Sonne weiße Segel auf, die gewölbt von der leichten Morgenbrise über den See schwebten. Ein einsamer Ruderer zog seine Bahnen, und über alldem glitten die Möwen durch die Luft, beschrieben ihre Kreise, als schienen sie das Geschehen unter sich zu beobachten. Jedes Detail fügte sich zu einem großen Ganzen, alles passte zusammen, als hätte es nie anders sein sollen. Sophia lehnte sich zurück und ließ die Eindrücke auf sich wirken. Nach zwanzig Minuten verbarg sich der See hinter einem weiteren, längeren Zypressen-Hain. Andreotti verlangsamte das Tempo und bog in einen kleinen Kiesweg ab. Nach wenigen Minuten lichtete sich das Wäldchen, das Ufer des Sees erschien und mit ihm ihr Ziel.

Das Sommerhaus von Roberto Esposito entpuppte sich als eleganter, aber wenig auffälliger weißer Bau mit direktem Zugang zum See. Andreotti brachte den Fiat direkt vor den Eingangsstufen zum Stehen.

Weiße Stufen führten hinauf zu einer mit Ornamenten versehenen Holztür, daneben befand sich eine Messingklingel.

»Das Reden übernehme ich«, sagte Andreotti.

»Und ich beobachte«, antwortete Sophia. »Ihre Show, ich bin die Geigenbauerin. Symbiose.«

»Symbiose.« Andreotti nickte zufrieden und drückte den Klingelknopf.

Es dauerte nicht lange, bis Schritte zu vernehmen waren, dann öffnete sich die Tür, und eine gedrungene, ältere Frau in einem Putzkittel erschien.

»Wir möchten zu Roberto Esposito«, sagte Andreotti grußlos.

»Wer ist ›wir‹?«

Der Commissario zog widerwillig den Ausweis aus der Tasche. »Jeder kennt mich. Ich bin Commissario Andreotti aus Salò.«

»In Sàlo vielleicht, aber nicht hier. Ich werde Signor Esposito fragen, ob er Sie empfängt.« Bevor der Commissario etwas erwidern konnte, war die Tür wieder ins Schloss gefallen.

»Kommt nicht von hier. Wahrscheinlich eine Rumänin.«

Auch Sophia war der Akzent der Frau aufgefallen. Viele Rumänen arbeiteten in Italien, das wusste Sophia. Sprachlich taten sie sich leicht, da das Rumänische dem Italienischen sehr verwandt war. Zudem waren die italienischen Löhne deutlich höher.

Minuten verstrichen, und Andreotti wollte gerade erneut den Klingelknopf drücken, als sich die Tür wieder öffnete. »Signor Esposito erwartet Sie«, sagte die rumänische Hausangestellte und machte eine einladende Armbewegung mit einem umso weniger einladenden Gesicht. Sie führte sie durch den Eingangsbereich, dessen Boden mit elegantem Marmor ausgelegt war, der so sehr glänzte, dass Sophia kurz überlegte, lieber ihre Schuhe auszuziehen.

Die Eleganz setzte sich im Inneren des Sommersitzes fort. Die Räume waren weitläufig und durch zwei Stufen voneinander getrennt. Sie folgten der Hausangestellten durch einen weiteren Vorraum mit modernen Gemälden, die nicht Sophias Geschmack entsprachen, aber durchaus stilvoll waren. Von dort gelangten sie durch eine doppelflügelige Tür in ein großes Wohnzimmer, dessen Ausblick Sophia die Sprache verschlug. Hinter einer riesigen Glasfassade erblickte man den Gardasee in seiner gesamten Schönheit.

»Was für ein Ausblick«, entfuhr es Sophia.

»Nicht wahr?«, ertönte eine Stimme hinter ihr. Überrascht fuhr sie herum, und blendend weiße Zähne strahlten sie an. »Roberto Esposito«, stellte sich der Mann vor und deutete eine leichte Verbeugung an, bei der ihm eine schwarze Strähne seines zurückgegelten Haars in die Stirn fiel. Andreotti trat einen Schritt vor, um sich vorzustellen, doch Roberto Esposito kam ihm zuvor.

»Der Commissario aus Salò, Signor Andreotti, nicht wahr?«

»Sie kennen mich also.«

»Ilona hat mir Ihren Namen genannt. Ich bezweifle, dass das ausreicht, um jemanden zu kennen.« Andreottis Mundwinkel sanken wieder herab.

»Wie kann ich den Carabinieri aus Salò zu Diensten sein?«, kam Esposito ohne Umschweife zur Sache. Andreotti zückte missgelaunt sein obligatorisches Notizbuch und räusperte sich. »Wir ermitteln in einem Todesfall. Sie kennen den Verstorbenen. Sein Name ist Alberto Bianchi.«

»Nein, wie schrecklich. Alberto ist tot?« Esposito setzte einen Gesichtsausdruck auf, der so etwas wie Bedauern ausdrücken sollte, den er aber wahrscheinlich genauso benutzte, wenn er hörte, dass ein Geschäftspartner bei einem Aktiendeal ein paar Tausend Euro verloren hatte. »Dabei habe ich erst letzte Woche mit ihm gesprochen. Der kann doch jetzt nicht einfach tot sein?«

»Wieso nicht? Macht ein Gespräch mit Ihnen die Menschen unsterblich?«, entgegnete Andreotti.

Esposito überging Andreottis Spitze. »Ist er ermordet worden?«

»Ja, nur hat er das mutmaßlich selbst erledigt.« Esposito stutzte kurz, dann verstand er.

»Der Arme. Dann waren seine Verluste doch größer, als ich gedacht habe.«

»Sie wussten von seinen geschäftlichen Problemen?«

Esposito wog nachdenklich den Kopf, was ein wenig theatralisch wirkte. »Wissen ist zu viel gesagt. Die letzten Jahre haben bei uns allen Spuren hinterlassen. Große Fische kommen damit besser klar, kleine weniger gut. Und Bianchi, sagen wir mal, war eher ein kleiner Fisch.«

»Er hatte aber doch einiges Vermögen. Sein Haus ist bestimmt drei Millionen Euro wert«, sagte Sophia.

»Sage ich ja, ein kleiner Fisch.« Plötzlich schien Esposito etwas eingefallen zu sein. »Wie unhöflich von mir«, sagte er und ging hinüber zu einem antiken Holzkabinett. »Darf ich Ihnen etwas anbieten?« Esposito öffnete die beiden Flügeltüren und enthüllte eine beachtliche Sammlung an Flaschen. »Einen irischen Whiskey aus den Highlands von 1983 vielleicht? Oder einen Chianti Classico Castell'in Villa, Jahrgang 1995, direkt hier angebaut? Hat seinerzeit den Tre-Bicchieri-Preis verliehen bekommen.«

»Haben Sie auch Grappa?«, fragte Andreotti.

»Selbstverständlich.« Esposito holte aus dem hinteren Bereich des Kabinetts eine schlanke, durchsichtige Flasche und präsentierte sie Andreotti mit dem Etikett zuerst. »Ein Jacopo Poli. Wundervoll kräftig und rund im Geschmack.«

»Das ist schön, aber wir trinken nicht«, mischte sich Sophia ein, was ihr einen strengen Blick von Andreotti einbrachte. Esposito zuckte gleichgültig mit den Schultern und schenkte sich selbst ein Glas ein. »Sie wissen gar nicht, was Sie verpassen.«

»Doch, das weiß ich«, murmelte Andreotti, während Esposito sich genüsslich einen Schluck gönnte.

»Oliven würden dazu gut passen«, merkte Andreotti an. »Haben Sie welche?« Hatte Esposito nicht.

»Die vom alten Marveggio oben in den Bergen sollen ja vorzüglich sein«, schob er nach.

»Ich kann die Dinger nicht ausstehen«, entgegnete Esposito knapp.

»Bianchi und Sie verband die Leidenschaft für Streichinstrumente«, wechselte Andreotti das Thema. Esposito deutete in Richtung des riesigen Sofas und ließ sich einen Moment später nieder. Als Andreotti es ihm gleichtat, beschloss auch Sophia, sich zu setzen. Dabei fühlte sie sich auf dem teuren Brokatpolster etwas unwohl. Anders Esposito, der seinen Luxus sichtlich genoss. Nachdenklich ließ er sich einen weiteren Tropfen Grappa auf der Zunge zergehen, bevor er antwortete. »Nur die wenigsten vermögen es, wahre Kunst zu schätzen, und noch wenigeren sind die Möglichkeiten gegeben, diese Kunst zu fördern. Verstehen Sie etwas von Geigen, Commissario?«

»Signora Lange versteht ein wenig davon.«

Esposito nickte nachdenklich. »Sehen Sie. Ich selbst bin kein Künstler. Ich bin Geschäftsmann. Sonst gäbe es das alles hier nicht.« Er machte eine ausladende Armbewegung. »Wobei manche sagen, dass es heutzutage auch eine Kunst sei, erfolgreich Geschäfte zu machen.« Esposito schmunzelte über sein Bonmot, bevor er fortfuhr. »Ich fördere die Kunst. Streichinstrumente sind wie Wein. Etwas ganz Erlesenes. Nicht wahr? In ihnen verbinden sich die Hingabe und Leidenschaft der Geigenbauer mit der Reife des Alters.«

»Und Bianchi hatte auch dieses Gespür für das Erlesene«, fasste Andreotti zusammen.

»Alberto war vielleicht nur ein mäßig erfolgreicher Geschäftsmann und spielte weit unter meiner Liga, aber ja, diese Leidenschaft verband uns. Ich habe ihn vor einigen Jahren bei einer Auktion kennengelernt. Wir hatten beide für das gleiche Stück geboten. Nichts Besonderes. Eine Pressenda für gerade mal achtzigtausend Euro.«

»Wahrlich nicht viel«, sagte Andreotti und notierte kopfschüttelnd die Zahl in seinem Block.

Esposito lächelte dünn. »Wie ich bereits sagte, Bianchi war nicht sonderlich gut ausgestattet, aber er war ein Kenner. Deswegen habe ich mich von ihm überbieten lassen.«

»Und daraus entstand eine Freundschaft?«

»Freundschaft? Die gibt es unter Geigensammlern noch weniger als unter Geschäftsleuten, aber ich mochte ihn, und wenn mal etwas Günstiges zu erwerben war, gab ich ihm einen Tipp.«

»Verstehe. Also ist Ihre Sammlung größer und wertvoller?«

Esposito lehnte sich zurück und verschränkte die Arme hinter dem Kopf. »Wer vermag schon den wahren Wert einer Geige zu beurteilen, geschweige denn einer ganzen Sammlung? Liegt der Wert nicht letztlich im Auge des Betrachters, wie man so schön sagt?«

Andreotti kommentierte das nicht. »Sagt Ihnen der Name Ferregina etwas?«, fragte er stattdessen aufs Geratewohl.

Esposito verneinte nach kurzem Nachdenken.

»Er ist ein Gutachter.«

»Davon gibt es einige, die kann ich nicht alle kennen«, gab Esposito zurück.

Sophia hatte das Gespräch lange genug verfolgt, nun hielt sie es nicht länger aus. »Darf ich Ihre Sammlung mal anschauen?«

»Selbstverständlich.« Esposito strahlte. »Ich belasse meine bescheidene Kollektion immer hier in meinem Sommersitz. Schließlich ist der Gardasee die Heimat der guten Stücke, und ich bin der Überzeugung, dass das Klima ihnen guttut.«

Mit einem lauten Knall flog plötzlich die Wohnzimmertür auf, und eine junge Frau stürmte herein. Sophia erkannte sie sofort.

Die wallenden kastanienbraunen Haare, der Schmollmund, die großen blauen Augen, die von einem Musikkritiker mal als die schönsten Augen der klassischen Musik bezeichnet worden waren – kein Zweifel, sie war es: Anna Sacharowa. »Roberto, wann kommt mein Kleid?«, rief sie. Esposito sprang auf und hauchte ihr einen Kuss auf die Wange. »Wir haben Gäste, mein Engel.« Die Musikerin sah kurz zu Sophia und Andreotti hinüber, als schien sie sie erst jetzt bemerkt zu haben, nickte ihnen wortlos zu und widmete sich wieder Wichtigerem. »Roberto, du hast versprochen, dass mein Kleid heute kommt. Ich muss es noch anprobieren. Wenn es nicht passt – wie stehe ich dann nächste Woche bei dem Konzert da? Das wäre eine Katastrophe!«

»Morgen ist auch noch ein Tag, mein Engel.«

»Morgen sind wir in Monaco. Hast du das schon vergessen?«

»Und wennschon. Wie sollte dir ein Kleid nicht passen, meine Liebe, bei deiner traumhaften Figur? Du wirst die Leute begeistern.«

»Mir sind diese Kleinstadtleute egal. Ich muss mich wohlfühlen. Verstehst du? Ich! Nicht die Leute. Die spielen ja nicht Paganini.« Jetzt konnte sich Sophia auch wieder an die Rezensionen des letzten Paganini-Konzerts von Anna Sacharowa erinnern, die sie in einem Feuilleton gelesen hatte. Die Stargeigerin war von den Kritikern verrissen worden. Sie habe ihr künstlerisches Potenzial verloren, wäre einem Paganini nicht gewachsen, hieß es. Ein halbes Jahr lang war Sacharowa dann nicht mehr aufgetreten. Paganini hatte sie seitdem nie wieder gespielt, obwohl er zuvor als ihr Lieblingskomponist gegolten hatte. Wenn die Sacharowa sich bei dem Salòer Geigenfestival nach all den Jahren wieder an Paganini wagte, wäre das eine Sensation in der Musikwelt. *La Rinascita,* hatte auf der Broschüre gestanden, die Locatelli ihnen gezeigt hatte, die Wiedergeburt der Stargeigerin und Paganinis.

»Spielen Sie auf einer Guarneri del Gesù?«, fragte Sophia.

Anna Sacharowa fuhr überrascht herum.

»Paganini hat doch auch auf einer Guarneri del Gesù gespielt«, fuhr Sophia fort, »und wenn das Konzert eine Rinascita ist, wäre eine del Gesù doch konsequent.«

»Wer sind diese Leute?«, fuhr Sacharowa Esposito an. »Etwa Kritiker oder Presse?«

»Eigentlich sind sie von der Polizei«, antwortete Esposito langsam. »Anna spielt keine Gesù. Die Promoter wollten das, aber die haben keine Ahnung. Anna wird weiterhin auf ihrer Stradivari spielen.«

»Richtig«, stimmte Andreotti zu. »Wer spielt schon auf einer billigen Gesù?«

»Eine Gesù ist eines der besten Instrumente der Welt«, korrigierte Sophia. »Nur muss ein Instrument mit der Spielweise des Musikers harmonieren.«

»Eben, aber das verstehen diese Holzköpfe ja nicht«, stimmte ihr die Sacharowa zu. Esposito legte beruhigend seine Hand auf ihren Arm. »Es ist ja alles gut, du spielst auf deiner Stradivari, und ich werde gleich den Schneider anrufen und ihm ordentlich Feuer machen. Du wirst sehen, dein Konzert wird ein Erfolg werden, von dem die Kritiker schwärmen werden.«

»Es wird eine Katastrophe«, schmollte die Sacharowa, wirkte aber dennoch bereits etwas ruhiger. »Ich gehe aufs Boot. Ich muss meine Mitte finden«, sagte sie schließlich und verschwand genauso grußlos, wie sie gekommen war. Diesmal durch die Terrassentür, die sie mit einem solchen Schwung hinter sich zuwarf, dass sie gleich wieder aufflog. Das war also die berühmte Anna Sacharowa, um die sich die größten Konzerthäuser der Welt rissen. Sophia konnte es noch immer nicht glauben, dass sie wahrhaftig der berühmten Geigerin begegnet war. Esposito stand auf, um die Terrassentür zu schließen, gab aber nach einigen Versuchen auf und beließ es dabei, sie angelehnt zu lassen. Als er sich wieder auf das Sofa setzte, nahm er einen weiteren Schluck. Dann blickte er Sophia durchdringend an.

»Sie verstehen mehr als nur ein wenig von Geigen, Signora Lange«, stellte Esposito fest. Andreotti übernahm es zu antworten. »Das ist richtig. Signora Lange ist Geigenbauerin. Man sagt, sie sei eine der besten.«

Esposito hob anerkennend eine Augenbraue. »Eine stille Dienerin der großen Kunst.«

»Dienerin? Ohne Menschen wie Frau Lange würde Ihre Sammlung gar nicht existieren«, wies Andreotti ihn zurecht.

Wieder umspielte dieses unergründliche Lächeln Espositos Lippen. Dann beugte er sich vor, und bevor Sophia reagieren konnte, nahm er ihre Hand. »Verzeihen Sie. Der Commissario hat recht. Menschen wie Sie sind die wahren Schöpfer der großen Momente der Musikgeschichte.« Sein Blick ruhte auf ihr, und sie wusste nicht, ob er es ernst meinte oder sich über sie amüsierte. Sophia zog ihre Hand zurück, etwas heftiger, als sie es gewollt hatte. »Würden Sie uns nun Ihre Geigensammlung zeigen?«

Esposito schaute auf seine Armbanduhr. »Es ist schon spät, Sie haben ja gehört. Ich muss noch telefonieren.«

»Wir können warten«, entgegnete Sophia. Esposito schaute ein weiteres Mal auf die Uhr, schließlich gab er sich einen Ruck. »Dann will ich Ihre berufliche Neugierde nicht länger auf die Probe stellen.«

Esposito führte sie durch eine Seitentür zu einem weiteren Flur, der an einer unscheinbaren Holztür endete, neben der ein schwarzer metallener Kasten montiert war. Mit flinken Fingern tippte Esposito einen Code auf der Tastatur des Kastens ein, ein Signal ertönte. Esposito öffnete die Tür, und der Geruch alten Holzes strömte ihnen entgegen. Die Tür gab den Blick auf ein Zimmer frei, das überhaupt nicht zu dem Anwesen passte. Der Raum war absolut leer. Lediglich vier Notenständer und vier Stühle standen in der Mitte auf dem Parkettboden. Offenbar wurden hier gelegentlich Kammerkonzerte gegeben. Esposito deutete theatralisch nach rechts, und da waren sie. Rund zwei Dutzend Streichinstrumente jeglicher Größe. Aufgereiht hinter den Glastüren zweier riesiger alter Vitrinen. Unter jedem Instrument war ein Schild aufgestellt mit dem Namen der Geige, fast wie in einem Museum. Dies war wahrlich das Kabinett eines Sammlers, nicht das eines Musikers.

Ehrfurchtsvoll schritt Sophia die Reihen ab. *Tononi 1721*, *Rugeri 1695*, *Gagliano 1793*. Das war nicht einfach eine Sammlung, sondern eine Parade der Meisterstücke italienischer Geigenbaukunst der letzten drei Jahrhunderte. Der Wert der Kollektion musste in die Millionen gehen. Kein Wunder, dass Bianchi in Espositos Augen ein kleiner Fisch war. Esposito war ein Hai unter den Sammlern. Sophia war so fasziniert von den Instrumenten, dass sie fast über das Cello stolperte, das vor der Vitrine stand. Zum Glück hatte sie es gerade noch bemerkt. Nicht auszudenken, wie peinlich es gewesen wäre, wenn sie es umgeworfen hätte. Ihr Blick fiel auf eine etwas hellere Geige. Das Schild wies sie als eine Luigi Cardi aus. Eine ungewöhnliche dazu. Sie verfügte über eine noch hellere Lackierung als für eine Cardi sonst üblich. Es musste ein sehr seltenes Exemplar sein. »Dürfte ich die Cardi mal in die Hand nehmen?«

Esposito sah erneut auf seine Uhr. »Ein anderes Mal vielleicht. Jetzt habe ich zu tun. Die Zeit drängt. Sie haben ja gehört, das Kleid duldet keinen Aufschub.«

»Wollen Sie einer so charmanten Dame wirklich diesen Wunsch ausschlagen?«, sprang Andreotti Sophia bei.

Esposito lachte auf. »Ich fürchte, es bleibt mir keine Wahl, sonst enttäusche ich eine andere charmante Dame. Das ist wahrscheinlich mein Schicksal. Ich werde der Damenwelt nie wirklich gerecht.«

Sophia ließ sich ihre Enttäuschung nicht anmerken und folgte Esposito, der es inzwischen wirklich eilig hatte. Bevor Sophia das Zimmer verließ, schaute sie sich ein letztes Mal um. Esposito war ein Sammler und Kenner, aber er würde nie wirklich erfassen, was für Schätze er hier beherbergte.

Eine Viertelstunde später steuerte Andreotti den Wagen mit einem waghalsigen Tempo über die Bundesstraße zurück nach Salò. Die Zypressen an den Hängen wirkten so unwirklich wie ihre Begegnung in der Villa Roberto Espositos.

»Woran denken Sie?«, holte sie Andreottis Stimme aus ihren Gedanken. Er zündete sich eine Zigarette an, während er mit der linken Hand versuchte, den Fiat auf der Spur zu halten.

»Abgesehen davon, dass ich gerne heil nach Hause kommen möchte?«

Andreotti deutete ein schiefes Grinsen an und konnte gerade noch die Zigarette im Mundwinkel halten. »Machen Sie sich keine Sorgen, diese Straßen kenne ich im Schlaf.« Amüsiert musterte er sie aus den Augenwinkeln. »Was hat Sie mehr beeindruckt? Die Geigensammlung dieses Schnösels oder dieser russische Geigenstar?«

Das war eine gute Frage. Sophia konnte noch immer nicht glauben, dass sie mit der großen Anna Sacharowa gesprochen hatte. Wobei es eigentlich kein Gespräch war, kaum drei Worte hatten sie gewechselt. »Lassen Sie mich raten: Sacharowa hat Sie beeindruckt. Aber am meisten hat Sie die Geigensammlung fasziniert.«

»Woher wollen Sie das wissen?« Andreottis überhebliche Art begann Sophia gehörig auf den Geist zu gehen.

»Sie können nicht so mit Menschen. Instrumente sind Ihnen lieber. Die schweigen nämlich.«

»Ich glaube, Sie sprechen da von Ihrem eigenen Problem.«

Andreotti nahm unbeeindruckt einen weiteren Zug und blies den Rauch genüsslich aus dem offenen Fenster.

»Falls es Sie tröstet, ich fand die Geigensammlung auch interessanter als diese aufgeblasene Diva.«

»Sie verstehen doch gar nichts von Geigen.«

»Das nicht, aber ich verstehe etwas von Menschen.«

»Muss man Ihnen alles aus der Nase ziehen?«

»Na, erst wollte Ihnen Esposito seine Geigensammlung zeigen. Er war richtig heiß darauf, damit zu prahlen. Nachdem er wusste, dass er es nicht mit zwei ahnungslosen Carabinieri, sondern mit einer ausgebildeten Geigenbauerin zu tun hatte, war seine Neigung zur Angeberei vorbei. Er konnte uns gar nicht schnell genug loswerden.«

»Esposito hatte es eilig. Schließlich musste er sich um das Kleid seiner Freundin kümmern«, widersprach Sophia.

Andreotti lachte wieder auf und verschluckte sich an dem Rauch. »Der einzige Moment, in dem ein Mann sich für das Kleid einer Frau interessiert …«, Andreotti hustete, »… ist, wenn er es ihr ausziehen kann.«

»Sie sind und bleiben ein alter Macho.«

»Das auch, aber vor allem bin ich Polizist. Ihr Beruf sind Violinen, meiner die Menschen.«

»An denen Sie aber erstaunlich wenig Interesse haben.«

»Wenn sie uns in einem Fall weiterbringen, dann schon, sonst nicht.«

»Das glaube ich Ihnen nicht. Sie tun nur so hart, aber im Grunde sind Sie ein guter Kerl.«

»Sie irren.«

»Wenn Sie sicher sind, dass er uns die Geigen nicht näher zeigen wollte, und Sie so hart sind, dann kehren wir eben um, und Sie zwingen ihn.«

»Soll ich ihn mit meiner Dienstwaffe bedrohen? Nein, vergessen Sie es. Das ist ohnehin eine Sackgasse.«

»Sie glauben doch nicht allen Ernstes, dass Esposito nichts mit der Sache zu tun hat.«

»Glaube gehört in die Kirche. Ich weiß es nicht.«

»Jedenfalls haben Sie ihn getestet. Oder weswegen sonst haben Sie den alten Marveggio und seine Oliven ins Spiel gebracht?«

»Gut beobachtet, aber den Test hat er bestanden. Er hasst die Dinger, aber das ist wohl kaum ein Motiv, eine Leiche in ein Olivenfass zu stopfen.«

»Aber dass er mir seine Sammlung nicht ausführlicher zeigen wollte, das macht Sie skeptisch, also sollten wir ihm noch mal auf den Zahn fühlen, Commissario.«

»Im Moment sehe ich keinen Anlass dazu. Er kannte Bianchi und wollte Sie ein Instrument nicht in die Hand nehmen lassen. Das macht ihn nicht zu einem Hauptverdächtigen. Wissen Sie, was ich glaube, was Ihr Problem ist?«

»Jetzt glauben Sie ja doch.«

Andreotti blies verärgert den Zigarettenrauch durch die Nase. »Ich denke, Ihr Problem ist, dass Sie diesen Esposito nicht leiden können, weil er in den alten Instrumenten nur den finanziellen und nicht den künstlerischen Wert sieht. Das widerstrebt Ihrer Geigenbauerehre.«

Damit warf Andreotti seine Zigarette aus dem Fenster und trat aufs Gaspedal.

23

Offenbar hatte Sophia sich bei dem Treffen mit Esposito doch einigermaßen passabel gemacht. Jedenfalls bat Andreotti sie, ihn nach Brescia zu begleiten, wo er Russo, Bianchis Gutachter, einen Besuch abstatten wollte. Selbstverständlich hatte sie Lust dazu, aber in erster Linie war sie Geigenbauerin und den Maggios verpflichtet. So musste sie leider ablehnen. Kurz glaubte Sophia, so etwas wie Bedauern in Andreottis Gesicht gesehen zu haben. Er nahm ihre Absage aber doch hin und preschte mit seinem Fiat davon. Ein seltsamer Mensch, fand Sophia, und ein einsamer dazu. Was man von Sophia nicht behaupten konnte, denn in der Werkstatt wurde sie offenbar bereits sehnlichst erwartet.

»Du bist wirklich oft mit dem Commissario unterwegs.« Es war nicht Giuseppe, sondern Luigi, der sie mit einem vorwurfsvollen Ton begrüßte. Ohne eine Antwort abzuwarten, warf Luigi ihr einen grauen Arbeitskittel zu. »Eine Bratsche braucht dich. Papa möchte, dass du sie übernimmst. Man lässt ein kostbares Instrument nicht warten.« In diesen Dingen war der Sohn ganz der Vater. Schnell band sich Sophia den Kittel um und folgte Luigi in die hinteren Werkstatträume.

Der alte Geigenbaumeister schien nicht da zu sein. Das kam häufiger vor. Er liebte seine Instrumente, aber genauso seine Ruhe. Sophia erinnerte sich, dass er auch früher manchmal für ein paar Stunden verschwunden war. Als sie ihn mal darauf angesprochen hatte, hatte er ihr eine Antwort gegeben, die sie als Kind noch nicht verstand. »Auch der schärfste Verstand braucht einen Ort der Ruhe, um wieder Kraft zu tanken.« Einmal hatte er sie mitgenommen an seinen Ort. Es war ein Hügel, nur wenige Hundert Meter entfernt, von dem aus man einen einzigartigen Blick auf den See hatte. Dort saßen sie beisammen und genossen die überwältigende Schönheit des Gardasees. Damals hatte Sophia es nur spannend gefunden, von Nonno an seinen geheimnisvollen Ort mitgenommen zu werden. Heute verstand sie seine Bedeutung.

Sie gönnte dem Alten diese Momente.

Dem auf dem Boden verklebten Etikett nach zu urteilen, war die Bratsche, die Giuseppe ihr zugewiesen hatte, 1922 von dem erfolgreichen Geigenbaumeister Carl Gottlob Schuster gebaut worden. Sie vermutete, dass Giuseppe ihr mit Absicht das Instrument eines deutschen Geigenbauers gegeben hatte. Damit hatte er ihr einen Gefallen getan. Es war nicht das erste Instrument aus Schusters Werkstatt, das sie bearbeitete. Sophia mochte die sauber gestochenen F-Löcher, die typisch waren für Schuster, allerdings der Bauweise Stradivaris entlehnt, und die für eine volle Klangentfaltung sorgten.

Insgesamt war das Instrument in einem sehr guten Zustand, wenn man von den üblichen Gebrauchsspuren absah, um die sich Sophia nun kümmern sollte. Sie schätzte den Wert des Instruments auf rund fünfzehntausend Euro, also etwa Bianchis Preisklasse entsprechend. Ein Roberto Esposito hingegen hätte sich damit erst gar nicht abgegeben. Typen wie er waren Sophia zuwider. Er war zwar nicht der erste reiche Sammler, dem sie begegnet war; schließlich gehörte das zu ihrem Beruf. Dennoch war es eine ganz andere Erfahrung, jemanden wie Esposito in seinem Reich zu erleben. Er wirkte rücksichtslos, wie jemand, der über Leichen ging. Aber nur, weil er ein Ekel war, machte ihn das nicht gleich zum Mörder, ermahnte sich Sophia. Außerdem behandelte er seine Instrumente tadellos, was ihn wiederum nicht per se zu einem guten Menschen machte. Der Raum, in dem er sie aufbewahrte, glich einem Museum. Die Luft war wohltemperiert. Sophia waren der Luftfeuchtigkeitsmesser und das Thermostat an der kahlen

Wand nicht entgangen. In dieser Hinsicht ging es den Instrumenten bei Esposito besser als bei vielen anderen Sammlern. Dennoch musste sie sich, je mehr sie darüber nachdachte, eingestehen, dass der Commissario recht hatte. Insgeheim widerstrebte Sophia die Einstellung Espositos zu den Instrumenten. Für ihn waren sie lediglich ein Investment und boten ihm allenfalls noch die Möglichkeit, anderen zu imponieren.

»Willst du nicht anfangen?«, holte Luigi sie aus ihren Gedanken. Er strahlte sie mit seinem Lausbubencharme an und zwinkerte ihr zu. Offenbar hatte er ihr die Verspätung verziehen. Luigi hatte recht, auch wenn die Instrumente oft Jahrzehnte oder Jahrhunderte erlebt hatten, durfte man sie nicht warten lassen. Deswegen war sie auch nicht mit Andreotti mitgefahren. Sie fragte sich, wie er ohne sie bei Bianchi klarkommen würde, verdrängte ihn jedoch schließlich aus ihren Gedanken. Der Commissario war bisher auch ganz gut ohne sie klargekommen. Die Bratsche hingegen brauchte sie.

24

Andreotti mochte Brescia. Die ersten Monate, nachdem man ihn aus Rom an den Gardasee versetzt hatte, hatte es ihn oft hierhergezogen. Die breiteren Straßen, die mondäne Eleganz der neuromanischen Häuser, die sich mit modernen Bauten abwechselten, all das war nicht mehr Provinz, sondern strahlte einen Hauch von Weltläufigkeit aus, erinnerte ihn zumindest ein wenig an Rom. Und genau das war der Haken. Brescia war nicht Rom. Er hatte sich wie ein Teenager benommen, den die erste große Liebe verlassen hatte und der seitdem jedem Mädchen hinterherlief, das nur im Entferntesten ähnlich aussah. Und da Andreotti kein Teenager mehr war und Brescia nicht Rom, hatte er sich ein Jahr Abstinenz verordnet. Seitdem hatte sich das Verhältnis zu Brescia abgekühlt, womit er ein wenig mehr zu einem Salòer geworden war.

Denn auch die Salòer hatten ein zwiespältiges Verhältnis zur großen Schwester, und das nicht nur wegen der Rivalität der Geigenbauer. Brescia war in den Augen der Salòer nicht eine wirkliche Stadt des Gardasees, was geografisch ja auch zutraf. Aber auch die Mentalität der Menschen war eine andere, weniger ursprünglich, eher dem modernen Zeitgeist verfallen. So sahen es zumindest die Salòer, die sich als die wirklichen Bewahrer der Kultur des Gardasees verstanden.

Andreotti fuhr mit dem Fiat über einen Kreisverkehr und nahm dabei einem BMW die Vorfahrt. Er hatte zwar mit seinem Salòer Polizeiwagen in Brescia keine Amtsbefugnis, aber das wussten die anderen Verkehrsteilnehmer ja nicht. An der zweiten Ausfahrt riss Andreotti das Steuer herum und verließ den Kreisel, um gleich darauf wieder zu beschleunigen. In Salòs engen

Gassen musste man sich zwischen Hauswänden und Passanten durchquetschen. Nicht so in Brescia. Hier machte das Autofahren Spaß. Nach weiteren zwei Kilometern musste Andreotti jedoch den Fuß vom Gas nehmen, und schließlich brachte er den Wagen zum Stehen. Der Fiat hatte kein Navigationssystem, und so blieb ihm nichts anderes übrig, als den letzten Rest des Weges zu erfragen. Er winkte ein junges Paar heran und nannte ihnen die Adresse. Zum Glück waren sie von hier, und der Mann erklärte mit ausladenden Gesten den Weg. Andreotti bedankte sich knapp und gab wieder Gas. Im Rückspiegel sah er, wie das Pärchen ihm etwas verwundert nachschaute. Offensichtlich konnten sie sich keinen Reim darauf machen, wieso ein Polizist nach dem Weg fragte.

Die äußerst präzise Wegbeschreibung des jungen Mannes führte ihn über den Kreisverkehr Fontana di Piazza della Repubblica mit seinem modernen Springbrunnen über die Einkaufsstraße Corso Martiri della Libertà. An einer Gabelung bog Andreotti in die Via Moretto ab, eine kleine Seitenstraße. Die Enge der Straße zwang Andreotti, die Geschwindigkeit zu drosseln, doch er war nun ohnehin fast am Ziel. In den gelb-braunen stuckverzierten Fassaden reihten sich kleine Läden. Die Gegend war nicht die beste. Als Ladenbesitzer war man hier auf Stammkunden angewiesen; Laufkundschaft würde sich kaum hierher verirren. Zwischen zwei hölzernen Garagentoren, die offenbar zu einem Hinterhof führten, befand sich eine ungeputzte Schaufensterscheibe, die es kaum möglich machte, das Innere des Ladens zu sehen. Die Adresse jedoch stimmte. Als Andreotti den Laden betrat, wusste er, dass er richtig war. Hier roch es genauso nach altem Holz wie in Giuseppes Werkstatt. Zudem schien der alte Laden vor Streichinstrumenten nur so überzuquellen. Geigen, Bratschen, große Celli oder Kontrabässe – dicht an dicht hingen sie an den Wänden, lehnten in jeder Ecke auf Ständern, und die Vitrine hinter der Ladentheke schien ein einziges Ersatzteillager zu sein.

Die Instrumente schienen jedoch keine menschliche Gesellschaft zu haben. Andreotti rief nach dem Inhaber, erhielt jedoch keine Antwort. Kurz fragte er sich, ob der Laden überhaupt geöffnet war, aber dann würde Andreotti jetzt kaum in, sondern eher vor dem Geschäft stehen. Er rief ein weiteres Mal. Noch immer keine Antwort. Unwillkürlich spannten sich die Nackenmuskeln des Commissarios. Langsam näherte er sich dem Ladentresen. Ein paar Notizblätter lagen dort, etwas Werkzeug, nichts Auffälliges.

Eine Tür schien in den hinteren Bereich des Geschäfts zu führen. Sie war nur angelehnt. Lauschend ging Andreotti um den Tresen herum, als ein dumpfes Poltern ihn erstarren ließ. Andreotti horchte angespannt, aber es war nichts mehr zu hören. Vorsichtig schob er sich weiter. Nach zwei Schritten hatte er die Tür erreicht und legte die flache Hand gegen das Türblatt. Langsam drückte er dagegen, als er plötzlich einen Schatten hinter dem Türspalt wahrnahm. Instinktiv wich Andreotti einen Schritt zurück. Gerade noch rechtzeitig, denn schon wurde die Tür aufgerissen, und vor ihm stand ein Mann, der ebenso erstarrte wie der Commissario. »Was machen Sie denn hier?«

»Ich bin die Polizei«, entgegnete Andreotti, was selten dämlich klang. Eilig holte er seinen Dienstausweis hervor. Der hagere Mann kniff die Augen zusammen und studierte das Dokument aufmerksam. »Hinter der Ladentheke ist nur für Ladenpersonal«, erklärte er schließlich.

Andreotti tat ihm den Gefallen und wechselte wieder zur anderen Seite des Tresens. »Ich habe nach Ihnen gerufen.«

»Ich war im Keller.«

»Sie sind Umberto Russo?«

»Wer soll ich sonst sein? Sie sind in meinem Laden.« Russo warf den alten Lappen, den er in den Händen hielt, auf den Tresen und starrte den Commissario erwartungsvoll an. Andreotti schätzte ihn auf Mitte fünfzig. Seine hagere Gestalt und sein ausgemergeltes Gesicht ließen ihn jedoch deutlich älter wirken. Kein Wunder, wenn man nur in der Werkstatt saß und nie Sonne abbekam.

»Sie arbeiten hier allein?«

Russo bejahte.

»Haben Sie keinen Schüler? Geigenbauer haben doch immer einen Schüler.«

»Das war früher mal so. Aber junge Leute interessieren sich heute nicht mehr für klassische Musik. Abgesehen davon würde ich gern erfahren, was das die Polizei angeht.«

Es war Zeit, auf den Punkt zu kommen. »Kennen Sie Signor Bianchi?«

Der Geigenbaumeister schien seine Antwort abzuwägen, dann hatte er offenbar entschieden, dass es seinem Berufsethos nicht widersprach, diese Frage zu bejahen. »Ein guter Kunde von mir.«

»So wie Roberto Esposito?«

»Si«, bestätigte Russo, nun bereits wieder etwas misstrauischer. »Wieso wollen Sie das wissen?«

»Beantworten Sie einfach meine Fragen.« Andreotti hasste es, wenn mögliche Zeugen anfingen, seinen Gedankengang zu unterbrechen. »Sie haben Bianchis Geigensammlung gepflegt?«

»Nicht nur seine, aber ja. Das wissen Sie aber offenbar schon, sonst wären Sie nicht hier.« Dieser Russo hatte genauso etwas Altkluges an sich wie Sophia Lange. Das musste so eine Berufskrankheit unter Geigenbauern sein. Vielleicht hätte Andreotti doch darauf bestehen sollen, dass sie mitkam. Die beiden hätten sich prächtig verstanden.

»Was halten Sie von Bianchis Geigensammlung?«

»Eine hübsche Kollektion. Nichts Besonderes, aber es sind durchaus einige Liebhaberstücke dabei.« Russos Einschätzung deckte sich mit der Aussage Locatellis. Wobei es mit der Geigenkenntnis des Bankdirektors nicht weit her war und seine Meinung wahrscheinlich ohnehin auf dem Urteil von Gutachtern wie Russo fußte.

»Man sagt, sie sei rund achthunderttausend Euro wert gewesen, wenn nicht sogar noch deutlich mehr«, sagte Andreotti und zückte sein Notizbuch.

»Wer sagt das?«

»Sein Bankdirektor, Signor Locatelli.«

»Wenn er das meint.«

»Ich dachte, Sie sind der Spezialist?«

»Ich beurteile die Qualität von Instrumenten. Ob alle Bauteile Originale sind, in welcher Güte sie verarbeitet wurden, aus welchem Jahrhundert sie stammen und wie sie klingen. Den Wert handeln Käufer und Verkäufer selbst aus.«

Während Russo sprach, begann sich Andreotti wieder Notizen zu machen. Auch, weil er sich mit dem Bleistift in der Hand besser konzentrieren konnte.

»Ist Ihnen an Signor Bianchis Verhalten bei Ihrer letzten Begegnung etwas aufgefallen?«

»Als er die Monteverde zum Überarbeiten brachte, wirkte er normal.«

»Bianchi wollte seine Sammlung verkaufen«, wechselte Andreotti das Thema. Aus Russos überraschtem Gesichtsausdruck war zu schließen, dass ihm das neu war. Der Geigenbauer begann nachdenklich, die Spitze seiner großen Nase zu reiben.

»*Wollte,* sagten Sie? Will er sie nicht mehr verkaufen?«

»Von ›nicht mehr wollen‹ kann keine Rede sein. ›Nicht mehr können‹ würde die Sache besser treffen. Er ist tot.«

»Dio lo abbia benedetto.« Russo bekreuzigte sich hastig. »Ein Unfall?«

»Selbstmord.«

»Welch eine Sünde.« Mord war die weitaus größere Sünde als Suizid, fand Andreotti, was ihn auch gleich zum nächsten Thema brachte. »Kennen Sie einen Signor Alessandro Ferregina aus Verona?« Russo verneinte.

»Sind Sie sich sicher?«

Russo war sich sicher, weil er niemanden aus Verona kannte, bis auf seine neunzigjährige Tante, die er jedoch seit einer Ewigkeit nicht mehr gesehen hatte und die wohl kaum mit dem Mord an dem Gutachter zu tun hatte.

»Sie führen doch bestimmt genau Buch über die Instrumente, die Ihre Kunden Ihnen anvertrauen«, setzte Andreotti noch einmal neu an.

»Selbstverständlich. Wir sind ein ordentlicher Betrieb.« Mit »wir« meinte Russo wahrscheinlich sich und seine Werkzeuge. Er ließ sich nicht lange bitten und holte ein riesiges Buch unter dem Tresen hervor. Langsam begann er, darin zu blättern. Eine gefühlte Ewigkeit später hatte er endlich gefunden, was er gesucht hatte. Er drehte das Buch zu Andreotti.

»Auf diesen beiden Seiten sind alle Instrumente von Signor Bianchi aufgeführt, Gott sei ihm gnädig. Ferner habe ich dort vermerkt, in welchem Zustand sie sich jeweils befanden und welche Arbeiten ich vorgenommen habe.« Wie in einem Kirchenbuch waren dort in kleinster Schrift Zeile für Zeile Worte und Daten aneinandergereiht, die kaum zu entziffern waren. Und jene Begriffe, die Andreotti zu entziffern glaubte, ergaben für ihn keinen Sinn.

Kurz entschlossen fasste Andreotti die beiden Seiten an der oberen Kante und riss sie mit einem Ruck heraus.

»Hey! Was soll das?«

»Polizeiarbeit. Die brauchen wir.«

»Hätten Sie die nicht abfotografieren können?«

Wortlos ließ Andreotti die Papiere in seiner Jackentasche verschwinden, während Russo sein Buch hastig wieder unter die Ladentheke schob, bevor seinen Aufzeichnungen noch mehr Unheil drohte. Sie waren aber ohnehin in Sicherheit, denn Andreotti war fertig. Russo hatte alle Aussagen bestätigt, und viel mehr würde er nicht beitragen können. Andreotti hatte die Aufzeichnungen, und falls darin etwas Ungewöhnliches zu finden war, würde es Sophia Lange herausfinden.

25

Du trägst den Lack zu dick auf.« Bereits seit fünf Minuten hatte Giuseppe ihr über die Schulter geschaut. Die zwei Stunden an seinem Ort der Ruhe hatten ihn nicht milder gestimmt. Immerhin, dass er erst nach einer Weile Beobachten ihre Arbeitsweise bemängelte, war ein gutes Zeichen. Hätte sie nämlich wirklich etwas falsch gemacht, hätte er ihr das Instrument schon aus den Händen gerissen. Dennoch fiel es Sophia schwer, sich nach all den Jahren wieder in der Rolle der Auszubildenden wiederzufinden. »Deine Technik ist nicht gut. Daran müssen wir arbeiten«, kritisierte Giuseppe weiter.

»Aber nicht jetzt«, mischte sich Luigi ein. »Lass Sophia die Bratsche doch fertigstellen. So schlecht ist das doch nicht.«

»Wirklich hilfreich sind deine Aufmunterungsversuche auch nicht gerade«, seufzte Sophia. »Ich bin keine Schülerin mehr, sondern eine erfahrene Geigenbaumeisterin.«

»Solange du hier arbeitest, lernst du etwas«, konterte Giuseppe. »War nicht das der Grund, wieso du zu mir gekommen bist?« Giuseppe hatte mal wieder recht gehabt. Aber Sophias Stolz ließ es nicht zu, dass sie ihm zustimmte. Also machte sie sich daran, wieder das Instrument zu bearbeiten, was ihr nicht gerade leichtfiel, wenn zwei Augenpaare sie beobachteten.

»Magst du etwas essen gehen?«, erlöste Luigi sie völlig unverhofft, und es klang fast ein wenig versöhnlich, als hätte er gemerkt, dass sie verärgert war. Sophia fiel es schwer, Luigis Angebot erneut auszuschlagen. Nur war alles so neu hier, und dann die Erlebnisse mit Andreotti. Auch Esposito wollte ihr nicht aus dem Kopf gehen. Und schließlich wartete noch die Derazey auf sie. Zum Glück kam ihr Luigi selbst mit einer Antwort zuvor. »Nicht heute, meine ich. Du bist müde.« Der gute Luigi war doch nicht wie sein Vater, und vor allem nicht wie dieser Andreotti. Sie musste diesen verdammten Commissario aus dem Kopf bekommen. So spannend der Fall auch war, wenn sie jetzt wieder darüber nachdachte, würde sie nie einen erholsamen Feierabend haben.

»Morgen ist Samstag, Sophia. Da solltest du dich erholen, etwas tun, was dir Spaß macht.« Luigi hatte recht. Das sollte sie. »Zum Beispiel mit mir essen gehen.«

Sie sagte ihm spontan zu und bereute es im nächsten Augenblick wieder.

»Dann hole ich dich morgen Abend ab. In Ordnung?« So hoffnungsvoll, wie Luigi sie anschaute, brachte Sophia es nicht übers Herz, ihre Zusage wieder zurückzunehmen. Und warum auch nicht? Schließlich ging es nur um einen gemeinsam verbrachten Abend.

26

Den freien Tag hatte Sophia genutzt, um endlich einmal auszuschlafen. »Da ist ja unsere Rosaspina«, begrüßte Marta sie, als Sophia die Treppe herunterkam. Rosaspina, Dornröschen, so hatte sie ihr Vater auch genannt, wenn sie zu lange geschlafen hatte. Marta hatte mal wieder reichlich aufgedeckt. Während Sophia sich das Frühstück schmecken ließ, überlegte sie, was sie mit dem Tag anfangen sollte, und beschloss, endlich einmal die Boutiquen Salòs zu erkunden. »Übrigens wollte der Commissario dich heute Morgen sprechen. Ich habe ihm aber gesagt, dass du beschäftigt bist. Ich lasse meine Rosaspina doch nicht von dem Kerl wecken. Ein Prinz ist der wahrlich nicht.« Da hatte Marta allerdings recht. Und der Commissario war der Letzte, dem Sophia an ihrem freien Tag begegnen wollte.

»Er hat das hier für dich abgegeben.«

Marta reichte ihr ein braunes Kuvert. »Signora Lange« stand in geschwungener Handschrift darauf. Sophia versuchte, sich ihre Neugier nicht anmerken zu lassen, als sie das Kuvert öffnete. Mehrere eng beschriebene Blätter befanden sich darin. Ein gelber Notizzettel klärte sie auf: *Russos Unterlagen: Lesen!* Ein weiterer Umschlag fiel aus dem Kuvert. Also Sophia ihn öffnete, erkannte sie die Blätter sofort. Es handelte sich um die Inventarliste und die Entnahmeliste der Bank. *Auch lesen!,* stand dort auf einem weiteren gelben Klebezettel.

Das war typisch Andreotti. Kein Bitte, kein Danke, keine freundlichen Grüße. Sophia stopfte die Papiere wieder zurück in den Umschlag. Heute war ihr freier Tag. Der Commissario musste sich gedulden, schließlich warteten die Boutiquen Salòs auf sie.

Sophia hatte es nicht eilig, also ging sie zu Fuß. So konnte sie die Atmosphäre der kleinen Stadt besser genießen, und die Sonne lud geradezu zu einem Spaziergang an der Promenade ein. Die Cafés waren voller als sonst. Das schöne Wetter lockte natürlich die Touristen genauso wie die Stadtbevölkerung an. Jugendliche tummelten sich am modernen Springbrunnen in der Lungolago Zanardelli, der einen schillernden Kontrast zur cremefarbenen Rathausfassade bot. Sie kicherten und versuchten, einander mit Faxen zu imponieren, genau wie sie, Luigi und all die anderen vor fünfzehn Jahren. Zwei ältere Männer saßen auf der Bank bei der Eisdiele und diskutierten wild gestikulierend über italienische Politik, bis ihre Frauen kamen und sie abholten.

Ein Boot legte an der Promenade an. Die Frau an Deck kam Sophia bekannt vor. Als sie aufstand, erkannte Sophia sie sofort. Diesmal trug sie kein Kleid, sondern sportliche Seglerhosen und ein geringeltes Matrosenshirt. Aber sie war es – Signora Orsini. Ungelenk bemühte sie sich, von dem weißen Motorboot auf die Uferpromenade zu steigen, während ein Mann in ihrem Alter darauf achtete, dass sie nicht vornüber ins Wasser fiel. Als sie endlich sicher auf der Promenade stand, fand sie ihre elegante Haltung wieder.

»Signora Orsini!«, rief Sophia spontan. Die Orsini blickte auf und runzelte die Stirn. »Salute, Signora …«

»Lange. Sophia Lange«, sprang Sophia ihr bei.

»Ja, richtig«, antwortete Signora Orsini, aber ihr unsicheres Lächeln verriet, dass sie weder mit dem Namen noch mit dem Gesicht etwas anfangen konnte.

»Ich arbeite bei Giuseppe Maggio«, half ihr Sophia. Jetzt ging Signora Orsini ein Licht auf, zugleich sanken ihre Mundwinkel. »Ach ja, wollen Sie auch mal etwas Tageslicht sehen?«, fragte sie, weil sie offenbar nicht wusste, was sie sonst sagen sollte, und hakte sich bei ihrem Mann ein, der sich inzwischen zu ihr gesellt hatte.

Sophia biss die Zähne zusammen. Jetzt war nicht der Zeitpunkt, um sich über den Standesdünkel der Orsini zu ärgern. Signora Orsini schenkte ihr bereits keine Beachtung mehr. »Es ist wegen der Violine Ihrer Tochter«, sagte Sophia spontan. Die Worte zeigten Wirkung. Jedenfalls wandte sich die Orsini wieder Sophia zu.

»Gibt es ein Problem damit?«

»Nein, nein«, versicherte Sophia. »Ich habe da nur noch ein paar Fragen.«

»Ich höre.«

Siedend heiß suchte Sophia nach den nächsten Worten. »Ist sie schon mal von jemand anderem bearbeitet worden?«

»Davon gehe ich aus. Sie ist schließlich sehr alt.«

»Ich meine in letzter Zeit.«

»Nicht, seitdem sie in unserem Besitz ist. Was sich aber ändern wird, wenn sie nicht bald fertig ist.«

»Wird sie. Sehr bald schon«, beeilte sich Sophia zu versichern.

»Wieso wollen Sie das wissen?« Das war eine gute Frage. Wieso wollte Sophia das wissen?

Was wollte sie überhaupt von Signora Orsini? Signora Orsini wirkte zunehmend gereizt, im Gegensatz zu ihrem Mann, der Gefallen an Sophia gefunden zu haben schien. Jedenfalls zwinkerte er ihr amüsiert zu. Genau wie Esposito. Richtig, das war es! »Roberto Esposito hatte einen Gutachter aus Verona erwähnt.«

»Sie kennen Roberto?«, fragte Signora Orsini, und es klang eine Verwunderung mit, als wäre es unvorstellbar, dass so jemand wie Sophia überhaupt in den Dunstkreis eines Roberto Espositos kommen könnte.

»Wir Geigenkenner sind ja untereinander vernetzt«, entgegnete Sophia und versuchte, all ihr Selbstbewusstsein in die Antwort zu legen.

»Ein Wunder, dass wir uns noch nicht begegnet sind«, zwinkerte ihr Signor Orsini zu, wurde aber sofort wieder ernst, als seine Frau ihn mit einem strafenden Blick bedachte.

»Roberto und ich haben uns erst neulich über seine Geigensammlung unterhalten«, fuhr Sophia fort und war ein wenig stolz darauf, dass es ihr gelang, so zu klingen, als hätte sie mit einem alten Bekannten geplaudert. Das verfehlte seine Wirkung nicht. Die Orsini horchte auf und wirkte mit einem Mal viel gesprächiger. »Und über den armen Bianchi«, wagte sich Sophia vor.

»Ja, der arme Bianchi«, erwiderte Signor Orsini. »Furchtbar, er hatte Pech gehabt im Geschäft. Aber dann seinem Leben gleich ein Ende zu setzen. È incredibile.«

»Ich frage mich, wie Roberto und Bianchi sich eigentlich kennengelernt haben?«, schob Sophia nach.

Jetzt war es wieder Signor Orsini, der antwortete. »Das haben die beiden mir zu verdanken.« Sophia brauchte nicht weiter nachzufragen. Ein schüchternes Lächeln und ein Augenaufschlag genügten, und Signor Orsini begann zu plaudern. Er erzählte, wie er Bianchi zu einer Auktion mitgenommen hatte. Bianchi war zwar wohlhabend, gehörte jedoch nicht zum erlauchten Kreis der Superreichen, weswegen er niemanden dort kannte. Orsini als guter Gastgeber, wie er sich bezeichnete, konnte es nicht zulassen, dass Bianchi sich als Außenseiter fühlte. Da sei ihm der Geistesblitz gekommen, ihn mit Esposito bekannt zu machen, der ebenfalls dort war. Daraufhin habe er die beiden einander vorgestellt. Sie hätten sich sofort prächtig unterhalten.

»Prächtig unterhalten?«, rümpfte Signora Orsini die Nase. »Bei der Auktion vielleicht, aber ansonsten haben die sich immer wieder in die Haare bekommen.«

»Meine Frau übertreibt. Das waren halt kleine Streitigkeiten unter Sammlern. Esposito hat Bianchi gerne mal aufgezogen. Bianchi konnte Roberto nicht das Wasser reichen. Weder finanziell noch bei seiner Sammlung. Das hat Roberto ihn gelegentlich spüren lassen. Roberto meint das nicht so. Es ist halt seine Art.«

Sophia überlegte, ob Esposito auch die Orsinis belächelte, verdrängte den Gedanken aber schnell wieder. Sonst hätte Signor Orsini kaum Espositos Scherze auf Kosten von Bianchi so leichtfertig abgetan.

»Wie sagt man so schön? Pack schlägt sich, Pack verträgt sich. Sammler sind halt ein wenig eigen.«

»Sie sammeln doch auch?«

»Ach, sammeln würde ich das nicht nennen.« Signor Orsini lachte. »Meine liebe Frau will halt das Beste für unsere Tochter.«

»Sie ist ja auch überaus begabt«, entgegnete Signora Orsini fast ein wenig trotzig.

»Natürlich, mein Schatz.« Signor Orsini hauchte seiner Frau wie zur Bestätigung einen Kuss auf die Stirn. »Aber wir sammeln keine Instrumente.«

»Leider nicht. Mein Mann hat es mit Armbanduhren. Was man an diesen Dingern findet, verstehe, wer will.«

»Solange ich es verstehe, mein Engel, reicht das doch.«

»Herrgott, eines Tages werden unsere Kinder mehr Uhren besitzen, als sie an beiden Armen tragen können.«

»Du verstehst nichts vom Wert seltener Uhren.«

»Und du nichts vom ideellen Wert der schönen Künste.«

Die Zankerei des Paares würde Sophia nicht weiterbringen. Sie musste das Gespräch wieder auf das Wesentliche lenken. Ihr war ein Verdacht gekommen, den die Orsinis möglicherweise bestätigen konnten. »Kannten Sie den Gutachter Ferregina?«, fragte Sophia geradeheraus. Die Orsinis verstummten. Sophia befürchtete schon, dass sie zu direkt gewesen war, aber Signor Orsini schien die Unterbrechung willkommen zu sein. »Roberto hat erwähnt, dass er in der Stadt ist.« Also doch.

»Ist das nicht der Tote in den Bergen?«, fragte Signora Orsini. In dieser Hinsicht war Salò wie jede andere Kleinstadt. Skandale sprachen sich schnell herum. »Furchtbar«, fuhr sie fort. »Im Olivenfass hat man ihn gefunden. Dabei hat er Oliven so geliebt. Fast so sehr wie Geigen, hat Roberto immer gescherzt. Wer macht so was nur? Der arme Ferregina. Einfach furchtbar«, wiederholte sie.

»Sie kannten Ferregina also näher?«, hakte Sophia nach.

»Nur namentlich. Roberto hat erwähnt, dass er in der Stadt sei, und wenn ich mal nicht mehr zufrieden mit den Maggios wäre, würde er mir gute Instrumente vermitteln.«

Sophia lag eine Bemerkung auf der Zunge, aber sie verkniff sie sich lieber. »Russo hat er nie erwähnt?«, fragte sie stattdessen. »Das ist ebenfalls ein Geigenbauer aus Brescia, und er soll recht gut sein.«

Nun war es Signor Orsini, der antwortete. »Über Russo hat Roberto durchaus gesprochen. Wenn ich Geigen kaufen wolle, dann solle ich ihn lieber meiden. Das kam mir schon seltsam vor. Aber vermutlich wollte er nur sein Revier abstecken.« Das war in der Tat seltsam. Andererseits bestätigte es eine weitere Vermutung von Sophia.

»Roberto ist sehr eigen, müssen Sie wissen«, stimmte die Orsini ihrem Mann zu. Das wusste Sophia durchaus. »Er mag es nicht, wenn man seine Geschäfte durchkreuzt, da kann er regelrecht zum Teufel werden. Einmal hatte er ein Auge auf eine Villa bei Limone geworfen. Das erzählte er bei einer Party. Ein anderer Geschäftsmann ist ihm dann zuvorgekommen. Wie hieß der noch, Schatz? Ist ja auch einerlei. Jedenfalls hat Roberto drei Jahre lang alles unternommen, um ihn fertigzumachen.«

Sophia überlegte, ob der besagte Geschäftsmann Bianchi gewesen sein könnte, verwarf den Gedanken aber gleich wieder. Das wäre der Orsini bestimmt nicht entfallen, und außerdem spielte Bianchi nicht in derselben Kategorie wie Esposito.

Plötzlich versteifte sich Signora Orsinis Haltung. Betont auffällig blickte sie auf ihre Uhr und wies ihren Mann darauf hin, dass sie es eilig hätten, weil sonst die Boutiquen schließen würden.

Das war natürlich Unsinn. Die Boutiquen würden frühestens in drei Stunden schließen. Wahrscheinlich war Signora Orsini wieder eingefallen, wer Sophia war und dass sie hier auf der Promenade ihre Zeit mit einer einfachen Geigenbauerin vergeudete. Sophia konnte das egal sein. Sie hatte einiges an neuen Informationen bekommen, die den Commissario durchaus interessieren dürften. Die Orsinis verabschiedeten sich und schlenderten davon. Eigentlich hatte Sophia ebenfalls noch einen Streifzug durch die Läden vorgehabt, doch jetzt brauchte sie Zeit zum Nachdenken.

Also mied sie die Geschäfte und schlenderte die Promenade entlang. Bei der Büste von Giuseppe da Salò ließ sie sich auf einer Bank nieder. Die Bäume spendeten wohltuenden Schatten, und hier bot sich eine wundervolle Aussicht auf den Gardasee, ohne dass sie etwas für einen Cappuccino bezahlen musste. Schon als Kind hatte sie nach der Schule oft stundenlang am Ufer gesessen, wenn Luigi keine Zeit hatte und in der Werkstatt seines Vaters aushalf. Sie liebte dieses wundervolle Blau, die zarten Wellen, und vor allem hatten sie seit jeher die schmucken weißen Boote fasziniert, die hier anlegten. Als Kind hatte sie immer davon geträumt, eines Tages auch einmal ein solches Boot zu besitzen. Deswegen hatte sie so gerne Luigi beim Rudern mit seinen Freunden zugeschaut. Er wirkte schon damals so souverän zwischen all den Jungs, und insgeheim hatte sie davon geträumt, dass er eines Tages ohne seine Freunde auf einem Boot wäre, nur mit ihr. Auf einem Boot, das ihnen gehörte und mit dem sie hinsegeln konnten, wohin sie wollten.

Sie hatte die Menschen bewundert, die den weißen Booten entstiegen, in ihrer schicken Kleidung, wie sie draußen auf dem See scheinbar allen Sorgen fortsegelten. Wie die Orsinis.

Es hatte sich gelohnt, fand sie, mit ihnen gesprochen zu haben. So hatte sie deutlich mehr herausbekommen, als wenn Andreotti sie befragt hätte. Davon war sie überzeugt. Es passte zu Esposito, sich auf Kosten anderer zu amüsieren. Bianchi tat ihr leid. Er war bestimmt ein guter Ehemann und einige Zeit als Geschäftsmann erfolgreich gewesen. Aber er hatte immer dazugehören wollen, zu der Gesellschaft der Reichen. Nur war das eine Nummer zu groß für ihn gewesen. Vielleicht war das der Grund, wieso er sich verspekuliert hatte. Er wäre nicht der Erste, der anderen etwas beweisen wollte und sich dann bei einem Geschäft verhoben hatte. Dies würde auch seinen Suizid erklären. Er war vor dem Bankrott gestanden, hätte alles verloren. Auch seinen Status in der Gesellschaft, zu der er unbedingt dazugehören wollte. Nicht einmal seine Geigensammlung wäre ihm geblieben.

Womöglich hatte ihm jemand die wertvolle Sammlung gestohlen, nachdem er sie bei der Bank abgeholt hatte. Damit war seine letzte Rettung vor dem Ruin dahin, und er sah für sich nur noch einen Ausweg. Interessanter war jedoch, was Esposito über Russo gesagt hatte. »Zu dem gehen Sie lieber nicht.« Das war schon seltsam, zumal er ja mit ihm Geschäfte gemacht hatte.

Sophia musste mit Andreotti reden.

27

Befragen Sie keine Personen ohne meine Anwesenheit.« Andreottis Reaktion war nicht die, die sich Sophia erhofft hatte. Inzwischen bereute sie es, dass sie ausgerechnet an ihrem freien Samstag ins Kommissariat gegangen war. Sie wollte ihm von ihrem Gespräch mit der Orsini berichten, aber Andreotti hatte ihr kaum zugehört. Viel zu sehr war er mit einem Handy beschäftigt, das ihm Viola offenbar aus ihrem Fundus alter Geräte besorgt hatte. Nicht ein einziges Mal hatte er aufgeschaut. »Wie, verdammt noch mal, kriegt man das an?« Sophia riss ihm das Telefon aus der Hand und drückte auf den schwarzen Knopf an der Seite. Der Bildschirm leuchtete auf. Wortlos reichte sie ihm das Gerät zurück. »Sieh an. Sie sind ja doch zu etwas zu gebrauchen.« Sophia kochte vor Wut, aber Andreotti nahm davon keine Notiz. »PIN«, murmelte er halblaut. »Was für eine PIN?«

»Einen Geburtstag«, schlug Sophia vor.

»Violas?«

»Ihren wird sie kaum verwendet haben.«

Andreotti überhörte die Spitze und grübelte darüber nach, wann seine Kollegin Geburtstag hatte. Schließlich tippte er etwas ein. Dann wieder etwas. »Gesperrt«, stöhnte Andreotti. »Hätte ich bloß nicht auf Sie gehört.«

»Ich habe nichts gesagt.«

»Ich soll Violas Geburtstag eintippen, haben Sie gesagt.«

»Ist das meine Schuld, dass Sie nicht wissen, wann Viola Geburtstag hat?«

Andreotti warf das Handy mit einem Seufzer in die Schublade.

»Und was ist jetzt mit Esposito?«, fragte Sophia entnervt.

»Was soll schon mit ihm sein? Er wollte halt mit Russo keine Geschäfte mehr machen. Das ist doch seine Sache.«

»Er hat davon abgeraten, mit Russo Geschäfte zu machen. Selbst hat er es aber getan.«

»Liebe Signora Lange.« Sophia hätte Andreotti wegen seines gönnerhaften Tons am liebsten ein Glas Wasser ins Gesicht geschüttet, wenn eines zur Hand gewesen wäre. »Sie kennen nicht die Welt der Geschäftsleute und Reichen, Signora. Ich hingegen schon.«

Wenn Andreotti jetzt wieder mit alten Geschichten anfing, würde sie doch noch zum Waschbecken stürmen und Wasser holen. Aber er ersparte ihr das. »Man ist sehr verschlossen, was die eigenen guten Kontakte angeht. Schließlich sind sie der Schlüssel zum Erfolg. Und Russo war nun mal solch ein Kontakt.«

Andreotti verfügte vielleicht über Menschenkenntnis, aber von Geigen hatte er keine Ahnung. Russo war nicht solch ein überragender Geigenbauer. Bestimmt durchaus fähig, aber nicht so gut, dass man ein Geheimnis um ihn machen musste.

»Sie selbst haben doch gesagt, dass Esposito etwas zu verheimlichen hat, dass er seine Geigensammlung zuerst nicht zeigen wollte. Und dann will er nicht, dass andere mit Russo zusammenarbeiten. Was sagt Ihre Menschenkenntnis dazu?«

Andreotti schürzte nachdenklich die Lippen. »Meine Kenntnis von Polizeiarbeit sagt mir, dass uns das nicht weiterbringt.« Andreotti war offenbar heute noch weniger in Arbeitslaune als sonst. Dennoch ließ Sophia nicht locker. »Sie sollten ihn noch mal befragen.«

»Was wird er uns Neues erzählen, was wir nicht schon wissen?«

»Sie können doch mit Ihrer Menschenkenntnis zwischen den Zeilen lesen.«

»Ich sag Ihnen mal was. Man muss Menschen aus der Reserve locken, um etwas zwischen den Zeilen zu lesen. Man muss sie unter Druck setzen können, aber was Sie da haben, ist nichts.« Andreotti zeigte seine leeren Handflächen. »Rein gar nichts. Ich will mich weder lächerlich machen noch meine Zeit vergeuden.«

»Ich vergeude also Ihre Zeit?«

Andreotti verdrehte seine Augen. »Das habe ich so nicht gesagt. Aber Sie sind nur eine Geigenbauerin und kein Commissario. Was wir brauchen, sind nicht irgendwelche haltlosen Vermutungen. Warum prüfen Sie nicht Russos Einträge, das ist mehr Ihr Gebiet.«

»Jetzt sage ich Ihnen etwas, Andreotti: Sie müssen mir nicht sagen, was meine Aufgaben sind. Unterschätzen Sie niemals eine Frau. Und vor allem nicht eine biedere Geigenbauerin!«

Bevor Andreotti etwas erwidern konnte, wirbelte Sophia herum, stürmte aus dem Büro und ließ einen verdatterten Commissario zurück.

28

Als Sophia wenig später die Einkaufsstraße entlangschlenderte, ärgerte sie sich über sich selbst, dass sie den Abstecher zum Commissario gemacht hatte. Es war reine Zeitverschwendung gewesen. »Bieder« und »harmlose Vermutungen« – von wegen! Sie würde ihm schon noch beweisen, dass ihre Vermutungen keineswegs harmlos waren, aber nicht jetzt, nicht heute. Dazu waren die Schaufenster viel zu verlockend. Sophia genoss die ursprüngliche Atmosphäre, den Duft frischen Brots, das liebliche Aroma aus dem Weingeschäft, bis schließlich der süßliche Geruch frischen Leders Sophia stehen bleiben ließ. Die Handtaschen der Boutique waren wirklich verführerisch, aber da ihr Portemonnaie in dieser Woche bereits eine ziemliche Abmagerungskur hinter sich hatte, zwang sich Sophia, weiterzugehen, nur um vor dem Schaufenster der nächsten Boutique stehen zu bleiben. Die Stunden flogen nur so dahin.

Plötzlich war es mit der Idylle vorbei. Eine Horde Fahrradfahrer hatte die Piazza della Vittoria für einen Zwischenstopp einer ausgedehnten Trekking-Tour ausgewählt. Wo neulich noch der Straßenmusikant seine Kunst zum Besten gegeben hatte, tummelten sich nun rund fünfzig deutsche Radfahrer und feierten schwäbelnd den Erfolg ihrer ersten Etappe. Wäre Fredo jetzt hier, würden ihm bei so vielen Gelegenheiten bestimmt die Finger kribbeln. Sophia rettete sich in die ruhigere Via Mattia Butturni, die hinter dem Rathaus entlangführte. Nach wenigen Schritten hatte sie den Trubel bereits hinter sich gelassen. Schon als Kind hatte sie das alte Rathaus geliebt. Drei große Bögen gaben den Blick direkt über den Innenhof des Rathauses auf den Gardasee frei. Der Architekt musste im Herzen ein Maler gewesen sein, wie er das Blau des Sees und das Grün der Berge mit dem milden Rosé der Rundbögen eingerahmt hatte. Für Sophia war dies mit einer der schönsten Flecken der Stadt. Von den Touristen übersehen, von den Einheimischen ignoriert, brauchte es wohl das Herz eines Kindes, um diese Schönheit zu erkennen.

Jemand stieß Sophia von hinten an. Reflexartig tastete Sophia nach ihrer Geldbörse. Ein älterer Mann hob zwei Finger an die Hutkrempe und lächelte ihr entschuldigend zu. Sophia erwiderte das Lächeln und ließ ihn bereitwillig vorbei. Er mochte weit über siebzig Jahre alt sein und wirkte mit seiner beigefarbenen Hose, seinen braunen Lederschuhen und seinem hellblauen Jackett äußerst elegant. Er sah nicht reich aus, hatte aber Stil, wie die meisten Italiener und Italienerinnen. Dies traf auch auf die beiden jungen Frauen zu, die Sophia entgegenkamen. Mit ihren großen Sonnenbrillen und knielangen Röcken wirkten sie, als seien sie einem italienischen Film entsprungen. Dabei hatten sie sich eine erfrischende Natürlichkeit bewahrt, wie sie miteinander lachten. Die eine grüßte Sophia sogar. »Ciao, Signora Lange.« Sie winkte ihr zu. Es dauerte einen Moment, bis Sophia begriff. Es war Viola.

»Ich habe Sie mit der Sonnenbrille erst gar nicht erkannt«, entschuldigte sich Sophia. »Was machen Sie denn hier?«

»Shoppen mit meiner besten Freundin«, sagte Viola. Sie wirkte privat komplett anders, gar nicht wie die strenge Polizistin, sondern wie eine normale, fröhliche Mittzwanzigerin. Aber wieso auch nicht? Schließlich hatten Polizisten auch ein Privatleben, Andreotti mal ausgenommen.

»Kommen Sie, ich lade Sie zu einem Eis ein«, schlug Viola vor. Sophia wusste nicht recht, ob das angebracht war, aber Viola ließ nicht locker. »Kommen Sie schon. Jeanette muss ohnehin los, und ich habe noch Zeit.« Die beiden Freundinnen küssten sich zum Abschied auf die Wangen, und besagte Jeanette zog los, begleitet von den Blicken einzelner Männer.

»Das ist sehr nett von Ihnen, Viola. Ich muss allerdings auf meine Linie achten«, versuchte sich Sophia noch einmal herauszuwinden.

»Na und? Ich auch.« Viola lachte, wobei Sophia nicht fand, dass Viola irgendwelche Problemzonen hatte. »Oder haben Sie Angst, dass Andreotti uns zusammen sieht?«

Das traf es schon eher. Und Sophia wusste nicht, wie er reagieren würde, wenn er sie in einem vertrauten Gespräch mit seiner Kollegin sähe.

»Aber nur, weil *er* keinen Spaß kennt, heißt das nicht, dass wir keinen haben können«, lachte Viola, hakte sich bei Sophia ein und führte sie um die Ecke, wo ein Café drei einladende Tische direkt neben einer Treppe aufgestellt hatte.

Viola hatte recht. Andreotti konnte ihnen egal sein.

Aus dem Eis wurde ein Prosecco. »Nur einer«, versicherte Viola und prostete Sophia zu.

»Hübsche Handtaschen gibt es da drüben.« Wieso Sophia jetzt über Handtaschen redete, wusste sie selbst nicht, aber irgendwie fiel ihr nichts Besseres ein. Es war seltsam, die Polizistin von einer ganz anderen Seite kennenzulernen.

»Der Laden ist gut«, sagte Viola. »Faire Preise. Aber wenn Sie mich fragen, sollten Sie es auch mal in Brescia versuchen. Da kaufe ich gerne ein.«

»Da werde ich mich bei Gelegenheit mal umschauen. Für mich ist noch alles ziemlich neu hier.«

»Sie wollen also wirklich hier in Salò leben?«, fragte Viola.

»Ist das so ungewöhnlich?«

»Die meisten wollen hier nur Urlaub machen. Andererseits stammen Sie von hier. Hat der Commissario jedenfalls gesagt.«

Zwei kleine Jungs jagten auf ihren Tretrollern über den kleinen Platz und fuhren beinahe eine ältere Frau um, die den beiden hinterherschimpfte.

»Ich habe meine Kindheit hier verbracht«, antwortete Sophia. In knappen Worten erzählte sie von ihrer Jugend und wie sie weggezogen war, sparte aber den Tod ihrer Mutter und den Bruch mit den Verwandten aus. Der Tag war zu schön, um sich mit den Schatten der Vergangenheit zu befassen.

»Stammen Sie aus Salò, Signora Ricci?«

»Sag Viola zu mir. Signora Ricci klingt doch so alt.« Viola hob das Glas, und sie stießen an.

»Stammst du aus Salò, Viola?«

»Ich komme aus Molinetto, einem kleinen Ort rund zwanzig Kilometer südlich von hier. Nach der Schule bin ich auf die Polizeischule in Brescia gegangen. Von allen Dienststellen am Gardasee hat man mich dann ausgerechnet hierher nach Salò versetzt. Nichts gegen Salò, aber wenn man etwas erreichen will, ist das hier Sackgasse.«

»Vielleicht wirst du mal Andreottis Nachfolgerin«, überlegte Sophia, und das war durchaus ernst gemeint. Das Zeug dazu schien sie zu haben.

»Dazu bin ich zu jung. Man muss erst seine Meriten sammeln, und ob mir das hier in Salò gelingt, daran habe ich meine Zweifel.«

»Wobei du ja jetzt immerhin an zwei Todesfällen arbeitest.«

»Leider habe ich dabei Andreotti vor der Nase.«

»Andreotti ist schwierig«, stimmte Sophia ihr zu.

»Allerdings.« Viola lachte. »Man darf sich von ihm nicht ausbremsen lassen. Manchmal muss man seinen eigenen Weg gehen. Andreotti imponiert das sogar, wenn man einfach mal aufsteht und sein Ding macht. Und abgesehen davon hat er auch seine guten Seiten. Das muss man ihm schon zugestehen.«

»Die habe ich noch nicht entdeckt.«

»Das kommt schon noch. Sie zeigen sich selten, aber wenn sie sich zeigen, wirst du sie erkennen.«

Dieser Andreotti war Sophia wirklich ein Rätsel. Er konnte so charmant und dann wieder so ablehnend sein, und irgendwie wurde man bei ihm nie das Gefühl los, dass er nichts und niemanden ernst nahm. Vielleicht nicht einmal sich selbst.

»Was hat den Commissario eigentlich nach Salò verschlagen?«

Viola nahm einen weiteren Schluck Prosecco. Die nächsten Worte schien sie genau abzuwägen. »Ganz genau weiß ich es auch nicht. Das war vor meiner Zeit, als ich noch zur Schule gegangen bin und Zahnspange trug.« Sie lachte erneut. »Es gibt Gerüchte. Was man sich halt so in der Kaffeeküche der Polizeistation erzählt. Ich mische mich da ungern ein.«

Es war klar, dass Viola nicht schlecht über ihren Chef reden wollte. Das sprach für sie. Andererseits hatte sie jetzt erst recht Sophias Neugierde geweckt.

»Wenn ich mit ihm zusammenarbeite, muss ich schon wissen, woran ich bei ihm bin«, versuchte es Sophia erneut.

Viola schaute nachdenklich dem Jungen auf dem Tretroller nach, der laut »Halt, Polizei!« rufend seinem Freund nachjagte. »Räuber und Gendarm ist im echten Leben etwas anders. Vor allem in Rom.« Viola zögerte erneut. »Andreotti hatte mit der organisierten Kriminalität zu tun. Mafia, 'Ndrangheta und so. Dann hat er sich mit den falschen Leuten angelegt.« Wieder stockte Viola, und es war offensichtlich, dass sie nicht darauf eingehen wollte, wer diese falschen Leute waren. »Das hatte auch mit einer Frau zu tun, aber ich weiß halt nicht, was Gerücht und was Wahrheit ist. Jedenfalls hat man ihn vor eine Wahl gestellt, bei der Salò für ihn die beste Option war. Oder wie Andreotti es ausdrücken würde, die am wenigsten schlechte aller schlechten Optionen. Und jetzt ist er seit rund zehn Jahren hier und wartet auf seinen Ruhestand.«

Sophia fand nicht, dass Salò eine schlechte Wahl war. Für sie jedenfalls nicht. Zwar war auch sie vor etwas fortgelaufen, jedoch hatte sie sich Salò als bessere Option ausgesucht, und wirklich glücklich war sie in Oldenburg nie gewesen. Sie war nach Hause gekommen, aber Andreotti musste sich fühlen wie im Exil. Kein Wunder, dass er so zynisch war. Vielleicht war aber auch sein Zynismus die Ursache, weswegen er überhaupt diese Probleme bekommen hatte. Bei manchen kam erst das Schicksal und dann die Verbitterung, bei anderen erst die Verbitterung, und daraus ergab sich ihr Schicksal. Aber sie kannte Andreotti zu wenig, zu wenig aus seiner Vergangenheit. Es hatte keinen Sinn, weiter darüber nachzudenken. Zumal es ihr nicht zustand, über ihn zu urteilen. Viola jedenfalls sah eine gute Seite in ihm, und sie musste es wissen. Schließlich arbeitete sie täglich mit dem Commissario zusammen, was bestimmt schwierig war. Jede Frau musste es mit ihm schwer haben.

»Hat Andreotti eigentlich eine Freundin?«, fragte Sophia.

»Viele und keine.« Viola lachte. »Sagen wir, es gibt Gründe, dass er im Kommissariat wohnt.«

Sophia fragte sich, wann und ob überhaupt sich Andreottis gute Seiten eines Tages zeigen würden. Zu gerne hätte sie mehr gefragt, aber sie wollte Violas Loyalität zu ihrem Chef nicht weiter auf die Probe stellen. Sie warf einen Blick auf die Uhr. Fast sieben. Sie sprang auf. »Ich bin noch verabredet«, entschuldigte sie sich, und vorher wollte sie sich unbedingt noch ein wenig in den Läden umschauen. Sie sahen doch zu verlockend aus.

»Du hast in Salò schon jemanden kennengelernt?«

»Kennengelernt ist übertrieben. Er ist ein alter Schulfreund.«

»Na, dann lass den alten Schulfreund nicht warten.«

Sophia ließ sich das nicht zweimal sagen und sprintete los. Erst als sie fast zu Hause war, fiel ihr ein, dass sie die Rechnung gar nicht bezahlt hatte. Sie würde Viola morgen das Geld im Kommissariat vorbeibringen. Als sie in Martas Gaststätte ankam, wartete bereits Luigi auf sie. Er sah schick aus, so anders. Dabei trug er nur sportliche Sneakers, eine modische Jeans und ein weinrotes Polo-Shirt. Der Arbeitskittel fehlte. Das war es. Sie hatte Luigi bis jetzt nur in der Werkstatt gesehen und nie privat. »Entschuldige, ich bin noch aufgehalten worden.«

»Ein wahrer Mann kann sich gedulden!«, rief Marta aus der Küche. Luigi lächelte verlegen.

»Und bist du ein wahrer Mann?«, fragte Sophia.

»Ich glaube schon.«

»Dann kannst du ja noch zehn Minuten länger warten«, sagte Sophia und stürmte die Treppe hinauf, bevor er etwas entgegnen konnte. Aus den zehn Minuten wurde doch eine halbe Stunde. Als sie aber endlich in frischer Kleidung wieder herunterkam, fühlte sich Sophia schon deutlich besser. Und Luigi hatte sich nicht gelangweilt. Jedenfalls war er von Marta mit frischen Hefekuchen versorgt worden. Als er Sophia sah, sprang er auf. »Umwerfend siehst du aus.«

Dabei trug sie auch nur eine Jeans und eine Bluse dazu. Aber auf alle Fälle besser als vorhin.

»Und?« Sophia strahlte ihn an. »Wo wollen wir essen gehen?«

Wieder dieses verlegene Lächeln. »Eigentlich bin ich gerade satt. Marta hat …«

»Ich weiß.« Sophia lachte. »Marta lässt niemanden mit leerem Magen aus der Gaststätte gehen.«

»Ein Mann kann besser warten, wenn er was zu essen hat«, kommentierte Marta aus der Küche.

»Lass uns schnell gehen«, flüsterte Sophia. »Sonst werde ich auch noch gefüttert, und wir kommen hier nie weg.« Luigi lachte, nahm ihre Hand, und gemeinsam schlichen sie sich aus der Gaststube.

29

Es tat gut, kein Ziel zu haben. So spazierten sie einfach durch die Straßen. Wenn sie später doch noch hungrig werden sollten, würden sie schnell etwas finden. In Salò gab es genügend Restaurants. Luigi führte sie nicht zur Promenade, sondern durch die obere Altstadt mit ihren verwinkelten Gassen.

»Es ist schön, dass du wieder da bist«, sagte Luigi. Das fand Sophia auch. »Aber wieso erst jetzt?«

Das war eine gute Frage, die sich Sophia selbst schon oft gestellt hatte. »Vielleicht, weil man manchmal seinen eigenen Weg gehen muss«, erinnerte sich Sophia an Violas Worte.

»Eine gute Antwort.« Luigi lachte. Es war schön, dass ihm das genügte. Sie hakte sich unter, und es kam ihr ganz natürlich vor. So waren sie früher immer zusammen spazieren gegangen. Es war das zweite Mal seit ihrer Ankunft, dass ein Mann sie durch die verwinkelten Straßen Salòs führte. Doch diesmal fühlte sie sich geborgen. In Luigis Nähe musste man sich einfach sicher fühlen mit seinem souveränen Gang und seinem verschmitzten Lausbubencharme. Kein Wunder, dass die Mädchen damals auf ihn flogen, und ein Wunder, dass er nicht längst eine eigene Familie hatte. Plötzlich führte Luigi sie um eine Ecke. Sophia stieß einen überraschten Schrei aus. Luigi lächelte sie an. »Erinnerst du dich?«

Sophia schaute sich um. Sie standen in einer kleinen Seitengasse. »Il nostro castello«, sagte Luigi. Richtig. Jetzt erkannte sie es wieder. Es war ihr Schloss. Wobei es natürlich nichts anderes war als die für Salò typische Treppe, die zwischen zwei alten Häusern zu einer weiter oben gelegenen Gasse führte. Aber Kinder haben diese einzigartige Gabe, aus den gewöhnlichsten Orten eine ganze

Welt der Fantasie zu erschaffen. Hier hatten sie Prinz und Prinzessin gespielt, Feinde abgewehrt und von ihrer Zukunft geträumt.

Luigi setzte sich auf die Stufen, und Sophia nahm neben ihm Platz. Es fühlte sich gut an, so beieinanderzusitzen.

»Weißt du noch, was du damals immer gesagt hast?«, fragte Luigi.

»Ich habe als Kind vieles gesagt, daran kann ich mich nicht erinnern.«

»Such nicht im Kopf. Kindheitserinnerungen sind im Herzen.« Dabei presste er seine Hand auf die Brust und machte ein dramatisches Gesicht, sodass Sophia loslachen musste. »Du solltest zum Zirkus als Clown gehen.«

Luigi klatschte in die Hände. »Genau das hast du früher immer gesagt.« Jetzt fiel es ihr wieder ein, und auch, dass sie die Musik zu seiner Aufführung spielen würde. Dann hatten sie Zirkus gespielt. Luigi gab den melancholischen Clown, der tollpatschig über seine Füße stolperte, während Sophia seinen Akt mit quälenden Geräuschen begleitete, die sie einer ausrangierten Violine aus Giuseppes Werkstatt entlockte.

»Aber dann wolltest du eines Tages nicht mehr Clown werden, sondern Geigenbauer. Wieso eigentlich?«

Luigi schien kurz nachzudenken. »Weil ich keinen Clown kannte, bei dem ich in die Lehre gehen konnte«, sagte er schließlich und zwinkerte Sophia zu.

»Und nicht vielleicht auch deswegen, weil du der einzige Sohn deines Vaters bist?«, hakte Sophia nach.

»Das kann auch ein Grund gewesen sein.« Luigi lachte.

»Und dann wolltest du gleich der berühmteste Geigenbauer der Welt werden.«

»Na, wennschon, dennschon. Träumt nicht jeder Jugendliche davon, reich und berühmt zu werden?« Sophia hatte davon nie geträumt. Luigi war da anders gewesen. Er hatte immer große Ziele gehabt. Das war es, was sie immer an ihm bewundert hatte. Die Fähigkeit, nach Großem zu streben. Vielleicht rührte das daher, dass er aus einer Familie mit einer so ruhmreichen Tradition stammte. War es aber wirklich ein Geschenk oder vielmehr ein Fluch? Es musste schwierig sein, einer Familie zu entstammen, die sich auf die Traditionen der Geigenbauzunft berief. Von klein auf war von ihm erwartet worden, dass er Geigenbauer wurde. Was blieb ihm da anderes übrig, als der Beste zu werden oder zumindest besser als sein Vater? Wollte nicht jeder Sohn seinem Vater etwas beweisen? Sie hingegen hatte sich aus freien Stücken für den Beruf entschieden.

»Und wieso bist du eine so gute Geigenbauerin geworden?«, fragte Luigi, als hätte er ihre Gedanken gelesen.

»Aus Liebe zur Musik«, antwortete Sophia, und zum ersten Mal dämmerte ihr, dass es vielleicht der gleiche Grund war, aus dem Luigi diesen Beruf gewählt hatte. Und womöglich hatte es einen tieferen Grund, dass sie ausgerechnet nach Salò gekommen war. Wollte sie vielleicht ihrer verstorbenen Mutter zeigen, dass sie hier glücklich sein könnte?

Luigi legte seinen Arm um sie. Sophia spürte plötzlich, dass sie Hunger hatte. »Lass uns was essen gehen«, sagte sie und sprang auf.

»Ich kenne ein Restaurant, das für eine Prinzessin gerade gut genug ist.« Luigi lächelte und bot ihr seinen Arm. Sophia hakte sich wieder unter und folgte ihm, weg von ihren Kindheitserinnerungen. Zielsicher führte er sie durch die engen Gassen.

Plötzlich sah sie ihn wieder. Unverkennbar war er es, wie er dort mit seinem weißen Hemd und seinen alten Hosen an der Straßenecke stand und den Bogen über die Saiten der Violine fliegen ließ. Nicht nur sein Aussehen, sondern auch sein sowjetisch geprägtes Geigenspiel war unverkennbar. Perfekt in der Technik, mit ein wenig mehr Vibrato, als man es in der westlichen Schule ansetzen würde. Bestimmt kam er auch aus Rumänien. Diesmal hatte er keinen guten Standplatz erwischt, hier weitab von den Touristen. Straßenmusiker hatten in Salò keinen Stammplatz, sondern mussten sich mit anderen Künstlern abwechseln. Sophia kramte in ihrer Tasche, und als sie im Vorbeigehen einen Zehn-Euro-Schein in seinen Hut segeln ließ, nickte er ihr dankbar zu.

»Du bist aber großzügig«, schmunzelte Luigi.

»Nicht so großzügig wie du, schließlich lädst du mich zum Essen ein.«

»Und das wird teuer?«, fragte Luigi gespielt besorgt.

»Sehr teuer.« Sophia lachte. »Und bestimmt sehr schön.«

30

Als Sophia nach Hause kam, herrschte Hochbetrieb in der Gaststube. Ein paar Touristen hatten die kleine Gaststätte entdeckt, sodass Marta und Alberto nur so herumwirbelten, um die zahlreichen Wünsche zu erfüllen. Sophia war das recht, so blieb sie für heute vor Martas neugierigen Fragen verschont. Der Abend mit Luigi war wunderschön gewesen. Es war lange her, dass sie so viel gelacht hatte. Dabei hatten sie nicht nur wie alte Freunde über vergangene Zeiten geredet, ihre Freundschaft lebte auch nach all den Jahren in der Gegenwart fort. Und als sie Luigi noch recht früh am Abend bat, sie nach Hause zu bringen, war er ein wenig enttäuscht, versuchte aber, sich nichts anmerken zu lassen.

Es war gerade mal zehn Uhr, und Sophia überlegte, ob sie sich nicht noch ein wenig mit der Derazey beschäftigen sollte. Andererseits hatte sie einen solch erfüllten Tag gehabt, dass ihr einfach die emotionale Kraft fehlte, um sich mit ganzem Herzen der Geige zu widmen. Sophia legte sie behutsam beiseite, als ihr die Papiere ins Auge fielen, versehen mit Andreottis Notiz. Hierfür brauchte es definitiv kein Herz, sondern einen klaren Verstand, und den besaß sie, wenn auch den einer *biederen* Geigenbauerin. Also setzte sich Sophia an den Schreibtisch und nahm sich die Dokumente vor. Russos Aufzeichnungen waren akribisch. Eine französische Chappuy hatte er vor rund einem Jahr neu besaitet, eine Ubaldo Lanaro vor zwei Jahren neu gestimmt. Bei einer Luigi Cardi hatte er den Korpus ausgebessert und nach einigem Aufwand, den richtigen Lackton zu replizieren, die Reparaturstellen kaschiert. Einer Monzino hatte er erst kürzlich das Griffbrett justiert. Alles übliche Routinearbeiten. Doch etwas war ungewöhnlich. Sophia nahm die Liste der Bank hervor und begann, sie mit

Bianchis Liste abzugleichen – die Monzino, die Chappuy, die Cardi. Nachdenklich fuhr sie mit dem Finger über die Einträge. Sophia stutzte. Hinter der Cardi war ein Vermerk. Ein Eintrag, der so nicht passte. Nicht hier neben der Cardi. Sophia hätte aufschreien können. Andreotti mit seiner Menschenkenntnis und sie mit ihrer Geigenbauexpertise hatten doch recht gehabt. Nur hätte Sophia beharrlicher sein müssen. Kurz überlegte sie, gleich zu Andreotti zu gehen. Aber seine Antwort ahnte sie schon. Sie musste sich etwas anderes einfallen lassen. Plötzlich kam ihr eine Idee. Sie war so abwegig, dass sie sie beinah wieder verworfen hätte. Aber Viola hatte recht. Manchmal musste man einfach seinen eigenen Weg gehen, und auf Andreotti konnte sie nicht zählen. Damit stand ihr Entschluss fest. Sollte der Commissario mal sehen, wie wenig harmlos sie wirklich war. Sophia sprang auf, warf sich ihre Jacke über und schlich sich aus dem alten Gasthaus.

Zwanzig Minuten lang irrte sie durch die engen Gassen. Die Dunkelheit nahm den kleinen Häusern ihre Gesichter. Sie blieb vor einem Haus mit geschlossenen Fensterläden stehen. Sie überlegte, ob es ihr bekannt vorkam. Als sie mit Andreotti den Geldbörsendieb aufgesucht hatte, war sie so schnell durch die Gassen gehetzt, dass sie sich kaum etwas eingeprägt hatte. Sophia ging weiter, an einem Brunnen vorbei, den sie vor einigen Minuten schon einmal passiert hatte. Sie stieß einen Seufzer aus. Dabei musste es hier irgendwo in der Nähe sein. Nur hatte es wenig Sinn, wenn sie weiter im Kreis irren würde. Sophia beschloss, es am Tag noch einmal zu versuchen. Resigniert trat sie den Rückweg an. Plötzlich verfing sich ihr Fuß in etwas. Beinahe wäre sie der Länge nach hingefallen und konnte sich gerade noch an einer Holzbank festhalten. Ein Kind hatte sein Fahrrad mitten auf dem Weg liegen lassen. Aus dem nächstgelegenen Haus erklangen Kinderstimmen. Die Holzbank, der Wein an der Fassade. Sie hatte gefunden, wonach sie gesucht hatte, dem Kinderfahrrad sei Dank. Sophia zupfte ihre Bluse zurecht, gab sich einen Ruck und klopfte an die hölzerne Tür – erst leise, dann kräftiger. Schritte näherten sich, die Tür wurde einen Spaltbreit geöffnet, und Fredos Gesicht erschien. »Sie schon wieder?«

»Ich schon wieder.«

»Was wollen Sie?« Es war offensichtlich, dass Sophia ungelegen kam. Aber wahrscheinlich wäre ihr Besuch zu jeder Uhrzeit ungelegen gekommen.

»Sie schulden mir noch etwas, Fredo.«

»Ich habe das Geld noch nicht, Signora«, entgegnete Fredo mit gespielter Unschuldsmiene.

»Ich komme nicht wegen des Geldes.«

Fredo wirkte noch überraschter als zuvor.

»Ich komme wegen des Familienehrenworts. Sie sind mir einen Gefallen schuldig. Haben Sie das schon vergessen?«

Jetzt hellte sich Fredos Gesicht wieder auf. »Wie könnte ich das? Soll ich Ihnen morgen die Sehenswürdigkeiten der Stadt zeigen? Oder vielleicht einen guten Wein besorgen? Ein Freund von mir hat die erlesensten Weine zwischen hier und Limone.«

»Weder noch. Ich erkläre es Ihnen unterwegs.«

Fredo deutete mit dem Daumen über seine Schulter »Wir essen gerade.«

»Essen Sie später fertig.«

Fredo rollte mit den Augen. »Morgen ist auch noch ein Tag.«

»Eben, und ich brauche Sie nicht für den Tag, sondern für die Nacht.« Fredos Augen weiteten sich. »Nicht, was Sie jetzt denken. Kommen Sie, dann erkläre ich es Ihnen.« Fredo war noch immer nicht überzeugt, aber das musste er auch nicht sein. »Ist Ihr Familienehrenwort so wenig wert?« Fredos Mundwinkel zuckten. Dann stieß er einen Seufzer aus und drehte sich um. »Ilona, ich muss noch mal los. Ist geschäftlich.«

»Jetzt, um diese Uhrzeit?«, kam Ilonas Klage aus der Stube. »Da ist doch eine Frau. Ich habe ihre Stimme gehört.«

»Sie war neulich mit dem Commissario da, mein Schatz.«

»Sie ist trotzdem eine Frau.«

»Ilona!«, stieß Fredo aus, als ob das alles erklärte, und verschwand in der Stube, um kurze Zeit später zu Sophias Erleichterung mit einer Jacke und Schuhen aufzutauchen.

»Sie ist lieb, aber so eifersüchtig«, erklärte er, die Haustür hinter sich schließend.

»Hat sie nicht allen Grund dazu?«

»Aber doch nicht Ihretwegen, das ist doch absurd.«

»Na, schönen Dank auch.«

»So meine ich das nicht. Sie sind ja quasi von der Polizei, und das passt nun wirklich nicht.«

Sophia sparte sich einen weiteren Kommentar. »Haben Sie ein Auto?« Fredo hatte keins. Sophia ärgerte sich über sich selbst, dass sie das nicht vorher bedacht hatte. Aber Fredo hatte schon eine Lösung parat. Sergio, eine Art Arbeitskollege, der in der Nähe wohnte, hatte eins, und einen Gefallen schulde Sergio ihm sowieso noch. Wahrscheinlich war auch hier ein Familienehrenwort im Spiel, mutmaßte Sophia. Aber egal, Hauptsache, sie hatten einen fahrbaren Untersatz.

»Wollen Sie mir nicht sagen, wo wir hinfahren?«

Sophia erklärte es ihm, und vor allem, was sie noch von ihm erwartete. Je weiter sie in ihrer Erklärung kam, umso langsamer wurde Fredo. Bis er sich mit allen Kräften sträubte, auch nur einen Schritt weiterzugehen.

»No, no, non è possibile. Ich bin kein Einbrecher!« Entrüstet fuchtelte er mit den Händen. »Ich stamme aus einer ehrbaren Familie von Taschendieben. Mein Großvater war Taschendieb, mein Urgroßvater war Taschendieb. Mein Uronkel Seppo hat sogar Mussolini höchstpersönlich die Brieftasche geklaut.«

Sophia bezweifelte, dass an der Geschichte etwas Wahres dran war, wollte aber den nervösen Fredo in seinem Redeschwall nicht unterbrechen.

»Wissen Sie, was das bedeutet? Das ist die hohe Kunst des Taschendiebstahls. Wenn man Seppo erwischt hätte, hätte man ihn …« Fredo strich energisch mit der Hand über seine Kehle. »Einen Kopf kürzer hätte man ihn gemacht.«

»Niemand wird uns einen Kopf kürzer machen.«

»Ich breche nicht in Häuser ein. Das ist gegen meine Berufsehre!«

»Und wie steht es um Ihre Ehre, wenn es darum geht, ein Versprechen zu halten? Beim Namen Ihrer Kinder?« Fredo schwieg verlegen. »Außerdem stehlen wir nichts, sondern schauen uns nur etwas an.«

»Einbruch bleibt Einbruch«, versuchte sich Fredo ein letztes Mal zu entwinden, fügte sich aber schließlich doch, weil offenbar sein Ehrenwort über der Familienehre stand. Dieses Ehrenwort und das seines Freundes führten dazu, dass Fredo rund eine halbe Stunde später im nächtlichen Schatten einer Mauer vor dem Tor der Villa parkte. Zögerlich stieg er aus und folgte Sophia, die sich in den Schatten der Mauer kauerte. Fredo lugte um die Ecke und musterte das Gebäude. Die Villa wirkte absolut verlassen. Genauso, wie es Esposito gesagt hatte.

»Da sind überall Kameras«, flüsterte er. Seine Stimme klang wenig begeistert.

»Können Sie die abschalten?«

»Was denken Sie, wer ich bin? Ethan Hawke in *Mission Impossible?*«

»Was machen wir also?«

»Meinen ersten Vorschlag würden Sie ja nicht annehmen.«

»Der wäre?«

»Umkehren.«

»Stimmt, nehme ich nicht an. Was wäre der zweite Vorschlag?«

»Es drauf ankommen zu lassen. Ich glaube nicht, dass da jemand auf die Monitore starrt. Die Kameras dienen eher dazu, im Nachhinein ein Verbrechen aufzuklären. Wenn wir den Kopf senken, dann erkennt man uns auf den Videos nicht. Falls man sich die Aufzeichnungen überhaupt anschaut. Sie wollen ja nichts stehlen, und wenn man nichts stiehlt, wird nichts vermisst, und es gibt keinen Grund, Überwachungsvideos anzuschauen.«

Das leuchtete ein. Sophia fühlte sich aber schon ein wenig mulmig bei dem Gedanken, einfach so in die Villa zu spazieren. Dabei hatte der Plan, den sie sich zurechtgelegt hatte, in der Theorie so gut ausgesehen. Anna Sacharowa hatte erwähnt, dass sie in Monaco übernachten würden. Wenn sie Glück hatten, war niemand zu Hause. Die defekte Terrassentür hatte Esposito bestimmt nicht so schnell reparieren lassen. Handwerker waren auch in Italien nicht so schnell zu bekommen. Sie mussten nur auf das Grundstück, am Haus vorbei, die Uferseite entlang und durch die Terrassentür. Wenn der Commissario sich die Geigen nicht näher anschauen wollte, dann war das seine Sache. Man musste manchmal den Commissario einfach Commissario sein lassen, um voranzukommen. Sophia gab sich einen Ruck. »Dann mal los.«

Doch Fredo hielt sie im letzten Moment zurück. »Es gibt noch ein Problem.«

Sophia verdrehte die Augen. »Und das wäre?«

»Na, die Alarmanlage.«

»Welche Alarmanlage?«

»Eine solche Villa und keine Alarmanlage? Das glauben Sie doch selbst nicht.«

Das hatte sie nicht bedacht. Jetzt fiel ihr wieder ein, wie Esposito vor dem Violinenzimmer einen Code eingegeben hatte … »Da war ein schwarzer Kasten. Direkt an der Tür vor dem Raum mit den Instrumenten.«

Fredo warf die Hände in die Luft. »Okay, das war's. Wenn da eine Alarmanlage ist, haben wir keine Chance.«

»Müssen Sie immer gleich aufgeben?«, zischte Sophia ihn an.

»›Fredo, brechen Sie mal in die Villa ein.‹ ›Fredo, deaktivieren Sie mal eine Alarmanlage.‹ Was erwarten Sie noch von mir? Sie wissen ja nicht einmal, um welches Modell es sich handelt.«

Doch, das wusste sie. »Protecto 905«, sagte Sophia trotzig. Das hatte auf dem schwarzen Kasten gestanden. Sie konnte sich genau daran erinnern.

»905«, wiederholte Fredo langsam. »Sind Sie sicher?«

»Ganz sicher. Der neunte Mai ist zufällig mein Geburtstag.«

»Ihr Sternzeichen ist also Stier. Wieso wundert mich das nicht? – Aber das ist auf jeden Fall eine gute Nachricht.«

»Was? Dass ich Stier bin?«

»Nein, dass es eine Protecto 905 ist. Mein Cousin Silvio ist in dem Gewerbe tätig, und der hat davon oft erzählt. Eine Protecto 905 ist wie eine offene Einladung, sagt er immer.«

»Ich dachte, Sie entstammen einer Familie ehrbarer Taschendiebe.«

»Silvio ist das schwarze Schaf der Familie. Aber im Grunde ein netter Kerl, nur eben im falschen Gewerbe tätig. Und eine Plaudertasche dazu, was ihm schon öfter einen Aufenthalt im Gefängnis eingebracht hat und mir einiges an Wissen, was Alarmanlagen angeht.«

»Und das ausreicht, um in die Villa zu kommen?«

Fredo verzog nachdenklich das Gesicht. »Keine Ahnung. Theorie und Praxis sind zwei Paar Schuhe«, flüsterte er. Damit hatte er allerdings recht. »Ich könnte Ihnen zwar erklären, wie man einer alten Dame das Portemonnaie aus der Tasche zieht, aber das heißt noch lange nicht, dass Sie das dann in der Praxis auch anwenden können.«

»Ich will es gar nicht können.«

»Na, dann geht es Ihnen ja wie mir. Alarmanlagen entschärfen stand auch nicht gerade ganz oben auf meiner Wunschliste.« Sophia wollte etwas erwidern, aber Fredo hob abwehrend die Hände. »Ich weiß, mein Ehrenwort. Mein verfluchtes Ehrenwort.«

»Was ist denn der Schwachpunkt der Protecto 905?«, kam Sophia wieder auf das eigentliche Thema zurück.

»Eigentlich sind es zwei Schwachpunkte. Der eine ist vom Hersteller so gewollt. Die Protecto geht erst dreißig Sekunden nach dem Öffnen einer Tür los. So lange hat man Zeit, den Code einzugeben, um sie zu deaktivieren.«

»Dreißig Sekunden sind nicht gerade viel.«

»Wenn man es richtig anstellt, schon.«

»Und der zweite Schwachpunkt?«

»Der zweite Schwachpunkt ist der Mensch. Wie fast immer. Die Protecto lässt zu viele Möglichkeiten zu, die Einstellungen anzupassen.«

»Und das ist schlecht?«

»Ja, wenn man weiß, wie Menschen ticken.«

»Womit Sie sich natürlich auskennen.«

»Selbstverständlich. Ich bin Taschendieb. Das ist wie Psychologe. Nur einträglicher.« Sophia versuchte, im Halbdunkeln auszumachen, ob Fredo einen Scherz gemacht hatte, aber er schien es ernst zu meinen.

»Sie haben nicht zufällig gesehen, welchen Code er eingegeben hat?«

Sophia schüttelte den Kopf. Insgeheim ärgerte sie sich darüber, andererseits war sie ja nicht mit dem Vorsatz in die Villa gekommen, sie für einen Einbruch auszuspionieren. Fredo verzog nachdenklich das Gesicht.

»Die Protecto 905 hat werksmäßig einen vierstelligen Code, man kann ihn aber auch auf einen sechsstelligen Code verändern. Außerdem kann man für jeden Raum einen eigenen Code setzen.«

»Na toll. Wir haben keine Chance.«

»Doch. Mit Psychologie!«, sagte Fredo. »Was würden Sie sagen, wer ist leichter zu bestehlen? Die unsicheren Passanten oder jene, die von sich selbst eingenommen sind?«

Sophia tippte auf Letztere.

»Richtig!« Fredo strahlte. »Sie denken schon wie eine Taschendiebin.«

»Na, schönen Dank.«

»Gerne geschehen. Die von sich selbst Eingenommenen sind unvorsichtig.«

Sophia überlegte, ob sie wirklich eingebildet und selbstherrlich gewirkt hatte, als sie so an der Promenade saß.

»Ein reicher Bonze wie Esposito fühlt sich sicher, der ändert keinen Code von vier- auf sechsstellig. Und er ist bestimmt einer, der es bequem mag.«

Sophia stimmte erneut zu.

»Ein weiterer Hinweis, dass er den Code nicht umgestellt hat und für jeden Bereich im Haus den gleichen Code verwendet«, stellte Fredo zufrieden fest.

»Nur genau der Code fehlt uns, Fredo.« Doch Fredo war da anderer Meinung.

»Ich glaube, den haben wir schon, nämlich in Ihrem Unterbewusstsein. Schließen Sie die Augen. So mache ich das auch immer, wenn ich mich erinnern will, in welche Tasche ein Passant sein Portemonnaie gesteckt hat, den ich nur aus dem Augenwinkel beobachtet habe.« Sophia wusste zwar nicht, wofür das gut sein sollte, kam aber Fredos Aufforderung nach. »Stellen Sie sich wieder vor, wie Esposito vor der Alarmanlage steht. Lass das Bild im Kopf entstehen.«

»Wollen Sie mich etwa hypnotisieren?«

»Quatsch. Konzentrieren Sie sich einfach. Sehen Sie ihn?«

»Nicht wirklich. Ich bin in so was nicht gut.«

»Etwas sehen Sie aber doch.« Sophia versuchte, die Szene vom Nachmittag wieder vor ihrem geistigen Auge erscheinen zu lassen. Da stand er, Esposito, die große Figur. Nur das Tastaturfeld der Alarmanlage wollte beim besten Willen nicht vor ihrem inneren Auge auftauchen. »Ich sehe nichts, nur alles so vage.«

»Das reicht. Stellen Sie sich vor, wie er sich zur Alarmanlage dreht. Er hebt seine Hand. In welche Richtung?«

Sophia versuchte, sich zu konzentrieren. »Na ja, nach oben vielleicht.«

»Und dann?«

»Eher nach rechts, würde ich sagen.«

»Weiter.«

»Keine Ahnung, was weiter. Ich sehe da nichts mehr.« Sophia öffnete entnervt die Augen. »Ich weiß nicht, ob ich mich wirklich erinnere oder mir das nur einbilde.«

»Das werden wir dann sehen, wenn wir den Code ausprobieren.«

»Was für einen Code? Wir haben doch nichts.«

»Wir wissen immerhin, dass es ein vierstelliger Code ist. Die erste Zahl muss irgendwo bei eins, zwei oder vier sein und die zweite Zahl bei zwei, drei oder sechs.«

»Na toll.« So wirklich weiter brachte sie Fredos Plan nicht.

Aber Fredo schien weiterhin optimistisch zu sein. »Die Protecto 905 hat im Gegensatz zum Nachfolgemodell 906 einen weiteren Nachteil. Die Tastaturen sind nicht fettabweisend. Es bleiben Fingerabdrücke. Verstehen Sie?«

Das war nicht schlecht. Wenn sie irgendwie die Fingerabdrücke an der Anlage sichtbar machen könnten, wären sie drin. Auch hierfür hatte Fredo eine Lösung. »Dafür brauchen wir den Kajalstift und die Nagelfeile aus Ihrem Rucksack.«

»Nicht jede Frau hat Schminksachen dabei.«

»Sie schon, und zwar in der linken äußeren Tasche.« Unwillkürlich tastete Sophia nach ihrer Geldbörse, aber sie war noch da. Sie zog die Utensilien aus der Tasche. Nach ein paar Minuten hatte Fredo in einem Papiertaschentuch mit der Feile einen Haufen feines Kajalpulver angehäuft. Vorsichtig pustete er es trocken. »Im Gegensatz zu Grafit«, erklärte er zwischen den Atemzügen, »ist

Kajal fettig. Das wird nicht leicht, es gleichmäßig aufzutragen. Aber es müsste funktionieren. Dreißig Sekunden zum Deaktivieren der Anlage sind knapp, aber es müsste gehen.« Damit faltete er das Taschentuch zusammen und richtete sich auf. Sophia war plötzlich gar nicht mehr wohl bei der Sache. Wenn sie es jetzt genau betrachtete, war es eine ziemlich hirnrissige Idee.

»Vertrauen Sie mir.« Jetzt war es Fredo, der vollkommen überzeugt davon war, dass es gelingen würde.

»Ihnen? Sie haben mein Portemonnaie gestohlen.«

»Stimmt. Und zwar ohne, dass Sie es gemerkt haben. Also sollten Sie mir besser vertrauen.« Fredo hatte recht. Was blieb ihr auch anderes übrig. Und schließlich hatte sie sich die Sache selbst eingebrockt. Sophia nahm ihren Mut zusammen, stand auf und wollte losgehen, als Fredo sie ein weiteres Mal zurückhielt.

»Was haben Sie denn jetzt schon wieder?«

Fredo grinste schief. »Jetzt sind wir Kollegen, und Kollegen duzen sich.« Er streckte ihr seine Hand entgegen. »Fredo.« Sophia zögerte, aber als Fredo seine Hand nicht senkte, gab sie sich einen Ruck. »Ich weiß. Und ich bin Sophia.«

»Ich weiß, Kollegin.« Doch er ließ ihre Hand nicht mehr los. Fredo drehte sich um und zog Sophia hinter sich her.

31

Abends, wenn die Kollegen heimkehrten zu ihren Familien und Freunden, zog ins Kommissariat Ruhe ein, die sich in Stille wandelte. Stille brachte jedoch keinen Frieden. Es war nicht der Mantel des Schweigens, sondern der Mantel des Redens, der Schmerzen verbarg. Waren die Stimmen fort, entblößte die Stille das Innerste. Andreotti hatte es sich auf dem Sofa bequem gemacht, soweit es das alte Möbelstück zuließ, und schenkte sich ein weiteres Glas Wein ein.

Der Alkohol half nicht wirklich. Er betäubte jedoch Gedanken, die er nicht mehr denken wollte, Erinnerungen, auf die er verzichten konnte. Vergessen würde er nie, aber die letzten Jahre war es ihm endlich gelungen, sie zu verdrängen – die Erinnerungen an die Sache von damals in Rom. *Die Sache* nannte er den Vorfall stets. Dabei war eine Frau keine Sache, vor allem sie nicht, und es war auch nicht einfach ein Vorfall gewesen. Andreotti leerte das Glas und füllte nach.

Es war besser geworden, vielleicht auch, weil er inzwischen im Kommissariat wohnte. Er konnte es keiner Frau verdenken, dass sie es nicht lange mit ihm aushielt. Andreotti hatte die Erinnerungen einigermaßen in den Griff bekommen, sein Leben und die Schuld akzeptiert. Und dann musste sie auftauchen – Sophia Lange. Sie tue ihm gut, hatte Viola gesagt. Was wusste die schon? Sophia Lange tat ihm alles andere als gut. Gott, konnte sie einem auf den Geist gehen mit ihrer unschuldigen Art, ihrer Verbohrtheit und ihrem romantischen Weltbild von Polizeiarbeit. An seiner Arbeit war nichts romantisch. Morde waren nicht faszinierend. Vor allem nicht, wenn man die Ermordete kannte, nicht, wenn man einen Mord hätte verhindern können. Andreotti zündete sich die nächste Zigarette an. Sophia erinnerte ihn zu sehr an sie. Naivität schützte vielleicht vor Enttäuschungen, aber nicht vor der brutalen Realität des Lebens.

Aber sie waren nicht in Rom, sondern im beschaulichen Salò. Und im Gegensatz zu ihr war Sophia keine, die sich in Gefahr brachte. Sie ging keine Risiken ein. Andreotti nahm einen weiteren Schluck, und ein wenig schmeckte der billige Fusel doch. Um Sophia Lange musste er sich keine Sorgen machen.

32

»Und Esposito ist wirklich nicht zu Hause?«, flüsterte Fredo.

»Hat er zumindest gesagt«, antwortete Sophia, während sie sich den schmerzenden Oberschenkel rieb. Sie konnte es noch immer nicht glauben, aber sie hatten es wirklich geschafft. Jedenfalls bis zur Terrassentür. Den in fahles Mondlicht getauchten Sims des Hauses am Rande des Sees entlangzubalancieren, war der einfachere Teil gewesen. Fredo hatte sich als außerordentlich geschickt erwiesen. Geschmeidig hatte er sich um die Vorsprünge herumgehangelt und immer wieder auf Sophia gewartet. Zweimal hatte er Sophia noch im letzten Moment festgehalten und verhindert, dass sie in das nachtschwarze Wasser fiel. Das drahtige Eisengitter, das die Terrasse vor Eindringlingen schützen sollte, hatte Sophia jedoch einiges abgerungen. Während Fredo sich kurzerhand über die mannshohen Gitterstäbe geschwungen hatte und auf der anderen Seite katzengleich gelandet war, hatte Sophia eine Bruchlandung hingelegt. Ihr Oberschenkel schmerzte höllisch, und sie musste sich auf die Lippen beißen, um nicht loszuschreien. Der blaue Fleck würde gewaltig sein. Einbrechen war schwieriger, als sie gedacht hatte.

»Hier ist es«, hörte sie Fredo in der Dunkelheit. Er deutete auf einen schwarzen rechteckigen Schatten, der direkt an der Wand neben der Terrassentür im Inneren des Hauses hing. Nur die Glasscheibe trennte sie. Im Halbdunkeln konnte Sophia den Schriftzug erahnen. *Protecto 905,* entzifferte sie. Es bestand kein Zweifel, das war die Alarmanlage für den hinteren Bereich. Nun würde sich zeigen, ob ihr Plan aufginge. Prüfend drückte sie gegen die Terrassentür. Sie schien verschlossen. Verflucht. Nicht, dass Esposito sie schon hatte reparieren lassen. So schnell gab sie jedoch nicht auf. Sie versuchte es noch einmal, diesmal fester. Die

Tür knirschte, gab aber nicht nach. Sophia lehnte ihr ganzes Gewicht dagegen. Plötzlich flog die Tür sperrangelweit auf.

Sophia konnte sich gerade noch fangen.

»Bist du wahnsinnig? Du hast die Alarmanlage ausgelöst«, schimpfte Fredo und deutete auf den schwarzen Kasten. Zwei rote Ziffern blinkten jetzt dort auf, die vorhin noch nicht da gewesen waren, und zeigten die Zahl dreißig.

»Ich konnte doch nicht ahnen, dass die Tür so leicht aufgeht!«

»Hör auf zu diskutieren. Es bleiben uns nur dreißig Sekunden, um den richtigen Code einzugeben.«

»Genauer gesagt, inzwischen nur noch fünfundzwanzig Sekunden«, korrigierte Sophia ihn.

»Umso schlimmer«, sagte Fredo und schlüpfte in die Villa. Sophia folgte ihm. Hastig entzündete er ein Feuerzeug. Im flackernden Schein der Flamme tauchte das Tastenfeld auf. »Schnell, das Pulver.«

Sophia fingerte das kleine Briefchen aus der Jackentasche. Noch zwanzig Sekunden. Mit zittrigen Händen entfaltete sie das Papier.

»Noch fünfzehn Sekunden. Beeil dich.«

»Was denkst du, was ich mache? Leuchte mir mal.«

Fredo drehte sich um, und da war es passiert. Er hatte das Papier nur leicht berührt, aber das Pulver rieselte zu Boden. Sophia fluchte. In zehn Sekunden würde die Anlage losgehen und die ganze Nachbarschaft aufwecken. Es war hoffnungslos. Sie mussten weg. Sofort. Aber Fredo machte nicht die geringsten Anstalten, die Flucht zu ergreifen. Vielmehr begann er, den Boden im Feuerzeugschein abzusuchen.

»Was machst du da? Wir müssen weg!«

»Tipp einen Code ein.«

»Ich kenne den Code doch nicht.« Sechs Sekunden, zeigten die roten Buchstaben des Displays.

Fünf Sekunden.

»Irgendeinen. Mach schon!«, schrie Fredo. »Warte!«

Was denn jetzt? Fredos Unentschlossenheit war nicht gerade hilfreich.

»Drück damit die Tasten.« Fredo reichte ihr sein Feuerzeug. Vier Sekunden. Sie hatten keine Zeit für Fragen. Und Fredo hatte wohl auch nicht vor, ihr etwas zu erklären, sondern krabbelte weiter über den Boden. Drei Sekunden. Irgendeinen Code, hatte er gesagt. Ohne weiter nachzudenken, hämmerte Sophia mit dem Feuerzeugende ihr Geburtsdatum in die Tasten. Zwei Sekunden. »Und dann die Rautetaste!«, rief er. Eine Sekunde. Mit voller Wucht schlug Sophia mit dem Feuerzeug auf die kleine Taste mit dem Doppelkreuz. Null Sekunden. Sophia hielt sich die Ohren zu und wartete auf das kreischende Heulen der Alarmsirene. Dreißig Sekunden. Der Countdown begann von Neuem.

»Wenn man bei der Protector 905 einen falschen Code eingibt, beginnt der Countdown von Neuem«, erklärte Fredo, während er weiter über den Boden robbte. »Man kann zweimal den falschen Code eingeben. Bei der dritten falschen Eingabe geht der Alarm los.« Sophia beruhigte das nicht wirklich, denn das Display zeigte schon wieder nur vierundzwanzig Sekunden an. »Was, verdammt noch mal, machst du da unten?«

»Staub suchen«, antwortete Fredo wie selbstverständlich, stand auf und streckte Sophia seine Hand entgegen. Sophia entzündete das Feuerzeug und konnte im Schein der Flamme die Reste des Kajalpulvers ausmachen. »Ist nicht viel, müsste aber gehen«, sagte Fredo zufrieden.

»Na, du hast ja die Ruhe weg.«

»Das ist die erste Regel des Taschendiebstahls. Immer Ruhe bewahren, wenn es hektisch wird.«

Vorsichtig hob er die flache Hand vor das Display und pustete sachte hinein. Sophia ließ das Feuerzeug aufflammen und kniff die Augen zusammen. Tatsächlich konnte sie die dunklen Schatten des Kajals erkennen, der auf den Fettspuren haften blieb. Jetzt verstand sie auch, wieso sie mit dem Feuerzeug die Tasten drücken sollte. Sie hatte keine Abdrücke hinterlassen. Fredo war gar nicht schlecht. Es war klar zu erkennen, welche Tasten Esposito immer drückte – die eins, drei, acht und neun. Noch zwölf Sekunden. Von oben links nach rechts nach unten, erschien Espositos Armbewegung wieder vor Sophias geistigem Auge. »Eins, drei, acht und neun«, sagte sie halblaut.

»Oder neun und acht«, antwortete Fredo. Sieben Sekunden. Fredo gab sich einen Ruck. »Ist egal, wir haben ohnehin zwei Chancen.«

»Vielleicht hat er doch eins, acht, drei und dann neun gedrückt?«, überlegte Sophia halblaut.

»Dann haben wir ein Problem«, sagte Fredo und begann, den Code einzugeben. Er bestätigte nach der Neun mit der Rautetaste. Gebannt starten sie beide auf das Display. Bei der Zahl zwei hörte sie auf zu zählen. Nichts passierte, doch dann sprang das Display wieder zurück auf die dreißig. Der Countdown begann von vorn. »Mist«, fluchte Sophia.

»Mach dich bereit, Kollegin.«

»Wozu?«

»Na, loszurennen. Wir haben nur noch eine Chance. Wenn die schiefgeht, sollten wir lieber schnell die Biege machen.« Bevor Sophia etwas antworten konnte, gab Fredo bereits den nächsten, den letzten möglichen Code ein. Noch acht Sekunden. Sophia hielt den Atem an, jederzeit bereit loszurennen. Wieder erstarrte der Countdown. Plötzlich verschwand die Acht, und anstelle der Ziffer erschienen zwei Buchstaben: *OK*. Sophia hörte Fredo laut ausatmen.

»Na, dann wollen wir mal rein in die gute Stube.«

Diesmal ging Sophia voran, vorbei an dem kostbaren Sofa und den Statuen durch die hinteren Räume bis zum Violinenzimmer. Auch hier zeigte die Protecto rot leuchtend *OK* an. Fredo hatte recht gehabt. Überhebliche Menschen waren nachlässig. Esposito hatte nur einen Code für alle Alarmkreise angelegt. Sophia öffnete vorsichtig die Tür, und sie betraten das kleine Zimmer. Zielstrebig durchquerte sie den Raum und blieb vor der großen Vitrine stehen. Selbst im Halbdunkel konnte sie sie erkennen – die Violinen und Bratschen, jede von ihnen mit ihrer eigenen Geschichte, erfüllt mit Jahrhunderten von Musik. Wie in einem Dornröschenschlaf schienen sie darauf zu warten, dass jemand sie erweckte und zum Singen brachte. Sie schritt die Vitrine ab, bis sie die Cardi entdeckte. Der ungewöhnlich helle Farbton war selbst im Dämmerlicht von Fredos Feuerzeug auszumachen. Sie öffnete die Vitrinentür. Fredo wollte sie noch warnen, aber da war es bereits zu spät.

33

Andreottis Hirn vermochte es nicht, den Klingelton einzuordnen, der seit einiger Zeit sein Ohr malträtierte. Er drehte sich zur Seite und zog die Decke über den Kopf. Endlich verstummte das nervtötende Geräusch. Gerade, als er in den Schlaf gleiten wollte, ging es wieder los. Entnervt zog er die Decke vom Kopf und blinzelte in die Dunkelheit. Es dauerte einen Moment, bis sein halb waches Hirn den Ursprungsort dieses nervtötenden Geräuschs zuordnen konnte. Es war sein Amtstelefon auf dem Schreibtisch. Andreotti rang mit sich, ob er es einfach ignorieren sollte, doch als es nach einer kurzen Pause erneut zu lärmen begann, gab er auf. Er schwang die Beine vom Sofa und stöhnte auf, als ein Pochen im Schädel einen beginnenden Kater ankündigte. Mühsam schleppte er sich zum Schreibtisch und stolperte beinahe über seine eigenen Schuhe. Er riss den Hörer von der Gabel.

»Si? Commissario Andreotti.« Die Stimme am anderen Ende war aufgeregt und machte es Andreotti nicht gerade leicht, zu verstehen, worum es ging. Irgendetwas von Einbruch, Diebstahl und Skandal. Was Andreotti noch weniger verstand, war, wieso man ausgerechnet ihn damit behelligte. Bis ein Name fiel und Andreotti schlagartig wach war. Er versprach, sich auf den Weg zu machen, und zwar sofort. Eilig zog er seine Hose an und warf sich die Jacke über. Bevor Andreotti aufbrach, riss er die Schreibtischschublade auf und kramte darin herum, bis er die Packung Kopfschmerztabletten fand. Die konnte er jetzt wirklich gebrauchen.

34

Das tiefe Brummen der Cellosaiten hatte die Nacht zerrissen. Selbst als es endlich verstummte, wagte Sophia nicht zu atmen. Auch Fredo war erstarrt. Sophia war so auf die Vitrine fixiert gewesen, dass sie das große Streichinstrument übersehen hatte, über das sie bereits bei ihrem ersten Besuch beinahe gestolpert war.

»Wie kann man nur so tollpatschig sein!«, fluchte Fredo.

»Ist doch nichts passiert«, antwortete Sophia kleinlaut und beugte sich über das Cello. Soweit sie es in der Dunkelheit erkennen konnte, schien es unversehrt zu sein.

»Von wegen ›nichts passiert‹. Du hetzt uns noch die gesamte Nachbarschaft auf den Hals«, schimpfte Fredo weiter.

»Dann sollten wir uns lieber beeilen.« Sophia richtete das schwere Instrument auf und widmete sich wieder der Geigensammlung. Vorsichtig nahm sie die Ciardi heraus. Sie fuhr mit der Hand über den Korpus und an den Öffnungen entlang. Plötzlich ertastete sie eine Unebenheit. »Hey, leuchte mal hierhin.« Kurze Zeit später flammte Fredos Feuerzeug auf, und Sophia entdeckte in der Rille eine kleine Absplitterung unter der Glasur, sodass das unbehandelte Holz zum Vorschein kam. Das Feuerzeug spendete jedoch zu wenig Licht, um Genaueres erkennen zu können.

Plötzlich wurde es dunkel. »Warum machst du das Feuerzeug aus?«

»Weil ich mir die Finger verbrannt habe. Ich kriege die nächsten Tage kein Portemonnaie mehr zu fassen«, jammerte Fredo. Das wäre auch besser so. Bei dem faden Lichtschein der Flamme würde sie ohnehin ihre Vermutung nicht bestätigen können.

Dennoch sagte ihr Bauchgefühl ihr, dass sie recht hatte. Sophia begann, an der Violine zu schnuppern.

»Was machst du denn jetzt schon wieder?«

Sophia gab ihm mit einer Handbewegung zu verstehen, dass er schweigen sollte. Schließlich war sie sich sicher. Sie legte das Instrument zurück.

»Ist wie bei einem guten Wein«, erklärte Sophia. »Man nutzt alle Sinne.«

»Ich schnüffle nicht an Wein. Ich trinke ihn, denn dafür ist er gemacht.« Das brachte Sophia auf eine Idee. Kurzerhand klemmte sie sich die Violine unter das Kinn und zupfte die G-Saite. Ein klarer Klang durchbrach die Stille.

»Bist du wahnsinnig? Erst die Sache mit dem Kontrabass, und jetzt fängst du auch noch an zu spielen.« Fredo trat nervös von einem Bein auf das andere.

»Du hast es doch selbst gesagt, Fredo. Wein ist zum Trinken gedacht – und Violinen sind zum Spielen da.«

Fredo stöhnte auf, als Sophia als Nächstes die D-Saite zum Klingen brachte. Der Ton war klar, beinahe so, wie sie es bei einem Instrument dieser Bauart und Güte erwartet hatte, aber eben nur beinahe.

»Eigentlich dürften wir gar nicht hier sein. Schon vergessen?«, zischte Fredo.

Sophia fuhr ein letztes Mal mit den Fingerspitzen über den Korpus, bevor sie das Instrument zurück an seinen Platz stellte und die Vitrinentür schloss.

»Dann verschwinden wir jetzt?«, fragte Fredo erleichtert. Ein wenig würde er sich jedoch noch gedulden müssen. Sophia inspizierte die Umgebung. Irgendwo musste Esposito es aufbewahren.

Sie konnten kaum die ganze Villa durchsuchen, aber mit ein wenig Glück würden sie hier fündig werden. Außer den Notenständern, den Stühlen und der Vitrine gab es keine weiteren Möbelstücke in diesem Zimmer. Die Vitrine erinnerte sie an die ihrer Großmutter. Sophia hockte sich hin, und tatsächlich: Sie hatte Glück. Im Dämmerlicht erkannte sie schemenhaft zwei Messinggriffe. Auch diese Vitrine hatte zwei Schubladen. Fredo musste noch einmal seine schmerzenden Finger bemühen. Nach wenigen Sekunden hatte Sophia gefunden, wonach sie gesucht hatte. Jedes Dokument befand sich in einer eigenen Sammelmappe.

Konzentriert blätterte sie durch die Papiere und versuchte, die wichtigen Passagen zu entziffern, nur unterbrochen vom gelegentlichen Erlöschen des Feuerzeugs, das Fredo von einer Hand in die andere wandern ließ. Schließlich legte Sophia die Mappen zurück und schloss das Schubfach. Sie hatte sich alle wichtigen Fakten eingeprägt, und sie hatten bestätigt, was sie bereits vermutet hatte. »Los, wir verschwinden.« Trotz der Dunkelheit konnte Sophia Erleichterung in Fredos Augen aufblitzen sehen. Bevor sie es sich anders überlegen konnte, war er schon aus dem Violinenzimmer geschlüpft. Inzwischen wollte auch Sophia so schnell wie möglich fort von hier. Doch als sie den Weg Richtung Wohnzimmer einschlug, war Fredo es, der sie zurückhielt.

»Was ist los? Ich dachte, wir sollten verschwinden«, flüsterte Sophia.

»Aber nicht wieder über den Zaun. Ich kenne einen schnelleren Weg.« Ohne eine Antwort abzuwarten, zog Fredo sie hinter sich her. Er sollte recht behalten. Der Weg hinaus gestaltete sich schneller als hinein. Sie verließen die Villa einfach durch die Eingangstür. Ebenso wie die meisten Menschen bewahrte auch Esposito einen Hausschlüssel in einem Schlüsselkasten im Flur auf. Nicht nur Fredo war erleichtert, als er das Gaspedal bis zum Anschlag durchtrat und die Villa im Rückspiegel immer kleiner wurde.

»Kannst du mich nun endlich einweihen, was wir da eigentlich gemacht haben?«, fragte Fredo schließlich.

»Ich wollte wissen, ob die Dinge so sind, wie sie sind.«

»Und? Sind sie es?«

»Manchmal sind sie es, und manchmal nicht.«

»Du bist mir ein Rätsel. Aber im Grunde geht mich das ja alles ohnehin nichts an. Ich will einfach nur nach Hause«, entgegnete Fredo und konzentrierte sich wieder auf die Straße. Da ging es ihm nicht anders als Sophia. Sie hatte genügend Abenteuer für eine Nacht gehabt, wenn nicht sogar für ein ganzes Jahr, und sie freute sich auf ihr Bett und auf einen tiefen, erholsamen Schlaf.

Daraus sollte jedoch nichts werden. Den Rest der Nacht lag sie wach und zerbrach sich den Kopf darüber, wie sie dem Commissario ihre Entdeckung erklären konnte.

35

Sie haben *was?*« Andreotti starrte Sophia fassungslos an. Er wirkte übermüdet mit seinen rot unterlaufenen Augen, sein Verstand schien jedoch hellwach.

»Sie haben schon richtig gehört. Ich war in Espositos Villa«, sagte Sophia so beiläufig, als würde sie Andreotti von einem Bootsausflug berichten. Den ganzen gestrigen Sonntag hatte sie sich mit der Sache herumgeschlagen, um dann heute früh zu dem Entschluss zu gelangen, dass es am besten sei, dem Commissario reinen Wein einzuschenken. Leicht war es ihr nicht gefallen. Den halben Vormittag hatte sie das Gespräch immer wieder aufgeschoben. Zur Mittagspause hatte sie schließlich ihren ganzen Mut zusammengenommen und war zum Kommissariat geradelt. Aufgrund des wolkenverhangenen Himmels war sie davon ausgegangen, dass Andreotti sich nicht in der Stadt herumtreiben würde, und sie hatte mit ihrer Vermutung richtiggelegen. Andreotti lümmelte auf seinem Schreibtischstuhl, während Viola mit ihrem Computer beschäftigt war. Weniger richtig hatte Sophia mit ihrer Einschätzung gelegen, dass Andreotti ihr den nächtlichen Ausflug verzeihen oder ihr gar Anerkennung zollen würde. Auch wenn er sonst recht unkonventionell war, blieb er dennoch Polizist, und der Polizist in ihm war alles andere als begeistert. »Dafür könnte ich Sie festnehmen lassen«, donnerte er.

»Und wer hilft Ihnen dann bei dem Fall?«

»So sind Sie mir garantiert auch keine große Hilfe.«

»Wollen Sie denn gar nicht hören, was ich herausgefunden habe?«, versuchte es Sophia noch einmal, aber Andreotti hatte offenbar nicht die geringste Lust dazu.

»Sie können doch nicht einfach auf eigene Faust losziehen. Wenn Sie mich wenigstens vorher gefragt hätten!«, wetterte er.

»Mal angenommen, ich hätte Sie vorher gefragt: Hätten Sie es mir denn erlaubt?«

»Natürlich nicht.« Andreotti schlug mit der Faust auf die Schreibtischplatte. »Wir könnten die Beweise doch gar nicht vor Gericht verwenden«, schnaufte Andreotti. »Und außerdem ist es eine Straftat«, schob er murmelnd nach.

Hilfe suchend blickte Sophia zu Viola hinüber, die das Gespräch stumm beobachtet hatte. Viola machte jedoch keine Anstalten, ihr beizuspringen. Was hatte Sophia auch erwartet? Viola war schließlich ebenfalls Polizistin. Dass Viola sich nicht auf Andreottis Seite schlug, war wahrscheinlich Beistand genug. »Manchmal muss man einfach seinen eigenen Weg gehen«, sagte Sophia. Ihr entging Violas Grinsen nicht.

»Einen Weg, der Sie direkt vor Gericht führt?«, fauchte Andreotti.

»Sie wollen mich vor Gericht bringen?«

»Das sollte ich tun«, nuschelte Andreotti.

»Sie hatten recht mit Esposito. Er wollte nicht, dass ich die Geigen in die Hand bekomme, und dafür hatte er einen Grund.«

»Ich hab's doch gesagt!«, antwortete er und konnte die Genugtuung, die er darüber empfand, nur schwer verbergen.

»Falls Sie der Grund interessiert: Die Geigensammlung ist nicht so wertvoll, wie Esposito behauptet hat.«

»Na und? Reiche übertreiben gerne mal ein wenig«, gab sich Andreotti unbeeindruckt.

»Es geht nicht um Übertreibung, sondern um Fälschungen.«

»Für mich waren das eindeutig echte Geigen.«

»Das schon, aber mindestens eins der Instrumente ist kein originales Stück, wie auf den Schildern ausgewiesen.«

Das brachte Andreotti nun doch zum Nachdenken. »Trifft das auf alle Instrumente zu?«, fragte er schließlich.

»Das kann ich nicht sagen. Aber definitiv auf die Cardi. Um alle genau zu prüfen, war es zu dunkel.«

»Das haben Einbrüche so an sich. Aber nun gut. Vielleicht hat er ja Replikate gekauft, um anzugeben. Ich habe mal eine Bande ausgehoben, die gefälschte Markenuhren verkauft hat. Zu deren Kunden gehörten einige Millionäre. Man mag es kaum glauben, aber die wussten, dass die Dinger gefälscht waren. Das muss man sich mal vorstellen!«

»Das mag schon sein«, unterbrach ihn Sophia. »Aber die Violine, die ich geprüft habe, hat Esposito von einer Person gekauft, die uns nicht ganz unbekannt ist.«

»Sie meinen Bianchi?« Endlich begriff der Commissario.

»Die Entnahmeliste von Bianchis Geigen, die uns Locatelli gegeben hat, enthält genau diese Geige. Bis sie dann vor zwei Monaten als verkauft vermerkt wurde, zusammen mit einem weiteren Instrument«, erklärte Sophia.

»Ich dachte, die sind als Darlehenssicherheit hinterlegt worden?«

»Eben. Aus den Dokumenten geht außerdem hervor, dass der erzielte Verkaufspreis für die beiden Geigen zur Rückzahlung eines Teils des Darlehens verwendet wurde. Er hat einen höheren Betrag erhalten als den Beleihungswert für die Geige.«

»Und Sie sind sich absolut sicher, dass es sich bei einer der Geigen genau um dieses Instrument, also diese Cardi, handelt?«

»Ich bin vom Fach. Außerdem taucht sie auch auf Russos Reparaturliste auf. Die Arbeiten, die Russo beschrieben hat, habe ich exakt so an der Cardi in Espositos Villa festgestellt. Das andere Instrument habe ich mir nicht näher anschauen können.«

Andreotti stieß einen Pfiff aus. »Unser liebevoller Ehemann machte also in gefälschten Geigen. Als er merkte, wie einfach das geht, wollte er die restliche Sammlung ebenfalls zu Geld machen. Damit ist er aber an den Falschen geraten.«

»Nämlich an einen Käufer, der einen externen Gutachter beauftragt hat.«

»Den wiederum Bianchi dann umgebracht hat, ehe er Selbstmord beging«, schloss Andreotti.

»Womit wir wieder bei der Version sind, die Sie, Commissario, als die unwahrscheinlichste bezeichnet haben.«

»Und vergessen wir nicht den nächtlichen Anrufer im Hotel«, schaltete sich Viola ein. »Und Ferreginas Treffen mit dem Unbekannten.«

»Kaum schweigt die eine, redet die andere«, grummelte Andreotti.

Viola zwinkerte Sophia zu.

»Wir sollten uns diesen Esposito noch mal vorknöpfen«, überlegte Andreotti laut. Offenbar hatte er ihr das nächtliche Abenteuer inzwischen doch verziehen. Nur zu gerne wäre Sophia sofort zu Esposito aufgebrochen. Andererseits hatte sie Giuseppe versprochen, die Bratsche fertig zu bearbeiten, und durfte ihn auf keinen Fall enttäuschen. Der Commissario nahm Sophias Absage erstaunlich gelassen auf. Er schlug vor, Esposito am nächsten Tag zu treffen. Offenbar hatte er eingesehen, dass Sophia bei dem Gespräch unbedingt dabei sein musste. Außerdem schien ihm die Verschiebung nicht wirklich ungelegen zu kommen. Besonders fit wirkte der Commissario heute nämlich nicht.

»Wo haben *Sie* sich denn eigentlich heute Nacht herumgetrieben?«, fragte Sophia.

»Auch bei einem Einbruch«, gab Andreotti zurück und unterdrückte ein Gähnen. »Allerdings auf der richtigen Seite des Gesetzes.«

»Und das sagen Sie erst jetzt?«, entfuhr es Sophia.

»Entschuldigen Sie, Signora Lange, dass ich Sie nicht sofort über jeden Fall in Salò informiere.«

»Hättest du aber durchaus tun können«, mischte sich Viola ein. »Schließlich war das Einbruchsopfer eine Person, die uns allen nicht unbekannt ist, nämlich Signora Bianchi.«

Diese Neuigkeit hätte Andreotti ihr nun wirklich mitteilen können. Offenbar vertraute er ihr doch nicht so sehr, wie sie gedacht hatte. Letztlich rückte er mit den Informationen heraus, die jedoch eher spärlich waren. Es war nichts gestohlen worden. Die Witwe war mitten in der Nacht durch ein Geräusch geweckt worden. Als sie Schritte hörte, schaltete sie das Licht ein und schrie laut um Hilfe. Das hatte den Einbrecher wohl in die Flucht geschlagen. Andreotti beschrieb es als einen völlig gewöhnlichen Einbruch, schien jedoch selbst nicht sonderlich davon überzeugt zu sein. Es war besser, nicht weiter nachzufragen. Für heute hatte Sophia Andreottis Geduld bereits mehr als genug strapaziert, aber der Commissario war noch nicht fertig mit ihr.

»Eine Sache verstehe ich nur noch nicht«, sagte er, und sein Blick verfinsterte sich wieder. »Wie schafft es eine Geigenbauerin, in eine Villa einzubrechen?«

Sophia wählte ihre nächsten Worte sorgfältig. »Weil die Geigenbauerin vielleicht doch nicht so bieder ist. Außerdem war ein Familienehrenwort hilfreich.«

Andreotti warf die Hände in die Luft. »Hören Sie auf! Ich will lieber doch nichts hören. Und jetzt raus hier.« Sophia tat ihm den Gefallen. Sie verließ die Polizeistation mit einem zufriedenen Lächeln auf den Lippen.

36

Irgendetwas war mit Bianchis Geigen nicht in Ordnung. So viel stand fest. Nachdem Sophia Lange gegangen war, schaute Andreotti nachdenklich aus dem Fenster und versuchte, Violas Tippgeräusche zu ignorieren. Die Deutsche hatte schon recht. Wieso sollte sich ein Sammler wie Esposito, der sich alles leisten konnte, mit einer gefälschten Geige begnügen? Und dass die Geige gefälscht war, darüber war sich Esposito zweifelsohne im Klaren. Er hatte Sophia die Geige nicht zeigen wollen, und außerdem hatte er den Orsinis davon abgeraten, mit Bianchi Geschäfte zu machen. All dies waren Indizien, ergaben in Kombination jedoch ein schlüssiges Handeln, wie ein Staatsanwalt sagen würde. Aber nur deswegen den Gutachter umbringen? Das würde nur Sinn ergeben, wenn es um einen Betrug im großen Stil ginge und Esposito mittendrin steckte, wenn nicht sogar der Drahtzieher war. Andererseits kannte Andreotti Leute vom Schlage eines Espositos. Der würde sich nicht selbst die Hände schmutzig machen. Wenn er hinter der Sache steckte, würde er einen seiner Handlanger beauftragt haben. Die pochenden Schmerzen in Andreottis Kopf machten sich wieder bemerkbar. Esposito war sicherlich ein Mann mit fragwürdigem Charakter. Wenn er aber so tief in Verbrechen verstrickt war, dass er Kontakte zu Auftragsmördern hatte, dann wäre er Andreotti schon früher in einem anderen Zusammenhang aufgefallen.

Andreotti öffnete das Fenster. Er hoffte, dass die frische Luft seine Gedanken beflügeln würde. Dann war da noch Bianchi: Wusste er, dass die Geige gefälscht war, oder war er selbst nur ein Opfer? Wahrscheinlich Letzteres. Wieso sonst hätte er sich mit einem Gutachter getroffen, der ohne Weiteres die Fälschungen entlarvt hätte – und genau dies vielleicht auch getan hat. Oder bestand die Möglichkeit, dass die Sammlung doch aus Originalen bestand? Jedenfalls sagte Andreottis Gefühl, dass irgendetwas mit der Sammlung nicht stimmte. Weswegen sonst auch der Einbruch bei Signora Bianchi? Wer auch immer dahintersteckte, wollte Spuren verwischen. Er oder sie hatte irgendetwas aus der Villa entwenden wollen und war gescheitert.

Je mehr er darüber nachdachte, umso sicherer war Andreotti, dass der Fall mit Bianchis Selbstmord zusammenhängen musste. Oder hatte Viola doch recht und es war Mord? Hatte sich Bianchi doch nicht freiwillig von den Klippen gestürzt? Plötzlich formte sich ein weiterer Gedanke, erst vage, dann immer konkreter, der Andreotti zunehmend missfiel: Er war auf Sophia Lange angewiesen. Sie würde sich noch mal mit Bianchis Sammlung befassen müssen, genauer gesagt mit Russos Aufzeichnungen und den Dokumenten aus der Bank. Andere Hinweise hatten sie nicht. So verkehrt war diese Sophia Lange tatsächlich nicht. Vor allem steckte sie voller Überraschungen. Sie war die Letzte, der er einen Einbruch bei Esposito zugetraut hätte. Andreotti entfuhr ein Lächeln, doch sogleich machte sich wieder ein stechender Schmerz in seinem Kopf bemerkbar. Er schloss das Fenster und begab sich zum Sofa. Ein kurzes Nickerchen war noch drin, bevor er zur Bank ging. Locatelli musste ihm einen Gefallen tun.

37

Das ist ein Skandal!« Als Sophia zurück zur Werkstatt kam, konnte sie die Stimme des Alten bereits von der Straße her hören. Er hatte wieder einmal einen seiner berühmten Wutanfälle. Allerdings ging es diesmal nicht um eine schlecht gestimmte Violine. Nein, diesmal war es wirklich schlimm. Als Sophia das Geschäft betrat, bemerkte Giuseppe sie nicht einmal. Wild gestikulierend marschierte er in seiner Werkstatt auf und ab, blieb immer wieder stehen und deutete vorwurfsvoll auf das Regal im hinteren Ladenbereich. »Unser Ruf ist ruiniert! Wir sind erledigt. Finito, aus. Wir können zumachen. Dreihundertfünfzig Jahre Geigenbauer-Tradition, einfach vorbei.«

»Du übertreibst, Papa«, versuchte ihn Luigi zu beruhigen, bewirkte damit jedoch nur das Gegenteil. Der alte Giuseppe blieb stehen, machte auf dem Absatz kehrt und funkelte seinen Sohn an, der ihn um fast einen Kopf überragte. »Ich übertreibe?«, steigerte er sich weiter in Rage und pochte dabei auf seine Brust. »Ich übertreibe?«

Abrupt wandte Giuseppe sich um. Jetzt entdeckte er, dass Sophia die ganze Zeit zugehört hatte, und wandte sich sofort an sie. »Sophia, sag mir, ob ich übertreibe.« In einen Streit zwischen Vater und Sohn zu geraten, war das Letzte, was sie wollte, zumal sie nicht wusste, worum es überhaupt ging, aber der alte Geigenbaumeister klärte sie auf. Vorwurfsvoll deutete er auf ein Fach im Regal. »Darum geht es.«

»Ich sehe da nichts weiter als ein leeres Fach«, stellte Sophia verwirrt fest.

»Eben!«, schrie Giuseppe, und sein Gesicht nahm ein noch intensiveres Rot an. »Da ist nur ein leeres Fach!« Reihe um Reihe warteten dort die Instrumente auf ihre Behandlung. Nur eine Stelle war frei.

»Die Geige der Orsini?«, fragte Sophia vorsichtig.

»Endlich hat sie es begriffen. Die Geige der Orsini ist fort.«

»Wie, fort?«

»Sie ist weg, gestohlen. Vorgestern habe ich den Hals gerichtet, und als ich heute die Lackierung bearbeiten wollte, war die Geige nicht mehr da.«

Sophia versuchte, sich zu erinnern, wann sie das Instrument zuletzt gesehen hatte, aber da sie gestern ihren freien Tag hatte, würde sie nicht viel beitragen können. »Vielleicht hast du sie einfach verlegt, Giuseppe«, versuchte sie es.

»Verlegt? Ich, Giuseppe Maggio aus der Familie da Salòs?«, zeterte Giuseppe. »Eine Violine verlegt man nicht einfach so. Vor allem nicht eine Antonio Garletti. Das ist ein Lebewesen. Hast du denn überhaupt nichts gelernt?« Sophia wollte etwas entgegnen, zog es aber vor zu schweigen, als sie die Tränen in seinen Augen sah. Derart aufgelöst hatte sie Giuseppe noch nie erlebt.

»Beruhige dich bitte, Papa.« Luigi legte seinen Arm um seinen Vater, doch Giuseppe wischte ihn energisch beiseite.

»Ich soll mich beruhigen? Wir sind ruiniert.« Ein Zittern ging durch den Körper des alten Mannes. Geistesgegenwärtig schob ihm Sophia einen Hocker hin, auf dem Giuseppe sofort zusammensackte. »Wer stiehlt eine Violine? Das kann kein Mensch sein. So etwas tun nur Bestien.«

»Vielleicht liegt sie ja doch hinten in der Werkstatt«, überlegte Sophia.

»Luigi und ich haben schon alles abgesucht«, gab Giuseppe zurück und schüttelte resigniert den Kopf.

Sophia bot an, noch mal nachzuschauen, aber Giuseppe wollte davon nichts wissen.

»Hörst du nicht? Wir haben bereits jeden Winkel abgesucht«, fuhr er sie an. »Was bildest du dir überhaupt ein? Wieso bist du dir so sicher, dass du die Geige finden würdest? Hast du sie vielleicht versteckt?«

»Papa! Du bist nicht ganz bei Sinnen«, wies ihn Luigi zurecht.

»Ich bin sehr wohl bei Sinnen«, entgegnete der Alte scharf. »Hier war alles gut, bis du aufgetaucht bist.« Er funkelte Sophia wütend an. »Frauen bringen nur Unglück beim Geigenbau. Ich hätte dich nie hier aufnehmen sollen. Dich anzustellen, war der größte Fehler meines Lebens.« Sophia wollte etwas entgegnen, aber etwas in ihr schnürte ihr die Stimme ab. Stattdessen wandte sie sich um und stürmte aus dem Geschäft. Luigi rief ihr noch hinterher, doch Sophia lief weiter, schneller, rannte eine junge Frau um, die ihr etwas Unverständliches nachbrüllte, beachtete nicht das Auto, das hupend bremste, sie lief, bis ihre Lunge brannte. Schließlich blieb Sophia keuchend stehen, sank auf den Bürgersteig und vergrub den Kopf in den Armen. Noch nie hatte jemand sie so verletzt. Giuseppe war Familie. Jedenfalls hatte sie sich das immer eingeredet. Sie konnte keinen klaren Gedanken fassen, wusste nicht, wie lange sie so dagesessen hatte, als sich plötzlich ein Arm um ihre Schultern legte. Erst glaubte sie, dass es Luigi war, aber die Hoffnung verflog, als ihr Zigarettengeruch in die Nase stieg.

»Was machen Sie denn hier?«, hörte sie die sonore Stimme des Commissario dicht neben ihr.

»Sitzen«, murmelte Sophia mit erstickter Stimme.

»Auf der Straße? Kommen Sie«, sagte der Commissario, und seine Stimme klang weniger rau als sonst. Bevor Sophia widersprechen konnte, ergriff er ihren Arm und zog sie auf die Beine. »Sie sehen ja fürchterlich aus.«

»Sie haben wirklich eine ganz besondere Art, eine Frau aufzubauen.« Sophia hätte es nicht für möglich gehalten, eines Tages einmal dankbar zu sein für das kehlige Lachen des Commissarios, aber jetzt tat es ihr tatsächlich ein wenig gut. »Ich bin ein Profi im Aufmuntern von Frauen, und wissen Sie, wie mir das am besten gelingt?«

»Ich will es gar nicht hören«, gab Sophia zurück, und wieder lachte der Commissario. »Es ist nicht das, was Sie denken. Mit einem Espresso natürlich, und zwar wo?« Sophia wusste, wo, und folgte ihm zur Seepromenade.

Salò war wie eine wundervoll gestimmte klassische Violine. Es nahm die Stimmungen seiner Menschen auf und brachte sie zum Klingen. Mal konnte Salò wundervoll heiter sein, dann wieder konnte es seine Schönheit in Melancholie entfalten. Sophia trank bereits den zweiten Espresso und sog dankbar die Atmosphäre der Promenade auf. Entgegen seiner sonstigen Art schwieg Andreotti, bedrängte sie nicht mit Fragen, sondern war einfach nur da. Und Sophia musste sich eingestehen, dass seine Anwesenheit ihr wirklich guttat. Als ihr erneut die Tränen kamen, legte er schweigend seine Hand auf ihren Arm und schaute auf den See. Allmählich ging es Sophia besser. »Sie haben wirklich eine Begabung zum Trösten von Frauen«, sagte sie schließlich.

»Schließlich mache ich ihnen ja auch viel Kummer.«

Sophia musste unweigerlich lächeln. »Na, wenigstens verfügen Sie über Selbsterkenntnis.«

»Das Alter macht weise.«

»Wollen wir es mal nicht übertreiben«, entgegnete Sophia und fügte ein kaum hörbar gehauchtes »Danke« hinzu. Es überraschte sie selbst, dass ihr dieses Wort über die Lippen kam. Aber es war das, was sie fühlte. Dankbarkeit.

»Dafür sind Freunde da.«

»Ich wusste gar nicht, dass wir Freunde sind.«

»Im Moment brauchen Sie einen Freund, also bin ich es.«

Womöglich hatte der Commissario damit gar nicht so unrecht. Und da Freunde zum Reden da sind, gab sich Sophia einen Ruck und begann zu erzählen. Stockend berichtete sie von der verschwundenen Geige, von Giuseppes Tobsuchtsanfall, von den Vorwürfen. Und je mehr sie redete, umso leichter fiel es ihr. Andreotti schwieg, aber seine Augen ermutigten sie fortzufahren. Sie berichtete ihm auch von ihrer Hoffnung auf einen Neuanfang in Salò, von ihrem Traum, eine der besten Geigenbauerinnen zu werden, und von ihrer Sehnsucht nach Heimat, endlich anzukommen in Salò und bei sich selbst.

Als sie geendet hatte, nahm Andreotti einen tiefen Zug von seiner Zigarette, lehnte den Kopf in den Nacken und blies nachdenklich den Rauch in die Luft. »Der alte Giuseppe ist kein verkehrter Kerl«, sagte er schließlich.

»Er ist … nun ja, schwierig«, antwortete Sophia.

»Wer ist das nicht?«

Andreotti hatte recht. Jeder Mensch war auf eine bestimmte Art schwierig. Sophia schloss die Augen und genoss die leichte, erfrischende Brise, die ihr über das Gesicht strich. In ihrem Kopf erklangen die ersten Takte von Händels *Lascia ch'io pianga*. Sie hatte das Stück schon als Kind geliebt. Die Mischung aus Melancholie und Heiterkeit untermalte am besten ihre Stimmung und den Charme dieses kleinen Städtchens. Sophia kannte die Melodie inund auswendig, nach den Höhen folgten die Tiefen. Sie öffnete die Augen und blinzelte. Die Erinnerungen an ihre Kindheit verschwanden so schnell, wie sie gekommen waren. Stattdessen saß ihr wieder Andreotti gegenüber und nippte an seinem Espresso. Nur die Melodie blieb. Doch nun mischte sich eine andere hinein, die nicht in ihrem Kopf spielte. Sophia ließ den Blick über die Promenade streifen, und da entdeckte sie ihn schon, den Straßenmusiker. Sie lächelte. Er spielte heute noch besser als sonst. Die Klänge waren voller und reiner, und er erreichte die Höhen noch sicherer.

»Spielt er gut?«, fragte Andreotti.

»Außergewöhnlich gut, noch besser als sonst.«

»Musik entfaltet ihre Pracht am besten, wenn das Herz dafür offen ist.«

Sophia warf Andreotti einen erstaunten Blick zu. »Ich dachte immer, Sie haben keine Ahnung von Musik?«

»Das habe ich bloß mal in einem Liebesfilm gehört.«

»Ich weiß nicht, was mich mehr überrascht, Andreotti: dass Sie hier mit mir sitzen und sich meine Probleme anhören, oder dass Sie sich heimlich Liebesfilme anschauen.«

»Geben Sie nicht so viel darauf. Eine Ex-Freundin hat mich immer dazu genötigt, mit ihr Schmachtfilme anzusehen«, entgegnete Andreotti verlegen. »Das war halt ihre Leidenschaft. Jeder Mensch braucht etwas in seinem Leben, das er liebt. Wenn man es findet, dann kämpft man dafür. Ihr Herz schlug eben für kitschige Filme, und Giuseppe liebt seine Violinen.« Damit schob Andreotti etwas über den Tisch. Es waren zwei Karten. »Tickets für das Konzert der Sacharowa in Salò«, erklärte er beiläufig.

Ungläubig starrte Sophia die Karten an.

»Natürlich kann man auch kostenlos im Stehen zuschauen, aber ich dachte, Sie wollen vielleicht lieber sitzen, um das Konzert richtig genießen zu können«, erklärte Andreotti, noch bevor Sophia irgendetwas gesagt hatte.

»Aber wie sind Sie an die Karten gekommen?«

»Sie vergessen, ich bin der Commissario«, antwortete Andreotti lächelnd. »Ich habe Locatelli um Freikarten gebeten, seine Bank ist schließlich der Sponsor des Konzerts. Ich war eigentlich vorhin auf dem Weg zu Ihnen.«

»Warum tun Sie das?«

»Weil jeder etwas braucht, das er liebt, und Sie lieben die Musik«, antwortete Andreotti wie selbstverständlich. Der Commissario steckte wirklich voller Überraschungen. Weder hätte sie auch nur im Entferntesten damit gerechnet, dass ausgerechnet der Commissario sie zu einem Konzert einladen würde, noch damit, dass aus seinem Mund derartige Worte kommen würden. Er wirkte so einsam, wie er hier zwischen den Menschen in Salò herumwanderte und ein Teil der Stadt war, ohne wirklich dazuzugehören.

»Was hat Sie eigentlich von Rom nach Salò verschlagen?«, fragte Sophia spontan.

»Woher wissen Sie, dass ich aus Rom komme? Hat Ihnen das Viola gesteckt, die Tratschliese?«

»Sie haben einen römischen Dialekt«, entgegnete Sophia. »Und ja, Viola hat es mir auch gesagt.«

»Also doch«, lachte Andreotti.

»Sie weichen mir aus, Commissario.«

»Sie werden langsam besser darin, Menschen zu verstehen. Scheint, als hätten Sie etwas von mir gelernt.«

»Sie weichen mir immer noch aus«, entgegnete Sophia und begann, gespielt ungeduldig mit den Fingern auf der Tischplatte zu trommeln.

»Gewisse Menschen waren der Meinung«, begann Andreotti gedehnt, »dass ich mich in Salò besser machen würde als in Rom.«

»Sie sind jemandem auf die Füße getreten.«

»Sagen wir mal so: Die Wahrheit ist selten schmerzlos, weder im Beruf noch in der Liebe.«

»Sagt ausgerechnet der Mann, der es sich zur Aufgabe gemacht hat, die Wahrheit herauszufinden.«

»Sie erkennen die Ironie dahinter. Und was hat Sie so überstürzt nach Salò verschlagen?«

»Wie kommen Sie darauf, dass es überstürzt war?«

»Sie tragen fast immer die gleiche Kleidung. Entweder sind Sie sehr sparsam, oder Sie sind nahezu ohne Gepäck hergekommen.«

»Ich lasse mir meine Sachen nachschicken, sobald ich eine Wohnung gefunden habe«, erklärte Sophia, wohl wissend, dass das nicht sehr überzeugend klang.

»Was für eine überstürzte Abreise spricht«, stellte Andreotti selbstzufrieden fest. »Zudem verspüren Sie kein Verlangen nach

Kontakten in die Heimat. Deswegen stört es Sie auch nicht, dass Sie derzeit kein Handy besitzen.«

»Sie nutzen Ihr Handy doch auch so gut wie nie.«

»Bei mir gibt es nichts zu verpassen. Aber Sie sind jung, stehen in der Blüte Ihres Lebens. Dass Ihnen Ihr Handy ziemlich egal ist, deutet darauf hin, dass es da etwas gibt, das Sie hinter sich lassen möchten.«

»Messerscharf kombiniert, Mr Holmes«, versuchte Sophia, einen Scherz zu machen. Andreotti war wirklich gut. Hinter seiner verschrobenen Art steckte ein kluger Kopf mit einer erstaunlichen Beobachtungsgabe. Was war ihm nur widerfahren, fragte sich Sophia, das ihn so zynisch hatte werden lassen. Was immer auch in Rom geschehen war, er hätte ja hier in Salò neu starten können.

Oder verpasste man manchmal im Leben einfach die Chance für einen Neuanfang, um dann die Tage nur noch vor sich hindümpeln zu lassen und auf etwas zu warten? Sophia kam ein unangenehmer Gedanke. Vielleicht waren sie beide sich gar nicht so unähnlich. Andreotti hatte sich in seinen Zynismus geflüchtet, sie sich in die Welt der Geigen. Im Gegensatz zu Andreotti versuchte sie jedoch, hier etwas Neues aufzubauen. Wenn sie ein paar Jahre älter gewesen wäre, hätte sie vielleicht nicht die Ambitionen gehabt, noch einmal bei null zu beginnen. Womöglich wäre sie so geworden wie der Commissario. Ein weiblicher Andreotti. Sie fröstelte bei der Vorstellung.

»Und was war der Grund?« Andreotti schaute sie amüsiert an.

»Entschuldigung, ich war in Gedanken. Was meinen Sie?«

»Das ist mir nicht entgangen«, sagte der Commissario lachend. »Ich habe Sie gefragt, warum Sie Ihr altes Leben hinter sich gelassen haben.« Sophia überlegte kurz, bevor sie antwortete.

»Weil die Wahrheit einen in Schwierigkeiten bringen kann.«

»Im Beruf oder in der Liebe?«

»Beides.«

»Na dann, auf die Wahrheit«, sagte Andreotti und hob sein Rotweinglas. »Auf die teuflische Wahrheit.«

»Auf die Wahrheit«, stieß Sophia an.

Andreotti streckte die Hand aus. »Die Karten.« Sophia verstand nicht. »Ich lade Sie ein, also muss ich die Karten mit mir führen. Ich bin ein Gentleman der alten Schule. Oder wollten Sie etwa mit jemand anders dort hingehen?«

»Nein, natürlich nicht«, log Sophia und gab dem Commissario die Karten zurück.

Andreotti steckte sie ein und zwinkerte Sophia zu. »Der alte Kauz hat es nicht so gemeint. Er liebt seine Geigen, und er liebt auch Sie, Sophia. Sie sind für ihn wie eine verlorene Enkeltochter, die nach langer Zeit zurückgekehrt ist. Mit Liebe geht auch die Angst einher, sie zu verlieren. Er hat Sie schon einmal verloren. Manch einer stößt dann lieber die Menschen von sich fort, bevor sie ihn wieder verlassen.«

»Woher wollen Sie das wissen? Sie kennen ihn doch kaum.«

»Ich weiß aber, wie wichtig uns Italienern die Familie ist.«

Andreotti nahm einen weiteren Zug, bevor er fortfuhr. »Geben Sie sich einen Ruck und gehen Sie zu ihm. Reden Sie mit ihm. Worauf warten Sie noch?« Andreotti hatte recht. Sie hatte zwar ein schlechtes Gewissen, ihn hier alleine zurückzulassen, aber sie musste unbedingt die Sache mit Giuseppe ins Reine bringen. Bevor sie ging, beugte sie sich vor und hauchte Andreotti einen Kuss auf die Wange. »Grazie«, flüsterte sie. Andreotti nickte stumm. Dann eilte sie los. Jeder Mensch braucht etwas, das er liebt. Sophia blieb stehen und drehte sich um. Andreottis Blick hatte sich bereits wieder dem See zugewandt. Sophia legte sich ihre nächsten Worte sorgfältig zurecht. »Was ist es eigentlich, das Sie lieben?«, rief sie in seine Richtung, doch Andreotti schien sie nicht gehört zu haben. Gedankenversunken zog er an seiner Zigarette und blies zwei Ringe in die Luft. Sophia wusste, dass sie keine Antwort erhalten würde. Sie drehte sich um und rannte los.

38

Die Werkstatt der Maggios war verschlossen, als Sophia dort ankam. Was aber auch kein Wunder war, denn in seinem Zustand würde Giuseppe nicht arbeiten können. Wahrscheinlich hatte sich auch Luigi ein paar Stunden freigenommen. Sophia wusste jedoch, wo sie Giuseppe finden würde: oben am Hügel. Sie schwang sich auf das Rad, und als sie wenige Minuten später die Anhöhe des Berges erreichte, erkannte sie Giuseppes Gestalt bereits aus der Ferne. So, wie er dort saß und von oben versonnen auf den See schaute, erinnerte er sie ein wenig an Andreotti.

Sophia stieg vom Rad. »Ich wusste, dass du kommen würdest«, sagte der alte Geigenbaumeister, ohne sie anzuschauen. Sophia ließ sich neben ihm nieder. Von hier oben aus betrachtet wirkte alles wie in einer Miniaturwelt, die Menschen so unwirklich, die Boote wie Spielzeuge und das Blau des Sees, als habe ein Künstler zu tief in den Farbtopf gegriffen. Von all den Sorgen und Nöten, die die Menschen beschäftigten, war hier nichts zu spüren. Sophia konnte nur allzu gut verstehen, wieso Giuseppe diesen Ort oft aufsuchte, wenn er auf der Suche nach neuer Inspiration war oder einfach seine Gedanken sammeln wollte.

»Ich habe dir unrecht getan«, murmelte Giuseppe. Zwar hatte sie nicht erwartet, dass er wieder auf sie losgehen würde, aber mit einer Entschuldigung hatte sie nicht gerechnet.

»Schon gut«, antwortete Sophia, pflückte einen Grashalm und begann, ihn sich um den Zeigefinger zu wickeln.

»Nein, es ist nicht gut«, widersprach der Alte. »Du bist hergekommen, weil du eine Heimat gesucht hast, weil du nach Hause kommen wolltest … Und ich habe es dir nicht unbedingt leicht gemacht.«

»Die Sache mit Signora Orsinis Geige hat dich mitgenommen.«

»Es wird auch dafür eine Lösung geben. Wir Geigenbauer finden immer eine Lösung«, entgegnete Giuseppe, klang davon jedoch selbst nicht wirklich überzeugt. »Als du neulich im Laden vor mir gestanden hast, warst du nicht mehr das Mädchen von früher.«

»Natürlich nicht. Ich bin ein paar Jahre älter geworden.«

»Ich meine etwas anderes. Ich habe etwas in deinen Augen gesehen, das kein Geigenbauer in sich tragen darf: Unsicherheit.«

»Jeder hat mal Momente, in denen es ihm nicht gut geht«, entgegnete sie.

»Wie unseren Geigen.«

»Wie deiner Amatus oder meiner Derazey.«

»Du hast eine Derazey?«, fragte der Alte verblüfft.

»Sie ist in keinem guten Zustand. Ich muss den Hals ersetzen, aber irgendwie habe ich nicht das Gefühl, dass ich es schaffen werde.«

»Du bist zurück nach Salò gekommen, weil du dir Hilfe von den Geigen erhofft hast, dabei sind sie es, die dich brauchen. Aber du bist noch nicht bereit.« Eigentlich hatte sie sich ein wenig mehr Unterstützung von Giuseppe erhofft.

»Die Frage ist nur, wie man wieder auf die Beine kommt«, überlegte Sophia.

»Weißt du noch, was ich dir als Kind über Menschen und Geigen erzählt habe?«

»Dass sie beide Seelen haben.«

Die Augen des Alten blitzten freudig auf. »Du hast es nicht vergessen!«

Wie hätte sie seine Worte auch vergessen können? Schließlich hatte er sie ihr fast täglich vorgebetet, wenn sie in seiner Werkstatt gesessen und ihm bei der Arbeit zugeschaut hatte.

»Geigen haben ihren eigenen Charakter, genauso wie Menschen«, fuhr der Alte fort. »Schon am ersten Ton, den man einer

Geige entlockt, erkennt man ihren einzigartigen Klang. Dabei ist eine Geige niemals fertig. Je mehr man sie spielt, umso mehr entwickelt sie sich. Sie wächst. Doch manchmal zerbricht etwas in ihr.«

»Dafür sind wir da. Wir reparieren sie.«

»Das tun nur mittelmäßige Geigenbauer. Aber erstklassige Geigenbauer heilen die Seele eines Instruments. Du solltest aufhören zu versuchen, eine erstklassige Geigenbauerin zu sein. Werde eine Heilerin.«

»So wie Luigi?«

»Luigi …«, antwortete Giuseppe gedehnt. »Luigi ist gut, keine Frage, und er hat Geschäftssinn, das hilft uns weiter, aber noch hat er die Seele einer Geige nicht durchdrungen.«

Sophia wusste nicht, was mehr schmerzte: dass der Alte sie als mittelmäßige Geigenbauerin sah oder dass er seinen Sohn so unterschätzte. Doch sie war hierhergekommen, um sich zu versöhnen, und so unterdrückte sie den Impuls, Luigi zu verteidigen. Die Augen des Alten ruhten auf ihr, als wollten sie ihr die Frage entlocken, von der sie beide wussten, dass Sophia sie jetzt stellen würde.

»Wie werde ich zu einer Heilerin?«

»Du kannst die Seele einer Geige nur dann verstehen, wenn du selbst eine stabile Seele besitzt. Deine Verletzungen jedoch sind spürbar. Du bist mehr mit deinen inneren Wunden beschäftigt als mit dem Instrument.«

»Deswegen bin ich nach Salò gekommen … um meinen Frieden zu finden.«

»Du bist die einzige Person, die dir Frieden schenken kann.«

»Aber wie heilt man seine eigene Seele?«

»Man heilt seine Seele genauso, wie man die Seele einer Geige heilt. Nimm zum Beispiel das Holz eines Instruments. Gibt es das perfekte Holz?«

»Es gibt ideales Holz, aber niemals das perfekte Holz«, erinnerte Sophia sich an Giuseppes Worte in der Werkstatt.

Giuseppe lächelte. »Das Alter, die Dichte, die Lagerung ... All das kann ein Holz ideal machen. Wenn du es aber verarbeitest, dann erkennst du die Natur des Holzes, die Maserungen, all die kleinen Fehler. Mittelmäßige Geigenbauer ärgern sich über solche Verletzungen des Holzes und versuchen, diese zu kaschieren. Ein virtuoser Geigenbauer hingegen nimmt diese Unebenheiten an und macht sie zum Teil des Klangs. Nimm also deine Unebenheiten und Verletzungen an, nutze sie und mache sie zu deiner Stärke, zu deinem unverwechselbaren Klang. Dann wirst du deinen Frieden finden, und dann wirst du auch die Seelen der Geigen heilen können.«

Sophia ließ den Grashalm durch die Finger gleiten. Sie musste an Oldenburg denken, an die Sache von damals, die Enttäuschung, den Schmerz. Sie strich den Grashalm glatt.

»Vielleicht hast du recht, Nonno.«

»Nur vielleicht?«

»Ganz bestimmt«, sagte Sophia und stand auf. Giuseppe war noch nie ein Mann vieler Worte gewesen, und sie wusste, dass er bereits mehr geredet hatte, als er es sonst jemals tat. Eine Sache gab es jedoch noch, die ihr auf dem Herzen lag. »Du solltest auch Luigi so annehmen, wie er ist. Seine Unebenheiten machen ihn zu etwas Besonderem«, sagte sie. Giuseppe blickte sie an, und sie meinte, ein leichtes Zittern auf seinen Lippen zu sehen.

»Vielleicht hast du recht«, sagte er schließlich.

»Nur vielleicht?«

Jetzt sah sie das Zittern seiner Lippen allzu deutlich.

»Bring morgen deine Derazey mit«, sagte Giuseppe und wandte sich wieder dem See zu.

39

Zwei Einbrüche in so kurzer Zeit. Man musste kein Commissario sein, um zu wissen, dass da irgendetwas nicht stimmte. Sophia würde keinen freien Kopf für die Arbeit an einem Instrument haben, bevor sie nicht vorher noch etwas geklärt hatte. Also lenkte sie ihr Mountainbike durch Salò Richtung Süden am Ufer des Gardasees entlang. Es gab keine sichtbaren Anzeichen für einen Einbruch in der Werkstatt, aber eine Geige verschwand nicht einfach so, nicht bei den Maggios.

Das viele Radfahren in der letzten Zeit hatte Sophias Kondition gutgetan, und so legte sie die sechs Kilometer nach San Felice Benaco schneller zurück, als sie gedacht hatte. Der Ort war nicht sonderlich groß, und schon der erste Passant, den sie fragte, konnte ihr den Wohnsitz der Bianchis zeigen. Das roséfarbene Haus war hübsch, aber nicht pompös. Der Eingang war mit weißem Stuck verziert, ohne überladen zu wirken. Es war nur allzu offensichtlich, dass hier jemand ein schmuckes Heim hatte schaffen wollen. Der Kies knirschte unter Sophias Füßen, als sie sich dem Eingang näherte. Sophia wusste, dass sie eigentlich nicht hier sein sollte. Andererseits musste sie ihrem Gefühl folgen. Sie betätigte die Messingklingel und löste einen Glockenton im Innern des Hauses aus. Zunächst rührte sich nichts, und Sophia wollte erleichtert wieder kehrtmachen, als sie plötzlich doch Schritte vernahm. Jetzt gab es kein Zurück mehr. Sophia holte tief Luft, als sich die Tür öffnete. Die Frau, die ihr gegenüberstand, war um die vierzig Jahre alt, zierlich und auf eine besondere Art hübsch. Trotz allem, was sie in den letzten Tagen erlebt hatte, hatte sie sich nicht gehen lassen. Sie trug ein elegantes Kostüm und dezentes Make-up, das jedoch ihre verweinten Augen nicht zu kaschieren vermochte.

»Signora Bianchi?«, fragte Sophia. Ihre Stimme klang unsicherer, als sie gehofft hatte. Die Frau wirkte verletzlich. Verloren in dieser Welt, die nicht mehr die ihre war. »Mein Name ist Sophia Lange, und ich arbeite mit Commissario Andreotti zusammen.« Auf der Fahrt hierher hatte Sophia sich ihre Worte genau zurechtgelegt. Sie hatte nicht gelogen, aber eine Formulierung gewählt, die Signora Bianchi akzeptieren würde.

»Ich habe doch dem Commissario und seiner netten Kollegin schon alles gesagt, was ich weiß.« Signora Bianchi war sichtlich wenig erbaut darüber, noch mal befragt zu werden. Wer konnte ihr das auch verdenken?

»Es geht um die Geigensammlung Ihres Mannes«, erklärte Sophia.

»Was hat die Sammlung mit Albertos Tod zu tun?«, fragte Signora Bianchi irritiert.

Das war eine gute Frage. Sophia war offensichtlich doch nicht so gut vorbereitet, wie sie gedacht hatte, denn ihr fiel keine passende Antwort darauf ein. »Wegen … der Versicherung«, sagte Sophia schließlich einer spontanen Eingebung folgend. »Ja, wegen der Versicherung.« Zu Sophias Erleichterung schien Signora Bianchi die Antwort zu überzeugen. Sie öffnete die Tür weiter und bat Sophia mit einer müden Handbewegung hereinzukommen.

Sophia wurde in das Wohnzimmer geführt, das so ganz anders war als das im Anwesen von Roberto Esposito. Auch diesem Wohnzimmer war der Reichtum anzusehen, aber es war beschaulicher, persönlicher eingerichtet. Die vielen gerahmten Fotos sprangen Sophia sofort ins Auge. Espositos Villa war in dieser Hinsicht kahl gewesen, es hatte fast so gewirkt, als hätten emotionale Erinnerungen keinen Platz in seinem Leben.

»Wegen der Versicherung, sagen Sie«, wiederholte Signora Bianchi. »Aber kennen Sie sich bei der Polizei überhaupt mit Geigen aus?« Mit einer solchen Frage hatte Sophia wiederum gerechnet. »Ich bin Spezialistin für Geigenbau«, gab Sophia ihre vorbereitete Antwort.

»Bei der Polizei? Sachen gibt es«, seufzte Signora Bianchi kopfschüttelnd.

»Unser Gespräch wird nicht lange dauern«, schob Sophia schnell nach. »Der Commissario sagte, dass Ihr Mann seltene Geigen gesammelt hat?«

»Das war seine große Leidenschaft.«

»War er selbst ein guter Geigenspieler?«

»Oh ja, er war begnadet. Er hätte Musiker werden sollen, mein Alberto. Er war so talentiert.«

Signora Bianchi stand auf und begab sich zu einem Schrank voller Dokumente. Nach einigem Stöbern hatte sie gefunden, wonach sie gesucht hatte. Sie kehrte mit diversen Notenblättern zurück. »Das hier hatte er zuletzt gespielt. Ich kenne mich da nicht so aus, aber es war wunderschön.«

Sophia blätterte durch den Stoß Noten, die Bourrée in e-Moll von Bach, Chorfantasien von Beethoven, nicht sonderlich kompliziert, eher einfaches Amateurmaterial. Mag sein, dass Bianchi diese Stücke sehr gut zu spielen wusste, nur war das nichts, was einen ambitionierten Musiker gereizt hätte. Aber Sophia zog es vor, das Bild, das Signora Bianchi von ihrem Mann hatte, unangetastet zu lassen.

»Beeindruckend«, sagte sie. »Er muss großes Talent gehabt haben.«

Signora Bianchi warf ihr ein dankbares und zugleich tieftrauriges Lächeln zu.

»Laut Commissario Andreotti hat Ihr Mann all seine Geigen in der Bank aufbewahrt. Ist das korrekt?«

»Alle bis auf eine. Ich hole sie. Warten Sie.« Signora Bianchi verschwand in einem Nebenzimmer und kehrte nach wenigen Minuten mit einer Violine zurück. Allein die Art, wie Signora Bianchi das Instrument hielt, zeigte, dass sie wirklich keine Ahnung von Instrumenten hatte.

Sie reichte Sophia das Instrument. Es schien sich um eine Corbucci zu handeln. Sophia schätzte das Jahr auf 1850. Sie war versucht, das Instrument auszuprobieren, hielt sich jedoch zurück, um bei der Witwe keine schmerzlichen Erinnerungen zu wecken.

»Haben Sie eigentlich die Kaufverträge für seine Instrumente?«

Wieder dieser verwunderte Gesichtsausdruck.

»Wegen der Versicherung«, erklärte Sophia noch einmal.

»Ja, richtig, wegen der Versicherung.«

Signora Bianchi verschwand erneut. Diesmal dauerte es etwas länger, und als sie schließlich zurückkehrte, wirkte sie noch betrübter als zuvor. »Ich kann die Unterlagen nicht finden«, erklärte sie. »Dabei hat mein Mann sie immer direkt in der Vitrine neben der Geige aufbewahrt. Genauso wie Esposito. Glauben Sie, dass vielleicht der Einbrecher die Unterlagen gestohlen hat?«, fragte Signora Bianchi.

Vielleicht? Das war sogar sehr wahrscheinlich. »Bestimmt nicht«, beruhigte Sophia sie. »Was sollte ein Einbrecher mit Kaufverträgen anfangen? Wahrscheinlich liegen sie ebenfalls bei der Bank.« Es brachte nichts, Signora Bianchi unnötig aufzuregen. »Erzählen Sie mir von der Corbucci Ihres Mannes«, versuchte Sophia, das Gespräch auf ein anderes Thema zu lenken.

»Richtig. Die Corbucci. Sie war der Grundstein seiner Sammlung. Sein erstes wertvolles Stück. Deswegen hat er sie nie aus der Hand gegeben.«

Sophia widerstrebte zwar die Vorstellung, dass ein Amateurmusiker sich an solch einem edlen Stück versuchte, doch so, wie seine Frau von seiner Musikleidenschaft erzählte, musste die Geige dennoch in guten Händen gewesen sein. Signora Bianchi hatte zwar zugegeben, wenig vom Geigenhandel ihres Mannes zu verstehen, aber Sophia musste es dennoch versuchen.

»Hat Ihr Mann die Geigen immer hinzugekauft oder vielleicht die eine oder andere für eine neue Geige in Zahlung gegeben?«

Sophia hatte Glück. Ein wenig Ahnung schien Signora Bianchi doch zu haben. »Natürlich. ›Hochtauschen‹ hat er das genannt.« Also doch. »Hochtauschen« war ein gängiger Begriff in Sammlerkreisen.

»Er hat also beim Erwerb eines neuen Instruments ein altes in Zahlung gegeben und die Differenz dann in bar bezahlt?«, vergewisserte sich Sophia.

»Soweit ich es verstanden habe – ja«, bestätigte Signora Bianchi. Sophia hatte mehr als genug erfahren und musste sich beherrschen, sich ihren Triumph nicht anmerken zu lassen. Einerseits hatte Bianchi tatsächlich regelmäßig Instrumente in Zahlung gegeben und war nicht zuletzt wegen seiner Ahnungslosigkeit zu einem willkommenen Opfer für einen recht geläufigen Betrug im Geigenhandel geworden. Zudem waren die Dokumente gestohlen worden, die alles hätten beweisen können. Bevor sie den Commissario einweihte, musste sie sich aber noch vergewissern.

Sophia entschuldigte sich, dass die Arbeit rufe, und erhob sich. Sie wusste nicht, weswegen sie ein schlechteres Gewissen hatte: weil sie der armen Witwe etwas vorgegaukelt hatte, oder aufgrund der Tatsache, dass sie sie gleich wieder einsam zurücklassen würde.

»Und was ist mit den fehlenden Kaufverträgen?«

Stimmt, die Ausrede mit der Versicherung.

»Ich denke, die Versicherung wird sie nicht benötigen, und falls doch, wende ich mich einfach an die Bank«, erklärte Sophia. »Und wenn ich mehr Informationen brauche, komme ich einfach noch mal vorbei.« Signora Bianchi nickte erleichtert.

»Ja, tun Sie das. Ich würde mich freuen.«

40

Bereits zwanzig Minuten wartete Sophia auf der Piazza Duomo, dem kleinen Domplatz. Vor dem Kirchengebäude war eine Bühne aufgebaut worden. Was vor über sechzig Jahren als Behelfslösung mangels eines Konzertsaals gedacht war, hatte sich als besonderes Highlight erwiesen. Die Wände der hohen altertümlichen Gebäude, die den engen Domplatz einrahmten, schafften eine hervorragende Akustik. Nichts im Vergleich zu den großen Konzertsälen Europas, aber doch überragend gut im Vergleich zu anderen Konzerten unter freiem Himmel. Die Salòer rühmten sich damit, dass die Akustik besser sei als in der Arena in Verona. Die wenigen Stuhlreihen, die auf den Platz gepasst hatten, waren schon recht gut gefüllt, es waren nur noch wenige Sitze frei. In den Gassen drängten sich die Besucher, die keine Karten gekauft hatten und trotzdem versuchten, etwas von dem Konzert mitzubekommen.

Sophia schaute an sich herab. Sie hatte weder overdressed noch zu leger wirken wollen. Das kleine Schwarze war ideal. Ein Hauch von Eleganz, ohne jedoch aufdringlich zu wirken. Sie zupfte es ein wenig zurecht. Ein grauhaariger Tourist lächelte ihr zu. Plötzlich fühlte sie sich unwohl. Vielleicht hätte sie doch etwas Längeres auswählen sollen. Zumal Martas Küche durchaus Wirkung zu zeigen begann.

Von Andreotti nach wie vor keine Spur. Wenn er nicht käme, dann würde sie das Konzert eben im Stehen genießen, so, wie sie es damals als Kind getan hatte. Giuseppe hatte damals Luigi und Sophia mitgenommen. Luigi hatte ihre Hand gehalten und war stets darauf bedacht gewesen, dass sie zwischen den Zuschauern nicht verloren ging. Gesehen hatte sie nichts. Die Musik aber hatte sie dahinschmelzen lassen. Heute wirkte die Menschenansammlung weitaus weniger Furcht einflößend, jedoch nicht minder interessant. Zwischen den italienischen Singsang der Einheimischen mischten sich deutsche Wortfetzen, und gelegentlich schnappte Sophia sogar amerikanisches Englisch auf. Elegant gekleidete Frauen küssten sich auf die Wangen, während die Männer sich ein lockeres *Ciao* zuwarfen. Für die Touristen war das Festival eine nette Abwechslung während des Urlaubs, für die Salòer hingegen war es das gesellschaftliche Highlight ihres kleinen Ortes.

Als Andreotti in der Menge auftauchte, hätte Sophia ihn beinahe nicht erkannt. Auch er hatte sich für seine Verhältnisse in Schale geworfen. Statt seines abgewetzten Jacketts trug er ein schwarzes Dinnerjackett, und sogar eine schwarze Fliege hatte er sich umgebunden. Auch wenn seine Kleidung ein wenig in die Jahre gekommen war, machte Andreotti wirklich etwas her, und mit seiner obligatorischen Zigarette wirkte er beinahe wie eine italienische James-Bond-Kopie aus den Sechzigerjahren. »Ich hätte Ihnen gar nicht zugetraut, dass Sie einen Smoking besitzen«, begrüßte ihn Sophia. Andreotti deutete eine Verbeugung an.

»Ich war mal mit einer Frau liiert, die ein großer Fan von Opern war.«

»Wir können froh sein, wenn wir überhaupt noch einen Platz finden«, sagte Sophia.

»Scusi, Signora. Sie sind mit dem Commissario hier. Für uns sind zwei Sitze ganz vorne reserviert.« Er bot ihr seinen Arm, und Sophia hakte sich bei ihm ein. Ungelenk geleitete er sie durch die Menschenmenge. »Ganz vorne« war zwar etwas übertrieben, aber von der sechsten Reihe aus hatte man einen hervorragenden Blick auf die Bühne.

Natürlich befanden sich ihre Plätze genau in der Mitte, sodass sich die halbe Reihe erheben musste, um Sophia und den Commissario durchzulassen. Andreotti legte sein charmantestes Lächeln auf, das selbst das Gesicht einer überaus verärgert dreinblickenden Dame ein wenig aufklaren ließ. Sophia folgte ihm peinlich berührt. Erleichtert atmete sie auf, als der Spießrutenlauf endlich ein Ende hatte und sie auf ihren Plätzen saßen.

»Da vorne ist übrigens unser Gastgeber«, sagte Andreotti. Sophia folgte seinem Blick und erkannte Locatelli, der in der vordersten Reihe einen älteren Herrn in einem grauen Nadelstreifenanzug begrüßte, zwischen dessen grauen Haaren der deutliche Ansatz einer Glatze durchschimmerte. Ein Lokalpolitiker, vermutete Sophia aufgrund der Tatsache, dass er sich sichtlich darum bemühte, jedem zu gefallen. Der Anzugträger wandte sich nun einer Frau mittleren Alters zu, die Sophia ebenfalls bekannt vorkam. Als die Frau das Gesicht zur Seite wandte, um den Gruß des älteren Mannes zu erwidern, erkannte Sophia sie. Es war Signora Orsini, samt ihrem Ehemann und einem jungen, eingebildet wirkenden Mädchen, das offenbar die Tochter der Orsinis war. »Was wird jetzt gespielt?«, riss Andreotti Sophia aus ihren Gedanken. Sein Sitznachbar warf ihm einen konsternierten Blick zu.

»Paganini«, flüsterte Sophia. »Hat Anna Sacharowa doch gesagt, und außerdem steht es im Programmheft.« Andreotti drehte die Broschüre in der Hand, wie um sich zu vergewissern.

»Stimmt. Steht ja hier«, sagte er. »Paganini. Ganz große Kunst.«

»Sie wissen tatsächlich nicht, wer Paganini war«, stellte Sophia kopfschüttelnd fest. »Paganini war einer der größten Geigenvirtuosen des achtzehnten Jahrhunderts. Man nannte ihn auch den Teufelsgeiger.«

»Ein Engel spielt Musik vom Teufelsgeiger«, merkte Andreotti amüsiert an. Sophia fand zwar nicht, dass Anna Sacharowa ein Engel war, aber so in etwa hatten es sich die Veranstalter wahrscheinlich gedacht. Ein hübsches Gesicht, und dazu die wilde Musik Paganinis.

»Teufelsgeiger hat man Paganini wegen seines ungewöhnlichen und temperamentvollen Spiels genannt. Er war eigentlich ein ziemlich hässlicher, eigenbrötlerischer Kauz. Auf der Bühne jedoch explodierte er förmlich. Man sagte, er sei einen Pakt mit dem Teufel eingegangen, so gut spielte er. Seine Kompositionen waren ganz in Ordnung, da gibt es meiner Meinung nach Besseres. Aber seine Spieltechnik war nicht von dieser Welt. Er hat das Geigenspielen revolutioniert. Bis jetzt ist er unübertroffen.«

»Sozusagen der Jimi Hendrix der Geige.«

»So ungefähr«, seufzte Sophia.

»Was ich jedoch nicht verstehe«, sagte Andreotti nach einer Weile. »Wie kann man beurteilen, ob sein Geigenspiel wirklich unübertroffen ist? Es gibt ja keine Tonaufnahmen von damals.«

»Seine Spieltechnik wurde von zeitgenössischen Kennern sehr genau dokumentiert, zum Beispiel von Carl Guhr. Interessant war seine Mischung von Bogenstrich und Pizzicato. Das hatte er zwar nicht erfunden, aber so sehr perfektioniert, dass er eine gestrichene Melodie mit mehrstimmigen Pizzicatotönen begleiten konnte. Und sein dynamisches Spektrum war enorm, von quasi gehauchten Tönen bis zum Fortissimo.« Sophia entging Andreottis verständnisloser Blick nicht. »Ich langweile Sie.«

»Sie sind sehr attraktiv, wenn Sie so kluge Dinge von sich geben.«

»Dann rede ich lieber dummes Zeug.«

»Das wird Ihnen nicht gelingen«, lächelte Andreotti. Der aufbrandende Applaus ersparte es Sophia, sich eine passende Antwort überlegen zu müssen. Die Musiker betraten die Bühne und nahmen ihre Plätze ein.

Der grauhaarige Mann mit der Halbglatze stieg etwas unbeholfen auf die Bühne, griff nach dem Mikrofon und räusperte sich laut. Sophia hatte mit ihrer Vermutung richtiggelegen. Er war Politiker, genauer gesagt der Bürgermeister Salòs, und wie alle Kleinstadtpolitiker überall auf der Welt verstand auch er es hervorragend, die gesamte anwesende Ortsprominenz einzeln zu begrüßen, sich selbst angesichts dieses Kulturereignisses in gutem Licht erscheinen zu lassen und die Geduld des Publikums zu strapazieren.

Die Zuschauer wurden wieder wach, als der Bürgermeister den ersten Auftritt des Abends ankündigte. Selbstverständlich war es noch nicht Anna Sacharowa; den Höhepunkt sparte man sich schließlich für das Ende auf. Stattdessen wurden die *Variationen über ein Rokoko-Thema* von Tschaikowsky angekündigt. Es war ungewöhnlich, bei einem italienischen Geigenfestival ausgerechnet Musik eines russischen Komponisten darzubieten. Sophia störte sich daran jedoch nicht. Für sie kannte Musik keine Grenzen. Das Rätsel wurde sogleich gelöst, als der Bürgermeister erklärte, dass dies ein ausdrücklicher Wunsch des Stargasts war. Eine äußerst kluge Wahl, musste Sophia zugeben. Tschaikowskys Variationen bildeten einen guten Kontrast zu den später folgenden temperamentvollen Kompositionen Paganinis.

»Wo ist der Geiger?«, flüsterte Andreotti ihr ins Ohr.

»Neben dem Cellisten.«

»Das sehe ich auch. Ich meine, warum steht er nicht in der Mitte? Ist das nicht sonst immer so?«

»Weil in diesem Stück das Violoncello den Hauptpart hat«, erklärte Sophia geduldig. »Die Variationen wurden 1877 von Tschaikowsky für Wilhelm Fitzenhagen komponiert, einen der berühmtesten Cellisten seiner Zeit. Fitzenhagen hat das Werk vor der Aufführung überarbeitet, er hat einige Passagen gestrichen und die Reihenfolge der Variationen verändert. Dadurch ist es noch effektvoller.«

»Na, der hat sich was rausgenommen. Ich hätte getobt an Tschaikowskys Stelle.«

»Tschaikowsky war tatsächlich außer sich. Als ihm dann aber die überwältigenden Kritiken zugetragen wurden, war er letztlich doch zufrieden. Das Ergebnis ist eben das, was zählt.«

»Daher Ihr nächtlicher Alleingang bei Esposito. Weil für Sie, für Künstler, das Ergebnis zählt. Bei einem Andreotti als Komponisten hätte dieser Fitzenhagen es nicht gewagt.«

»Bei Ihnen als Komponist hätte er das Stück erst gar nicht aufgeführt.«

Als die Musiker zum Spielen ansetzten, zischte der Sitznachbar ihnen zu, ruhig zu sein, und so blieb Sophia Andreottis Konter erspart.

Der Dirigent, ein schlanker, unscheinbarer Mann, lief zu wahrer Höchstform auf und führte die Musiker mit temperamentvoller Gestik durch das Stück. Sommerlich leichtes Streicherspiel wechselte zu einer düster angehauchten Melancholie, um schließlich in einen romantischen Höhepunkt zu münden. Erschöpft ließ der Dirigent seine Arme sinken, als die letzten Noten verklangen. Sophia sah, wie Andreotti sich über das Gesicht wischte.

Nach nicht enden wollendem Applaus und zahlreichen Verbeugungen des Dirigenten betrat erneut der Bürgermeister die Bühne. Diesmal fasste er sich zur Erleichterung aller Anwesenden kurz und kündigte gleich den Höhepunkt des Abends an.

Frenetischer Beifall brandete auf, als der Bürgermeister abging und Anna Sacharowa auf der Bühne erschien. Sie wirkte ganz und gar nicht wie ein Superstar. Fest hielt sie ihre Geige umklammert und blickte fast ein wenig schüchtern ins Publikum. Nichts war zu spüren von zickigen Diva-Allüren. Ob es nun bewusst inszeniert war oder ihrer Natur auf der Bühne entsprach: Das Publikum liebte sie dafür. Sie sei so nahbar, so verletzlich, wurde sie oft von den Kritikern gepriesen, und zudem auch noch hübsch. Anna Sacharowa klemmte ihre Geige unter das Kinn, schloss die Augen und begann, die ersten Takte von Paganinis *Caprice Nr. 24 a-Moll* zu spielen. Ein eher simples Stück, aber eine gute Wahl für den Einstieg. Es verausgabte den Solisten nicht und verschaffte ihm dadurch Sicherheit, was gerade für Anna Sacharowa wichtig war.

Tatsächlich schien sie von Minute zu Minute souveräner zu werden. Als Nächstes folgten zwei komplexere Stücke.

Als Anna Sacharowa sich schließlich in die Pause verabschiedete, hatte sie das Publikum restlos begeistert. Kaum hatte sie die Bühne verlassen, stoben die Zuschauer bereits zu dem kleinen Getränkestand, der vor der Gelateria am Platz aufgebaut worden war, und Sophia wurde mehr geschoben, als dass sie ging. Einmal glaubte sie, in der Menge Fredos Gesicht erkannt zu haben, als sie jedoch erneut hinschaute, war von ihm nichts mehr zu sehen. Das Salòer Festival musste für ihn ein lukrativer Tag sein. Jemand rempelte Sophia von der Seite an. Es war Signora Orsini. Sophia grüßte sie freundlich, und die Orsini grüßte leicht irritiert zurück. Dann schien sie Sophia einordnen zu können. »Ach, die Geigenbauerin.«

Sophia überging ihren leicht abfälligen Ton. »Ein wundervolles Konzert«, sagte sie stattdessen. »Ihre Tochter wird es genießen.« Die Orsini nickte wortlos und schob ihren Mann samt Tochter weiter durch die Menge.

»Und, wie fanden Sie es?«, fragte Andreotti, während er zielsicher auf einen Weinstand zusteuerte. Sophia umschiffte einen Mann, der seine beiden ergatterten Weingläser hoch in die Luft hielt. »Sie meistert die schwierigen Partituren sehr gut. Natürlich hat sie nicht die Technik eines Paganini. Aber wer hat das schon. Selbst Stargeiger wie Anna Sacharowa haben Schwierigkeiten, heranzukommen. Dennoch würde ich sagen, dass sie ihre alte Form zurückerlangt hat. Sie hat ihre Geige ein wenig modifizieren lassen.«

»Ist das nicht geschummelt?«

»Überhaupt nicht«, lachte Sophia. »Paganini selbst hatte auf seiner Geige etwas dünnere Saiten aufgezogen. Das erleichterte ihm das Pizzicato-Spiel mit der linken Hand, und außerdem sprechen die Flageolet-Töne in den höheren Lagen besser an. Annas

Stradivari hat auch etwas dünnere Saiten. Es ist übrigens nicht leicht, eine Geige so zu besaiten und dennoch ihr Klangvolumen beizubehalten.«

»Wen bewundern Sie mehr: Anna oder ihren Geigenbauer, den, der die Stradivari pflegen darf? – Moment, lassen Sie mich raten.« Andreotti legte mit gespielter Nachdenklichkeit die Stirn in Falten.

»Sie kennen die Antwort ganz genau«, lachte Sophia. Andreotti hatte recht. Was würde sie darum geben, sich einmal mit dem Geigenbauer der Anna Sacharowa zu unterhalten, einmal ihre Stradivari in den Händen zu halten und zu stimmen.

Vor dem Getränkestand hatte sich eine Menschentraube gebildet. Es würde eine Ewigkeit dauern, hier etwas zu ergattern. Andreotti schien jedoch jemanden am Stand ausgemacht zu haben. »Emilia!«, rief er und versuchte heftig gestikulierend, eine hübsche Bedienung auf sich aufmerksam zu machen, die eilig ein Weinglas nach dem anderen füllte. Als sie Andreotti bemerkte, warf sie ihm ein Lächeln zu und winkte ihn heran. Der Commissario ließ Sophia stehen und schob sich durch die Menschentraube.

Wieder wurde Sophia von hinten angestoßen. Ein fülliger Mann schob sich, ebenfalls den Weinstand fest im Blick, an ihr vorbei. Ihm folgte eine Horde weiterer Gäste. Sophia ging einen Schritt zur Seite und ließ die Gruppe passieren, als ihr plötzlich jemand auf die Schulter tippte.

Sie wirbelte herum. »Luigi!«, rief sie überrascht aus. »Du hier?«

»Ist das so abwegig?«, fragte Luigi mit seinem unverwechselbaren Charme. »Als Geigenbauer kann ich mir doch ein Konzert der Anna Sacharowa nicht entgehen lassen, selbst wenn ich stehen muss.« Luigi blickte an ihr herab. »Gut siehst du aus. So elegant.«

Sophia spürte, wie sie errötete. »Danke. Du auch.«

»Ich sehe aus wie immer«, gab er lachend zurück. Da hatte er allerdings recht. Wie üblich trug Luigi Jeans, braune Lederschuhe und ein unscheinbares Hemd. Zwischen all den elegant gekleideten Gästen strahlte Luigi mit seiner lässigen Art eine faszinierende Souveränität aus, so als wollte er sich von dem ganzen Schein und Glanz distanzieren und zeigen, dass es ihm nur um die Musik ging. Im Grunde hatte Luigi da recht. Gute Musik brauchte keinen Prunk. Sie war pur und ehrlich. Sophia blickte an ihrem kleinen Schwarzen herab und schwieg verlegen.

»Sophia, erinnerst du dich noch an das letzte Mal, als wir beide hier waren?«

»Natürlich. Daran habe ich vorhin auch gedacht. Die Menschenmenge hat mir damals echt eine Heidenangst eingejagt.«

»Du hast die ganze Zeit meine Hand gehalten. Ich kam mir damals vor wie ein Held, der seine Prinzessin beschützt.«

»Wir waren Kinder.«

Und dennoch hatte Luigi auch heute noch diese fröhlich funkelnden Augen, in die Sophia damals so verschossen gewesen war.

In diesem Moment erklang Andreottis unverkennbares Räuspern. Mit zwei Gläsern Wein in den Händen war er hinter Sophia aufgetaucht. Luigis Lächeln verschwand.

»Commissario Andreotti«, stellte sich Andreotti unnötigerweise vor.

»Ich weiß. Wir kennen uns aus der Werkstatt.«

»Ich begleite die Signora heute zum Konzert. Und Sie?«

»Ich bin alleine da. Das heißt, mit Freunden«, antwortete Luigi.

Die beiden Männer musterten einander stumm. Schließlich streckte Luigi dem Commissario ein braunes Papiertütchen entgegen.

»Oliven?«

»Mir ist der Appetit auf Oliven vor einiger Zeit vergangen«, entgegnete Andreotti.

Luigi lachte trocken auf. »Nun denn, jetzt, wo du einen echten Commissario als Beschützer hast, muss ich mir ja keine Sorgen mehr um dich machen, nehme ich an.«

»Müssen Sie nicht«, sagte der Commissario.

Luigi schien jemanden in der Menge erkannt zu haben. Mit einem dünnen Lächeln verabschiedete er sich, warf sich eine Olive in den Mund und verschwand.

»Netter Junge«, sagte Andreotti. Er drückte Sophia ein Glas Wein in die Hand und prostete ihr mit dem anderen zu. »Auf einen gelungenen Konzertabend.«

Sophia schaute sich um, aber Luigi war nicht mehr zu sehen. »Ja, auf einen gelungenen Abend«, murmelte sie.

Mit dem Erklingen des dritten Gongs hatten sie es gerade wieder zurück zu ihren Plätzen geschafft. Unter begeistertem Applaus begrüßten die Zuschauer Anna Sacharowa zurück auf der Bühne. Sie wirkte nun deutlich unbefangener als noch zu Beginn. Das war nicht nur ihrem Blick anzumerken, sondern auch ihrem Spiel. Es war ein wahres Feuerwerk. Sie startete mit Auszügen aus Paganinis Violinkonzert Nr. 2, das schließlich von seinem Konzert Nr. 1 in Es-Dur gekrönt wurde. Als Anna Sacharowa sich schließlich erschöpft verbeugte, riss es das Publikum von den Sitzen. Frenetischer Beifall und Bravorufe folgten, Blumen wurden geworfen. Die große Anna Sacharowa war wieder da.

Eine halbe Stunde, nachdem sie die Bühne verlassen hatte, war die Piazza Duomo immer noch voller Menschen. Gelächter hallte von den Wänden wider, Gläser klirrten, und in immer wieder neu angefachter Begeisterung ließen die Besucher verlauten, wie wundervoll das Konzert gewesen war. Andreotti hatte von seiner Bekannten am Weinstand bereits das dritte Mal Nachschub besorgt und unterhielt sich abwechselnd mit Sophia und mit diversen Persönlichkeiten, die man als Commissario einer solchen Kleinstadt kennen musste. Von Luigi war nichts mehr zu sehen. Stattdessen hatte Sophia eine andere vertraute Gestalt entdeckt. An der südlichen Ecke der Piazza Duomo hatte der Straßengeiger Position bezogen und begann nun, Bach zu spielen. Er tat gut daran, nicht Paganini zu wählen. Er hatte Talent und eine erstklassige Ausbildung, keine Frage, aber nach einem solch furiosen Konzert eines Weltstars wäre seine Paganini-Interpretation nur ein fader Abklatsch gewesen. So aber wurde sein Geigenspiel als eine nette, aber außergewöhnlich virtuose Weinmusik nach einem gelungenen Konzertabend aufgenommen, und sein Geigenkasten füllte sich beachtlich mit Münzen.

»Dies ist die Geburtsstadt des Geigenbaus. Der Erfinder der Geigen kommt von hier«, hörte Sophia Andreotti zu einer amerikanischen Touristin in schlechtem Englisch sagen. »Deswegen ist es für Salò eine absolute Sensation, einen Weltstar wie diese Anna hier begrüßen zu dürfen.« Vor zwei Tagen hatte Andreotti nicht einmal gewusst, wer Anna Sacharowa oder Gasparo da Salò war, und jetzt spielte er hier den Experten. Sophia unterdrückte ein Gähnen. Es war ein langer Tag gewesen.

»Frag doch die Geigenbauerin«, kreischte plötzlich eine Frauenstimme in Sophias Ohr. Es war die Orsini, die auf Sophia zugewankt kam, ihren Mann und ihre Tochter im Schlepptau.

»Sagen Sie es meinem Mann, denn mir glaubt er ja nicht. Die Sacharowa hat eine Tony Strad gespielt, habe ich recht?«, brachte die Orsini mit schwerer Zunge hervor.

»Damit haben Sie vollkommen recht«, stimmte ihr Sophia zu.

»Siehst du? Und du glaubst mir nicht!«, bellte sie ihren Mann an und wandte sich wieder an Sophia. »Er versteht halt rein gar nichts von Geigen. Eine erstklassige Geige hebt Musik auf ein ganz anderes Niveau.«

»Das tut viel Übung sicherlich auch«, ergänzte Andreotti, aber die Orsini hatte bereits ein anderes bekanntes Gesicht bemerkt. »Signor Locatelli!«, schrie sie entzückt auf. Sophia erkannte in der

Menschenmenge das Gesicht des Bankdirektors. Freudig winkte er ihr zu. Als er bemerkte, wer ihn noch entdeckt hatte, versuchte er, sich abzuwenden, jedoch zu spät. Die Orsini war bereits auf ihn zugestolpert, und so blieb ihm nichts anderes übrig, als sich ihrem Redeschwall zu ergeben.

»Die hat aber gut getankt«, raunte der Commissario.

»Sie ist auch nüchtern unausstehlich«, lachte Sophia. »Scheint aber wirklich jeden in Salò zu kennen.«

»Locatelli zu kennen ist keine Kunst. Den kennt beinahe jeder. Der ist hier fast so bekannt wie ich. Nur eine Sache müssen Sie mir verraten. Was zur Hölle ist nun wieder eine Tony Strad? Ich dachte, die Sacharowa spielt auf einer Stradivari?«

»Das ist fast das Gleiche«, lachte Sophia. »Unter Sammlern gilt es irgendwie als schicker, von einer Tony Strad oder einer Tony zu sprechen.«

»Muss man nicht verstehen«, schüttelte Andreotti den Kopf.

»Nein. Muss man nicht«, stimmte Sophia ihm zu. »Reden Sie lieber von einer Stradivari. Das lässt Sie nicht so borniert erscheinen.«

»Darauf können Sie sich verlassen.«

Der Straßenmusiker wechselte nun zu einem Satz aus den *Vier Jahreszeiten* von Vivaldi. Auch dieses Stück beherrschte er virtuos.

»Ist er gut?«, fragte Andreotti.

»Sehr sogar. Noch besser als vorhin schon«, bestätigte Sophia.

»Nicht nur der Musiker, sondern auch die Geige macht die Kunst aus«, zwinkerte ihr Andreotti zu.

»Sie haben gut aufgepasst. Aber sagen Sie das bloß nicht einem Weltstar wie Anna Sacharowa«, lachte Sophia.

»Nicht wahr?«, hörte Sophia eine Stimme hinter sich. »Meine Anna ist ein Star.« Es handelte sich unverkennbar um Roberto Esposito. Sein Haar hatte er mit zu viel Gel nach hinten gezwungen, und eine Wolke teuren Parfums umnebelte Sophia. Sein cremefarbenes Hemd hatte er stilsicher mit einer weinroten Jacke kombiniert, die ein sündhaft teuer wirkendes gelbes Einstecktuch zierte. »War sie nicht wundervoll?«

Das war Anna Sacharowa allerdings gewesen, und Sophia war sich nicht zu schade, Esposito ein Kompliment auszusprechen, das er mit einem zufriedenen Nicken annahm.

»Wo ist Anna eigentlich?«, wunderte sich Sophia.

»Mein Täubchen hat sich auf unsere Jacht zurückgezogen. Sie lebt für die Musik, aber sie hasst den Trubel um ihre Person.« Dafür schien Esposito den Trubel umso mehr zu lieben. Er verhielt sich, als wäre er der Entdecker der großen Musikerin und als würde es sie ohne ihn gar nicht geben. Sophia verspürte plötzlich Mitleid für Anna Sacharowa. Die Musikerin schien wirklich nicht viel mehr zu sein als ein interessantes Stück in seiner Sammlung.

»Kennen Sie eigentlich die Familie Orsini?«, fragte Sophia, als Esposito schon weiterziehen wollte. Es war nur ein Gedanke, eine Gelegenheit, jetzt, wo Esposito ihr schon über den Weg gelaufen war. Dieser stutzte kurz, ließ dann aber schnell seine weißen Zähne aufblitzen. »Ja, richtig, die Orsinis. Signora Orsini meint, ihre Tochter sei eine zweite Anna Sacharowa. Aber mit dieser Meinung steht sie alleine da.« Esposito lachte lauthals über seinen eigenen Witz.

»Signora Orsini hat mir gesagt, dass Sie ihr den Gutachter Alessandro Ferregina empfohlen haben.«

»Wenn sie das gesagt hat, dann wird es wohl so sein«, antwortete Esposito gleichgültig. Bevor Sophia weitere Fragen stellen konnte, verabschiedete er sich nonchalant und zog weiter, um sich von anderen Ortsgrößen bewundern zu lassen.

Andreotti musterte Sophia schief. »Wollen Sie mich nicht einweihen?«, fragte er schließlich.

»Was meinen Sie?«

»Sie wissen genau, was ich meine. Irgendetwas ist Ihnen doch an Esposito gerade seltsam vorgekommen. Das sehe ich Ihnen doch an. Also, was hat es mit Esposito und Ferregina auf sich?«

»Können Sie sich noch daran erinnern, dass Esposito gesagt hat, er würde keinen Alessandro Ferregina kennen?«

»Stimmt«, fiel es dem Commissario wieder ein. »Und jetzt kannte Esposito Ferregina doch. Und was schließen wir daraus?«

»Erstens, dass der gute Esposito nicht ganz ehrlich ist.«

»Und zweitens?«

»Zweitens, dass Sie jetzt eine Dame nach Hause begleiten werden.«

»Sehr gerne«, zwinkerte Andreotti ihr zu.

»Eine Dame, die sich dann alleine in ihr Zimmer zurückziehen wird.«

Andreotti lachte laut auf. »Ich hatte nichts anderes im Sinn. Vergessen Sie nicht: Ich bin der Commissario.«

»Genau das habe ich ja nicht vergessen«, gab Sophia zurück.

41

Wie versprochen hatte sie der Commissario, ganz italienischer Gentleman, bei Marta abgesetzt und war mit einem letzten förmlichen Gruß in den Abend verschwunden. Die Eindrücke des Konzerts waren noch so lebendig, dass Sophia beschloss, bei der wundervollen Abendluft noch ein wenig auf der kleinen Bank neben dem Gasthaus zu verweilen. Doch kaum hatte sie sich hingesetzt, sprang sie schon wieder auf. Nicht das Spiel der Sacharowa war es, das sie so beschäftigte, sondern etwas ganz anderes. Sophia ärgerte sich darüber, dass es ihr jetzt erst aufgefallen war. Sie musste ihn unbedingt sprechen. Sophia sprang auf, sprintete sofort los und schlug der Länge nach hin. Das kleine Schwarze und die Schuhe waren wirklich nicht die beste Wahl, wenn man es eilig hatte. Mit einem Stöhnen rappelte sich Sophia auf, nahm die Schuhe in die Hand und lief los.

Als sie keine zehn Minuten später auf dem Domplatz ankam, hatte sich die Menschenmenge bereits aufgelöst; nur noch vereinzelte Gruppen standen beisammen und tranken Wein. Er jedoch war fort.

Fieberhaft überlegte Sophia, wo er sein könnte. Bestimmt würde sie ihm tagsüber wieder in den Gassen Salòs begegnen, aber dafür hatte sie keine Zeit. Es gab jedoch jemanden, der ihr helfen konnte. Auch wenn Sophias Beine sich schon viel zu müde anfühlten für einen weiteren Marsch, machte sie sich auf. Inzwischen kannte sie ja den Weg.

Fredos Begeisterung hielt sich in Grenzen, als er sah, wer so spät am Abend bei ihm Sturm klingelte. Auch Sophia konnte sich weitaus Besseres vorstellen, als um diese Uhrzeit noch hier aufzutauchen. Fredo würde ihr jedoch helfen müssen, denn niemand außer Andreotti hatte die Menschen in Salò so im Blick wie Fredo.

»Wer ist das?«, drang Ilonas Stimme aus der Stube.

»Niemand«, rief Fredo zurück in die Stube. Dann öffnete er die Tür einen kleinen Spalt mehr. »Was willst du schon wieder hier?«, zischte er.

»Ich brauche deine Hilfe.«

»Vergiss es.«

»Und was ist mit deinem Familienehrenwort?«

»Das hast du bereits beansprucht. Wir sind quitt.« Fredo wollte die Tür schließen, aber Sophia hatte rechtzeitig den Fuß dazwischengeschoben. Das hatte sie vom Commissario gelernt. Jedoch hatte er im Gegensatz zu ihr Schuhe angehabt. Sie schrie auf, als die Tür ihren Fuß gegen den Rahmen drückte. Erschrocken öffnete Fredo die Tür wieder ein wenig mehr. Es hatte funktioniert, wenn auch anders als bei Andreotti.

»Du schuldest mir noch ein Handy.«

Fredo verdrehte die Augen. »Das war aber ein verdammt teures Handy, wenn du mich fragst. Die vorletzte Nacht war Bezahlung genug. Wenn das rauskommt, sind wir beide erledigt.«

»Was war denn vorletzte Nacht?«, erklang wieder Ilonas Stimme, die jetzt hinter Fredo erschien. »Sie schon wieder?« Die Verwunderung in Ilonas Augen wurde zu Verärgerung. »Was haben Sie mit meinem Mann zu schaffen?«

Das war eine gute Frage. Fredo dürfte es ihr kaum erzählt haben. Kein Wunder, dass Ilona misstrauisch war. Eine Frau wusste instinktiv, wenn ihr Mann ihr etwas verheimlichte. »Fredo, ich meine, Ihr Mann, hat mir geholfen.«

»Wobei soll er Ihnen denn geholfen haben?«, hakte sie misstrauisch nach.

»Nicht mir, sondern der Polizei.«

»So was zieht man bei der Polizei an?«, fragte Ilona und musterte Sophia skeptisch. Nun gut, das kurze Schwarze samt den Absatzschuhen in der Hand war tatsächlich kein überzeugender Aufzug.

»Ihr Mann hat der Polizei geholfen.«

»Fredo hat der Polizei geholfen?«, fragte Ilona noch ungläubiger.

»Er ist so etwas wie … ein ehrenamtlicher Mitarbeiter. Wir sind Kollegen.«

Ilona beäugte skeptisch ihren Mann. »Stimmt das?«

»Ja, wir sind Kollegen«, seufzte Fredo. Und da eine Frau wie Ilona sehr gut erkennen konnte, wann ihr Mann log und wann er die Wahrheit sagte, huschte ein Lächeln über ihr Gesicht. Sie öffnete die Tür und gab Sophia mit einem Handzeichen die Erlaubnis, einzutreten.

»Erst Einbrecher, jetzt Polizeispitzel«, raunte Fredo Sophia entrüstet zu, als sie Ilona folgten. »Wie tief muss ich deinetwegen noch sinken?«

»Ehrenamtlicher Mitarbeiter«, korrigierte Sophia ihn. »Und wir sind Kollegen. Nicht vergessen!«

Trotz der späten Stunde war die Stube genauso belebt wie beim ersten Mal. Diesmal saß das Jüngste auf dem Boden und versuchte übermüdet, einen Schnürsenkel zu essen, während die anderen Kinder durch die Zimmer tobten. Ilona schien der Tumult jedoch nicht das Geringste auszumachen. Ihr gesamtes Interesse galt der neuen Karriere ihres Mannes. »Du hast mir gar nicht erzählt, dass du für die Polizei arbeitest.«

»Es war ja auch nur einmal«, versuchte Fredo, sich herauszureden.

Ilona verzog das Gesicht. »Da machst du endlich mal was Anständiges, und schon willst du es wieder hinwerfen.«

»Was soll denn das heißen, etwas Anständiges?«, empörte sich Fredo. »Ich habe einen hochanständigen Beruf mit einer langen Familientradition.«

»So geht das schon die ganze Zeit. Familientradition hin, Familientradition her. Ich habe davon nie etwas gehalten. Du hast eine Familie zu ernähren, Fredo.«

»Aber das mache ich doch auch!« Plötzlich schien Fredo ein Gedanke zu kommen. »Und der Polizei habe ich nur ehrenamtlich geholfen. Ich habe dafür kein Geld erhalten.«

»Stimmt das?«, fragte Ilona skeptisch an Sophia gewandt.

»Ja, aber das liegt daran, dass Fredo noch eine Art … Praktikant ist.«

Ilona legte wieder ihre Stirn in Falten, schien nachzudenken und gelangte wohl zu einem positiven Ergebnis. »Da ist was dran. Wir alle müssen erst mal lernen. Welche Aufgabe hat mein Fredo denn jetzt?«

»Ich möchte, dass er einen Zeugen ausfindig macht, also wir möchten das. Für die Polizei.«

Ilona klatschte freudig in die Hände. »Das kann mein Fredo!«

Fredos Blick wechselte mit zunehmender Verzweiflung zwischen den beiden Frauen hin und her, und schließlich gab er sich geschlagen und ließ sich auf einen Stuhl fallen. »Ich brauche einen Wein. Einen guten.« Ilona klatschte erneut freudig in die Hände und machte sich daran, eine Flasche zu holen, während Sophia ihm eine Beschreibung des Straßenmusikanten gab. Und tatsächlich: Fredo kannte ihn, wenn auch nur vom Sehen. Vor einem Jahr war er in Salò aufgetaucht, und er war Fredo sofort aufgefallen. Nicht wegen seiner Musik, sondern weil Fredo befürchtet hatte, dass der Geiger ein Konkurrent war, der mit seinem Geigenspiel Touristen ablenken wollte, um ihnen die Taschen zu leeren. Als Fredo jedoch alsbald feststellte, dass sich die flinken Finger des Geigers ausschließlich der Musik widmeten, hatte er das Interesse an ihm wieder verloren. Wo der Straßenmusiker wohnte, wusste Fredo nicht, und einen wirklichen Stammplatz hatte er auch nicht. Fredo vermutete, dass er gar keine amtliche

Lizenz hatte, um an den begehrten Touristenorten spielen zu dürfen, und dass er deshalb mal hier und mal dort spielte und schnell die Beine in die Hand nahm, sobald jemand vom Ordnungsamt auftauchte. Es würde Fredo also nichts anderes übrig bleiben, als sich selbst auf die Suche zu machen, was er schließlich unter Ilonas liebevoll strengen Blicken zu tun versprach.

»Und wieso du, also wir diesen Straßenmusiker ausfindig machen wollen, kannst du mir nicht sagen?«, wollte Fredo noch wissen.

»Weil manchmal die Dinge doch so sind, wie sie scheinen«, antwortete Sophia.

»Aus dir werde ich einfach nicht schlau.« Fredo fügte sich in sein Schicksal.

42

Am nächsten Morgen hatte Luigi noch weniger gesprochen als sonst bei der Arbeit. Seit zwei Stunden war er in seine Arbeit vertieft. Ein Cello brauchte einen neuen Boden. Behutsam fuhr er mit einem kleinen Hobel über das Stück, und Holzflocken bedeckten seinen Tisch.

Sophia hatte neue Saiten für eine unscheinbare Geige aufgezogen, reine Routinearbeit. Sie schloss die Augen und stimmte Saite für Saite an. Sie musste wieder an das gestrige Konzert denken, die meisterhafte Darbietung der Sacharowa und den betrunkenen Auftritt der Orsini. Es war nur ein Bauchgefühl, vielleicht von der Sorte, wie es der Commissario hatte, wenn er ermittelte. Aber etwas, was die Orsini gesagt hatte, hatte Sophia keine Ruhe gelassen, und es war richtig gewesen, noch in derselben Nacht zu Fredo zu gehen.

Sophia holte das elektronische Stimmgerät aus der Tasche und schraubte es auf die Schnecke der Geige. Es zeigte ihr exakt an, was ihr Gehör ihr bereits gesagt hatte. Sie hatte die Geige perfekt gestimmt. Giuseppe hasste diese neumodische Technik, aber Sophia gab sie Sicherheit bei der Arbeit. Und da der alte Geigenbauer noch vorne im Laden mit einem anspruchsvollen Kunden beschäftigt war, würde er es gar nicht mitbekommen. Nahezu jeder Geigenbauer nutzte sie heutzutage, aber Traditionalisten wie Giuseppe verwiesen darauf, dass große Geigen der letzten Jahrhunderte auch ohne solchen neumodischen Schnickschnack gestimmt worden waren. Eilig verstaute Sophia das Stimmgerät wieder in ihrem Rucksack und polierte ein letztes Mal die Geige, als erneut die Ladenglocke ging. Die Stimme, die Giuseppe begrüßte, erkannte Sophia sofort, und kurz danach schob sich auch schon der Commissario in die Werkstatt.

»Unser Großmeister hat mir erlaubt, seine beste Mitarbeiterin zum Mittagessen zu entführen«, sagte Andreotti. Er schien bester Dinge zu sein, und als er Luigi entdeckte, grüßte er ihn gönnerhaft, was Luigi mit einem knappen Nicken quittierte.

Luigi reinigte seinen Hobel. »Kommst du voran?«, fragte Sophia. Doch Luigi brummte nur eine unverständliche Antwort. Ursprünglich hatte sie ja mit ihm zu dem Konzert gehen wollen, aber dann hatte Andreotti sie mit den Karten überrascht. »Bist du sauer, dass wir gestern nicht zusammen beim Konzert waren?«, fragte Sophia, ohne lange nachzudenken.

»Überhaupt nicht. Du warst doch eingeladen«, antwortete Luigi und widmete sich weiter seinem Instrument. Er war ein schlechter Lügner. Luigi war tatsächlich eifersüchtig, und das ausgerechnet auf Andreotti. Beinahe hätte sie losgelacht. Sie stand auf und legte die Geige zurück an ihren Platz im Regal.

»Ich sehe, du bist fertig«, sagte der Alte. Der Kunde war wieder gegangen, und Giuseppes Gesichtsausdruck nach zu urteilen, hatte er kein Instrument gekauft. »Wir haben was zu tun«, sagte er, und Sophia befürchtete schon, dass er sie wieder mit einer langweiligen Standardgeige beschäftigen würde, aber Giuseppe schien anderes im Sinn zu haben. »Deine Derazey«, sagte er und schlurfte zu seinem Arbeitstisch. »Zeig sie mir mal.«

Damit hatte Sophia nicht gerechnet. Zwar hatte sie die Derazey vorsorglich mitgebracht, aber sie wusste, wie viel Giuseppe zu tun hatte. Bevor ein Kunde sie stören konnte, holte sie das gute Stück aus ihrem Rucksack hervor und legte es auf Giuseppes Arbeitsplatte. Luigi schaute verstohlen hinüber, tat aber so, als ob ihn das alles nicht interessierte.

Giuseppe nahm den Korpus in seine rissigen Hände und drehte ihn langsam. »Nicht sonderlich gut erhalten. Aber ich sehe, du hast dich ihrer angenommen.« Giuseppe kniff die Augen zusammen. »Keine schlechte Arbeit«, murmelte er. »Keine schlechte Arbeit.«

Sophia wurde warm ums Herz. Es war selten, dass der alte Geigenbaumeister ein Lob aussprach. »Was ist mit dem Hals?«, fragte Giuseppe plötzlich. Sophia holte den Hals aus dem Rucksack und legte ihn auf die Arbeitsplatte. Giuseppe verzog das Gesicht.

»Was für ein grauenvolles Teil. Nur ein Stümper bringt einen solch klobigen Hals mit solch einem filigranen Korpus zusammen.«

Oder jemand, der nichts Besseres zur Hand hatte. Wie sie. Giuseppe erhob sich und schlurfte in den hinteren Teil der Werkstatt. Nach einigen Minuten kehrte er mit einem Hals in der Hand zurück. »Versuch mal den.« Zu ihrer Überraschung war das der Hals einer Mirecourt. Sophia wusste nicht, was sie mehr überraschte: dass Giuseppe ihr solch einen wertvollen Hals schenken wollte, oder dass er Bauteile französischer Instrumente hatte.

»Der ist doch viel zu wertvoll«, entfuhr es Sophia.

Giuseppe ließ sich wieder auf den Stuhl fallen. »Das sagt wer?«

»Das weiß doch jeder – wenn du den passenden Korpus einer Mirecourt fändest, dann hättest du ein wundervolles Instrument.«

Der Alte machte eine abwehrende Handbewegung. »Ich warte schon seit acht Jahren darauf. Ich bin alt. Da sollte man sich das Warten abgewöhnen.«

»Aber selbst mit dem Hals würde die Geige nie den Wert erzielen, den das Instrument dann dem Klang nach hätte. Du weißt, dass Sammler nur reine Instrumente lieben.«

»Wenn du das für das Geld machst, dann ist der Hals in den falschen Händen«, zischte der Alte, um gleich etwas sanftmütiger fortzufahren. »Was wissen Sammler schon. Sie kaufen Geschichten und nicht die Kunst. Sie hören das Knistern der Geldscheine und nicht den zarten Klang einer guten Violine. Gib den Sammlern, was die Sammler wollen, aber gib den Künstlern, was die Künstler brauchen, nämlich eine hervorragende Geige, die ihrem Können gerecht wird.«

Giuseppe war wirklich ein Geigenbaumeister der alten Garde. Spontan umarmte Sophia ihn. »Ist schon gut, Kind, ist schon gut«, murmelte der Alte und rückte seine Brille zurecht. »Bereite mir damit keine Schande«, sagte er noch und machte sich daran, sein Werkzeug zu reinigen. Nein, sie würde ihm keine Schande bereiten. Das würde sie wahrlich nicht. Weder ihm noch der Geige, noch dem Künstler, der sie eines Tages mal spielen würde.

Eilig packte sie die Derazey und den Hals ein und sprang auf. Doch bevor sie losstürmte, fiel ihr noch etwas ein. »Lass uns doch morgen etwas zusammen machen«, sagte sie zu Luigi, der völlig verdattert von seiner Geige aufblickte.

»Aber morgen müssen wir doch in die Werkstatt«, stammelte er.

»Ich habe einmal die Woche einen freien Tag. Schon vergessen?«, lachte Sophia.

»Und du bist der Sohn des Inhabers, du solltest dir freinehmen können.«

»Aber was wollen wir machen?«

Sophia zwinkerte ihm zu. »Lass dir etwas einfallen Und hol mich morgen früh ab!« Bevor Luigi antworten konnte, sprintete sie los.

Sie hatte noch einiges zu tun.

43

Sophia lehnte neben Luigi an der Reling und genoss die Sonnenstrahlen. Die Silhouette der Uferpromenade Salòs zog an ihnen vorbei. Von hier sah Salò mit seinen gelben und cremefarbenen Häuschen und dem pittoresken Dom aus wie gemalt. Luigi hatte sie direkt nach dem Frühstück abgeholt. Auf ihre Frage, was er für den Tag geplant hatte, schenkte er ihr statt einer Antwort nur ein Lächeln. Sophia ließ sich gerne überraschen, und außerdem tat es gut, sich einfach mal führen zu lassen, nicht entscheiden zu müssen.

So früh am Morgen war das Schiff noch menschenleer. Fast kam es Sophia vor, als wären sie die Einzigen an Bord, abgesehen vom Schiffspersonal. Der Duft des Sees vermischte sich mit dem strengen Geruch des Diesels zu einer vertrauten Erinnerung. Sophia war als Kind schon einmal hier gewesen. An Details konnte sie sich nicht mehr erinnern, wohl aber an das Gefühl von kindlicher Vorfreude. Die romantische Kulisse Salòs ging über in das Grün der typischen Bergwälder des südlichen Gardasees, aus denen zwischen Laubbäumen die stolzen, hochgewachsenen Zypressen hervorstachen.

»Komm, wir gehen zum Bug«, sagte Luigi. »Von dort hat man den besten Ausblick.« Sophia wollte sich eigentlich nicht von der wundervollen Szenerie lösen, war jedoch gespannt zu erfahren, was es zu sehen gab, und folgte ihm. Von der Spitze des Schiffs hatte man in der Tat einen hervorragenden Blick auf die Pracht des Gardasees. Das dunkle Blau, das eine tiefe Ruhe ausstrahlte, wurde nur unterbrochen von dem Aufblitzen der Sonne in den sanften Wellen. Ein kleines Segelboot kreuzte ihren Weg. Das Wasser kräuselte sich am Bug, wirbelte auf und hinterließ ein

Muster im klaren Blau. Sophia winkte in Richtung des Seglers und freute sich wie ein kleines Kind, als der Segler eine Hand von der Leine nahm, um zurückzuwinken. Sie war Luigi dankbar, dass er die Idee zu dieser Fahrt gehabt hatte. Der See hatte mit seiner einzigartigen Mischung aus Lebendigkeit und Ruhe schon seit jeher eine besondere Faszination auf sie ausgeübt.

Sie befanden sich mitten auf dem See, als plötzlich die Maschinen gedrosselt wurden, bis sie vollends verstummten und das Schiff lautlos dahinglitt. Sophia spürte Luigis Arm auf ihrer Schulter. Es fühlte sich gut an. Mit dem letzten Rest Schubkraft drehte sich der Bug, und vor ihnen tauchte ein pittoreskes Städtchen auf. Als es seine gesamte Schönheit entfaltet hatte, stoppte das Schiff seine Drehung. Lediglich das Schlagen der Wellen und das Kreischen der kreisenden Möwen durchbrachen die Stille.

Das musste Gardone sein, wenn Sophia sich richtig erinnerte. Jetzt verstand sie, was Luigi mit der besten Aussicht gemeint hatte. Von hier aus konnte man die ganze Pracht dieses kleinen Juwels genießen. Mehrstöckige Häuschen wechselten sich gleichsam spielerisch mit Palmen und Zypressen ab und bildeten mit ihnen ein romantisches Ensemble. Die cremefarbenen Fassaden waren verziert von weißen Farbtupfern zierlicher Rundbogenfenster und verschnörkelter Geländer. Den Mittelpunkt des Arrangements bildete ein Turm. Es war wie eine Komposition von Tschaikowsky, kraftvoll und trotzdem lieblich. Sophia schmiegte sich fester an Luigi. Es war die richtige Entscheidung gewesen, eine Tour auf dem Gardasee zu machen.

Sie wusste nicht, wie lange sie die Magie des Anblicks genossen hatten, als Sophia aus dem Augenwinkel sah, wie Luigi den Daumen in Richtung der Kapitänskabine streckte. Sophia war fast ein wenig enttäuscht, als die Motoren wieder hochgefahren wurden und das Schiff auf die Anlegestelle zusteuerte. Andererseits würden sie nun diesen kleinen Ort gemeinsam entdecken können.

»Attenzione«, ermahnte sie der Bootsmann, als Sophia wenige Minuten später das Schiff über die behelfsmäßig befestigte Planke verlassen wollte. Sie hatte sich von dem Anblick des Turms ablenken lassen und wäre fast über das Tau gestolpert. Luigi verabschiedete sich vom Bootsmann mit einer Umarmung.

»Du kennst ihn?«, fragte Sophia überrascht.

»Selbstverständlich. Was denkst du denn, wieso wir sonst alleine so früh auf dem Schiff fahren durften? Das war eine Wartungsfahrt.« Das erklärte, wieso sie, abgesehen von der Mannschaft, die Einzigen an Bord gewesen waren. Luigi steckte wirklich voller Überraschungen. Als sie endlich wieder festen Boden unter den Füßen hatten, schaute Sophia erneut zum Turm hinauf. *Grand Hotel* prangte dort in altertümlicher Schrift.

»Da ist mittlerweile ein Hotel drin?«, wunderte sich Sophia.

»Mittlerweile?«, lachte Luigi. »Das war schon immer ein Hotel. Es wurde 1884 von einem Österreicher für Kurgäste gebaut.«

»Ich dachte immer, dass es mal eine Festung war«, sagte Sophia.

»Vielleicht eine Festung kränkelnder Reicher«, lachte Luigi. »Aber dennoch ein beeindruckender Bau, und auch heute noch gilt das Hotel als eine der Perlen am Gardasee. Wenn du aber eine Festung sehen willst, dann sind wir trotzdem am richtigen Ort«, sagte Luigi und zwinkerte ihr zu. Er nahm Sophia an der Hand und hielt zielstrebig auf eine kleine Straße zu, die gegenüber dem Hotel lag. Zwischen kleinen schmucken Häuschen verlief der Weg den Berg hinauf. Gelbliche Fassaden, verziert mit grünen Ranken, wechselten sich mit romanischen Bögen und kleinen Steinhäuschen ab. Immer wieder blieb Sophia stehen. Nicht vor Erschöpfung, sondern weil es einfach so wunderschön war. Luigi wartete geduldig und musterte sie gelegentlich verstohlen. Er schien Gefallen daran zu finden, sie glücklich zu sehen, und das war Sophia wirklich: glücklich.

Der Weg mündete schließlich in einen malerischen Platz, der eingerahmt war von zweistöckigen Häuschen, deren gelbe Fassaden den Hintergrund für ein prächtiges Farbenspiel der Blumen boten, die sich über die Balkone ergossen. Die Wirte der kleinen Osterias deckten die Tische und bereiteten sich auf den Ansturm der Gäste vor. Gekrönt wurde der Platz von einer hellen Kirche, die wie ein zu großes Schmuckkästchen aussah. »Lass uns hineingehen, wenn du nichts dagegen hast«, sagte Luigi.

Sophia hatte nichts dagegen. Im Gegenteil. Sie liebte Kirchen seit ihrer Kindheit. Kirchen hatten etwas von kleinen Schatztruhen, und wie Schatztruhen steckten sie voller Überraschungen. Man wusste nie, was einen erwartete. Manch eine von außen prunkvoll wirkende Kirche entpuppte sich im Innern als eher karg. Andere unscheinbare Kirchen hingegen entfalteten einen ungeahnten inneren Reichtum. Sophia kam der Gedanke, dass dies bei Menschen ähnlich war. Als sie das sakrale Gebäude betraten, bekreuzigte sich Luigi, und auch Sophia deutete ein Kreuz an, nicht aus Überzeugung, sondern weil es zum Ritual gehörte.

Sophias Augen brauchten ein wenig, um sich an das Dämmerlicht zu gewöhnen. Das Innere der Kirche war zwar schön, blieb jedoch etwas hinter dem Äußeren zurück. Der Altar war bei Weitem nicht so imposant wie der des Doms in Salò. »Das ist aber nicht sehr beeindruckend«, sprach Sophia diesen Gedanken prompt laut aus. Im gleichen Moment schämte sie sich dafür, so fordernd zu klingen. Schließlich hatte ihr Luigi schon jetzt einen der schönsten Tage seit Langem bereitet. Aber Luigi lächelte nur. »Komm!« Er nahm ihre Hand, und sie verließen die Dunkelheit der Kirche. Zielstrebig überquerte Luigi den kleinen Platz, und plötzlich erhoben sich zwei graue steinerne Torbogen vor ihnen. »Hier ist es: *Il Vittoriale degli italiani*«, kündigte Luigi feierlich an und breitete die Arme aus. Das Siegesdenkmal der Italiener. Sophia erinnerte sich daran, wie Signor Alberto, ihr damaliger

Lehrer, einst stundenlang darüber doziert hatte. Es sollte ein Schulausflug folgen, aber bevor es dazu kam, war sie nach Oldenburg gezogen. Jetzt, rund vierzehn Jahre später, holte sie endlich nach, was sie versäumt hatte, wenn auch mit einem deutlich angenehmeren Reiseführer als Signor Alberto. Sophia hakte sich bei Luigi ein, und gemeinsam schritten sie durch den Torbogen.

Luigi entpuppte sich als hervorragender Reiseführer. Offensichtlich hatte er in der Schule besser aufgepasst als sie. Zielsicher führte er sie durch die niedliche Gartenanlage, zeigte ihr das Amphitheater und blieb an kleinen, in die Hecken geschnittenen Erkern stehen und zeigte ihr Skulpturen und Besonderheiten, denen sie, wäre er nicht gewesen, keinerlei Beachtung geschenkt hätte. Teils wirkten die Statuen nahezu lebensecht. Eine junge Frau, die an einem Wasserfall gedankenverloren den Kopf geneigt ihre Haare wusch, wirkte, als würde sie jeden Moment lachend den Kopf nach hinten werfen und ihre Haare schütteln. Dann wieder starrten sie die leeren Augen von Büsten an, die wie aus der griechischen Sagenwelt wirkten, mal umspielte ein Lächeln ihre Lippen, mal waren ihre Münder zu einem stummen Schrei geformt. Jeder Winkel, jede Abbiegung verhieß ein neues Geheimnis, das es zu entdecken galt.

Die ganze Anlage war um 1930 von einem Architekten namens Maroni erbaut worden, erklärte Luigi. Sie war den Siegen des italienischen Volkes gewidmet, wobei Sophia vermutete, dass der Architekt eher sich selbst ein Denkmal setzen wollte. Luigi führte sie durch die Galerie der Helden. Obwohl Sophia Halbitalienerin war, hatte sie sich nie wirklich an die Unbefangenheit der Italiener im Umgang mit Mussolinis Zeiten gewöhnen können. Aber sie ließ Luigi gewähren.

Den Höhepunkt hatte er sich für den Schluss aufbewahrt: die Piazzetta Dalmata. Hier hatte der Architekt alles, was den Baustil der Riviera ausmachte, zum Höhepunkt getrieben. Strahlend gelbe Villen, verziert mit überquellendem, weißem Stuck, verschachtelte Erker und Türmchen mit romanischen Bögen, wohin das Auge auch blickte. Eingerahmt wurde die Komposition von einem Meer grüner Zypressen. Sophia drehte sich langsam im Kreis und wusste nicht, wo sie zuerst hinschauen sollte. Das Auge verlor sich in den kleinen Details und entdeckte immer wieder etwas Neues. Es war kitschig und dennoch wunderschön. Luigi deutete auf die graue vorgesetzte Treppe, die wohl zum Eingang führte. Diesmal übertraf das Innere der Schatztruhe sogar noch das, was das Äußere versprochen hatte.

Die Villa war überflutet von einem Sammelsurium altertümlicher Kostbarkeiten. Ein überladener Raum folgte dem anderen und bot den Augen keinen Moment der Ruhe. Die Bibliothek war prall gefüllt mit Büchern aus allen Epochen. Sophia fragte sich, welche Schätze hier unerkannt ruhten, um eines Tages entdeckt zu werden. Im nächsten Zimmer wurde Sophia von einem Meer tiefen Blaus überwältigt. Die Tapete, die Elefantentische, das Regal, die Vase: Alles war in Blau gehalten, allenfalls gelegentlich mit schwerem Gold verziert. Selbst eine tiefblaue Badewanne stand in der Raummitte.

Jedes Zimmer schien einem Motto gewidmet zu sein, das der Architekt so vollkommen wie möglich hatte erfüllen wollen. Sophia folgte Luigi in ein weiteres Zimmer, das geradezu überzuquellen schien vor lauter Büsten, Gläsern, Spiegeln und Wandtellern. Als sie eine halbe Stunde später, den muffigen Geruch hinter sich lassend, wieder ins Freie trat, atmete Sophia tief durch. Sie schaute sich um, und die Piazzetta Duomo kam ihr diesmal im Vergleich nahezu spartanisch vor.

»Und, hat es dir gefallen?«, fragte Luigi.

Sophia suchte nach den richtigen Worten. »Es war … einfach überwältigend.«

Luigi lachte. »Das trifft es ziemlich gut. Es ist einfach sehr besonders.« In der Tat war das Innere so anders als der sonst eher elegante italienische Stil, und dennoch hatte es Sophia auf eine gewisse Art gefallen. Sie ließen die Villa hinter sich, und Sophia genoss die Erholung, die der Park ihren Sinnen schenkte. Da hörte sie plötzlich jemanden rufen. »Signora Lange!« Sie brauchte einen Moment, bis sie verstand, dass es ihr Name war, der gerufen wurde.

»Signora Lange!«, erklang es erneut durch den Park. Sophia schaute sich um. Ein Mann in einem grauen Anzug kam winkend auf sie zu. Ein wenig unpassend gekleidet für diesen Ort, schoss es ihr durch den Kopf, und da erkannte sie ihn. »Signor Locatelli! Welch eine freudige Überraschung!«, begrüßte sie ihn, wobei das nicht ganz der Wahrheit entsprach. Über diese Störung war sie eigentlich eher weniger erfreut. Sie machte jedoch gute Miene zum bösen Spiel und stellte Luigi den Bankdirektor vor. Dies war jedoch überflüssig, denn die beiden Männer kannten sich bereits.

»Sie haben heute auch Ihren freien Tag?«, bemühte sich Sophia um ein wenig höflichen Small Talk.

»Ich hatte einen Kundentermin.« Das erklärte Locatellis formelle Kleidung. Blieb lediglich die Frage, wieso er ausgerechnet hier einen Kundentermin hatte. »Das Büro ist in manchen Fällen ein zu förmlicher Ort, um Geschäfte zu machen«, erklärte Locatelli, der Sophias Verwunderung offenbar bemerkt hatte. »Mit besonderen Kunden und Partnern ziehe ich Treffen an Orten vor, die sie persönlich interessieren. Da kann man sie leichter überzeugen. Manche haben ein Hobby, andere ein Interesse für ungewöhnliche Dinge oder Skulpturen. Außerdem …«, der Bankdirektor beugte sich verschwörerisch vor, »… fällt mir sonst bei dem schönen Wetter die Decke auf den Kopf.«

Sophia musste ihm zustimmen. Auch ihr tat es gut, endlich mal ein paar Stunden unter freiem Himmel zu verbringen, weit weg von der Werkbank, und Locatelli schien es deutlich besser zu gehen als noch neulich in der Bank. Sein Schnupfen war so gut wie verflogen. »Und sind Sie und der Commissario in dem Fall inzwischen weitergekommen?«, fragte der Bankdirektor und erklärte, an Luigi gewandt: »Ihre charmante Begleitung hilft der Polizei bei einem Kriminalfall, müssen Sie wissen.«

»Ich bin darüber im Bilde«, entgegnete Luigi kühl.

»Nein, leider treten wir nach wie vor auf der Stelle«, antwortete Sophia.

»Geigen können eine so wundervolle Leidenschaft sein«, sinnierte der Bankdirektor. »Aber dass sie tödlich sind, das hätte ich nun wirklich nicht gedacht. Wobei …«, er legte nachdenklich die Hand an die Stirn, als sei ihm gerade etwas eingefallen. »Wenn man es genau nimmt, haben Geigen meinen Großvater das Leben gekostet.« Das klang interessant, und Locatelli ließ sich nicht lange bitten. »Mein Großvater war ein Kollege von Ihnen.«

»Ihr Großvater war Geigenbauer?«

»Ganz recht, ganz recht. Mein Großvater mütterlicherseits, um genau zu sein. Ich habe ihn sehr verehrt, er hat mich quasi großgezogen. Von ihm habe ich auch meinen Vornamen, Ubaldo.«

»Daher also die Holzschatulle auf Ihrem Schreibtisch.« Sie war Sophia beim Besuch in der Bank gleich aufgefallen. Es war die typische Schatulle der Geigenbaumeister aus dem frühen zwanzigsten Jahrhundert.

»Sehr gut beobachtet, Signora Lange. Die hat mein Großvater als Lehrling erhalten. Sie trägt seine Initialen. Ich habe sie immer bei mir. Mein Großvater war ein großartiger Geigenbauer. Keiner, der über die Grenzen der Region hinaus bekannt war, aber doch jemand, dessen Arbeit geachtet wurde.«

Jetzt verstand Sophia auch, weswegen Locatelli Geigen als Darlehenssicherheit angenommen hatte. Die Welt der Streichinstrumente war ihm alles andere als fremd.

»Wollten Sie denn selbst nie Geigenbauer werden?«, fragte Sophia.

»Oh doch, das hatte ich vor. Ich bin nach dem Tod meines geliebten Großvaters sogar bei einem Geigenbauer in die Lehre gegangen. Aber ich habe nur die Hände meines Großvaters geerbt, sein Talent leider nicht.«

»Das tut mir leid«, gab Sophia zurück.

Die Augen des Bankdirektors funkelten amüsiert. »Das muss es nicht, schließlich habe ich ein anderes Talent entdeckt. Ich kann viel besser mit Geld umgehen als mit Geigen.«

»Und jetzt verbinden Sie Ihr Interesse mit Ihrem Talent.«

»Sie sagen es, Signora«, schmunzelte der Bankdirektor. »Und ein Mensch, der sein Talent mit seinem Interesse verbinden kann, ist mit etwas Seltenem gesegnet.«

»Ihr Großvater war jedoch nicht so gesegnet?«, hakte Sophia nach. »Sie sagten, er sei durch seine Leidenschaft für Geigen zu Tode gekommen.«

Locatelli schien nur auf diese Frage gewartet zu haben, denn mit Begeisterung begann er, über das tragische Schicksal seines Großvaters zu berichten. »In der Tat. So war es. Nur weniger dramatisch, als es klingt. Mein geliebter Großvater war bereits hochbetagt. Er wollte nur noch ein letztes Instrument herstellen. Es sollte die beste Geige werden, die er je gebaut hatte, die Krönung seines Lebenswerks. *Il Grandioso* hatte er sie genannt. Tag und Nacht hat er daran gearbeitet. Eines Morgens habe ich meinen Großvater leblos an seiner Werkbank gefunden, neben ihm die Grandioso. Er war bei der Arbeit an der Geige gestorben. Die Grandioso hat ihn sozusagen das Leben gekostet.« Im Gegensatz zu den sonstigen Legenden handelte es sich hierbei wohl um eine wahre, wenn auch tragische Begebenheit. Es stellte sich jedoch die Frage, ob er sein Leben wirklich für die Geige gegeben hatte oder einfach nur an Altersschwäche dahingeschieden war. »Das ist traurig«, sagte Sophia. Der Bankdirektor winkte müde ab. »Ach, das ist so viele Jahre her, und irgendwann trägt es jeden von uns fort.«

»Was ist denn mit der Geige passiert?«, fragte Luigi, und Sophia empfand diese Frage als ein wenig pietätlos, aber Locatelli ging bereitwillig darauf ein. »Das kann ich Ihnen leider nicht sagen. Ich war jung. Ein Kind. Wahrscheinlich ist sie mit all seinen anderen Sachen nach seinem Tod veräußert worden. Mein Großvater hielt sie für grandios, für andere war es aber nur eine weitere Geige aus seiner Werkstatt. Für mich ist sie jedoch ein Teil meiner Geschichte. Ich würde alles dafür geben, sie zu besitzen«, sagte Locatelli versonnen.

Sophia verstand, was in ihm vorging. Das letzte große Meisterstück eines Geigenbauers war nicht irgendein beliebiges Instrument. Es war das Gestalt gewordene Können eines Meisters.

Locatelli blickte auf seine Uhr. »Es ist spät. Ich bedauere, aber ich werde mich verabschieden müssen.« Der Bankdirektor schlug die Hacken zusammen und deutete eine Verbeugung an, wobei er unfreiwillig komisch wirkte. Dann ging er seines Weges.

»Ein netter Kerl«, sagte Sophia, als der Bankdirektor verschwunden war.

»Ich mag ihn nicht«, gab Luigi zurück.

»Ach, komm schon«, Sophia knuffte Luigi in die Seite. »Du magst ihn nicht, weil er kaum mit dir gesprochen hat und nur Augen für mich hatte.«

»Du glaubst, ich bin eifersüchtig? Auf so einen komischen Vogel?«

»Vielleicht stehe ich ja auf komische Vögel. Oder was denkst du, warum ich heute mit dir den Tag verbringe?«

»Du hast eine seltsame Art, Komplimente zu machen«, lachte Luigi. Dann küsste er sie auf die Stirn.

Als Sophia am Abend nach Hause zurückkehrte, wurde sie von Marta bereits mit liebevollen Vorwürfen begrüßt. Wo sie den ganzen Tag gewesen sei, ob sie überhaupt etwas gegessen habe.

Martas Augen leuchteten auf, als Sophia ihr vom Ausflug nach Gardone erzählte. Um Marta die Laune nicht zu verderben, beschloss Sophia, besser nicht zu erwähnen, dass sie anschließend noch einen Abstecher zum Kommissariat gemacht hatte, um Andreotti eine Nachricht zu hinterlassen. Trotz des Ausflugs gab es da etwas, das ihr den ganzen Tag lang nicht aus dem Kopf gegangen war.

»Luigi ist ein guter Junge«, holte sie Marta aus ihren Gedanken in die Gegenwart zurück. »Der lässt unsere Sophia nicht verhungern.«

»Nicht wahr, Alberto?« Dieser grunzte zustimmend. »Ihr wart doch etwas essen?« Nachdem Sophia versichert hatte, dass sie nach dem Besuch des *Il Vittoriale* noch in einem Restaurant gewesen waren, und auch noch die Speisen aufgezählt hatte, war Marta endlich zufrieden und entließ Sophia in ihr Zimmer.

Sophia entledigte sich ihrer Schuhe und massierte sich die schmerzenden Beine. Dann nahm sie die Derazey aus dem Rucksack. Nicht, um daran zu arbeiten, sondern einfach, weil es guttat, sie zu spüren. Sophia legte sich aufs Bett und umarmte den wertvollen Korpus. Es war eine Wohltat, das Holz zu berühren. Sophia rekapitulierte den heutigen Tag, der einer der schönsten Tage seit Langem gewesen war. Fast so wie damals, als sie noch jung gewesen waren. Aber waren sie nicht noch immer jung? Die ganze Zukunft stand ihnen offen. Sie dachte wieder an die gelben Häuser, den Wein an den Fassaden, das Grün der Zypressen und vor allem an Luigi.

Plötzlich stand jemand neben ihrem Bett. Sophia fuhr hoch. Es war Marta. Wie schaffte sie es nur, trotz ihrer Fülle lautlos wie eine Katze durch das Haus zu schleichen?

»Ich habe geklopft«, erklärte Marta entschuldigend. In ihrer Hand trug sie ein Tablett, auf dem ein dampfender Becher stand. Lavendelduft füllte den Raum. Die gute Marta. »Du musst was Warmes trinken, Kindchen. Und dann gehörst du ins Bett.« Wo Sophia sich bereits befand. Ja, Mama, entfuhr es ihr beinahe. Sie nahm den Tee von Martas Tablett und setzte zum Trinken an. Er war noch viel zu heiß, aber Sophia wusste, dass Marta nicht eher gehen würde, bevor sie nicht mindestens einen Schluck genommen hatte. Sie schlürfte vorsichtig und bedankte sich. Marta nickte zufrieden und machte sich daran, das Zimmer zu verlassen. »Marta?«, fragte Sophia, einem spontanen Impuls folgend. Marta blieb stehen und blickte Sophia erwartungsvoll an. »Es ist schön, hier zu sein.«

Martas Gesicht erstrahlte. »Du bist dort, wo du hingehörst. Es war ein Fehler, dass ihr fortgegangen seid.« Marta hatte recht, aber Sophia hatte ihren Eltern schon längst verziehen. Eltern meinten es selten böse, sie verstanden nur oft Kinderherzen nicht, und Kinder wiederum verstanden nicht die Existenznöte der Eltern. Marta ließ sich auf Sophias Bett nieder und lächelte sie an. »Kommst du gut mit deiner Geige voran, Kindchen?«, fragte sie mit einem Blick auf die Derazey.

»Giuseppe hat mir geholfen, er hat mir einen Hals gegeben. Eigentlich ist er von einer anderen Geige, aber dennoch harmonieren Hals und Korpus.«

»So ist es oft. Gegensätze ziehen sich an.«

»So wie du und Alberto?«

Marta kicherte in sich hinein. »Alberto würde ohne mich nicht mal eine Socke richtig anziehen, geschweige denn eine Gaststätte führen können. Er ist ein verträumter Trottel. Alles muss man ihm sagen und ständig hinter ihm herräumen.«

»Warum bist du dann mit ihm zusammen?«

»Na, weil ich ihn liebe, den alten Trottel.«

»Wann weiß man eigentlich, ob es Liebe ist?«, überlegte Sophia.

»Das, Kindchen, ist eine knifflige Sache. Wahre Liebe erkennt man nicht im Voraus. Man meint sie vielleicht zu erkennen, aber eigentlich ist es das Verliebtsein, was man sofort spürt. Die wahre

Liebe erkennt man erst, wenn man mittendrin ist. Wenn du dir nicht mehr vorstellen kannst, ohne ihn morgens aufzuwachen und ohne ihn abends einzuschlafen. Dann ist das Liebe.« Sophia blickte verstohlen zur Derazey.

»Ich spreche nicht von Geigen«, ermahnte sie Marta.

»Geigen sind aber zuverlässiger. Sie haben ihren Charakter, aber man erlebt keine bösen Überraschungen mit ihnen.«

»Das ist das Schwierige an der Liebe. Im Bereich der Liebe gibt es keine Kontrolle. Man muss sich auf sie einlassen, sich fallen lassen, um zu wissen, ob es Liebe ist.« Ob sie dazu bereit war, das wusste Sophia nicht. Menschen waren schwieriger als Geigen. Sophia konnte ein Gähnen nicht unterdrücken.

»Siehst du, der warme Lavendeltee tut dir gut, Kindchen.« Marta erhob sich. »Du solltest jetzt schlafen.« Bevor Marta den Raum verließ, drehte sie sich noch mal um. »Die Liebe ist das Risiko wert«, sagte sie und schloss die Tür hinter sich.

44

Fredo war schon früh auf den Straßen Salòs unterwegs – ungewöhnlich früh. Um diese Uhrzeit lohnte es sich normalerweise nicht für sein Geschäft. Aber er hatte einen Auftrag zu erfüllen. Wenn er diese Sophia Lange jemals loswerden wollte, dann musste er diesen Straßenmusiker finden, und der würde bereits jetzt unterwegs sein, für ihn zählte jeder Tourist. An der Bootsanlegestelle wartete bereits eine Handvoll Touristen auf das sich nähernde Schiff. Von dem Straßenmusiker war jedoch nichts zu sehen. Stattdessen gab ein Jongleur seine Künste zum Besten. Hier würde Fredo heute kein Glück haben. Kurz war er noch versucht, sich unter die Wartenden zu mischen, um seine Kasse aufzubessern, aber verwarf den Gedanken. Er durfte sich jetzt nicht ablenken lassen. Diese Sophia war wie ein Fluch über ihn gekommen. Erst war er zum Einbrecher geworden und jetzt auch noch zum Polizeispitzel. Da konnten Ilona und Sophia Lange seine Arbeit noch so sehr schönreden. Fredo spuckte auf den Boden. Spitzel war Spitzel, und Familienehrenwort blieb leider Familienehrenwort.

45

Martas Tee hatte Sophia einen wundervoll tiefen Schlaf beschert. Doch als sie am Morgen aufgewacht war, ließ ein ungutes Gefühl sie nicht los. Es war wie eine Vorahnung, dass etwas passieren würde. Sie musste an den Zettel denken, den sie dem Commissario gestern noch hinterlegt hatte, aber es hatte mit etwas anderem zu tun. Etwas, das sie nicht in Ruhe ließ.

Vielleicht waren es die vielen Eindrücke, das, was Signora Orsini beim Konzert gesagt hatte, weswegen Fredo nun die Stadt durchsuchte, oder die Begegnung mit Locatelli gestern. Als Sophia aufstand, fiel ihr Blick auf die Dokumente auf dem Schreibtisch, und plötzlich überkam sie die Ahnung, dass sie darin die Wahrheit finden würde. Es wäre nur eine Frage der Zeit. Schließlich war sie Geigenbauerin, und es lag in ihrer Natur, Schicht für Schicht den Dingen auf den Grund zu gehen. Bis zu ihrem Treffen blieb noch etwas Zeit, also nahm sich Sophia die Dokumente erneut vor.

Eine halbe Stunde später hatte sie noch immer nichts herausgefunden, dabei war sie sich sicher, dass die Wahrheit hier direkt vor ihr liegen musste. Sophia war noch einmal die Bankaufzeichnungen durchgegangen, hatte die Werte verglichen und auch die Arbeiten, die laut Russos Aufzeichnungen vorgenommen worden waren. Bianchi war pfleglich mit seiner Sammlung umgegangen. Für jedes der acht Instrumente auf der Inventurliste mit den Darlehenswerten der Bank fand sie entsprechende Pflegearbeiten in Russos Aufzeichnungen. Sophia dachte nach. Sie musste es anders angehen. Wenn eine Geige nicht mehr richtig klang, wie ging sie selbst dann vor? Sie untersuchte jedes einzelne Bauteil, das zur Klangqualität beitrug, und schloss so Schritt für Schritt die

Fehlerquellen aus, bis sie die Ursache für die Störung gefunden hatte.

Sophia würde hier also ebenfalls Schritt für Schritt vorgehen müssen, um sich Klarheit zu verschaffen. Dass die Lucio Cardi nicht echt war, wusste sie bereits. Als Nächstes nahm sie sich die Antonio Monzino vor. Hier hatte Russo Lackstellen an einem Buchsbaumholz-Wirbel ausgebessert. Sophia stutzte. Sie war sicher, dass Monzino stets Palisander verwendet hatte. Eine weitere Geige, die weit über ihrem Wert beliehen wurde. Zeile für Zeile überprüfte Sophia erneut jeden Eintrag Russos, dem sie für seine Akribie äußerst dankbar war. Manchmal fiel ihr eine Unstimmigkeit sofort auf, bei anderen Instrumenten musste sie die Aufzeichnungen genauer studieren und hin und her blättern. Nach einer weiteren Stunde war sie fertig. Sie hatte acht Instrumente untersucht, und an sieben hatte sie Unstimmigkeiten in Russos Aufzeichnungen gefunden. Nur bei einem Instrument schien alles in Ordnung zu sein, zumindest hatte sie nichts finden können, und zwar an der Domenico Corbucci aus Bianchis Villa. Sophia sprang auf. Jetzt musste sie sich beeilen, wenn sie nicht zu spät kommen wollte.

Eilig stopfte sie die Dokumente in ihren Rucksack, warf ihn über die Schulter und rannte los.

46

Andreotti genoss bereits seinen zweiten Espresso, als Viola ins Kommissariat kam. »Du bist spät dran«, begrüßte er sie.

»Ich bin nicht spät, du bist nur früher aufgewacht als sonst«, erwiderte sie und warf Andreotti einen Zettel auf den Tisch. »Ist für dich, steckte vorne an der Tür.«

Andreotti bekam nie Post, vor allem keine Zettel mit Nachrichten. Entsprechend neugierig entfaltete er das Stück Papier, auf dem sein Name stand. Die Nachricht war kurz und bündig.

»Heute elf Uhr, Jachthafen. Sophia.« Andreotti schmunzelte. Sophia Lange lernte dazu. Ein Blick auf die Uhr sagte Andreotti, dass er sich beeilen musste, wenn er pünktlich sein wollte. Er sprang auf und verließ das Kommissariat mit einer Melodie auf den Lippen. Paganini war doch gar nicht so schlecht.

Die Bezeichnung »Jachthafen« war übertrieben. Tatsächlich war es eher eine Anlegestelle für Segelboote. In ihrer Jugend war Sophia oft hier gewesen. Die Jugendmannschaft des Ruderklubs von Salò feierte schon damals in der Region große Erfolge. Sie selbst war nie gerudert. Stattdessen hatte sie zusammen mit den anderen Mädchen ihrer Klasse die Jungs angefeuert, vor allem Luigi. Auch jetzt ließen Jugendliche unter den Rufen ihrer Freunde Boote ins Wasser. Nur dass nicht nur Mädchen jubelten, sondern auch Jungs. Heute befanden sich unter den Ruderteams zwei Mädchen-Mannschaften. Es war schön, wie sich die Zeiten doch änderten.

Sie erkannte Andreotti schon von Weitem, wie er im Eilschritt auf sie zukam. Statt eines unwirschen Kommentars begrüßte er sie mit einem Schmunzeln auf den Lippen. »Zu Ihren Diensten«, sagte er und tippte wie ein Soldat mit seinen Fingern zum Gruß an die Schläfe. »Wollen Sie mich nun einweihen, wieso Sie mich hierherbestellt haben?«

»Esposito«, antwortete Sophia, als sei damit alles gesagt, und das war es auch.

»Und Sie wissen, welches sein Boot ist?«, fragte Andreotti und rieb sich die Hände.

»Weiß ich nicht, es wird aber leicht zu finden sein.«

Espositos Jacht war in der Tat leicht zu entdecken. Sie musste einfach das größte Boot ansteuern, und das war zweifelsohne jene Jacht, die rund drei Meter höher als die anderen Segelboote aufragte. Der Name am Bug war der letzte Hinweis, wenn es noch einen benötigt hätte. *La Regina* stand dort in geschwungenen Buchstaben. Eine Königin für einen König.

Jetzt entdeckten sie auch Esposito, der mit geschickten Handgriffen ein Seil aufwickelte, neben ihm die Sacharowa, die gelangweilt an der Reling lehnte. Als Esposito aufblickte, erkannte er sie sofort. »Commissario«, rief er, als begrüßte er einen alten Bekannten. »Und Signora Lange. Welch eine Ehre.«

Andreotti sprang mit einem Satz an Bord. Sophia machte es ihm nach, rutschte aber fast aus, weil durch Andreottis Sprung das Boot ins Schaukeln gekommen war.

»Wir wollten mit Ihnen noch mal über Ihre Geigensammlung sprechen«, preschte Sophia hervor, als sie sich gefangen hatte. Esposito legte das Seil beiseite und betrachtete sie amüsiert.

»Meine Geigen scheinen mehr Interesse zu wecken als meine Person. Zumindest bekommen sie Besuch zu jeder Tageszeit.«

»Wie meinen Sie das?«, fragte Sophia und ärgerte sich über das leichte Zittern in ihrer Stimme.

»Ich glaube, Sie wissen, was ich meine, Signora Lange. Aber ich werde Ihnen gerne auf die Sprünge helfen. Jemand scheint in meine Villa eingebrochen zu sein, um sich mit meiner Instrumentensammlung zu befassen.«

Sophia spürte, wie sie rot wurde. Verzweifelt rang sie nach einer passenden Antwort.

Esposito musterte sie amüsiert. »Aber lassen wir das. Es ist ja nichts gestohlen worden, und ein Besuch ist kein Verbrechen«, sagte er und legte das Tau beiseite.

Esposito schien an jedem Ort einen edlen Tropfen versteckt zu haben, jedenfalls hielt er plötzlich eine Cognacflasche in der Hand, samt passendem Glas. Fragend hielt er sie Richtung Andreotti, zuckte gleichgültig mit den Schultern, als er keine Antwort erhielt, und goss sich ein.

»Nun wollen wir mal Ihre Neugierde stillen«, sagte Esposito. »Was ist genau mit meiner Sammlung?«

»Sie ist weniger wert, als die passenden Gutachten aussagen«, platzte Sophia heraus. Esposito schien nicht sonderlich beeindruckt. »Und woher wollen Sie wissen, was in den Gutachten zu meinen Geigen steht?«, schmunzelte er.

»Wir haben so unsere Quellen«, übernahm Andreotti wieder das Gespräch und warf dabei Sophia einen unmissverständlichen Blick zu.

»Ihre Quellen haben Sie also«, gab sich Esposito unbeeindruckt.

»Eindeutige Quellen. Die Gutachten stellen Ihren Geigen einen deutlich höheren Wert aus, als sie tatsächlich haben.«

»Das ist mir schon lange bekannt.« Espositos brutale Ehrlichkeit kam überraschend.

»Sie haben das gewusst?«, fragte Andreotti ungläubig.

»Ich bin vielleicht kein begnadeter Musiker wie mein reizender Engel, aber durchaus ein Kenner des Schönen. Zudem sind nicht alle Instrumente weniger wert, sondern nur zwei.«

»Und zwar genau die beiden, die Sie Russo abgekauft haben. Wie zum Beispiel die Cardi«, stellte Sophia fest.

»Also haben Sie die Gutachten in Auftrag gegeben, um den Wert der Geigen künstlich zu erhöhen«, schlussfolgerte Andreotti.

»Ich?«, Esposito prustete los und verschluckte sich fast an seinem Cognac. »Wieso sollte ich das tun? Um mir ein paar Hunderttausend Euro zu erschleichen?« Er lachte wieder los, als habe er einen unglaublich komischen Scherz gemacht. »Andreotti, Andreotti. Sie enttäuschen mich. Ich mache mir doch nicht wegen Kleingeld die Finger schmutzig.«

»Dennoch sind zwei der Gutachten gefälscht.«

»Welch ein hässliches Wort. Ich würde sagen, sie kaschieren einige unattraktive Details. Wie bei einer Frau, die sich schminkt. Wobei du, mein Täubchen, das natürlich nicht nötig hast.« Das Täubchen nahm das Kompliment mit einem Augenaufschlag an. »Als ich sie gekauft habe, wusste ich nichts davon. Aber später ist es meinem Täubchen aufgefallen.«

»Und es hat Sie gar nicht gestört, dass Sie minderwertige Geigen erworben haben?«, bohrte Andreotti weiter.

Esposito hob das Glas Cognac gegen das Licht und betrachtete geistesabwesend die goldbraune Flüssigkeit. »Wissen Sie, Andreotti, wie viel dieser Cognac kostet? – Dreihundert Euro kostet die Flasche dieses erlesenen Tropfens.« Esposito nahm einen Schluck und ließ ihn genüsslich auf der Zunge zergehen, bevor er fortfuhr.

»Ist er es wert?« Wieder antwortete er selbst. »Cognac besteht aus 20 Prozent Ethanol, gemeinhin als Alkohol bekannt, und etwas mehr als 79 Prozent Wasser. Der Rest sind Farb- und Geschmacksstoffe. Dennoch sind wir bereit, viel Geld für eine solche Flasche auszugeben.« Sophia war bestimmt nicht bereit dazu, aber sie ahnte, worauf Esposito hinauswollte.

»Das ist eher ein Cognac der oberen Mittelklasse. Es gibt Tropfen, die werden für deutlich mehr gehandelt. Nicht dreihundert, sondern dreitausend Euro. Erst letzten Monat hat ein Freund von mir einen Louis XIII für sechstausend Euro ersteigert. Natürlich schmeckt man den Unterschied zwischen einem Cognac aus dem

Supermarkt und einem edleren Tropfen. Aber ganz ehrlich – schmeckt ein Cognac für dreihundert Euro schlechter als einer, der zweitausend Euro kostet? Woran bemisst man den Wert? Ist es der Geschmack oder die Geschichte dahinter?«

»Sie wollen also sagen, dass es egal ist, was eine Geige kostet«, unterbrach Sophia ihn.

»Signora Lange. Im Grunde ist eine Geige ein bearbeitetes Stück Holz plus Lack, Leim und Saiten. Sie hat den Wert, den man ihr zuspricht. Für alle Stücke in meiner Sammlung habe ich exakt den Preis bezahlt, der auf dem Papier steht. Ich weiß, dass die Gutachten manch einen Mangel nicht aufführen und die Geigen schöngerechnet haben. Aber was soll's? Wenn ich sie weiterverkaufen würde, so würde ich die Fantasie weiterverkaufen. Wo kein Kläger, da kein Richter. Jede Geige hat den Wert, den man ihr zuspricht.«

Sophia war die zynische Art dieses Esposito zutiefst zuwider. Doch sosehr sie auch von hier fortwollte, eine Frage brannte ihr noch unter den Nägeln.

»Wenn Sie wussten, dass Bianchis Geigen gefälscht waren, wieso haben Sie Ihrem Geschäftsfreund aus Verona nicht vom Kauf der Sammlung abgeraten? Wieso haben Sie stattdessen den Gutachter Alessandro Ferregina empfohlen?«

»Dass lediglich zwei Geigen aus Bianchis Sammlung nicht echt waren, hieß noch lange nicht, dass alle Gutachten nicht stimmten«, antwortete Esposito ernst. »Und da ich mir meinen Ruf nicht verderben wollte, habe ich lieber einen externen Fachmann empfohlen, der für die Echtheit bürgt. Sehen Sie? Meine Hände sind sauber.« Wie zum Beweis hob er seine manikürten Hände in die Höhe.

Er klang überzeugend, aber auch ohne Andreottis Menschenkenntnis zu haben, wusste Sophia, dass etwas nicht stimmte. Es war etwas, was die Orsini gesagt hatte, als sie ihr auf der Promenade begegnet war. Nein, nicht Signora Orsini, sondern ihr Mann.

»Sie haben sich über ihn lustig gemacht«, brachte Sophia es auf den Punkt. »Der Wert der Geigen war Ihnen egal, Sie haben nur auf eine Gelegenheit gewartet, um Bianchi auflaufen zu lassen.«

Esposito lachte laut auf. »Sie haben mich ertappt, Signora Lange. Der Trottel hat immer so getan, als wäre er ein ganz großer Kenner. Als er mir dann die beiden Geigen unterjubelte, dachte ich, dass es an der Zeit wäre, ihm auch mal eins auszuwischen. Was schauen Sie denn so? Es war ein Scherz unter Geschäftsleuten.«

Sophia konnte sich nicht mehr beherrschen. »Ein Scherz, der einen Menschen in den Tod getrieben hat!«, fauchte sie. »Das ist das Niederträchtigste, was ich je gehört habe.« Mit einem Schlag war jeder Humor aus Espositos Gesicht verschwunden. Seine Stimme war eiskalt, als er antwortete. »Bianchis wirtschaftlicher Ruin hat ihn in den Tod getrieben. Und seine Naivität. Mein kleiner Streich war nur eine Revanche, die er verdient hat. Für sein Schicksal ist jeder selbst verantwortlich.«

Bevor Sophia etwas antworten konnte, nahm Andreotti sie am Arm und zog sie mit sich. Er tat gut daran, sie hätte Esposito sonst seinen eigenen Cognac ins Gesicht geschüttet. Aber selbst das wäre er nicht wert gewesen. Sophia hielt es keine Minute länger mit diesem Zyniker aus und ließ sich bereitwillig von Andreotti von der Jacht helfen. Sie wollte nur fort von dieser Person. Erleichtert atmete sie durch, als sie festen Boden unter den Füßen hatten.

»Sie können ja ganz schön temperamentvoll sein. Das habe ich Ihnen gar nicht zugetraut«, sagte Andreotti, als sie außer Hörweite waren. »Sie brauchen einen Grappa.«

47

Andreotti hatte ihr einen Grappa bestellt und einen Espresso dazu, den Sophia allerdings stehen ließ. Der Commissario dagegen nahm noch einen zweiten.

Auf dem Weg vom Café zur Polizeistation hatte Andreotti sie noch immer nicht mit Fragen behelligt, aber jetzt schien es allmählich mit seiner Geduld zu Ende zu gehen.

»Es wird Zeit, dass Sie mir jetzt reinen Wein einschenken«, brummte er.

»Ich weiß nicht mehr als Sie«, sagte Sophia, und im Grunde stimmte das auch.

»Sie vergessen, mit wem Sie es zu tun haben. Ich bin …«

»… ich weiß, Sie sind der Commissario.«

»Eben, und dem Commissario kann man nichts verheimlichen. Die seltsame Frage, die Sie Signora Orsini neulich beim Konzert gestellt haben. Dass Sie anschließend so schnell nach Hause wollten. Wie Sie dann heute explodiert sind: Irgendetwas stimmt doch nicht. Es wird Zeit, dass Sie mich einweihen. Symbiose. Sie wissen schon.«

Andreotti hatte recht, und selbst wenn es bisher nur einzelne Puzzlestücke waren, würde er sie vielleicht zusammenfügen können.

»Es ist *doch* etwas bei der Witwe Bianchi gestohlen worden«, sagte Sophia geradeheraus.

»Und woher wissen Sie das schon wieder?«

»Ich war bei ihr.«

»Hoffentlich tagsüber«, seufzte Andreotti.

»Selbstverständlich tagsüber«, versicherte Sophia und erzählte alles, was sie wusste. Sie berichtete von dem verschwundenen

Gutachten zur Corbucci, das Bianchi zu Hause aufbewahrt hatte, und erwähnte das Hochtauschen von Instrumenten, das Bianchi betrieben hatte. Sophia vergaß auch nicht die Begegnung mit Locatelli im Park von Gardone und dass sein Großvater Geigenbauer gewesen war – ein Umstand, der den Commissario weniger interessierte – und endete schließlich mit ihrer Entdeckung, dass bis auf eine Geige im Inventar der Bank alle acht Instrumente laut Russos Arbeitsunterlagen weniger wert waren als ausgewiesen. Sophia berichtete dem Commissario alles. Bis auf eine Sache, die musste er nicht wissen.

»Sieben Instrumente«, korrigierte Andreotti sie, der die ganze Zeit eifrig mitgeschrieben hatte. Natürlich musste Andreotti das letzte Wort haben, aber Sophia hatte keine Lust auf Spitzfindigkeiten.

Zudem schien Andreotti auch etwas anderes mehr zu interessieren. »Erklären Sie mir mal das mit dem Hochtauschen genauer«, sagte er und klopfte sich eine Zigarette aus der Packung.

Sophia setzte zu einer Erklärung an. »Musiker oder Sammler, die gerne ein höherwertiges Instrument kaufen wollen, geben öfters ein anderes in Zahlung. Sagen wir, ein Kunde ersteht eine Geige für fünftausend Euro. Zuvor hat er das Instrument von einem unabhängigen Gutachter bewerten lassen. Er weiß also, dass der Wert stimmt.«

Andreotti machte eine ungeduldige Handbewegung, und Sophia beeilte sich, auf den Punkt zu kommen.

»Nun möchte er aber nach einiger Zeit ein besseres Stück erwerben. Also wendet er sich an seinen Geigenhändler, mit dem er vorher gute Erfahrungen gemacht hat. Dieser empfiehlt nun ein Instrument für, sagen wir, fünfzehntausend Euro. Der Kunde gibt dem Händler seine alte Violine in Zahlung.«

»Wie einen Gebrauchtwagen«, ergänzte Andreotti.

Sophia missfiel dieser Vergleich zwar, aber im Kern stimmte er schon. »Der Kunde hat also eine wertvollere Geige und nur die

Differenz, nämlich zehntausend Euro bezahlt. Er glaubt, ein gutes Geschäft gemacht zu haben.«

»Hat er aber nicht«, vermutete Andreotti.

»Wenn er mit einem ehrlichen Geigenbauer zu tun hatte, dann schon. Aber leider gibt es gelegentlich schwarze Schafe, die einem Kunden eine minderwertige Geige unterjubeln. Anstelle eines Instruments im Wert von fünfzehntausend Euro hat er eins erstanden, das nur achttausend Euro wert ist.«

»Fällt das nicht auf?«

»So gut wie nie. Vergessen Sie nicht. Bei dem ersten Instrument hat er noch ein externes Gutachten eingeholt. Jetzt vertraut er dem Geigenbauer. Praktischerweise stellt dieser das Gutachten für das nächste Instrument gleich selbst aus, oder aber er steckt mit einem anderen Gutachter unter einer Decke, und der erstellt das Dokument.«

»Am Klang des Instruments ist das wohl nicht bemerkbar?«, wunderte sich Andreotti.

»Die neue hat ja einen besseren Klang als seine alte, weil er ja ein hochwertigeres Instrument gekauft hat, nur eben deutlich überteuert. Esposito hat schon recht. Sie können einen guten Cognac von einem mittelmäßigen unterscheiden, aber um wie viel besser der ist, also wie viel bezifferbarer Mehrwert dahintersteht, ist Ermessenssache. Also sind alle zufrieden. Bis eines Tages …«

»Lassen Sie mich raten«, unterbrach Andreotti. »Bis eines Tages ein Kunde einen Anruf von seinem Geigenhändler bekommt. Er habe ein prachtvolles Stück reinbekommen. Und da habe er an den Kunden gedacht. Das Prinzip kenne ich noch von einem Fall, wo es um Diamanten ging. Damit hat die Cosa Nostra einige riesige Dinge gedreht.«

»Bei Geigen mischt die organisierte Kriminalität zum Glück noch nicht mit, soweit ich weiß, aber Sie haben recht, Andreotti.«

Der Commissario blickte nachdenklich über die Promenade. »Die Menschen werden meist gieriger. Das Spiel schaukelt sich hoch, der Wertunterschied wird immer größer, bis eines Tages – bum!« Andreotti klatschte mit der Faust in die offene Hand, sodass Sophia zusammenzuckte. »Bis eines Tages die ganze Sache auffliegt.«

»Eben, und das kann riesige Dimensionen annehmen. Einer der berühmtesten Stradivarihändler ist so Ende der Zweitausender aufgeflogen. Die ›Stradivaris‹, die er seinen Kunden beschafft hatte, waren im Wesentlichen alle wertlos. Das war ein riesiger Skandal, der die Musikwelt erschüttert hat. Aber das System lebt noch weiter.«

»Und Sie meinen, das Gleiche ist Bianchi passiert?«

»Den Unterlagen nach zu urteilen – ja. Wobei ich das erst dann mit absoluter Sicherheit sagen kann, wenn wir seine Sammlung gefunden haben und ich sie selbst untersucht habe.«

»Bei Bianchi ist die Sache aufgeflogen, und zwar als er Esposito ein Instrument verkauft hat. Anstatt ihn aber darauf hinzuweisen, hat Esposito ihn im Dunkeln gelassen, um ihm eins auszuwischen, sobald sich die Gelegenheit bieten würde.«

»Und diese Gelegenheit ergab sich, als Bianchi in Finanznöten war und seine gesamte Sammlung verkaufen musste«, fuhr Sophia fort. »Esposito hat Bianchi mit seinem Geschäftspartner aus Verona in Kontakt gebracht und dann diesem Partner empfohlen, einen externen Gutachter hinzuzuziehen.«

»Dann musste er nur noch warten, bis das Spiel in Gang kam, um sich zu amüsieren«, stimmte ihr Andreotti zu. »Ein sadistisches Spiel, das Esposito da getrieben hat. Nur, dass es leider nicht strafbar ist. Außerdem führt das wieder in die uns bekannte Sackgasse«, führte der Commissario seinen Gedankengang weiter. Andreotti spielte auf das unwahrscheinliche Szenario an, dass Bianchi aus Wut oder Verzweiflung den Gutachter getötet und sich dann selbst umgebracht hatte. Sie steckten wirklich noch immer in einer Sackgasse.

»Es muss noch jemanden geben, der über die Sache Bescheid wusste«, sagte Andreotti und nahm einen Zug von seiner Zigarette. Sophia hasste allmählich diese Unart des Commissarios, immer dann, wenn es interessant wurde, seinen Redefluss durch diese verdammten Zigaretten zu unterbrechen. Aber inzwischen kannte sie ihn gut genug, um zu wissen, dass es besser war, wenn er sein Nikotinlevel aufrechterhielt. »Es muss jemanden geben, der die gesamte Zeit im Bilde war«, sagte er schließlich. Dann stockte er.

»Russo!«, riefen Sophia und Andreotti gleichzeitig. Andreotti schlug mit der Hand in die Faust. »Das ist es. Russo hat das ganze Ding eingefädelt. Er hatte kaum Kunden. Russo hat mir selbst gesagt, wie schwierig das Geschäft geworden ist. Er hat Bianchi die Instrumente verkauft und ihm die falschen Gutachten untergejubelt.«

»Da müssen für ihn im Laufe der Zeit ein paar Hunderttausend Euro rumgekommen sein«, überschlug Sophia die Zahlen.

»Das ging so lange gut, bis Bianchi ihm eines Tages erzählte, dass ein Gutachter aus Verona kommt. Da hat Russo Panik bekommen und musste handeln.«

Der Commissario hatte recht. Es ergab alles einen Sinn. Russo musste Bianchi gefolgt sein. Nachdem der Gutachter Bianchi eröffnet hatte, dass die Geigen wertlos seien, und sie auseinandergegangen waren, hat er den Gutachter umgebracht. Um jeden Hinweis auf sich zu verwischen, war er später in Bianchis Villa eingestiegen und hatte die Kaufverträge entwendet. Nur die Aufzeichnungen der Reparaturarbeiten hatte er vergessen – oder aber der Commissario war ihm zuvorgekommen. Aber selbst das hätte ihm nicht geholfen, weil alle wussten, dass Russo die Instrumente von Bianchi pflegte.

Plötzlich schlug sich Andreotti mit der flachen Hand gegen die Stirn. »Dass ich nicht gleich darauf gekommen bin.« Er nestelte sein Handy aus der Jackentasche und reichte es Sophia. »Wissen Sie, wie man da Bilder aufmacht, die per E-Mail geschickt wurden?« Sophia war zwar ebenfalls keine Expertin, was Handys anging, aber da die Dinger heute nahezu alle gleich waren, brauchte sie nur wenige Sekunden, um Andreottis Inbox zu finden. »Von Viola, letzte Woche«, sagte Andreotti. Da der Commissario anscheinend so gut wie nie E-Mails bekam, hatte Sophia Violas Nachricht schnell gefunden. Sie öffnete die angehängten Fotos und erschauderte bei dem Anblick des Toten. »Das nächste Bild«, drängte Andreotti. Sophia wischte weiter. Es zeigte Violas Aufnahme von den nackten Beinen des Toten. »Weiter.« Eine Großaufnahme der Einstichstelle im Nacken folgte.

»Halt«, rief Andreotti. »Sehen Sie das?« Er tippte aufgeregt aufs Display. Das Foto verschwand. Andreotti hatte den Vorschaumodus deaktiviert. Sophia rief erneut das Bild auf, und wieder erschien der Nacken des Toten. Sie vergrößerte die mit getrocknetem Blut verklebte Einstichstelle.

»Zu schmal für ein Messer«, überlegte Andreotti. Sophia verstand, worauf er hinauswollte. Die Einstichstelle war vielleicht einen Zentimeter breit. Das war in der Tat zu klein für ein Messer, aber sie passte ideal zu etwas anderem. Sophia öffnete ihren Rucksack und holte ihr Werkzeugetui hervor. Konzentriert glich sie die Werkzeuge mit dem Foto ab, bis sie das richtige gefunden hatte. »So in etwa?«, fragte sie und hielt Andreotti ein Schnitzmesser unter die Nase.

Es passte ideal.

»Sieh an, sieh an, Signora Lange. Sie stecken voller Überraschungen. Sie brechen nicht nur in Häuser ein, Sie führen auch potenzielles Mordwerkzeug mit sich.« Andreotti warf sich sein Jackett über. »Kommen Sie.« Sophia steckte ihr Werkzeug zurück in den Rucksack, und als sie aufsah, war Andreotti bereits aufgesprungen. »Wo gehen wir denn hin?«

»Na, zu Russo. Der hat uns einiges zu erklären.«

48

Dass Sophia wusste, was ihr bevorstand, machte die Fahrt nicht besser. Dreimal hatte sie Andreotti gebeten, langsamer zu fahren, und dieser Bitte kam er auch jedes Mal nach. Allerdings stets nur für maximal eine halbe Minute. Erleichtert atmete sie auf, als sie in der kleinen Seitenstraße in Brescia wieder festen Boden unter den Füßen hatte. Der Laden des Geigenbauers wirkte wirklich bescheiden. Ein paar Geigen lagen lieblos im Schaufenster verteilt herum. Keine besonderen Stücke, eher Schulinstrumente. Am Holzrahmen des Schaufensters blätterte der Lack ab. »Könnte auch mal einen Anstrich vertragen«, sagte sie. Eine kleine Glocke läutete, als Andreotti die Tür öffnete. Das Innere des Geschäfts war genauso unscheinbar wie das Schaufenster. Dutzende von Streichinstrumenten hingen und lagen herum. Bratschen, Cellos, Geigen, und sogar ein paar Violas, die eher selten gekauft wurden.

»Und?«, fragte Andreotti.

»Normale Instrumente. Nichts Besonderes, soweit ich auf Anhieb erkennen kann.«

Schlurfende Schritte waren zu hören, gefolgt von einem Husten. Dann öffnete sich die Tür zur Werkstatt, und Russo erschien. Seine Augen verengten sich, als er Andreotti erkannte. »Sie schon wieder.«

»Ich schon wieder. Diesmal mit einer Kollegin.«

Russo schien Sophia erst jetzt bemerkt zu haben. »Einer Kollegin von Ihnen, um genau zu sein«, ergänzte Andreotti. »Signora Lange ist Geigenbauerin.«

Sophia entging nicht das kurze Aufblitzen von Furcht in Russos Augen. Andreotti machte einen Schritt auf Russo zu, und dieser sank unwillkürlich in sich zusammen. Gehetzt blickt er sich im Raum um, als sehe er sich nach einem Fluchtweg um.

»Und?«, fragte Russo schließlich heiser.

»Sind Sie ein hervorragender Geigenbauer oder ein Stümper?«, platzte Andreotti heraus.

Russos Augen weiteten sich, diesmal jedoch nicht vor Furcht, sondern vor Verärgerung. »Was erlauben Sie sich?«, fauchte er.

»Also, kein Stümper?«, fragte Andreotti.

»Ich habe mein Handwerk bei dem großen Brambilla gelernt«, empörte sich Russo.

Ein süffisantes Lächeln huschte über Andreottis Gesicht. »Wenn Sie kein Stümper sind, wieso bauen Sie dann minderwertiges Material in wertvolle Geigen ein?« Russo war so perplex, dass er Andreotti nur mit offenem Mund anstarrte. Andreotti fuhr fort, bevor Russo sich eine Antwort zurechtlegen konnte. »Signora Lange war so gut, sich mal Ihre Aufzeichnungen anzuschauen, die ich seinerzeit mitgenommen habe. Signora?«, Andreotti nickte Sophia zu.

»Nehmen wir beispielsweise die Monzino«, begann sie. »Da wurde eine Schnecke aus Buchsbaumholz eingesetzt und keine aus Palisander.«

»Daran kann ich mich beim besten Willen nicht erinnern«, wich Russo aus. Sein nervöser Blick wanderte zwischen Sophia und Andreotti hin und her. Sophia fischte die Protokolle aus ihrem Rucksack und wedelte damit demonstrativ in der Luft herum. »Das brauchen Sie auch nicht, keine Sorge. Schließlich haben Sie alles aufgeschrieben.« Russo entgegnete nichts.

»Oder die Chappuy. Dort haben Sie einen Riss in der Decke verklebt. Das würde den Wert eines Instruments deutlich schmälern und müsste in den Aufzeichnungen der Bank auftauchen.« Mit jedem Wort sank Russo weiter in sich zusammen.

»So etwas würde ein Stümper machen, aber niemals ein hervorragender Geigenbauer«, fasste Andreotti zusammen. »Deswegen frage ich Sie noch einmal: Sind Sie ein Stümper oder ein ehrbarer Geigenbauer?«

»Ich bin kein Stümper«, flüsterte Russo kaum hörbar.

»Sie haben damals jede Geige so behandelt, wie sie es verdient, und passend zu ihr die richtige Arbeit vorgenommen«, sagte Sophia. »So, wie es ein ehrbarer Geigenbauer tun würde.« Russo schaute sie kurz an, und Sophia meinte, eine Spur Dankbarkeit in seinen Augen lesen zu können.

»Wissen Sie, was das Problem ist?«, hakte Andreotti nach. Russo verneinte, wenn auch nicht sehr glaubwürdig, denn er schien durchaus zu wissen, was das Problem war. Andreotti half ihm dennoch auf die Sprünge. »Die Gutachten zu Signor Bianchis Instrumente sagen etwas ganz anderes aus. Gutachten, die Sie erstellt haben. So etwas nennt man Betrug.«

»Ich weiß«, gestand Russo.

»Sie geben also zu, dass Sie mit gefälschten Geigen gehandelt haben?«, hakte Andreotti nach. Russo ertastete einen Stuhl und ließ sich darauf fallen. Er schien sich zu sammeln. Dann blickte er wie ein ertappter Schuljunge zu Andreotti hinauf, der sich bedrohlich vor ihm aufgebaut hatte.

»Die Geigen waren echt.«

Andreotti hob den Finger, wie um Russo zu ermahnen, bei der Wahrheit zu bleiben.

»Die Gutachten waren es nicht«, ergänzte Russo hastig, als ob das einen Unterschied machen würde.

Andreotti ließ nicht nach. »Sie haben gute Geigen in Zahlung genommen und Bianchi dafür überbewertete Geigen angedreht.« Russo war nur noch ein Häufchen Elend, als er nickte. »Das ist kein Kavaliersdelikt. Sie haben mehrere Hunderttausend Euro eingestrichen.«

Russos Mundwinkel zuckten. Andreotti fuhr unerbittlich fort: »Als Bianchi Ihnen gegenüber erwähnte, dass ein Gutachter aus

Verona seine Sammlung bewerten sollte, haben Sie Panik bekommen. Also haben Sie sich mit dem Gutachter getroffen und ihn dann …« Andreotti griff sich ein Schnitzwerkzeug vom Tresen und hielt es Russo vor die Nase. »… mit solch einem Werkzeug umgebracht.« Plötzlich veränderte sich Russos Gesichtsausdruck. Die Angst war gewichen. Wut zeigte sich plötzlich in seinem Blick, dann sprang er auf. »Nein! So war es nicht!«

Andreotti schien von der plötzlichen Energie des Geigenbauers überrascht. »Setzen Sie sich«, fuhr er Russo an. Aber Russo schien sich weder von Andreottis energischem Ton noch vom Schnitzwerkzeug in Andreottis Händen beeindrucken zu lassen. Zu groß war seine Empörung.

»Ich habe Ferregina nicht umgebracht, und ich habe auch keine hunderttausend Euro eingestrichen«, presste Russo hervor.

»Sondern?«, fragte Andreotti, der keinen Millimeter zurückgewichen war. Er hatte nicht einmal mit der Wimper gezuckt. Seine Standfestigkeit verfehlte ihre Wirkung nicht.

»Allenfalls zehntausend Euro«, gab Russo, nun wieder etwas kleinlauter, zu.

Die Summe passte nicht im Entferntesten zum Wert der Geigen. »Bianchi hat mindestens achthunderttausend Euro für seine Instrumente bezahlt«, sagte Sophia.

»Sie haben ja recht. Aber ich habe das Geld abgegeben.«

»An Ihre Gläubiger«, stellte Andreotti fest.

»Nein, an die Stimme.«

Andreotti wechselte einen überraschten Blick mit Sophia. Dann wies er Russo mit einer Handbewegung an, sich wieder zu setzen. Russo folgte seiner Aufforderung ohne Widerrede. Andreotti zog sich ebenfalls einen Stuhl heran und setzte sich Russo gegenüber. Er beugte sich leicht nach vorne, wirkte dabei wie ein Pfarrer bei der Beichte, und Russo gestand: »Die Stimme hat mir gesagt, dass ich das tun soll.«

»Soso. Die Stimme«, wiederholte Andreotti langsam. »Wann hören Sie die Stimme denn? Ist die in Ihrem Kopf?«

»Quatsch. Am Telefon natürlich. Ich bin doch nicht verrückt.«

»Natürlich nicht. Am Telefon also. Vielleicht erzählen Sie von Beginn an.«

»Mein Geschäft läuft schon seit Langem nicht mehr gut. Es ist wichtig, Verbindungen zu wohlhabenden Geigenliebhabern zu haben. Natürlich gibt es einige gute Kunden wie Bianchi, aber die reichen zum Überleben nicht aus. Eines Tages vor rund zwei Jahren bekam ich einen Anruf. Der Anrufer nannte seinen Namen nicht, sondern sagte nur, dass er eine Möglichkeit für mich hätte, viel Geld zu verdienen. Erst wollte ich auflegen. Ich dachte, das ist irgend so ein Anlagebetrüger oder so was. Aber dann erzählte er Dinge, die sonst niemand wusste.«

»Zum Beispiel?«

»Er berichtete mir von meinen finanziellen Problemen. Außerdem wusste er eine Menge über Geigen.«

»Und da sind Sie neugierig geworden.«

»Das auch. Aber als er mir sagte, dass ich schon nächste Woche zehntausend Euro in bar hätte, bin ich schwach geworden.«

Auch wenn Sophia es beim Geigenbau nie wirklich um das Geld gegangen war, konnte sie ihn doch ein wenig verstehen. Russo war allein. Sein Laden schien wirklich nicht gut zu laufen, und wenn ihm das Wasser bis zum Hals stand, konnte solch ein Angebot, so obskur es auch war, durchaus reizvoll ein.

»Er sagte, dass ich dafür nur eine Sache tun müsste.« Bei dieser einen Sache handelte es sich um eine raffinierte Fälschung. Die Stimme hatte Russo angewiesen, eine Geige zu holen, die sich im Dom in Salò in einem versteckten Fach unter einer Kirchenbank befand, eine exakte Replik herzustellen und beide Stücke zurück unter die Kirchenbank zu legen. Als er zwei Wochen später in den Dom zurückkehrte, lagen in dem Fach zehntausend Euro für ihn bereit. Er sei ein wenig besorgt gewesen, weil das Geheimfach nur Platz für eine Violine bot und er die zweite einfach auf den Boden hatte stellen müssen, erklärte Russo weiter, aber er war nur froh gewesen, die Sache hinter sich gebracht zu haben, sodass er schnellstmöglich den Dom wieder verließ. Da sich der Anrufer nicht mehr meldete, musste alles gut gegangen sein.

»Was war das für eine Geige?«, erkundigte sich Sophia.

»Das war ja das Erstaunliche. Es war schon ein schönes Exemplar, allerdings von einem eher unbekannten örtlichen Geigenbauer aus den Achtzigerjahren. Ich habe einfach ein vergleichbares Instrument genommen, davon gibt es mehr als genügend auf dem Markt, und dann die Lackierung entsprechend angepasst.«

Das erklärte, wieso Russo nur zwei Wochen für die Fälschung gebraucht hatte. Die Sache war damit jedoch noch nicht erledigt gewesen. Mehrere Wochen waren verstrichen, und die Fälschung war nur noch eine ferne, ungute Erinnerung gewesen, bis sich eines Tages erneut die Stimme am Telefon meldete. Diesmal sollte Russo anders vorgehen. Bianchi sei auf der Suche nach einem neuen Stück, und Russo solle ihn kontaktieren, um ihm direkt ein minderwertiges Stück anzudrehen, das durch einiges kunstvolles Kaschieren wertiger wirkte. Eine nicht unübliche Vorgehensweise unseriöser Geigenbauer. Russo gab an, entschieden abgelehnt zu haben. Schließlich waren seine größten Schulden getilgt, und zudem plagte ihn das schlechte Gewissen. Aber das habe die Stimme herzlich wenig interessiert. Gelacht habe sie und Russo dann unmissverständlich darauf hingewiesen, dass sein Name mit dem ersten Betrug in Verbindung stehe, und wenn er nicht auffliegen wolle, habe er den Anweisungen der Stimme Folge zu leisten. So war aus Bestechung Erpressung geworden, und Russo wusste sich nicht anders zu helfen, als zu tun, was von ihm verlangt wurde.

Als Bianchi in Russos Geschäft aufgetaucht war, hatte Russo ihm eine Lombardi empfohlen. Sie war ein Original aus dem achtzehnten

Jahrhundert, ein wahrlich schönes Stück. Ihren Wert hätte man am unabhängigen Markt auf sechsundzwanzigtausend Euro taxiert, wenn das Griffbrett original gewesen wäre. Ein Unterschied, der selbst Kennern nicht sofort ins Auge gefallen wäre. Bianchi war von dem vermeintlichen Glücksgriff begeistert gewesen und hatte bereitwillig das Geld hingeblättert. Zwölftausend Euro hatte der Coup gebracht. Russo hatte seinen Anteil, zweitausend Euro, abgezweigt und die anderen zehntausend Euro in einem Kuvert im Salòer Dom in einem versteckten Fach unter einer Kirchenbank hinterlegt, so wie es die Stimme ihm aufgetragen hatte. Offenbar war Russo tatsächlich kein sonderlich guter Geschäftsmann, denn sonst hätte er sich nicht mit einem so geringen Anteil abspeisen lassen. Schließlich war er es, der das gesamte Risiko trug. Wie nicht anders zu erwarten, meldete sich die Stimme einige Wochen später erneut.

»So ging das Spiel immer weiter. Bis Bianchis Sammlung nur noch aus zu hoch bewerteten Stücken bestand«, fasste Andreotti zusammen. »Und Sie strichen stets Ihren Anteil ein und brachten das restliche Geld brav in die Kirche.« Sophia entging die Ironie in Andreottis Ton nicht. Abrupt stand Russo auf. Andreotti wollte ihn aufhalten, ließ ihn dann aber doch gewähren. Der Geigenbauer ging zu einem Schrank und holte einen alten Schuhkarton heraus. Er knallte den Karton auf den Tresen und öffnete den Deckel. Lauter Geldscheine quollen hervor. Sophia hatte noch nie so viel Geld auf einen Haufen gesehen.

»Das ist das Geld. Ich habe nur das Nötigste rausgenommen.« Wie um einen Teil seiner Schuld wiedergutzumachen, schob er Andreotti den Karton hin. »Nehmen Sie das und geben Sie es der Witwe. Den Rest, den ich für Miete und Schulden genommen habe, werde ich ihr zurückzahlen. Irgendwie.«

Sophia fragte sich, wie er das bewerkstelligen wollte. Wenn der Betrug bekannt werden würde, konnte Russo seine Werkstatt schließen.

Andreotti schloss den Karton und nahm ihn an sich. »Damit ist die Sache noch nicht erledigt«, sagte er.

Seiner resignierten Miene nach zu urteilen, war Russo dies durchaus bewusst. »Ich weiß. Aber andererseits ist sie doch gerade erst zu Ende gegangen«, seufzte er.

Andreotti horchte auf. »Wie meinen Sie das?«

»Die Stimme hat gesagt, dass dies das letzte Mal sei.«

»Und das haben Sie geglaubt?«

»Nicht geglaubt, aber gehofft. Die Stimme hat dann noch ein einziges Mal angerufen und mir aufgetragen, alle Unterlagen zu vernichten.«

»Wann hat die Stimme das denn verlangt?«, hakte Andreotti nach.

Russo dachte kurz nach. »Ich glaube, das war am Donnerstag.« Das war einen Tag nach Ferreginas Tod. Die Stimme musste also gewusst haben, dass Bianchi tot war oder dass der Gutachter etwas gemerkt hatte. »Ich habe die Kaufverträge verbrannt. Aber an die Reparaturaufzeichnungen habe ich nicht gedacht. Ich bin zwar ein guter Geigenbauer, aber ein schlechter Betrüger. Dann sind Sie gekommen und haben die Seiten aus meinem Buch herausgerissen.«

Andreotti stand auf und legte eine Hand auf Russos Schulter, als wollte er sagen, dass alles gut werden würde, was natürlich nicht stimmte, und deswegen sagte Andreotti nichts.

Stattdessen warf er Sophia einen Blick zu und deutete mit dem Kopf Richtung Tür.

»Armer Teufel«, sagte Andreotti, als sie wenige Minuten später auf die Hauptstraße einbogen.

Während er beschleunigte, hielt Sophia krampfhaft den Karton mit dem Geld umklammert. Der Commissario hatte recht. Andererseits hatte Russo es sich selbst zuzuschreiben. »Er hätte auch gleich beim ersten Anruf ablehnen können«, sagte Sophia.

»Sie verurteilen ihn, weil er Ihrer Zunft geschadet hat. Sie sollten aber auch das Menschliche sehen.«

Sophia ärgerte der belustigte Gesichtsausdruck des Commissario. »Russo mag zwar ein armer Teufel sein, aber solche schwarzen Schafe schaden den ehrlichen Geigenbauern, die täglich ihr Bestes geben.«

»Wie ich bereits sagte. Sie sehen nur den Beruf, nicht aber den Menschen dahinter.«

»Und Sie sehen das anders, ja? Ist das vielleicht der Grund dafür, dass Sie nicht mehr in Rom arbeiten?«

Andreottis Lächeln verschwand. Er hupte laut, als er einen Radfahrer überholte.

»Idiot. Radfahrer denken, sie seien die Könige der Straße.«

»Außerdem haben wir es hier mit Mord zu tun, und wer sagt, dass Russo nicht der Täter ist?«, fuhr Sophia fort, als Andreotti das waghalsige Überholmanöver beendet hatte.

»Das sagt mir mein Bauchgefühl.«

»Mein Bauchgefühl sagt mir, dass Sie viel zu schnell fahren.«

Da Andreotti keine Anstalten machte, langsamer zu fahren, versuchte Sophia, sich mit Gedanken an den Fall abzulenken. Bauchgefühl hin oder her, der Commissario hatte recht. Russo war kein Verbrecher, und so bereitwillig, wie er alles zugegeben hatte, war ihm weder ein kaltblütiger Mord noch ein spontaner Totschlag aus Wut oder Angst zuzutrauen. Aber was wusste sie schon. Im Gegensatz zum Commissario hatte sie noch nie mit Mördern zu tun gehabt. Andreotti schickte den Fiat halsbrecherisch in eine Kurve, und der Deckel flog vom Karton. Sophia presste die Hand auf die Geldscheine und konnte gerade noch verhindern, dass sie quer durch den Wagen flogen. »Wo bringen wir das Geld eigentlich hin?«

»Na, zum Kommissariat. Dort wird es gezählt und erfasst, und wenn der Fall abgeschlossen ist, bekommt es Signora Bianchi.

Oder dachten Sie, ich stecke das ein?« Wenigstens ein kleiner Trost für Signora Bianchi. Ansonsten waren sie im eigentlichen Mordfall nicht viel weitergekommen. Sicher, Russo hatte das bestätigt, was sie bereits vermutet hatten, nämlich dass Bianchi betrogen worden war, aber den Mörder kannten sie noch immer nicht.

»Was ich nicht verstehe: Wieso sollte Russo als Erstes eine eher mittelmäßige Geige eines unbekannten Geigenbauers fälschen?«, dachte Sophia laut nach.

»Vielleicht so was wie eine Probearbeit?«

»Das ergibt nur Sinn, wenn es eine eher komplexere Geige war. Die findet man durchaus auch bei unbekannten Geigenbauern. Ich hätte genauer nachfragen sollen.«

Andreotti grinste schief. »Anfängerfehler. Passiert jedem.« Er schien kurz nachzudenken, dann stieg er plötzlich in die Bremse. Geldscheine flogen durch den Innenraum.

»Was tun Sie denn da? Können Sie nicht ein bisschen humaner fahren?«

»Ich fahre normalerweise keine Geldtransporter«, entgegnete Andreotti, schlug das Lenkrad ein und schoss, begleitet von einem Hupkonzert anderer Autofahrer, über den Mittelstreifen.

Fluchend sammelte Sophia die Geldscheine ein.

»Wo fahren Sie denn jetzt hin?«

»Zurück zu Russo. Wir hätten uns alle seine Aufzeichnungen anschauen sollen. Genauer gesagt: Sie sollten das tun.«

Als sie wenige Minuten später den Laden erneut betrat, trug Sophia den Karton mit dem Geld unter dem Arm. Andreotti hatte zwar gemeint, dass kaum jemand in einen Polizeiwagen einbrechen würde. Sophia hatte jedoch lieber kein Risiko eingehen wollen. Schließlich war das Geld der letzte Strohhalm der armen Witwe Bianchi, der die Bank ohnehin bald alles wegpfänden würde. Der Laden war so leer wie zuvor. Sie nahm an, dass Russo wieder in seiner Werkstatt war. Andreotti rief nach ihm, erhielt jedoch keine Antwort. In dem Regal hinter dem Tresen lag ein Buch mit braunem Ledereinband. Das musste es sein. »Nehmen wir das Buch doch einfach mit und hinterlegen Russo einen Zettel«, sagte Sophia. Andreotti schnitt Sophia mit einer energischen Bewegung das Wort ab und presste den Finger auf seine Lippen. Sophia verstummte augenblicklich. Sie lauschte. Keine Schritte waren zu hören, kein Werken. Nichts. Andreotti ging weiter, vorsichtig, jeder Muskel in seinem Körper schien angespannt. Plötzlich hielt er inne, drehte den Kopf und lauschte erneut. Dann tippte er mit dem Finger an sein Ohr. Jetzt konnte auch Sophia es hören. Ein rhythmisches, leises Schaben. Es musste aus dem Nachbarraum kommen. Andreotti bedeutete Sophia mit der Hand, stehen zu bleiben. Dieser Aufforderung hätte es nicht bedurft, denn Sophia verspürte ohnehin nicht das geringste Bedürfnis, auch nur einen Schritt weiter in den Raum zu gehen. Andreotti schlich sich weiter vor, bis er die halb offen stehende Tür erreicht hatte. Er schaute noch einmal zu Sophia, wie um sich zu vergewissern, dass sie in Sicherheit war. Dann holte er tief Luft und trat mit voller Wucht gegen das Türblatt. Kaum war das Holz mit einem lauten Krachen gegen die dahinterliegende Wand geflogen, sprang der Commissario in den hinteren Raum.

Sekunden vergingen, die Sophia vorkamen wie Minuten, bis sie ihn plötzlich fluchen hörte. »Porca miseria!« Sophia rief Andreottis Namen, doch statt einer Antwort folgte ein weiterer Fluch. Jetzt hielt es Sophia nicht mehr aus. Sie sprintete los und rannte Andreotti, der wie erstarrt mitten im Raum stand, beinahe um. Sophias Augen brauchten ein wenig, bis sie sich an das Dämmerlicht gewöhnt hatten. Erst sah sie die Beine, die unwirklich in der Luft baumelten, dann den Körper und schließlich das blaue Gesicht, die herausquellende Zunge.

Zwei tote Augen starrten sie an. Danach folgte Dunkelheit.

Eine Stimme rief etwas in Sophias Ohr. Ein Schmerz durchzuckte ihre Wange. Sie kannte diese rauchige Stimme. »Signora Lange!« Wieder dieser Schmerz in der Wange. Sophia öffnete die Augen, blinzelte. Es fiel ihr schwer, etwas zu erkennen. Alles war dunkel. Über ihr erschien ein schemenhaftes Gesicht. Kalter Rauch kroch ihr in die Nase. Das Gesicht wurde klarer, und jetzt erkannte sie ihn. Es war der Commissario, der gerade mit seiner Hand zu einem Schlag ausholte. »Hey«, rief Sophia mit schwacher Stimme. Der Commissario ließ die Hand sinken.

»Wieso schlagen Sie mich?«

»Damit Sie wach werden.« Jetzt erst begriff Sophia, dass sie lag. Allmählich kehrte die Erinnerung zurück. Russo. Die Geigenbauwerkstatt. Die leblosen Beine, der tote Russo, die Schlinge um seinen Hals. Es war so unwirklich. Vielleicht hatte sie es nur geträumt? Sophia drehte vorsichtig den Kopf. Tote Augen schauten auf sie herab. Sie hatte nicht geträumt. Schnell wandte Sophia den Blick ab.

»Alles in Ordnung mit Ihnen?«, hörte sie Andreotti fragen.

»Außer, dass Sie mich geschlagen haben und mein Gesicht höllisch wehtut?«

»Ich habe es noch nie erlebt, dass jemand an einem Tatort umkippt«, entgegnete Andreotti entschuldigend. »Doch, einmal ist es passiert. Ein junger Beamter bei einem Mafia-Mord in Rom. Wobei Mord das falsche Wort ist, es war eher ein Massaker.«

»Keine Details, bitte.«

»Ich erspare sie Ihnen sehr gern.«

»Helfen Sie mir hoch, verdammt.« Das ließ sich Andreotti nicht zweimal sagen, ungelenk begann er, an ihrem Arm zu ziehen, bis Sophia stand.

»Russo ist tot?«, stellte Sophia die Frage nach dem Offensichtlichen, während sie sich ihre schmerzende Schulter rieb. »War es Mord?«

»Sieht nicht danach aus. Hat sich wohl erhängt, nachdem wir gegangen sind. Keine Fremdeinwirkung.«

Sophia widerstand dem Drang, noch mal einen Blick in Richtung des bedauernswerten Russo zu werfen, und hielt stattdessen mit wackeligen Beinen auf die Tür zum vorderen Ladenbereich zu.

Andreotti beeilte sich, ihr zu folgen. »Sie müssen mich nicht stützen, ich kann allein gehen«, sagte Sophia.

»Hatte ich auch nicht vor«, versicherte er. Das war auch besser so, fand Sophia. Eine schmerzende Gesichtshälfte und eine beinahe ausgerenkte Schulter war bereits Hilfe genug für heute. Sie entdeckte hinter dem Tresen einen Hocker und ließ sich darauf fallen.

»Wasser?«

Sophia schüttelte den Kopf.

Sie schwiegen eine Weile. »Seltsam«, sagte Andreotti schließlich. »Vor einer halben Stunde saß Russo noch auf diesem Stuhl, auf dem Sie gerade sitzen, und jetzt ist er tot.« Sophia sprang angewidert auf.

»Danke, Andreotti.«

Der Commissario zuckte nur mit den Schultern und begann, durch den Laden zu wandern. Vor einem Holzkreuz blieb er stehen, nahm es von der Wand und drehte es nachdenklich. »Selbstmord ist eine Todsünde«, murmelte er.

»Für einen Geigenbauer gibt es Sünden, die schwerer wiegen«, entgegnete Sophia, die sich allmählich besser fühlte.

»Wahrscheinlich haben Sie recht«, murmelte Andreotti und hängte das Kreuz zurück an seinen Platz.

»Wollen wir jetzt die Spurensicherung rufen oder so was? Meine Güte, ich habe keine Ahnung, was man in so einer Situation macht und in welcher Reihenfolge«, gab Sophia nervös zu.

»Ich habe die Kollegen in Brescia bereits informiert.«

»Gut, dann warten wir.«

»Nein, wir gehen«, sagte Andreotti und drehte sich zu Sophia um. In der Hand hielt er Russos Buch. Andreotti klopfte auf den ledernen Einband. »Deswegen sind wir doch hierhergekommen. Ich habe keine Lust, den Kollegen zu erklären, wieso ich etwas vom Tatort mitgehen lasse. Da muss ich dann nur wieder Dokumente für die Asservatenkammer ausfüllen.« Der Commissario drückte Sophia das Buch in die Hand und schob sie zur Tür hinaus.

49

Während der gesamten Rückfahrt sagte keiner von beiden ein Wort. Andreotti schien nachzudenken, und Sophia war darauf konzentriert, die Fahrt unbeschadet zu überstehen. Außerdem wollte ihr das Bild des toten Russo nicht aus dem Kopf gehen. Es war etwas anderes, einen Toten in Wirklichkeit und nicht nur auf Fotos zu sehen. Sophia fragte sich, wie der Commissario mit seinem Beruf klarkam, was es mit einem Menschen machte, dessen Alltag der Tod war. Vor Martas Gasthaus angekommen, bestand Andreotti darauf, sie ins Gasthaus zu begleiten. Sophia verzichtete jedoch darauf, sich beim Commissario unterzuhaken. Inzwischen hatte sie sich wieder einigermaßen gefangen. Außerdem hätten sie für Marta ein zu seltsames Paar abgegeben.

Als sie das Wirtshaus betraten, wartete auf Sophia und den Commissario jedoch ein noch ungewöhnlicheres Pärchen. In der hinteren Ecke der Gaststube stand ein finster dreinblickender Fredo – und neben ihm eine ebenso dürre Gestalt, deren Augen nervös hin und her zuckten. Sophia erkannte ihn sofort. »Ist er das?«, fragte Fredo, kaum dass Sophia die Gaststube betreten hatte. Er war es – der Straßenmusiker. Ängstlich umklammerte er seine Geige. Seine Augen weiteten sich, als er den Commissario erkannte. »Ich habe nichts getan!«, rief er.

»Da bist du ja endlich.« Marta kam aus der Küche geschossen. »Die beiden vergraulen mir alle Gäste. Aber der da …« Marta zeigte auf Fredo. »Der hat behauptet, du hättest sie eingeladen.«

Plötzlich stieß Marta einen erleichterten Ruf aus. »Commissario! Welch eine Freude, Sie zu sehen. Nehmen Sie die beiden Gauner gleich mit!«

»Sehr gerne, Signora. Wenn ich nur wüsste, was das alles soll. Aber ich bin sicher, dass unsere gute Sophia die Situation für uns erhellen wird.« Das hatte Sophia allerdings vor. »Die Geige, die er in der Hand hält, ist gestohlen.« Der Straßenmusiker umklammerte das Instrument noch fester. »Und zwar aus unserer Werkstatt.« Ängstlich schaute er sich um, doch es gab keinen Ausweg für ihn. »Es ist die Geige der Orsini.«

Mit einem Satz war der Straßenmusiker nach vorne gesprungen und versuchte, an Andreotti vorbeizusausen. Gerade noch rechtzeitig packte der Commissario den dürren Mann am Kragen und riss ihm die Geige aus den Händen, doch so leicht wollte der Straßenmusiker nicht aufgeben. Es kam zu einem kurzen Gerangel, und das Instrument krachte auf den Boden. Sofort nahm Sophia die Geige an sich und brachte sie in Sicherheit. Als der Straßenmusiker sah, dass die Violine außer Reichweite war, ließ er die Arme sinken und gab jeden Widerstand auf.

»Das ist also die Geige, die aus Giuseppe Maggios Werkstatt gestohlen wurde«, schnaufte der Commissario leicht außer Atem. »Und woher wusstest du, Fredo, dass er sie hat?«

»Das müssen Sie Sophia, ich meine, Signora Lange fragen«, entgegnete Fredo. »Sophia?«, entgegnete der Commissario erstaunt. »Ihr beide kennt euch ja inzwischen ziemlich gut. Fast zu gut, wie man so hört.« Fredo ignorierte Andreottis bissigen Kommentar und blickte verlegen zu Sophia. Auch Andreotti schien eine Antwort zu erwarten, und so begann sie zu erzählen, wie ihr der Straßenmusiker bereits vor Tagen an der Promenade wegen seines außergewöhnlich guten Spiels aufgefallen war. Als sie dann nach ihrem Streit mit Giuseppe an der Promenade erneut dem Straßenmusiker begegnet war, zusammen mit Andreotti, war seine Musik jedoch noch besser gewesen, klarer, voller im Klang. Selbst Andreotti schien es aufgefallen zu sein, jedenfalls brummte er zustimmend. Ein schüchternes Lächeln huschte über das Gesicht des

Musikers ob des Lobs. »Spätestens nach dem Konzert der Sacharowa war mir klar, dass es eine besondere Geige sein musste, die sein Können jetzt zur vollen Entfaltung brachte. Dass es die Geige der Orsini war, war nur eine Vermutung«, endete Sophia.

»Die sich soeben bestätigt hat«, übernahm Andreotti und widmete sich wieder dem Straßenmusiker. »Wann bist du in die Werkstatt eingebrochen?«

Der Straßenmusiker schüttelte energisch den Kopf. »Ich nicht eingebrochen. Habe nichts gestohlen!«, verteidigte er sich.

»Sag besser die Wahrheit«, raunte Fredo. »Der Commissario ist knallhart. Du bist schneller im Gefängnis, als du bis drei zählen kannst.« Fredo gefiel es offensichtlich, endlich mal auf der richtigen Seite des Gesetzes zu stehen. Dabei wirkte er überzeugend genug, um den Straßenmusiker zum Reden zu bringen.

»Ich habe sie im Müll gefunden.« Das war das Absurdeste, was Sophia seit Langem gehört hatte, und auch der Commissario war alles andere als überzeugt. Der Straßenmusiker blieb jedoch bei seiner Behauptung.

»Sie wühlen also in Mülleimern und finden dabei zufällig eine Geige«, wiederholte Andreotti.

»Ich nicht wühle in Mülleimern!«, empörte sich der Straßenmusiker. »Ich war Geiger von Bukarester Staatsorchester. Nur weil ich auf Straße spiele, heißt nicht, dass ich in Müll wühle!«

»Wie haben Sie dann die Geige gefunden? Ihre Geschichte ergibt keinen Sinn.« Andreotti machte einen Schritt auf den Straßenmusiker zu, den er um fast einen Kopf überragte.

»Neuer Versuch. Diesmal die ganze Wahrheit«, zischte Andreotti.

Der Straßenmusiker schluckte. »Ich habe gespielt, an der Via Canottieri. War ein guter Tag. Viele Leute … viel Geld«, stotterte er. »Dann ich fand zwischen Münzen einen Zettel. Ich nicht gesehen, wer ihn da hingelegt hat. Auf Zettel stand, dass ich soll zur Villa Goldoni gehen, weil dort im Mülleimer kostbare Violine liegt.« Die Worte sprudelten jetzt nur so aus ihm heraus. »Ich dachte, da hat jemand Witz gemacht. Aber dann, am Abend, bin ich spazieren gegangen. Das ich mache oft. Entspannt mich. Plötzlich war ich vor der Villa Goldoni. Da ich musste an Zettel denken und habe nachgeschaut. Im ersten Mülleimer war nichts. Doch Scherz, dachte ich. Aber dann dachte ich, wenn ich schon mal hier, kann ich auch genau schauen. Im zweiten Container nichts. Doch Scherz, dachte ich.«

»Hören Sie auf zu denken und kommen Sie auf den Punkt«, unterbrach ihn Andreotti scharf.

»Sehr wohl. Ich wollte Container wieder schließen, da sah ich unter dem Müll Schnecke. Dann ich habe daran gezogen. Und tatsächlich: Violine. Wunderschön. Sehr alt, sehr edel. Ich habe darauf gespielt. Die Violine ist ein Traum, nur ein wenig fehlt Lack. Aber das ist kein Problem. Sie ist besser als meine. Klang ist viel klarer. So voll, wie wunderschöne Rose. Also ich habe meine alte Violine an Trödler verkauft, für zweihundert Euro. Dann ich bin essen gegangen mit Geld in Tasche und guter alten Meistervioline. So richtig fein in einem Restaurant, wie früher in Bukarest.«

Andreotti musterte den Musiker skeptisch, als der geendet hatte. »Wieso haben Sie nicht diese Violine verkauft, wenn sie so gut ist? Von diesem Geld hätten Sie mehrere Monate lang in feinen Restaurants essen können.«

»No, no, no!«, rief der Straßenmusiker empört aus. »Ein solch kostbares Instrument verkauft man nicht einfach.«

»Genau das ist das Problem an deiner Geschichte. Wenn die Geige so kostbar ist, wirft man sie nicht einfach in den Müll«, unterbrach ihn Andreotti, um sich dann an Sophia zu wenden.

»Außer es handelt sich in Wahrheit um ein minderwertiges Instrument.«

Sophia schüttelte den Kopf. »Es handelt sich zweifelsohne um die Geige der Signora Orsini.«

»Deine Geschichte mit dem Zettel ergibt also gar keinen Sinn«, stellte Andreotti an den Straßenmusiker gewandt fest.

»Ich habe sie nicht gestohlen, wirklich, ich …«, versuchte der Straßenmusiker, sich verzweifelt zu verteidigen, aber Andreotti schnitt ihm mit einer Handbewegung das Wort ab. »Du kannst gehen«, beschloss der Commissario. Sophia musste Andreotti zustimmen. Beweise gegen den Musiker hatten sie keine, und im Grunde war es Sophia nur darum gegangen, dass sie die Geige der Orsini zurückbekämen.

Mit einem letzten Funken Hoffnung streckte der Straßenmusiker die Hand aus. »Darf ich?«

»Wohl kaum«, entgegnete der Commissario schroff. »Das Instrument ist polizeilich beschlagnahmt und wird der rechtmäßigen Besitzerin, Signora Ortelli, übergeben.«

»Orsini«, korrigierte Sophia ihn.

»Richtig. Signora Orsini.«

»Aber was ich mache ohne Geige? Womit verdiene ich Geld?«, klagte der Straßenmusiker, und seine Augenwinkel begannen, sich mit Tränen zu füllen.

»Das ist nicht mein Problem«, entgegnete Andreotti, wobei seine Stimme deutlich weniger sicher klang als zuvor.

»Aber Musik ist mein Leben. Und ich muss essen.«

»Maria, madre di Dio«, stöhnte Andreotti auf, kramte in seiner Tasche herum und drückte dem Musiker einen Fünfzig-Euro-Schein in die Hand. »Kauf dir eine alte Geige bei dem Trödler.« Der Straßenmusiker nahm den Geldschein und drehte ihn nachdenklich hin und her.

»Das ist aber wenig. Für meine alte Geige habe ich mehr Geld bekommen.«

»Mio dio«, seufzte Andreotti und rückte einen weiteren zerknüllten Fünfzig-Euro-Schein heraus. Erleichtert steckte der Musiker die beiden Scheine ein, aber seinem Gesichtsausdruck war zu entnehmen, dass er wahrlich kein gewinnbringendes Geschäft gemacht hatte.

»Nun zischen Sie schon ab, bevor ich Ihnen die hundert Euro wieder abnehme«, raunte Andreotti. Der Musiker warf einen letzten wehmütigen Blick auf das Instrument in Andreottis Hand, und erneut schossen ihm Tränen in die Augen. Dann schob er sich an Andreotti vorbei und war im nächsten Moment verschwunden.

Marta verschloss eilig die Tür hinter ihm, als befürchtete sie, dass er zurückkommen würde.

Sophia tat der Straßenmusiker leid. Es war offensichtlich, dass das Leben ihm nicht sonderlich gut mitgespielt hatte. Ein solch kostbares Instrument würde er nie wieder in den Händen halten, und jetzt wieder seine Kunst auf seiner alten Fiedel darbieten zu müssen, war mehr als bitter.

»Es war nett, dass Sie ihm das Geld für seine alte Geige gegeben haben«, sagte Sophia in die Stille hinein.

»Kein Wort mehr davon«, zischte Andreotti.

»Und was ist mit mir?«, mischte sich Fredo ein.

»Was soll mit dir sein?«, fragte Andreotti.

»Ich habe die Geige der Orsini zurückgebracht. Da müsste auch etwas für mich drin sein«, erwiderte Fredo im Brustton der Überzeugung und streckte ebenfalls die Hand aus.

»Bin ich die Wohlfahrt, oder was?«, blaffte Andreotti ihn an. »Außerdem schuldest du Signora Lange noch das Geld für ihr Handy.«

»Und wie soll ich ihr jemals ein neues Handy kaufen, wenn ich für meine Arbeit nicht bezahlt werde?«

Sophia knuffte Andreotti in die Seite. »Nun geben Sie ihm schon was.« Andreotti rollte mit den Augen, zupfte jedoch einen weiteren Fünfzig-Euro-Schein aus der Jacke. Fredo setzte zu einem Protest an, überlegte es sich jedoch augenblicklich anders, als Andreotti mahnend die Hand hob. Missmutig steckte Fredo das Geld ein, verabschiedete sich mit einer Verbeugung und verschwand, ganz zu Martas Erleichterung, ebenfalls.

»Wollen Sie mir jetzt erklären, woher Sie wussten, dass dieser Straßenmusiker die Geige der Orsini hatte?«

»Sie haben mich darauf gebracht.«

»Ich?«, wunderte sich Andreotti. Bereitwillig erklärte Sophia es ihm.

»Im Anschluss an das Konzert der Sacharowa hat er gespielt. Sie entsinnen sich?« Andreotti konnte sich sehr wohl daran erinnern. »Und wissen Sie noch, was Sie gesagt haben, als ich sagte, dass er besser spielt als sonst?« Daran konnte sich Andreotti wiederum nicht erinnern.

»Es ist nicht allein der Musiker, sondern auch die Geige, die die Kunst ausmacht«, half ihm Sophia auf die Sprünge. »Erst als Sie mich nach Hause gebracht haben, ist es mir aufgefallen. Der Straßenmusiker spielte so viel besser als sonst, seine Musik klang viel voller, und das musste an dem Instrument liegen. Also bin ich zurückgekehrt, doch er war schon fort. Dann habe ich Fredo damit beauftragt, den Straßenmusiker ausfindig zu machen.«

»Mit Ihnen wird es wirklich niemals langweilig. Aber wissen Sie, eine Sache erschließt sich mir nicht.«

»Und die wäre?«

»Wenn Sie Fredo beauftragt haben, wieso habe ich ihn dann bezahlt?«

»Weil Sie ein Gentleman sind«, mischte sich Marta ein.

Andreotti seufzte laut. »Das ist die Geschichte meines Lebens.«

50

Nachdem Andreotti und Fredo gegangen waren und Marta sich beruhigt hatte, hatte Sophia eigentlich sofort die Maggios über den glücklichen Fund informieren wollen. Marta hielt sie jedoch davon ab. Der alte Mann brauche seinen Schlaf. Was Marta tatsächlich meinte, war wohl, dass sie selbst ihre Ruhe brauchte. Denn bei einer solch aufregenden Geschichte würde es nicht bei einem einfachen Anruf bleiben, vielmehr würde viel und aufgeregt diskutiert werden, was Marta nach all dem Trubel wohl nicht auch noch brauchte, nachdem sie bereits zwei Gauner in ihren Räumlichkeiten hatte dulden müssen.

So entschied Sophia sich, die gute Nachricht am nächsten Morgen zusammen mit der Geige zu überbringen. Dafür musste sie nur die kleinen Beschädigungen reparieren und das Instrument stimmen. Sie konnte es kaum erwarten, Giuseppes überraschten Gesichtsausdruck zu sehen, wenn sie ihm am Morgen das Instrument präsentieren würde.

Sophia setzte sich an ihren Schreibtisch und begann, es zu untersuchen. Der Hals war nicht mehr exakt eingefasst. Es war kaum zu sehen, würde jedoch die Stimmqualität merklich beeinträchtigen. Der Hals selbst war ein Original und ziemlich gut erhalten. Mit ein wenig Schnellkleber und Fingerspitzengefühl war er wieder gerichtet. Der Kratzer am linken Rand des Korpus hingegen war nicht so leicht zu bearbeiten. Es war zwar nur ein kosmetisches Problem, für eine tadellos gleichmäßige Oberfläche würde Sophia jedoch erst den Lack großflächig um den Kratzer herum abtragen müssen. Kurz nach Mitternacht legte sie das Schmirgelpapier beiseite. Erschöpft rieb sie sich die Augen. Würde sie jetzt noch den Lack auftragen, könnte das Instrument über Nacht trocknen. Sie hatte ihren Grundlack in der Tasche, und die farbliche Passung würde ihr mit ein wenig Glück auch recht zügig gelingen.

Sophia neigte die Geige, bis das Licht der Lampe besser auf die offene Stelle fiel. So konnte sie die Textur des frei liegenden Holzes besser erkennen. Die Grundfarbe des Holzes prägte die farbliche Schattierung des Lackes. Sophia runzelte die Stirn. Bei dem Alter hätte das Holz deutlich dunkler sein müssen. Sie richtete die Schreibtischlampe neu aus, doch die Farbe des Holzes blieb ungewöhnlich. Holz dunkelt auch unter dem Lack. Ein komplett original erhaltener Körper, hatte Giuseppe gesagt. Sophia schloss die Augen und fuhr mit den Fingern über die Seite des Korpus. Mit dem bloßen Auge waren die Übergänge nicht zu erkennen. Der Lack war sehr gut verarbeitet worden. Aber ihre Finger trogen sie nicht. Sophia nahm das Schmirgelpapier zur Hand. Sie zögerte kurz, dann setzte sie an. Nach wenigen Minuten hatte sie an zwei weiteren Stellen das Holz unter dem Lack am Korpus freigelegt. Sie hatte sich nicht geirrt: Der Korpus war kein vollständiges Original. Die linke Seite war ersetzt worden. Eine gute Arbeit, keine Frage. Die Übergänge zwischen altem und neuem Holz würden Laien nicht auffallen, und auch die Resonanz des Körpers war nicht beeinträchtigt worden. Es war eine schwierige, aber machbare Arbeit für einen guten Geigenbauer. Beeindruckend war auch die Lackarbeit selbst, die den Übergang kaschierte. Das war eine ganz besondere Schule. Eine Schule, die Sophia nur allzu vertraut vorkam.

Sophia legte das Instrument ab. Sie war viel zu müde, um auch nur noch einen klaren Gedanken fassen zu können. Inzwischen war es bereits halb zwei morgens. Die Geige würde warten müssen. Sophia brauchte Schlaf. Doch die Geige der Orsini gönnte ihr keinen Schlaf. Immer wieder wachte Sophia auf, wälzte sich im Bett hin und her, dämmerte ein, um gleich wieder hochzuschrecken. Nicht nur die Geige der Orsini besuchte sie in ihren Träumen, auch der Commissario, der ihr rauchend vom Schiff aus zuwinkte und zu Luigi wurde, der in den See sprang. Russo baumelte von einem Seil und begann, die Augen tot, eine Arie zu singen, bis Esposito ihr schließlich einen Heiratsantrag machte.

Als der Morgen dämmerte, gab Sophia es endgültig auf. Sie musste mit ihm reden. Sie schwang sich aus dem Bett, wickelte die Geige der Orsini in eine Filzdecke und steckte sie in den Rucksack. Dann machte Sophia sich auf zur Wahrheit, auch wenn sie schmerzen würde.

51

Es ist mitten in der Nacht«, brummte er.

»Es ist früh am Morgen, um genau zu sein.«

Andreotti drehte sich zur Seite und zog sich die Decke über den Kopf. Sophia war, ohne anzuklopfen, in das Kommissariat gestürmt. Seit fünf Minuten versuchte sie bereits, den Commissario wach zu kriegen. Jetzt reichte es ihr. Mit einem Schwung riss sie Andreotti die Decke vom Leib.

»Porca Madonna! Normale Menschen schlafen um diese Uhrzeit«, protestierte der Commissario, öffnete dabei aber zumindest die Augen, wenn auch nur ein wenig. »Ich komme doch auch nicht einfach zu Ihnen nach Hause und ziehe Ihnen die Decke weg.«

»Ich muss mit Ihnen reden.«

»Aber doch nicht jetzt«, ächzte der Commissario.

»Doch, jetzt. Sie können auch eine rauchen«, sagte Sophia und winkte mit der Zigarettenpackung, die auf seinem Schreibtisch gelegen hatte.

Stöhnend setzte sich der Commissario auf. »Geben Sie schon her.« Sie warf ihm die Packung zu.

»Feuer«, knurrte er.

Sophia schaute sich um und fand das Feuerzeug unter dem Schreibtisch.

Als Andreotti den ersten Zug nahm, war er zwar noch immer nicht besserer Laune, aber zumindest nicht mehr ganz so ungnädig. »Also, worüber wollen Sie reden?«

»Über das hier.« Sophia hielt die Geige der Orsini hoch.

»Ich hätte nie gedacht, dass ich das mal zu einer Frau sagen würde, die bei mir im Schlafzimmer steht, aber: Ich bin der falsche Gesprächspartner für Sie. Gehen Sie zu Ihren Geigenbaukollegen.«

»Das geht ja eben nicht«, sagte Sophia und begann, dem Commissario von ihrer Entdeckung zu berichten.

Je mehr sie erzählte, umso wacher wurde er, und als sie geendet hatte, starrte er nachdenklich vor sich hin. »Wie spät ist es jetzt?«, fragte er.

»Kurz vor sechs.«

Andreotti nickte und schwang sich von seinem Schlafsofa hoch. »Dann wollen wir mal jemandem einen Besuch abstatten.«

»Ist das nicht zu früh?«

»Na, Sie sind mir ja ein Früchtchen. Vor einer Stunde fanden Sie es nicht zu früh, bei mir hier reinzustürmen, und jetzt haben Sie Skrupel? Aber wir können uns ja vorher einen Espresso gönnen.«

Im Gegensatz zu Andreotti war Giuseppe putzmunter, als sie etwa eine Stunde später die Werkstatt betraten. Giuseppe bearbeitete bereits das erste Instrument des Tages. Jede Tageszeit habe ihr perfektes Licht für eine besondere Arbeit, waren Giuseppes Worte, und das Morgenlicht sei perfekt für die Bearbeitung von Holzkonturen, hatte er stets gepredigt. Jetzt kamen Sophia seine Worte wie Hohn vor.

»Du bist früh hier«, stellte der Alte fest und schlurfte wieder Richtung Werkstatt.

»Ich muss mit dir reden.« Der scharfe Klang in Sophias Stimme ließ Giuseppe stehen bleiben. Verwundert drehte er sich um. Erst jetzt schien er den Commissario zu bemerken. Die Tür flog auf, und Luigi erschien. Auch er hatte sich bereits seinen Kittel umgebunden. Als er den Commissario sah, verfinsterte sich sein Gesichtsausdruck. Sophia ignorierte ihn. Sie hatte ein Gespräch mit Giuseppe zu führen.

»Ich habe etwas für dich«, sagte sie und holte die Geige hervor, die sie hinter dem Rücken verborgen gehalten hatte. »Die Geige der Signora Orsini.« Der Gesichtsausdruck des Alten entsprach nicht dem, was sie erwartet hatte. Er schien freudig überrascht. »Du hast sie gefunden!« Giuseppe nahm ihr das Instrument ab, und seine Freude wich augenblicklich Verärgerung. »Der Lack ist beschädigt.«

»Nichts, was ein guter Geigenbauer nicht reparieren kann«, entgegnete Sophia.

Giuseppe schien Sophias Unterton nicht entgangen zu sein. »Wo hast du sie gefunden?«

»Ein Straßenmusiker hatte sie.«

»Ist er bei uns eingebrochen? Haben Sie ihn festgenommen?«, wandte sich Giuseppe an den Commissario.

Andreotti schüttelte langsam den Kopf. »Nein, er hat sie gefunden.«

»Gefunden?«, fragte Giuseppe verwundert. »Wo? Wann?«

»Im Müll«, antwortete Andreotti knapp.

»Eine so kostbare Geige im Müll? Welch ein Frevel!«, empörte sich Giuseppe und wirkte dabei ziemlich überzeugend.

»Ist sie wirklich so kostbar, wie du sagst, Giuseppe?«, übernahm Sophia wieder das Gespräch. »Du müsstest es doch besser wissen. Viel besser.« Sophia konnte sich den vorwurfsvollen Unterton nicht verkneifen. Die Enttäuschung war zu groß. Wie lange wollte Giuseppe noch den Ahnungslosen spielen?

»Natürlich ist sie wertvoll. Es ist eine original Galetti!«, ereiferte sich der alte Geigenbauer.

»Hör auf, Giuseppe«, unterbrach Sophia ihn. »Ich hätte wirklich mehr von dir erwartet.« Sie konnte ihre Enttäuschung nicht verbergen, hatte keine Lust, ihm das länger durchgehen zu lassen. Giuseppe schaute drein, als wüsste er überhaupt nicht, wovon sie sprach. Er setzte seine Lesebrille auf und betrachtete nachdenklich das Holz. »Das sind keine Lackschäden«, sagte er halblaut. »Das sind Proben. Du hast das Holz unter dem Lack untersucht.«

»Allerdings.«

Giuseppe kniff die Augen zusammen. Ohne Sophia anzuschauen, fuhr er leise fort: »Der Korpus ist nicht komplett erhalten«, murmelte er.

»Tu nicht so, als hättest du das nicht schon längst gewusst«, bemerkte Sophia enttäuscht.

Der alte Geigenbaumeister blickte sie über den Rand seiner Lesebrille an. Jetzt war er es, der enttäuscht zu sein schien. Dabei war er nun wirklich nicht in der Position, ihr einen Vorwurf zu machen. Plötzlich begriff Sophia, dass nicht sie es war, von der Giuseppe enttäuscht war. Ihr Herz machte einen Satz. Sie wollte es nicht glauben, aber sie sah in Giuseppes Blick, dass er die Wahrheit bereits erkannt hatte. Ihre Kindheit, ihre Träume … erst jetzt fiel ihr auf, dass Luigi die ganze Zeit über auffallend ruhig gewesen war. »Luigi …«, sagte Sophia langsam und ließ ein schmerzhaftes Wort nach dem anderen folgen. »Sag du deinem Vater doch, wo der Straßenmusiker die Geige der Orsini gefunden hat.«

»Ich?«, fragte Luigi ahnungslos.

»Ja. Du.«

»Woher soll ich das denn wissen?« Luigi lachte nervös. Er war ein miserabler Schauspieler.

»Hör auf!«, schrie Sophia ihn an. »Wenn ich dir auch nur das Geringste bedeute, dann sag mir, warum?«

Luigi schwieg, und sein Schweigen schmerzte mehr als die Wahrheit.

»Weil Sie das schnelle Geld wollten«, antwortete Andreotti für ihn. »So eine reiche Tussi, die mehr Geld als Ahnung hat, ist ein leichtes Opfer. Das dachten Sie zumindest.«

Luigi lief rot an. Er vermied es, Sophia anzusehen. Unerbittlich fuhr der Commissario fort: »Dann hat Ihnen die Orsini bei einem ihrer vielen Besuche in Ihrem Geschäft mitgeteilt, dass der Gutachter Alessandro Ferregina in der Stadt sei, und da wussten Sie, dass der Schwindel auffliegen würde. Ihr Schwindel.«

»Dieser Ferregina hätte den Ruf der Familie ruiniert!«, schrie Luigi mit einer Heftigkeit, die Sophia völlig überraschte.

»Nein, das hast du ganz alleine geschafft«, sagte Giuseppe leise, und Luigi verstummte augenblicklich.

Andreottis Stimme klang eiskalt, als er fortfuhr: »Sie haben alle Spuren beseitigt. Sie waren gründlich. Nur ein Fehler, ein gravierender, wie sich herausstellte, ist Ihnen unterlaufen: Sie haben die Geige fortgeworfen, anstatt sie zu zerstören.«

»Ich habe sie nicht fortgeworfen«, murmelte Luigi kaum hörbar. »Ich habe sie versteckt und dem Straßenmusiker einen Hinweis gegeben, wo er sie finden kann.«

»Aber wieso? Das ergibt doch keinen Sinn. Hätten Sie sie verbrannt, wäre Ihnen niemals jemand auf die Schliche gekommen.«

»Verbrannt?«, fragte Luigi konsterniert. »Man zerstört kein Instrument, selbst wenn es nicht perfekt ist. Das verstößt gegen die Ehre der Geigenbauer.«

Sophia horchte auf. Das konnte bedeuten, dass die Sammlung des Bianchi nicht verloren war.

»Aber wie lässt sich die Ehre der Geigenbauer mit einem Mord in Einklang bringen? Oder sind das die normalen Umgangsarten in Ihrer Zunft?«

Luigis Augen weiteten sich. Panik spiegelte sich in ihnen.

»Der Gutachter hatte das Instrument schon in den Händen gehabt. Nur die Geige verschwinden zu lassen, hätte nicht ausgereicht«, fuhr Andreotti unerbittlich fort. »Denn um die Spuren im Kopf eines Zeugen zu beseitigen, muss man den Zeugen auslöschen. Sie sind nicht der Erste. Glauben Sie mir, Sie sind wahrlich nicht der Erste. Ich kenne Menschen wie Sie. Zu viele von Ihrer Sorte habe ich schon kennengelernt.« Die letzten Worte schleuderte Andreotti mit einer Heftigkeit heraus, die Luigi unweigerlich zurückweichen ließ.

Was dann geschah, hatte niemand vorhergesehen. Plötzlich hatte Luigi einen Tischlerhammer in der Hand. Im nächsten Augenblick flog der Hammer in Andreottis Richtung. Der Commissario duckte sich, und das Holz des Schaufensters splitterte. Sophia schrie auf. Luigi nutzte das Überraschungsmoment und sprintete los, rempelte Sophia um, und bevor der Commissario reagieren konnte, war Luigi durch die Ladentür verschwunden. Der Commissario setzte augenblicklich nach, kehrte jedoch nach wenigen Minuten erfolglos zurück. »Der Junge war zu schnell«, schnaufte Andreotti. »Aber den kriegen wir schon.«

Das war nur leider das, was Sophia am wenigsten wollte, doch sie sagte nichts. Stattdessen ging sie hinüber zu dem alten Geigenbaumeister, der noch immer verdattert auf die Ladentür starrte, als hoffte er, dass Luigi gleich wieder zurückkehren und erklären würde, dass alles nur ein Scherz sei. Nur war es kein Scherz. Es war die Wahrheit, die teuflische Wahrheit. Schweigend nahm sie Giuseppe in den Arm.

52

Als Sophia den Gasthof betrat, wartete Marta bereits auf sie, das Gesicht in Sorgenfalten. Sophia wollte wortlos an ihr vorbeigehen, wollte nur noch in ihr Zimmer zu ihrer Derazey. Aber an Marta war kein Vorbeikommen. Sie schaute Sophia mit einem kummervollen Blick an.

Schließlich ließ sich Sophia in Martas Arme fallen und fing hemmungslos an zu schluchzen. Wie konnte sie sich in einem Menschen nur schon wieder so getäuscht haben? Wie hatte aus dem liebevollen Luigi ein Krimineller, ja sogar ein Mörder werden können? »Ist ja gut, ist ja gut«, wiederholte Marta immer wieder, während Sophia sich an sie klammerte. Es war eine Ewigkeit her, dass Sophia zuletzt von jemandem so gehalten wurde. Damals, als ihre Mutter noch gelebt hatte. Allmählich beruhigte sie sich wieder. »Der Commissario hat es dir also schon erzählt?«, presste Sophia hervor.

»Er hat mich angerufen«, bestätigte Marta Sophias Vermutung. Sie schob Sophia auf einen Stuhl und winkte Alberto heran, der ihr eilig ein Glas Rotwein hinstellte und sich mit einem nicht minder betretenen Gesichtsausdruck neben sie setzte. »Trink das, Kindchen«, sagte Marta, und ihr Ton duldete keinerlei Widerspruch. Der Wein schmeckte fad und half nicht wirklich. Was aber half, war die Gesellschaft von Marta und Alberto. »Und nimm ein paar Oliven. Das hilft«, sagte Alberto und schob ihr ein kleines Schälchen hin. »Ich will keine Oliven!«, schrie Sophia und fing wieder hemmungslos zu schluchzen an.

Marta fuchtelte wild mit den Händen, und Alberto ließ das Schälchen eilig verschwinden.

»Wie konnte ich mich nur so in ihm täuschen?«, fragte Sophia, als Marta ihr großzügig nachschenkte.

»Wir alle haben uns in ihm getäuscht, Kindchen. Menschen ändern sich.« Als ob das alles erklären würde. Aber wahrscheinlich war Marta genauso ratlos wie sie.

Sophia leerte mit einem kräftigen Schluck das nächste Glas, und der Wein tat bereits seine Wirkung. Nicht die sinnvollste Art, Schmerz zu betäuben, dachte Sophia, aber wirkungsvoll. Sie schob das leere Glas zu Alberto. Als dieser zögerte, machte Sophia eine energische Handbewegung, und Alberto goss nach. »Er war so ein unschuldiger Junge. Hatte eine so gute Seele«, sagte Sophia.

»Als Kinder sind wir alle unschuldig«, stellte Alberto fest.

»Aber was treibt einen so talentierten Jungen wie Luigi dazu, so etwas zu tun?« Sophia wusste selbst nicht, was sie mehr schockierte: der Betrug mit der Geige oder der Mord. Einen Menschen zu töten, das war etwas Persönliches. Mit dem Betrug hatte Luigi sich jedoch nicht nur an der Familie Maggio, sondern an der Ehre aller Geigenbauer vergangen. War der Betrug wirklich schlimmer? Ihre Gedanken drehten sich im Kreis. Das musste der Wein sein.

»Die Erwartungen, die auf dem Jungen lasteten, sind schuld«, holte Martas Stimme Sophia wieder in die Gegenwart zurück. »Mehrere Jahrhunderte Geigenbautradition, und dann dem Vater alles recht machen zu wollen, das war einfach zu viel.«

»Er wollte ihm nichts recht machen, er wollte ihm etwas beweisen«, korrigierte Sophia und merkte, dass ihre Zunge schwer geworden war. »Er wollte seinem Vater beweisen, dass er ein guter Geigenbauer ist. Aber er war nie gut genug für Giuseppe. Als er dann die Kasse aufbesserte, hatte er plötzlich Nonnos Anerkennung. Im Grunde hatte er keine andere Wahl.«

»Keine andere Wahl, als zu betrügen und zu morden?«, fragte Marta erstaunt.

»Keine andere Wahl, als in die Fußstapfen seines Vaters zu treten. Luigi hatte nie das Talent seines Vaters.« Obwohl Sophias

Kopf schwerer wurde, waren ihre Gedanken noch klar. Luigi war ein guter Geigenbaumeister gewesen, aber ihm fehlte die Klasse seines Vaters. Das hatte Giuseppe selbst gesagt. Wie musste es sich anfühlen, dem eigenen Vater nie genügen zu können? Zu wissen, dass man nie den Ansprüchen gerecht werden konnte? »Geld«, sagte Sophia laut. Das verdammte Geld.

»Ja, es ging ihm nur ums Geld«, pflichtete Marta ihr bei.

Sophia schüttelte den Kopf, und ihr wurde etwas schwindelig. »Es ging ihm nur um seinen Vater.«

Giuseppe war ein exzellenter Geigenbauer, aber ein schlechter Geschäftsmann. Luigi konnte seinem Vater beim Geigenbauen zwar nicht das Wasser reichen, aber er konnte seinem Vater beweisen, dass er ein guter Geschäftsmann war. Wenn auch nur mit Betrug. Auf diese Weise hatte er versucht, sich das Ansehen seines Vaters zu kaufen. Jetzt verstand sie ihn, begriff, was es bedeutete, Menschen zu verstehen. Wie konnte Andreotti das nur aushalten? Kein Wunder, dass er so einsam war. Im Wein lag eben doch die Wahrheit, und Andreotti hatte recht: Die Wahrheit kann verdammt schmerzhaft sein.

Marta und Alberto versuchten, Sophia mit Anekdoten aus ihrer Kindheit aufzuheitern, was nur mäßig erfolgreich war. Mal lachten sie, dann flossen wieder Tränen, und so saßen sie noch einige Zeit beisammen, bis Marta schließlich entschied, dass es für Sophia höchste Zeit war, ins Bett zu gehen. Sophia protestierte zunächst, aber gegen Martas starke Arme hatte sie keine Chance.

53

Am nächsten Morgen wurde Sophia von fürchterlichen Kopfschmerzen geweckt. Sie brauchte eine Weile, bis sie verstand, wo sie war, einen weiteren Moment, bis sich die vagen Erinnerungsfetzen des gestrigen Tages zu einem klaren Bild formten, und ein paar Atemzüge, bis die bittere Erkenntnis sie traf, dass es kein Traum gewesen war, sondern die knallharte Realität. Sophia wollte sich einfach umdrehen und weiterschlafen. Doch dann musste sie an Giuseppe denken. Sie durfte ihn nicht hängen lassen. Er brauchte sie jetzt mehr denn je. Auf dem Nachttisch standen ein Glas Wasser und eine Packung Aspirin bereit. Die gute Marta ... Sophia setzte sich auf, und sofort machte sich ein stechender Schmerz in ihrem Kopf bemerkbar. Mit zitternden Händen drückte sie zwei Aspirintabletten aus der Packung und leerte das Glas Wasser. Erst jetzt bemerkte sie, was für einen fürchterlichen Durst sie hatte. Sophia schleppte sich zum Waschbecken und trank noch ein Glas Wasser und schließlich ein weiteres. Der Durst ließ nach, aber die Kopfschmerzen blieben.

Sophias Blick wanderte durch den Raum. Ihre Kleidung lag quer durch das ganze Zimmer verstreut. Ihre Hose lag auf dem Boden, ihre Bluse auf dem Arbeitsplatz auf der Derazey.

Sophia ertappte sich bei dem Gedanken, dass sie Andreotti gar nicht so unähnlich war. Seine Lebensweise schien allmählich auf sie abzufärben. Ein weiterer Grund, sich zur Werkstatt zu begeben. Nicht nur Giuseppe brauchte sie, sie brauchte auch ihn. Zum Glück war die Gaststube leer, sodass ihr ein Frühstück erspart blieb. Sophia hätte keinen Bissen herunterbekommen. Auf der Straße musste sie einen kurzen Moment stehen bleiben und tief durchatmen, bis die Häuser aufhörten, sich zu drehen. Schließlich trugen ihre müden Beine sie zu Giuseppe.

Die Tür zur Werkstatt war verschlossen. *Chiuso per malattia* – wegen Krankheit geschlossen.

Sophia wollte erst umkehren, aber das Einzige, was Giuseppe jetzt noch hatte, waren seine Geigen. Er musste hier sein. Energisch pochte Sophia gegen die Tür. Sie lauschte. Kein Geräusch drang zu ihr durch. Aber Giuseppe musste hier sein. Er hatte nur die Geigen, und seinen Kummer mit Wein zu betäuben, so wie Sophia es getan hatte, war nicht seine Art. Erneut hämmerte Sophia mit der Faust gegen den Holzrahmen, und die Glasscheibe schwang bedrohlich hin und her. Plötzlich hörte Sophia schlurfende Schritte. Es folgte ein Schatten, und schließlich erschien Giuseppes Gestalt. Als er sie erkannte, schien er mit sich zu ringen.

Schließlich öffnete er die Tür. »Was willst du hier?«, knurrte er.

»Arbeiten. Wie jeden Tag«, entgegnete Sophia wie selbstverständlich.

Giuseppes Augen waren rot unterlaufen. »Hast du das Schild nicht gesehen?«

»Ich bin nicht krank, also kann wenigstens ich arbeiten«, sagte Sophia und schob die Tür auf. Giuseppe ließ es geschehen. Sie hatte einen Wutanfall befürchtet, doch vor ihr stand nicht der stolze Geigenbaumeister Giuseppe Maggio, sondern ein gebrochener alter Mann.

»Wir haben zu tun. Wir dürfen die Kunden nicht enttäuschen«, sagte Sophia sanft.

»Zu spät. Das haben wir schon«, antwortete Giuseppe, und in seiner Stimme klang eine Resignation mit, die Sophia erschauern ließ.

»Nicht die Familie Maggio hat ihre Kunden enttäuscht. Es war einzig und allein Luigi.«

»Das läuft auf das Gleiche hinaus«, sagte Giuseppe bedrückt, drehte sich um und schlurfte zurück in die Werkstatt. Sophia folgte ihm. So schnell würde sie sich nicht geschlagen geben.

»Don Giuseppe.« Der alte Mann blieb stehen, wohl überrascht von Sophias energischem Tonfall. »Die Familie Maggio ist mehr als das. Die Leute in Salò verstehen, was Familie bedeutet, und sie wissen, woher du stammst. Du hast einen tadellosen Ruf. Sie werden mit dir fühlen.«

»Mitleid?« Giuseppes Stimme bebte. »Ich will kein Mitleid.«

»Nicht Mitleid, sondern Mitgefühl, Giuseppe. Das ist etwas anderes.«

Giuseppe schüttelte nur wieder resigniert den Kopf. »Der Ruf der Familie Maggio ist auf ewig ruiniert.«

»Das ist er nur, wenn du ihn nicht wiederherstellst. Du blickst auf eine vierhundert Jahre alte Tradition zurück. Du und Luigi, ihr seid die letzten Nachfahren Gasparo da Salòs. Es ist deine Verantwortung, deine Aufgabe, den Namen Maggio in Ehren zu halten und das Ansehen wiederherzustellen. So darf die Legende der großen Baumeister Maggio nicht enden. Das bist du deiner Familie schuldig.«

»Du sagst es. Wir sind die letzten Nachfahren Gasparo da Salòs. Was bringt das also noch?« Sophia spürte, wie sich allmählich Wut in ihr breitmachte. Dieser sture Alte konnte wirklich verbohrt sein. »Es gibt noch einen weiteren Nachfahren Gasparo da Salòs«, hörte Sophia sich sagen. Sie war über ihre Worte mindestens genauso überrascht wie Giuseppe.

»Wer soll das sein?«, stieß er ungläubig hervor.

»Ich«, sagte Sophia mit entschiedener Selbstverständlichkeit.

»Du?«

»Ja, ich«, antwortete Sophia nun noch entschlossener. »Ich wäre nicht die erste adoptierte Schülerin in der Linie der Geigenbauer von Salò.« Der alte Geigenbauer setzte zu einer Antwort an, aber Sophia winkte energisch ab. »Bevor du jetzt davon anfängst, dass ich eine Frau bin: Das weiß ich selbst, und wir leben im einundzwanzigsten Jahrhundert. Tradition hin oder her. Geigenbaustile haben sich mit den Jahrhunderten gewandelt, Techniken ebenso. Wieso können sich also nicht auch die Bräuche der Geigenbauer ändern? Ich bin eine bessere Geigenbauerin als Luigi, und das weißt du.«

Giuseppe zuckte merklich zusammen.

»Was hat das Geschlecht mit Können zu tun? Ich weiß, dass ich nicht perfekt bin, aber das, was mir fehlt, wirst du mir beibringen. So, wie deine Vorfahren ihren Schülern Dinge beigebracht haben. Nonno, ich bin eine da Salò.«

Wieder begannen die Lippen des Alten zu zittern, und dann ging ein Ruck durch seinen Körper. Er umarmte Sophia und drückte sie an sich. Das überraschte Sophia derart, dass sie nicht wusste, was sie sagen sollte.

»Na dann, lass uns beginnen, apprendista«, sagte der Alte schließlich. »Ein Cello wartet auf dich, und ich kann dir gleich zeigen, wie du den Lack noch besser auftragen kannst. Du musst feiner arbeiten.« Sophia nickte erleichtert, und bevor Giuseppe es sich anders überlegen konnte, band sie sich den Arbeitskittel um und holte ihr Werkzeug aus dem Rucksack.

Sie arbeiteten den kompletten Vormittag. Die Stunden vergingen wie im Flug, und für einige Momente gelang es Sophia sogar, nicht an Luigi zu denken. Geduldig zeigte ihr der alte Geigenbaumeister die jahrhundertealte Technik der Maggios, mithilfe derer der Lack noch feiner und gleichmäßiger aufgetragen werden konnte. »Du musst die Hand ein wenig neigen.«

Leichter gesagt als getan. »Delicatamente, delicatamente«, ermahnte er sie immer wieder. Irgendwann hatte sie den Dreh raus, und der Lack verteilte sich tatsächlich viel gleichmäßiger und in dünneren Schichten über das Holz.

»Ottimo«, brummte Giuseppe zufrieden. »Geigenbau ist wie Mathematik. Eins und eins ergibt zwei. Wenn du über das richtige Material, aber die falsche Technik verfügst, ergibt es nie ein Ganzes.« Auch Sophia war zufrieden mit sich. Doch allmählich schmerzte Sophia die Hand, und auch die Kopfschmerzen meldeten sich zurück. Als Giuseppe vorschlug, beim Bäcker nebenan etwas für den Hunger zu holen, stimmte sie dankbar zu. Ihr Magen machte sich schon seit einiger Zeit bemerkbar.

»Eins plus eins. Essen und Arbeiten. Das eine geht nicht ohne das andere«, sagte Giuseppe, als er mit zwei warmen belegten Broten zurückkehrte. Die Stärkung tat gut, und trotz der Kopfschmerzen arbeitete Sophia noch bis in die späten Abendstunden. Sie hatte mit ihren Instrumenten große Fortschritte gemacht, nicht zuletzt dank Giuseppes Hilfe. Der Lack war perfekt aufgetragen, und während das Cello in der Ecke trocknete, hatte Sophia bereits die Saiten einer Bratsche aufgezogen. Jetzt musste sie nur noch den Steg aufstellen. Die exakte Position zu finden, war eigentlich etwas, was ihr leicht von der Hand ging, aber jetzt musste sie bereits zum dritten Mal ansetzen.

»Lass es für heute gut sein«, vernahm Sophia Giuseppes Stimme. »Der Geist will noch, aber wenn die Hände nicht mehr können, tut man gut daran, ihnen die Ruhe zu gönnen, die sie verdienen.« Giuseppe hatte recht. Sophia nahm die Bratsche, wickelte sie vorsichtig in eine Filzdecke und legte sie in ihr Fach.

»Geh nach Hause«, sagte der alte Geigenbauer. Auch er wirkte müde und älter, viel älter als sonst.

»Soll ich nicht hierbleiben?«

Giuseppe strich Sophia zärtlich über den Oberarm. »Mach dir um mich mal keine Sorgen. Ich räume hier noch ein bisschen auf.« Sophia war unentschlossen, ob es richtig war, den alten Mann jetzt allein zu lassen, aber er bestand darauf, dass sie nach Hause ging und die Sorgen hier in der Werkstatt bei ihm ließ.

Als ob sie die Gedanken an Luigi einfach so hinter sich lassen könnte …

»Wir sehen uns dann Montag?«, fragte Sophia, als sie den Laden verließ, als wollte sie sichergehen, dass Giuseppe auch wirklich morgen hier auf sie wartete.

Der alte Mann lächelte müde. »Selbstverständlich. Ich muss dir noch viel beibringen. Sonst wirst du nie eine erstklassige Geigenbauerin.« Sophia wurde es warm ums Herz. Ein spontaner Impuls überkam sie, und sie umarmte Giuseppe. »Buona notte«, hauchte sie. Dann nahm sie ihren Rucksack und ging.

Der Heimweg kam Sophia doppelt so lang vor wie sonst, da sie heute ohne Fahrrad unterwegs war. Prompt wanderten ihre Gedanken wieder zu Giuseppe. Wie einsam musste er sich jetzt wohl fühlen?

Vielleicht war es doch ein Fehler gewesen, ihn allein in der Werkstatt zurückzulassen. Andererseits brauchte sie dringend Schlaf, und zwar in ihrem Bett und ohne Martas Wein, schwor sie sich.

Wäre sie nicht so müde gewesen, hätte sie die Schritte vorher gehört, gerade in den einsamen Gassen Salòs, in denen sich um diese Uhrzeit kaum noch jemand herumtrieb. Aber so nahm sie die Gestalt hinter sich erst wahr, als es schon zu spät war.

54

Der Trubel des Tages war der Ruhe der Nacht gewichen, und Andreotti hatte es sich auf dem alten Sofa bequem gemacht, soweit das alte Möbelstück es zuließ. Ganz Salò schien zu schlafen. Selbst die Kollegen der Nachtwache im Gang unter ihm schienen ihr Nickerchen zu machen.

Andreotti sog die frische Sommernachtbrise ein. Früher hatte er mal daran gedacht, einen Fernseher anzuschaffen. Aber diese Dinger waren nur dazu da, die Einsamkeit zu verjagen und eine Illusion von Gesellschaft zu geben. Gesellschaft war aber das Letzte, wonach Andreotti sich sehnte, weswegen er den Gedanken gleich wieder verworfen hatte. Eigentlich hatte er alles, was er benötigte, und gab daher auch Violas Drängen, sich endlich eine Wohnung zu suchen, nicht nach. »So weit, so gut« war ein Motto, nach dem es sich gut leben ließ.

Andreotti nahm eine Zigarette zwischen die Lippen, und im Schein des aufflammenden Feuerzeugs warfen die Möbel Schatten an die Wände. Andreotti genoss es, den warmen Rauch in den Lungen zu spüren. So konnte man mit sich selbst im Reinen sein.

Sophia hatte es nicht verdient, so enttäuscht zu werden, überlegte er. Luigi war eigentlich kein verkehrter Junge. Das waren die wenigsten Mörder. Die meisten waren ganz normale Leute, denen man so etwas nicht zutraute. Und dann gab es Menschen, wie Sophia, die es schafften, sich in die Falschen zu verlieben, weil sie noch an das Gute im Menschen glaubten. So schlecht hatte es Andreotti auf seinem Sofa nicht getroffen. Den Jungen würde er aber schnappen. Wenn er etwas hasste, dann war es, dass jemand verletzt wurde, den er mochte.

Wer sich auf Menschen einließ, begab sich immer in Gefahr. Andreotti musste plötzlich über sich selbst schmunzeln. Er selbst war auch nicht viel besser. Entgegen all seinen Vorsätzen hatte er sich wieder auf einen Menschen eingelassen. Nach der Sache in Rom hätte er nicht gedacht, dass ihm das noch mal passieren würde; hätte nicht gedacht, dass er das noch mal erleben durfte. Diese Sophia Lange hatte sein Leben ganz schön auf den Kopf gestellt. Jedenfalls würde er sich um sie kümmern. Irgendeiner musste das ja tun. Vielleicht waren sie sich doch ähnlicher, als er dachte.

55

Sophia hatte keine Chance, als sich die kräftige Hand auf ihren Mund presste. Ihr Schrei war nicht mehr als ein dumpfes Ächzen, und bevor sie reagieren konnte, war sie schon in eine dunkle Seitengasse gezogen worden. Heftiges Atmen drang an ihr Ohr. Sophia erwartete das Schlimmste, aber nichts geschah. Unbändige Wut stieg in ihr auf, und sie begann, sich aus Leibeskräften zu wehren. Doch je mehr sie sich gegen den Angreifer stemmte, umso kräftiger wurde dessen Griff. Sein Keuchen wurde heftiger, und schließlich begann er zu sprechen.

»Ich bin es. Beruhige dich«, hörte sie ihn sagen. »Beruhige dich!«, wiederholte er. Sophia biss ihm in die Hand, und augenblicklich ließ er los.

»Beruhigen?«, schrie sie und wirbelte herum. Vor ihr stand Luigi und hielt sich die schmerzende Hand. Sophia schrie ihn fassungslos an. »Was sollte das denn werden? Was hast du dir dabei gedacht?«

»Nicht so laut, bitte«, flehte er sie an und schaute dabei wie ein gehetzter Hund.

»Ich wollte mit dir sprechen.«

»Und das geht nur, indem du mich überfällst?«

»Ich habe dich nicht überfallen.«

»Eine Frau hinterrücks in eine Gasse zu ziehen, ist genau das.«

»Ich wollte nicht, dass jemand etwas mitbekommt.«

»Tutto bene?«, erklang eine Frauenstimme von einem der kleinen Balkone.

»Si, tutto bene! Grazie!«, rief Luigi hastig. »Tutto bene«, wiederholte er und warf Sophia einen beschwörenden Blick zu. Sophia fand nicht, dass alles in Ordnung war. Dann jedoch sah sie die Verzweiflung in seinen Augen, und für einen Moment war da wieder der Luigi von früher. Sie schwieg. Die Fensterläden flogen zu, und sie waren wieder allein in der Gasse. Luigi atmete schwer. »Ich wollte mit dir reden. Ich dachte, du würdest weglaufen oder laut losschreien«, sagte Luigi, als hätte er ihre Gedanken gelesen. »Ich habe den Gutachter nicht ermordet. Die Orsini hat zwar wirklich erzählt, dass sie dem Gutachter die Geige zeigen wollte. Ich glaube, sie wollte nur ein wenig Druck machen, weil wir so langsam waren. Aber das Risiko konnte ich nicht eingehen. Was wäre, wenn sie ihre Drohung wahr gemacht hätte? Wir wären ruiniert gewesen. Es wäre Papas Ende gewesen. Du kannst dir gar nicht vorstellen, wie erleichtert ich war, als ich erfuhr, dass der Gutachter ermordet worden war.« Luigi brach ab, als er Sophias Gesichtsausdruck bemerkte. »Das klingt pietätlos, ich weiß. So habe ich das nicht gemeint. Aber für mich bedeutete es, dass ich nicht mehr auffliegen konnte, dass die Werkstatt gerettet war. Du musst auch mich verstehen. Als dann aber der Commissario bei uns auftauchte …«

»… hast du Panik bekommen, dass uns irgendwann die Geige der Orsini auffällt«, unterbrach Sophia ihn. »Und da hast du sie verschwinden lassen.« Luigi war vielleicht ein Betrüger, aber er war auch ein Amateur und viel zu wenig gerissen, um einen kaltblütigen Mord zu begehen.

»Ich habe das alles nicht gewollt.«

»Wieso hast du es dann getan?«, platzte es aus Sophia heraus. »Du hast die Orsini betrogen. Was aber viel schlimmer ist: Du hast deinen Vater hintergangen, deine ganze Familientradition mit Füßen getreten.«

Luigi schnaubte verächtlich. »Die Familientradition, dass ich nicht lache! Wir, die Maggios, die Nachfahren des legendären da Salò. Die Ehre der Geigenbauer. Ich kann das alles nicht mehr hören.« Luigi spuckte verächtlich aus. »Weißt du, wie sich das anfühlt? Immer im Schatten der Familie zu stehen? Sich von klein auf anzuhören, von welch großen Geigenbauern wir abstammen?« Sophia antwortete nicht. »Nein, das weißt du nicht. Du hast es dir selbst ausgesucht, Geigenbauerin zu werden. Aber ich? Ich hatte doch keine andere Wahl, außer als Geigenbauer bei meinem Vater anzufangen.«

Sophia konnte sich das nicht länger anhören. »Spar dir dein Selbstmitleid, Luigi. Man hat immer eine Wahl, und du hattest die Wahl, deinen Vater nicht zu enttäuschen.«

Luigi zuckte zusammen. »Ich habe doch Papa nur helfen wollen.« Diese Antwort überraschte Sophia. »Papa ist vielleicht ein guter Geigenbauer, aber vom Geschäft hat er keine Ahnung. Wir brauchten Geld, und das war der einfachste Weg.«

»Geigenbauer gehen nicht den einfachsten Weg.« Sophia wusste nicht, wie es um die Finanzen der Maggios stand, aber ihr Gefühl sagte ihr, dass Luigi ihr nicht die ganze Wahrheit erzählte. Die Werkstatt hatte viele Stammkunden. Sobald das mit der Geige der Orsini herauskam, würde sich das jedoch ändern. So etwas sprach sich schnell herum. Giuseppe hatte recht. Diese Sache würde die Werkstatt ruinieren. »Du hast gesagt, dass ihr mehr Instrumente in der Werkstatt hattet, als ihr bearbeiten konntet.«

»Der alte Narr hat nie die Preise erhöht. Was denkst du denn, wieso wir so viele Aufträge haben? Weil wir hervorragende Arbeit leisten und günstig sind. Viel zu günstig.«

»Dann hättest du dich durchsetzen müssen«, ließ Sophia nicht locker. Doch plötzlich verstand sie: Es war genau so, wie Marta vermutet hatte. »Du wolltest deinem Vater beweisen, was für ein toller Geschäftsmann in dir steckt, weil du ihm im Geigenbau nicht das Wasser reichen konntest.«

»Ich bin ein guter Geigenbauer!«, zischte er.

»Ein guter Geigenbauer betrügt seine Kunden nicht.« Darauf wusste Luigi nichts zu entgegnen.

»Was hast du jetzt vor?«, fragte Sophia leise.

Luigi zuckte mit den Schultern. »Ich gehe fort von hier, nach Cremona oder vielleicht nach Verona. Da gibt es viele Geigenbauer, die Personal suchen. Deswegen wollte ich dich noch ein letztes Mal sehen. Ich wollte mich von dir verabschieden.«

»Und dein Vater?«

Ihr entging nicht die Trauer in Luigis Augen. »Kümmere du dich um ihn, bitte.«

Sophia nickte stumm. Selbstverständlich würde sie sich um ihn kümmern. Sophia schwieg. Es gab nichts mehr zu sagen.

Luigi machte Anstalten, Sophia zu umarmen, aber sie wich zurück. Er ließ die Arme sinken.

»Ciao, Prinzessin.«

Sie war nicht mehr seine Prinzessin. »Ciao«, sagte sie. »Pass auf dich auf.«

Luigi wollte noch etwas sagen, überlegte es sich aber anders. Im nächsten Moment war er verschwunden, und Sophia blieb allein zurück. Jetzt erst spürte sie, wie weh es tat. Nicht nur Luigis Betrug, sondern die Tatsache, dass er nun endgültig fort war. Vielleicht war der eigentliche Luigi schon lange fort gewesen, aber eine Spur des Lausbuben von damals, in den sie sich verliebt hatte, hatte sie in ihm noch gesehen. Sie hatte sich nicht geirrt. Das wusste sie. Nur hatte sie ihn jetzt ein zweites Mal verloren, diesmal für immer. Sophia wischte sich die Tränen von der Wange. Giuseppe brauchte sie jetzt, und der Commissario auch. Sie musste nach vorne schauen. Es fiel nur so unendlich schwer.

56

Den ganzen Sonntag hatte Sophia versucht, sich mit der Arbeit an der Derazey abzulenken, nur wollte ihr nichts wirklich gelingen. Auch Marta hatte sie nicht mit ihren Kochkünsten aufheitern können. Und so war Sophia fast ein wenig erleichtert, als sie am Montag in die Werkstatt kam und Giuseppe dort vertieft in der Arbeit an einer Geige vorfand. Die ganze Nacht hatte sie überlegt, ob sie Giuseppe von ihrer Begegnung mit Luigi und vor allem von seinem Abschied erzählen sollte. Aber jetzt wusste sie, dass es besser war, es nicht zu erwähnen. Wieso sollte sie noch mehr Salz in die Wunde des alten Mannes streuen? Giuseppe blickte auf und nickte ihr stumm zu. Sophia nahm an ihrer Werkbank Platz und begann ebenso schweigend zu arbeiten. Manchmal brauchte es keine Worte. Manchmal reichte es aus zu wissen, dass man nicht alleine war.

In der Mittagspause kam überraschend Andreotti vorbei. Giuseppe war weiterhin in seine Arbeit vertieft, und so lotste Sophia Andreotti zurück in den vorderen Bereich der Werkstatt. Andreotti hatte keine Neuigkeiten über Luigi. Sophia musste sich eingestehen, dass sie darüber sogar ein wenig froh war.

»Wie geht es dem Alten?«, fragte Andreotti nach einer Weile. Sophia blickte zu Giuseppe hinüber, wie er dort stand und versuchte, seinen Halt in den alten Instrumenten zu finden.

»Er hält sich tapfer. Und ich stehe ihm bei. Aber was ist, wenn Sie Luigi zu fassen bekommen? Was wird mit ihm passieren?«

Andreotti zuckte gleichmütig mit den Achseln. »Das Übliche halt. Müssen die Richter beurteilen. Ich tippe auf Mord im Affekt. Dafür bekommt er fünfzehn Jahre, und dann kommt noch die

Sache mit dem Betrug hinzu. Ihr Luigi wird um einiges älter sein, wenn er das Gefängnis verlässt.«

»Ich glaube nicht, dass sie ihn kriegen«, entgegnete Sophia.

»Glauben Sie das oder hoffen Sie das? Vergessen Sie nicht, dass er einen Menschen getötet hat.«

»Ich glaube auch nicht, dass er den Gutachter ermordet hat.«

»Wissen Sie es oder glauben Sie es?«

»Ich glaube, dass ich es weiß.«

»Gute Antwort«, lachte der Commissario.

»Dass Luigi der Orsini eine minderwertige Geige angedreht hatte, steht außer Frage. Aber der Totschlag ergibt überhaupt keinen Sinn! Wieso sollte Luigi erst den Gutachter umbringen, ihn dann in ein Olivenfass stopfen und schließlich die Geige verschwinden lassen?«

»Egal, in welcher Reihenfolge, Verbrechen sind immer unvernünftig.«

Sophia Lange ließ nicht locker. »Versetzen Sie sich mal in den Täter, das können Sie doch besonders gut.« Das konnte Andreotti allerdings, und so tat er ihr den Gefallen. »Stellen Sie sich vor, Sie sind ein Geigenbauer, der etwas zu verheimlichen hat, aber Sie sind kein Berufsverbrecher.«

»Bin ich nicht«, bestätigte Andreotti.

»Sie haben aber einen großen Betrug begangen.«

»Habe ich.«

»Und nun kommt ein Gutachter in die Stadt, der alles auffliegen lassen kann. Was würden Sie tun?«

Verdammt. Diese Lange hatte recht. »Ich würde sofort die Geige der Orsini verschwinden lassen.«

»Eben.« Sophia lächelte triumphierend. Andreotti schloss die Augen. Er war Luigi, er hatte Angst. Natürlich würde er die Geige der Orsini verschwinden lassen. Anschließend würde er sich mit dem Gutachter treffen und ihn in einem Panikanfall töten. Gut, falsche Reihenfolge, das hatten sie bereits festgestellt. Er ist wieder Luigi, er trifft sich mit dem Gutachter, will ihn umstimmen, verhandeln, bestechen. Der Gutachter weigert sich. Panikanfall. Gutachter tot. Noch mehr Panik, zurück zur Werkstatt. Orsinis Geige entsorgen.

»Und Bianchis Geigensammlung?«, unterbrach Sophia seine hingemurmelten Gedanken. Andreotti öffnete die Augen. Er war es nicht gewohnt, dass ihn jemand inmitten seiner Gedankengänge unterbrach. Wobei sie gar nicht so unrecht hatte. Andreotti versuchte es erneut. Wieder schloss er die Augen. Luigi, die Angst, der Versuch zu verhandeln. Die Panik. Bianchi. Die Geige der Orsini. Bianchis Geigensammlung. Der Suizid Bianchis. Das Olivenfass. Was hatte das Olivenfass damit zu tun? Andreotti gab auf. Er konnte es drehen und wenden, wie er wollte. Dieser Bianchi mit seiner verfluchten Geigensammlung war wie ein Puzzleteil, das vorne und hinten nicht passte.

»Machen Sie das öfters?«

»Was?«

»Dinge nicht auf sich beruhen lassen?«

»Ich werde keine Ruhe geben, solange Sie den Fall nicht abschließen können.« Andreotti gestand ihr innerlich zu, dass sie mit ihrem Gedanken völlig richtiglag. Es wollte nicht wirklich Sinn ergeben. Zu viele Ungereimtheiten. Der seltsame Fundort und die noch nicht restlos geklärte Frage, ob Bianchis Tod wirklich ein Selbstmord war. Die Schlussfolgerung, die sich daraus ergab, war alles andere als erfreulich. Es gab noch einen Täter, den eigentlichen Mörder, und den hatten sie noch nicht im Visier.

»Werden Sie die Fahndung nach Luigi jetzt einstellen?«

Diese Hoffnung musste Andreotti ihr nehmen. »Im Moment ist er noch immer ein Verdächtiger. Auch wenn Sie vom Gegenteil überzeugt sind. Außerdem hat er etwas mit der Orsini-Geige zu tun.«

»Das ist kein Grund für eine landesweite Fahndung.«

Auch das war korrekt, dennoch würde Andreotti seinen Vorgesetzten in Brescia kaum erklären können, wieso er eine groß angelegte Fahndung wegen eines Bauchgefühls einer Geigenbauerin einfach einstellte. Außerdem hatte der Junge etwas mit dem Fall zu tun, und Andreotti brannte darauf, ihn im Kommissariat zu verhören.

Luigi Maggio brannte vermutlich weniger darauf, verhört zu werden, weswegen er ihnen auch nicht den Gefallen tat, sich schnappen zu lassen. Nicht an diesem Tag, und auch nicht am nächsten Tag.

57

Vorsichtig massierte Sophia ihr steifes Handgelenk, und auch ihr Rücken hätte wahrlich eine Massage vertragen können. Sie hatte noch nie so angestrengt gearbeitet wie in den letzten beiden Tagen. Giuseppe hatte versucht, seinen Schmerz mit einer Aufgabe zu betäuben. Einer Aufgabe, die ihm Trost verschaffte, ihn ablenkte: Er wollte Sophia zu einer Meistergeigenbauerin machen. Heute ging es um das Einpassen eines Halses. Eine Arbeit, die Giuseppe nicht zufällig gewählt hatte. Schließlich wartete die Derazey noch auf ihre Vollendung. Insofern war es gut, einige Techniken zu erlernen, die Sophia aus Deutschland nicht kannte. Sie bearbeitete inzwischen bereits den sechsten Hals. Millimetergenau musste sie das Holz schleifen, bis es passte. Alle Instrumente, die Giuseppe ihr bis jetzt gegeben hatte, waren minderwertige Stücke. Sie müsse erst ihre Technik perfektionieren, bevor sie sich an die Derazey wagte, so seine Meinung. Der alte Meister hatte einige Pläne mit ihr, aber Sophia hatte es schließlich auch nicht anders gewollt.

Sophia war so tief konzentriert in ihre Aufgabe versunken, dass sie die Ladenglocke nicht hörte. Erst das Rufen der Frau ließ Sophia aufschrecken. Giuseppe befand sich im Dachgeschoss auf der Suche nach weiteren Übungsinstrumenten, also stand Sophia auf, rieb sich den Rücken und begab sich in den vorderen Ladenbereich. Sophia erkannte die Frau hinter der großen Sonnenbrille sofort. »Buon giorno, Signora Orsini.« Die Orsini erkannte Sophia zwar, grüßte sie dennoch von oben herab, so als sei sie Sophia noch nie zuvor begegnet, und kam ohne Umschweife auf ihr Anliegen zu sprechen. Sophia hatte es bereits befürchtet. Die Orsini wollte die Galetti ihrer Tochter abholen. Natürlich hätte Sophia ihr ohne Weiteres die Geige aushändigen können. Giuseppe hatte sie noch in der Nacht repariert, und sie sah aus wie neu. Aber damit würde Sophia Luigis Betrug weiterführen. Sophia rang mit sich. Sie musste es der Orsini sagen. Sie hörte Giuseppes schlurfende Schritte die Treppe herunterkommen. Signora Orsini machte eine ungeduldige Handbewegung. Andererseits würde Sophia damit den Ruin der Werkstatt, das Ende der Familie Maggio besiegeln. Sie war nicht wie Luigi, aber sie musste an den alten Geigenbaumeister denken. Plötzlich kam ihr der rettende Einfall. Sie stürmte in die Werkstatt, vorbei an der Geige der Orsini, und riss stattdessen ein anderes Instrument vom Regal. Wie einen kostbaren Schatz trug sie das Instrument auf ausgestreckten Armen vor sich her und legte es feierlich auf der Samtdecke der Glasvitrine ab, als präsentierte sie einen seltenen Schatz. »Eine Amatus von 1805«, sagte Sophia mit Ehrfurcht in der Stimme. »Komplett überholt. Im Wert rund achtzehntausend Euro.« Signora Orsini blieb unbeeindruckt. »Wollen Sie mir schon wieder ein neues Instrument andrehen? Was bin ich für Sie? Eine goldene Gans?«

»Wo denken Sie hin, Signora Orsini. Sie sind eine Stammkundin, und als ich Ihre Tochter neulich beim Konzert gesehen habe, musste ich sofort an unsere Amatus denken. Solch ein kostbares Instrument gehört in die Hände eines wahren Talents.« Signora Orsinis Gesichtszüge entspannten sich ein wenig. Sie war aber noch nicht überzeugt. »Weiß Signor Maggio davon?«

»Wovon weiß ich etwas?«, knurrte Giuseppe, der just in diesem Moment aufgetaucht war. »Ihre Mitarbeiterin will mir für meine Tochter diese Amatus statt der Galetti schenken.«

»Sie will was?«, fragte Giuseppe verwundert.

»Darüber haben wir doch gesprochen, Giuseppe«, sagte Sophia und warf ihm einen beschwörenden Blick zu. Sie hoffte, dass er das Spiel mitspielen würde.

»Du entsinnst dich? Signora Orsinis talentierte Tochter. Für sie ist die Amatus einfach ideal.«

Giuseppe verstand nicht ganz, nickte aber langsam.

»Sehen Sie. Signor Maggio ist auch meiner Meinung. Er war ganz begeistert, als ich ihm von der Idee erzählt habe.« Giuseppe Maggio schaute weniger begeistert als eher ziemlich verwirrt drein. Aber Signora Orsini schien überzeugt. »Gibt es dazu ein Gutachten?«

»Selbstverständlich erstellen wir Ihnen ein Gutachten«, beeilte sich Sophia zu versichern. »Ein Gutachten des großen Geigenbaumeisters Giuseppe Maggio höchstpersönlich. Abgesehen davon können Sie das Instrument überall schätzen lassen.« Sophia bemerkte, dass sie ein wenig zu dick auftrug, aber Signora Orsini schien sich daran nicht zu stören.

»Nun gut«, nickte diese. »Ich nehme die Amatus sofort mit.« Das ließ sich Sophia nicht zweimal sagen. Sie holte einen passenden Geigenkasten aus der Werkstatt, bevor es sich Signora Orsini oder gar Giuseppe noch anders überlegten. Wenige Minuten später verließ eine zufriedene Signora Orsini das Geschäft. Triumphierend hielt Sophia den Quittungsbeleg hoch. »Damit ist das Problem Orsini gelöst.« Giuseppe schien inzwischen auch verstanden zu haben, schaute dennoch nicht besonders glücklich drein. »Eine Amatus in der Hand eines Kindes«, sagte er und schüttelte entsetzt den Kopf. »Eines äußerst talentierten Kindes«, korrigierte ihn Sophia schmunzelnd.

»Das einzige Talent der Vera Orsini ist es, verwöhnt zu werden«, grummelte der Alte, noch immer verstört über diese Blasphemie.

»Du wirst die Amatus ja regelmäßig pflegen«, beschwichtigte ihn Sophia. »Wichtiger ist doch, dass die Sache nicht aufgeflogen ist. Der Ruf der Familie Maggio bleibt weiterhin tadellos.«

»Aber so viel Geld ist fort.«

»Das Geld war nie da«, korrigierte ihn Sophia. Sicherlich war der finanzielle Verlust schmerzhaft. Dem Interessenten aus Limone würden sie absagen müssen, und die fehlenden zwölftausend Euro, die Giuseppe damit hatte erzielen wollen, würden sich in den nächsten Wochen sehr unangenehm bemerkbar machen. Andererseits hätte ein Skandal das Ende der Werkstatt und somit den Totalverlust bedeutet, und das wusste Giuseppe. Außerdem war Sophia jetzt da. Die kommende Zeit würde alles andere als einfach werden, aber Sophia müsste einfach noch mehr arbeiten, und wenn sie sparsam waren, dann würden sie es schaffen. Außerdem verstand sie mehr von Zahlen als Giuseppe. Sie würde das Geschäft retten. Das war ihre Mission.

Sophia vermerkte den Verkauf in dem alten Kassenbuch. Es war ein ähnliches Buch, wie Russo es einst besessen hatte.

»Vergiss nicht, die Amatus auch aus der Inventurliste auszutragen«, rief Giuseppe ihr unnötigerweise zu. Sophia hatte in den letzten Tagen oft genug das Prozedere gesehen.

Sie suchte den Eintrag in der Inventurliste und vermerkte den Abgang. Ein Instrument weniger. Die Inventurliste musste exakt den Bestand wiedergeben. Im Grunde war es das gleiche System, wie es in der Bank geführt wurde, nur dass Giuseppe die Entnahmen nicht auf einer gesonderten Liste führte. Sophia stutzte. Die Einträge mussten exakt stimmen. Auch wenn zwei Listen geführt wurden wie bei der Bank. Eine Inventurliste und eine Entnahmeliste. Was, wenn sich Andreotti nicht verzählt hatte und sie auch nicht? Vielleicht hatte Andreotti doch richtiggelegen? Aufgeregt lief Sophia am verdutzten Giuseppe vorbei, holte die Aufzeichnungen aus ihrem Rucksack heraus und legte sie auf den mit Holzspänen übersäten Arbeitstisch.

Russos Aufzeichnungen hatten dem Commissario nicht viel gesagt. Mit Fachausdrücken gespickt und unleserlich seien sie. Deswegen hatte sich Andreotti nur die Listen aus der Bank angeschaut. Sophia prüfte noch einmal Russos Aufzeichnungen. Hier waren alle Instrumente verzeichnet, die Bianchi jemals zu Russo gebracht hatte.

Als Nächstes prüfte Sophia nun die Inventurliste der Bank, die Andreotti sich angeschaut hatte. Zeile für Zeile zählte Sophia die Eintragungen durch. Tatsächlich, es waren sieben Instrumente, genau wie Andreotti es gesagt hatte. Jetzt blieb nur noch die Entnahmeliste. Jede Zeile las sich wie die Geschichte des Vorgangs – wann angenommen, gegen welches Instrument ausgetauscht. Seit der Inventur war laut den Daten der Bestand nicht gewachsen. Es waren lediglich Instrumente ausgetauscht worden und zwei Instrumente ersatzlos entnommen worden. Laut Verkaufsdatum mussten es jene sein, die Bianchi an Esposito veräußert hatte. Sophia hatte sich nicht verzählt. Laut der Entnahmeliste mussten noch acht Instrumente im Bestand sein. Laut Inventurliste waren es nur sieben. Sophia ging die gesamte Liste erneut durch, prüfte wieder Eingänge und Abgänge. Wie man es auch drehte und wendete, auf der Inventurliste befand sich ein Instrument zu wenig. Sie beide hatten recht gehabt, Andreotti und sie.

Sophia legte die Entnahmeliste und die Inventurliste nebeneinander und glich Zeile für Zeile die Eintragungen ab. Zum Schluss blieb ein Instrument übrig, das sowohl in Russos Aufzeichnungen auftauchte als auch in der Entnahmeliste, jedoch nicht in der Inventurliste. Nur, wie konnte es auf der Entnahmeliste stehen, wenn es laut Inventurliste nie in der Bank gewesen war? Es war, als sei das Instrument eines Tages aus der Bank verschwunden, und dann einfach wieder aufgetaucht. Irgendetwas sagte ihr der Name des Instruments, genauer gesagt, der Vorname des Geigenbauers. Erneut nahm sich Sophia Russos Aufzeichnungen vor. Hier war es nicht der Name, aber die Arbeiten, die zum Zeitpunkt des »Verschwindens« des Instruments vorgenommen wurden. Dann plötzlich begriff Sophia. Es war so klar, so offensichtlich.

Wenn man nur ein wenig kombinierte. Sie musste zu Andreotti. Sophia sprang auf und rannte beinahe Giuseppe um, der gerade mit einem weiteren Geigenhals ankam.

»Wo willst du so plötzlich hin?«

»Zum Commissario.«

»Perché?«, rief ihr der verdutzte Giuseppe hinterher.

»Luigi helfen.« Dann ließ sie den alten Geigenbaumeister stehen. Sophia hatte keine Zeit für Erklärungen.

58

Wie, Luigi ist unschuldig?«

»So, wie ich es sage. Luigi hat es nicht getan«, wiederholte Sophia.

»Sie wollen also sagen, dass er weder minderwertige Geigen als wertvolle Stücke ausgegeben noch den Gutachter auf dem Gewissen hat?«, fasste Andreotti zusammen.

»Doch, das mit den minderwertigen Geigen geht auf sein Konto. Aber das ist jetzt nicht wichtig.«

»Hört, hört«, wandte sich Andreotti belustigt an Viola. »Wo ist denn die Ehre unserer Geigenbauerin hin? Plötzlich spielt es keine Rolle mehr, dass gutgläubigen Kunden wertlose Stücke untergejubelt wurden.«

»Jetzt hören Sie mir verdammt noch mal zu!«

Andreotti verstummte schlagartig. Als Sophia sich seiner vollen Aufmerksamkeit sicher war, setzte sie an, es ihm zu erklären. »Sie sagten, es seien sieben Instrumente.«

»Richtig. Weil Sie sich verzählt haben.«

»Ich habe mich nicht ganz verzählt. Im Grunde hatten wir beide recht. Auf der Inventurliste sind sieben Instrumente verzeichnet, die ich auch alle in Russos Aufzeichnungen gefunden habe. Auf der Entnahmeliste hingegen sind abzüglich der verkauften Geigen acht Instrumente aufgeführt.« Sophia wedelte wie zum Beweis mit den Dokumenten unter Andreottis Nase herum, bis er sie ihr entnervt aus der Hand riss.

»Na und? Was hat das mit unserem Fall zu tun?«

»Einfach alles!«, rief Sophia ungeduldig. »Schauen Sie sich den Namen des Geigenbauers an, der die Geige hergestellt hat, die auf der Inventurliste fehlt. Ich habe ihn auf der Entnahmeliste rot eingekreist.«

»Das wird Locatelli nicht gefallen, dass Sie in seinen Blättern rumkritzeln«, sagte der Commissario, hielt dann aber endlich das braune Dokument auf Armlänge vor sich und entzifferte den Namen. »Sagt mir nichts.«

»Die Anfangsbuchstaben. Haben Sie die nicht schon mal irgendwo gesehen?«

Allmählich schien der Commissario zu begreifen. Sein Blick verfinsterte sich. »Dannato«, fluchte er leise. »Sie haben recht.«

»Außer es ist ein Zufall«, gab Sophia zu bedenken.

»In meinem Beruf gibt es keine Zufälle.« Andreotti nahm sein Jackett. »Kommen Sie mit. Wir sollten jemandem einen Besuch abstatten.« Ehe Sophia sichs versah, war Andreotti aus der Tür verschwunden. »Na los! Worauf warten Sie noch?«, sagte Viola. »Es ist schließlich Ihr Fall. Ich halte derweil hier die Stellung.« Sophia benötigte keine weitere Aufforderung und rannte los.

59

Mit quietschenden Reifen brachte Andreotti keine Zigarettenlänge später den Polizei-Fiat vor dem alten Gebäude zum Stehen. Wortlos stürmten sie an der überraschten jungen Frau vorbei, und Andreotti riss die Tür zum Büro auf.

»Commissario Andreotti!« Locatelli blickte von seinen Unterlagen auf. »Und Signora Lange. Welch freudige Überraschung.«

»Ob sie so erfreulich ist, wird sich gleich zeigen«, konterte Andreotti. Locatellis Lächeln erstarrte für den Bruchteil einer Sekunde, doch dann fand er rasch seine Contenance wieder. »Wie kann ich Ihnen helfen?«

»Indem Sie Signora Lange ein paar Fragen beantworten.« Sophia schaute überrascht den Commissario an. »Symbiose«, flüsterte Andreotti ihr zu und verschränkte die Arme.

So hatte Sophia sich das nicht vorgestellt. Eigentlich hatte sie sich gar nicht vorgestellt, wie die Unterredung ablaufen würde. Andreotti nickte ihr aufmunternd zu. Es war ihr Auftritt. Sophia räusperte sich. »Sie interessieren sich für Geigen.«

»Richtig. Das liegt in der Familie. Aber das wissen Sie doch bereits.«

Sophia überlegte krampfhaft, was sie als Nächstes fragen sollte. Ihre Welt waren Violinen und nicht Verhöre. Sie kam sich vor, als habe der Meistergeiger die Bühne verlassen und ihr das Instrument in die Hand gedrückt. Nun gut, mit Geigen kannte sie sich aus, also begann sie am besten dort. »Sie haben uns zwei Listen mitgegeben, die Inventurliste und die Entnahmeliste.«

Sophia holte die Dokumente aus dem Rucksack und legte sie Locatelli auf den Schreibtisch.

Dann begann sie, ihre Erkenntnisse auszuführen, fast so, als würde sie einem Kunden die Defekte seines Instruments erklären. »Ich habe mir die Listen genau angeschaut, und wissen Sie, was mir aufgefallen ist?«

»Sie werden es mir wahrscheinlich gleich sagen.«

Sophia glaubte, trotz Locatellis unbeeindruckten Gesichtsausdrucks eine Spur Unsicherheit in seiner Stimme ausgemacht zu haben, was sie bestärkte fortzufahren. »Auf der Inventurliste, die im Mai letzten Jahres erstellt wurde, sind sieben Instrumente verzeichnet.« Zum Beweis schob sie Locatelli die Inventurliste zu. »Auf der Entnahmeliste werden jedoch acht Instrumente geführt.«

»Bianchi hat sich eben nach der Inventur eine dazugekauft«, gab sich Locatelli unbeeindruckt.

»Das hat er allerdings, aber aus der Entnahmeliste ist zu ersehen, dass Bianchi für jedes Instrument, das er erstanden hat, ein anderes in Zahlung gegeben hat. Bis auf zwei, die er direkt an Esposito verkauft hat.«

Sophia tippte wie zum Beweis auf die Anmerkungen *Veräußert gegen bar*. Neben allen anderen Instrumenten, die veräußert worden waren, stand jeweils der Eintrag des neuen Instruments, also klassische Inzahlungnahmen. »Als Nächstes habe ich die Namen auf den Listen verglichen. Was meinen Sie, welches Instrument so wundersam von der Inventurliste verschwunden und auf der Entnahmeliste wieder erschienen ist?«

Locatelli schwieg.

»Ihr Großvater war doch Geigenbauer«, fuhr Sophia fort.

»Sie haben neulich gut zugehört, Signora Lange.«

»Sie wurden nach ihm benannt – ›Ubaldo‹.«

»Na und?«

Sophia deutete auf das Holzkästchen auf dem Schreibtisch. »U. L., die Initialen Ihres Großvaters, des Mannes, den Sie bewundert haben. Ich dachte, sie stehen für Ubaldo Locatelli. Aber Ubaldo war Ihr Großvater mütterlicherseits. Deswegen hatte er einen anderen Nachnamen. Ihr Großvater hieß Ubaldo Lanaro. Er war der Erbauer der fehlenden Geige auf der Inventurliste. Es war aber nicht irgendeine Geige, sondern die *Il Grandioso:* das letzte große Meisterstück Ihres Großvaters, jenes Instrument, das Ihnen so viel bedeutet, weil er darüber sein Leben gelassen hat.«

»Das sind doch nur Mutmaßungen.«

»Sind es nicht«, korrigierte Andreotti den Bankdirektor. »Ein kleiner Blick in den Polizeicomputer hat genügt. Sie sind der Enkel von Ubaldo Lanaro.«

»Und wennschon«, entgegnete Locatelli heftig. »Ja, es war die Grandioso. Ich habe sie sofort erkannt. Einmal wollte ich sie in der Hand halten. Also habe ich mir das Instrument ausgeliehen. Ausgerechnet in der Woche musste die Revision aus der Zentrale kommen und die Inventur machen, weil der Kollege danach in den Urlaub gehen wollte. Denen ist aufgefallen, dass ein Instrument fehlte, ich habe die Grandioso dann zurückgelegt und gemeldet, dass das Instrument bei der Reparatur war. Das war nicht richtig, aber ist kein Verbrechen.«

»Vielleicht wäre das allein noch kein Verbrechen«, gab Sophia zurück. »Nur hat just in jener Woche Russo ein Instrument angefertigt. Ein Replikat, man könnte auch sagen, eine Fälschung, und zwar von einer Lanaro.«

»Ich muss mir das nicht länger gefallen lassen. Sie können nichts von alldem beweisen. Sie sind nur eine Geigenbauerin«, fauchte der Bankdirektor plötzlich mit einer Heftigkeit, die Sophia zurückfahren ließ.

»Eben weil sie Geigenbauerin ist, sind wir Ihnen auf die Spur gekommen«, fuhr Andreotti dazwischen. »Nur deswegen. Russo hat nämlich alle seine Arbeiten genauestens protokolliert.«

»Dieser Idiot«, zischte Locatelli.

»Er hat zwar nicht den Namen der Lanaro erwähnt, aber eine Geigenbauerin wie Signora Lange konnte schnell an den Arbeiten erkennen, dass es sich von all den Instrumenten aus der Sammlung um die Lanaro handelte«, fuhr Andreotti fort und gab Sophia ein Zeichen fortzufahren.

Sie übernahm diesmal das Gespräch gerne. »Erst ging es Ihnen nur um die Grandioso, das Meisterwerk Ihres Großvaters. Sie hatten bei Ihren Bankkollegen in Brescia ein paar Erkundigungen über Russo eingeholt und wussten, wie klamm er war. Ein wenig Zuckerbrot und Peitsche, ein anonymer Anruf, und schon hatten Sie den perfekten Betrug eingefädelt, der niemals auf Sie zurückfallen würde. Russo hat Ihnen beide Instrumente zugespielt, und Sie haben die Replik zurück in den Banksafe gelegt, die Geige Ihres Großvaters haben Sie aber nach Hause gebracht. Zurück in den Schoß der Familie, wo sie Ihrer Meinung nach auch hingehörte.«

Locatellis Schweigen sagte alles.

»Als Sie merkten, wie leicht das war, haben Sie daran Geschmack gefunden. Ein idealer Weg, um Ihr Gehalt ordentlich aufzubessern. Fortan haben Sie den Betrug perfektioniert. Wieso die Geigen selbst gegen extra anzufertigende Nachbauten eintauschen und dann mühsam auf dem Schwarzmarkt verkaufen, wenn Sie Bianchi beim Hochtauschen minderwertige Stücke unterjubeln konnten, mit Russos Hilfe? So haben Sie ihn zu Ihrem Komplizen gemacht und Bianchi minderwertige Geigen andrehen lassen, um selbst einen Großteil der Beute aus dem Betrug einzustreichen.«

Plötzlich sprang Locatelli auf. »Und wennschon!« Wie verwandelt funkelte er sie aus finsteren Augen an, als es aus ihm heraussprudelte. »Diese reichen Schnösel. Keine Ahnung haben sie von Geigen. Mein Großvater ist dafür gestorben, und für sie ist es nur ein Spielzeug, eine Marotte, wie man Briefmarken sammelt. Bianchi hielt sich für einen großen Kenner und Geschäftsmann und konnte kaum eine Charpuy von einer Marzotti unterscheiden. Esposito, der sammelt Geigen, wie er Frauen sammelt. Russo hat sein Geld bekommen, und die Schnösel waren glücklich. Wo kein Kläger, da kein Richter. Niemandem hat es geschadet.«

»Niemandem geschadet? Fragen Sie mal Bianchis Witwe!«, blaffte Andreotti zurück. »Oder Russos Angehörige! Ja, Russo! Der hat sich nämlich auch umgebracht. Nicht zu vergessen Alessandro Ferregina.«

»Ferregina, dieser Idiot. Hätte Esposito nicht diesen Ferregina aus Verona empfohlen, wäre nichts geschehen«, schrie Locatelli. Jetzt war es also Espositos Schuld. Sophia konnte nur den Kopf schütteln.

»Bianchi hat guter Dinge die Sammlung bei Ihnen abgeholt und dabei erwähnt, dass Alessandro Ferregina die Instrumente begutachten sollte«, fuhr Andreotti unerbittlich fort. »Da wussten Sie, dass alles auffliegen würde.«

»Ich habe Bianchi gesagt, dass ich Kontakte hätte, die seine Sammlung abgekauft hätten. Irgendeinen hätte ich schon gefunden. Aber er musste ja unbedingt den schlauen Geschäftsmann spielen. Gerade der, der seine Immobilien sehenden Auges vor die Wand gefahren hat.«

»Also haben Sie sich Bianchi an die Fersen geheftet und sind ihm bis zum Hotel gefolgt«, erklärte Andreotti weiter. »Dort haben Sie gewartet. Als Bianchi das Hotel verließ, konnten Sie ihm bereits ansehen, dass er Bescheid wusste. Also musste Bianchi weg.«

»Ich und Bianchi beseitigen? Dass ich nicht lache! Der Trottel ist doch selbst gesprungen.«

»Sie sind ihm gefolgt bis hoch zum Plateau. Und als er da oben stand, haben Sie ihn gestoßen«, fuhr Andreotti unbeirrt fort.

»Keine Hand habe ich an ihn gelegt. Er hat da oben gestanden und geheult wie ein Kind. Da hat er mich bemerkt, wie ich im

Gebüsch stand. Erst war er erschrocken, als er mich erkannt hatte. Dann aber fing er an zu winseln, zu betteln. Hat sich nicht mal gewundert, wieso ich nachts auf der Klippe war. ›Bitte, geben Sie mir noch einen Zahlungsaufschub. Nur noch einen einzigen, sonst bin ich ruiniert‹.«

»Und Sie haben natürlich abgelehnt«, bemerkte Sophia trocken.

»Selbstverständlich. Was meinen Sie, wie oft ich schon gestandene Geschäftsleute in meinem Büro habe weinen sehen. Was er jetzt machen solle, hat er mich gefragt.«

»Und was war Ihr Rat?«, fragte Sophia, aber im Grunde ahnte sie bereits die Antwort.

»Ich habe ihm gesagt, er solle es nehmen wie ein Mann …«

»… und springen«, beendete Andreotti den Satz.

Locatelli zuckte ungerührt mit den Schultern. »Wie gesagt, ich habe ihn nicht gestoßen. Gesprungen ist er selbst.«

»Bianchi mag selbst gesprungen sein, aber Sie haben ihn ruiniert. Es war genauso, als ob Sie ihn gestoßen hätten. Entscheidend ist jedoch, dass Sie gerade zugegeben haben, dass Sie Bianchi gefolgt sind«, lächelte Andreotti dünn.

Der Bankdirektor funkelte ihn wortlos an.

»Das Problem Bianchi hatte sich also für Sie selbst erledigt. Nun mussten Sie nur noch den Gutachter beseitigen.«

Jetzt begriff Sophia. »Sie treffen sich mit Kunden gerne an ungewöhnlichen Orten, die ihrem Hobby, ihrer Leidenschaft entsprechen und sie begeistern. Dann lassen sie sich leichter überzeugen. Das haben Sie mir selbst gesagt«, rief Sophia. »Und Ferregina liebte Oliven. Das hat Ihnen bestimmt die Orsini erzählt. Sie haben im Hotel angerufen und ihn eingeladen zu einer Olivenverkostung bei einem Bauern. Das war nur ein Vorwand. Sie kennen ja jeden Bauern hier, das haben Sie selbst gesagt. Ihre Wahl ist auf den alten Marveggio gefallen, weil Sie wussten, dass er Sie in der Scheune nicht hören würde. Dort haben Sie versucht, Ferregina zu überreden, bei Ihrem Spiel mitzumachen. Aber Alessandro Ferregina war ein Geigenbauer und Gutachter der alten Schule. Den konnten Sie nicht bestechen.«

»›Die Kunst, die Tradition‹«, äffte der Bankdirektor den toten Gutachter nach. »Ihr und eure verdammten Prinzipien! Wenn er mit eingestiegen wäre, hätten wir richtig absahnen können. Wir wären an die ganz großen Fische rangekommen.«

»Ist er aber nicht«, entgegnete Sophia. »Im Gegenteil, er wollte alles auffliegen lassen. Da sind Ihnen die Sicherungen durchgebrannt und Sie haben ihn getötet.« Sophia verstummte plötzlich. »Oder aber es war schon die ganze Zeit Ihr Plan. Bestimmt sogar. Deswegen haben Sie ihn so weit aus der Stadt an einen abgelegenen Ort geführt. Für den Fall, dass er nicht mitmacht, wollten Sie sich seiner entledigen. So ist es dann auch gekommen. Anschließend haben Sie sich nachts in das Hotelzimmer geschlichen und die Geigensammlung mitgehen lassen.«

Der Bankdirektor blickte gehetzt von Sophia zu Andreotti und dann zur Tür. Instinktiv machte Andreotti einen halben Schritt zur Seite und versperrte den Weg. Offenbar wollte er nicht ein zweites Mal riskieren, dass ihm ein Verdächtiger durch die Lappen ging.

»Das müssen Sie mir erst einmal beweisen«, keuchte Locatelli.

»Das ist leicht«, lächelte Andreotti dünn. Sein Blick wanderte durch den Raum und blieb an einem Gegenstand auf dem Schreibtisch hängen. Die Augen des Bankdirektors weiteten sich, als er erkannte, was Andreottis Aufmerksamkeit erregt hatte. Locatelli wollte reagieren, aber Andreotti war schneller. Mit einem Satz war er am Schreibtisch und riss den Gegenstand an sich. Siegesgewiss hielt er ihn in die Höhe. Jetzt erkannte auch Sophia, was Andreottis Interesse geweckt hatte. »Das Schnitzwerkzeug Ihres Großvaters«, triumphierte Andreotti. Er öffnete die Schatulle und hielt sie Sophia hin. »Was meinen Sie? Könnte das die Mordwaffe sein?«, fragte er gespielt nachdenklich. Sophia ließ den Finger über die Werkzeuge wandern und deutete schließlich auf ein Schnitzwerkzeug mittlerer Größe. Es brauchte wahrlich nicht viel Menschenkenntnis, um in Locatellis Gesicht zu lesen, dass sie richtig getippt hatte.

Andreotti nickte zufrieden. »Selbstverständlich haben Sie es gereinigt«, stellte der Commissario fest. »Aber meine Kollegin Viola Ricci kann mit Luminol unsichtbare Blutspuren sichtbar machen.« Der Bankdirektor brachte keinen Ton heraus. Sein aschfahles Gesicht sagte aber genug. Er wusste, dass er keine Chance mehr hatte.

»Nur eine Sache verstehe ich nicht«, gab Andreotti zu. »Wieso die Sache mit der Hose?«

»Weil der Trottel sich gewehrt hat«, antwortete der Bankdirektor. Er wusste, dass er nichts mehr zu verlieren hatte. »Er wollte zurück ins Hotel. Ein paar Oliven könne er sich ja noch gönnen, habe ich gesagt. Das hat sich der Narr nicht zweimal sagen lassen. Aber er hat was aus dem Augenwinkel bemerkt, als er über das Fass gebeugt war, ist herumgewirbelt und hat mir ordentlich eins draufgegeben. Einem Geigenbauer hätte ich nie einen solchen Schlag zugetraut.«

Plötzlich begriff Sophia. »Ihr Schnupfen! Sie waren gar nicht erkältet. Sie haben eins auf die Nase bekommen.«

»Und haben ihm die Hose vollgeblutet«, stimmte Andreotti zu. »Die Sie dann verschwinden lassen mussten. Ihnen sind nicht die Nerven durchgegangen. Sie waren eiskalt bei der Tat. Ihr Großvater hat sein Leben für die Geigen gegeben. Sie haben einem Menschen das Leben für die Geigen genommen, und alles hat mit einer Geige begonnen. Mit der Geige Ihres Großvaters. Alles nur wegen einer Geige«, sagte Andreotti kopfschüttelnd.

Der Bankdirektor öffnete den Mund, und seine Worte waren ein kaum zu vernehmendes Flüstern.

»›Nur‹ eine Geige? Sie haben die Ehre der Geigenbauer nicht verstanden.«

»Da mögen Sie recht haben. Aber ich verstehe etwas von Mord.«

Es gab nur eine Sache, die Sophia vor ein Rätsel stellte. Sie konnte ihre Neugierde nicht mehr zügeln. »Wo ist denn Bianchis Sammlung nun?«, wollte sie wissen.

»Im Kamin.«

»Wie, im Kamin?«, fragte Sophia, wusste aber zugleich, dass sie die Wahrheit nicht hören wollte.

»Ich habe sie aus dem Hotel geholt und dann verbrannt.«

»Sie haben *was?*«, schrie Sophia fassungslos.

»Ich musste die Beweise vernichten, zusammen mit der Hose. Außerdem waren sie ohnehin wertlos.«

»Sie waren vielleicht minderwertig, aber nicht wertlos. Jedes Instrument ist wertvoll!«, schrie Sophia außer sich vor Wut. Der Bankdirektor zuckte zusammen. Sophia funkelte ihn an. Ihre nächsten Worte flüsterte sie eiskalt und voller Verachtung: »Sie sind derjenige, der nichts verstanden hat. Sie haben nichts von Ihrem Großvater. In Ihnen steckt nicht das Geringste von der Ehre eines Geigenbauers.«

Sophia wandte sich um. Sie hielt es keinen Moment länger mit jemandem aus, der alles verraten hatte, woran sie glaubte. »Verhaften Sie ihn«, raunte sie Andreotti im Vorbeigehen zu, dann verließ sie das Büro. Sie stürmte durch die alte Schalterhalle an der verdutzten Bankmitarbeiterin vorbei. Als sie vor den Eingang trat und die grellen Sonnenstrahlen auf ihr Gesicht fielen, atmete sie auf. Ein Polizeiwagen schoss um die Ecke und hielt vor der Bank. Viola stieg mit einem weiteren Polizeibeamten aus, nickte Sophia zu und verschwand mit dem Kollegen in der Bank. Sophia hatte ein anderes Ziel. Erhobenen Hauptes ging sie ihren Weg.

60

Andreotti ließ sich von der alten Grimelda einen Apfel zuwerfen, bedankte sich mit einer Kusshand und schlenderte weiter über die Uferpromenade. Viola hatte noch gestern Locatellis Geständnis dem Staatsanwalt überstellt, und der hatte es sich es nicht nehmen lassen, Andreotti heute Morgen persönlich zu gratulieren. Natürlich hatte Andreotti auch Sophias Mithilfe nicht unerwähnt gelassen. Locatelli war dem Haftrichter vorgeführt worden, und der Fall war gelöst.

Dank Sophia Lange hatte er heute einen freien Tag vor sich. Der Commissario schmunzelte.

Sophia Lange konnte einem gehörig auf den Geist gehen, aber andererseits hatte sie endlich Leben in die Eintönigkeit gebracht.

Salò wirkte heute anders, lebendiger als sonst. Eine Melodie formte sich in Andreottis Kopf. Er hatte sie neulich erst gehört. Vielleicht hatte Sophia sie gespielt. Andreotti begann zu summen. Die alte Marktfrau blickte auf. Andreotti winkte ihr zu. Überrascht schaute sie ihm nach.

Andreotti ließ seinen Blick über den Platz schweifen. Nein, Salò war nicht Rom. Das Blau des Sees, die kleinen Gässchen mit ihren Überraschungen und Geheimnissen und der einzigartigen Mischung verschiedenster Menschen. Die einfachen Bauern, die Kleinstädter mit ihrer herzlichen Art, und natürlich Sophia Lange, all das konnte Rom ihm nicht bieten. Wer brauchte schon Rom? Salò war seine Heimat. Das unverkennbare Zetern von Margherita, der Café-Besitzerin, schallte über die Promenade. Wild gestikulierend stritt sie sich mit einem eingeschüchterten Mann, der offenbar mit seinem Moped einen ihrer Sonnenschirme umgefahren hatte. Andreotti richtete sein neues Jackett. Man brauchte ihn. Salò brauchte ihn.

EPILOG

Der alte Mann bückte sich. Sein Rücken schmerzte mehr als sonst. Langsam zählte er die Münzen in seinem Hut. Die Geldstücke bestätigten ihm das, was er schon wusste. Heute war wieder kein guter Tag – nicht wegen des Geldes, sondern weil er mit der billigen Geige nicht harmonierte. Seit ihm vor einem Monat die wundervolle Geige genommen worden war, hatte es keine guten Tage mehr gegeben. Die Musik war noch in seinem Herzen, aber er erweckte sie nicht mehr zum Leben. Der Straßenmusiker steckte die Münzen in die Hosentasche. In diesem Moment legte sich ein Schatten über seinen Hut. Ein weiterer Passant legte etwas hinein.

Doch es war kein Geldstück. Der alte Mann traute seinen Augen nicht. Es war eine Geige. Keine gewöhnliche, das erkannte er sofort. Verdutzt blickte er auf. Eine Frau stand vor ihm. Er kannte sie. Es war die Frau von damals, die mit dem Commissario. »Per lei«, hörte er sie sagen. »È un Derazey.«

Eine Derazey? Für ihn? Er verstand nicht. »È ora di ricominciare da capo. – Es ist Zeit für einen Neuanfang«, sagte sie lächelnd.

Ungläubig nahm der alte Mann das Instrument auf und fuhr ehrfürchtig über das Holz. Vorsichtig klemmte er die Geige unter das Kinn, schloss die Augen und begann, die ersten Takte aus Mendelssohns Violinenkonzert in e-Moll zu spielen. Es war tatsächlich eine Derazey. Die Violine griff seine Gefühle auf, fasste sie in Töne, und die Grazilität ihres Körpers brachte sie in einer einzigartigen Fülle zum Klingen. Passanten hielten inne und lauschten seinem Spiel. Und je mehr er spielte, umso besser wurde er. Er führte die Violine, und die Violine führte ihn. Mit jedem Takt verschmolzen sie mehr zu einer Einheit. Sie spielten gemeinsam, wie damals, als er in Bukarest die Konzertsäle füllte, als man ihm zujubelte, als er jung war. Und die Musik trug ihn in eine bessere Welt – in eine Welt der Harmonie.

Mördersuche zwischen Dolci, Vino und Amore:
»La Signora Commissaria« Giulia Ferrari löst ihren ersten Fall – perfekte Urlaubslektüre für alle Italien-Fans!

PIETRO BELLINI

Signora Commissaria und die dunklen Geister

EIN TOSKANA-KRIMI

Vor Jahren hat ein dunkles Geheimnis Commissaria Giulia Ferrari gezwungen, ihr Heimatdorf Santa Croce in der Toskana zu verlassen. Doch als mitten auf der Ponte Vecchio in Florenz ein Mord geschieht und anschließend unter mysteriösen Umständen die Leiche verschwindet, wird die Sonderermittlerin vom Innenminister persönlich auf den Fall angesetzt. Giulia merkt schnell, dass sie bei den Ermittlungen allein nicht weiterkommt. Unterstützung erhält sie ausgerechnet von einem alten Bekannten: Luigi Battista, ehemaliger Commissario von Florenz und mittlerweile Gastwirt in Santa Croce. Unter den aufmerksamen Augen des gesamten Dorfes findet das ungleiche Ermittlerpaar nicht nur einen Mörder …
Zwischen malerischen Weingütern, trubeligen Piazze und mittelalterlichen Städtchen ermittelt mit Giulia Ferrari eine Kommissarin, die man nie mehr vergessen wird. Lesen Sie selbst!